解甲楼回眸

屈全绳 著

四川人民出版社

自 序

流年不居，韶华易逝。翻过年八十岁了，生命终究熬不过岁月，于是萌发了收拢近年零星文章，出个集子的想法。

解甲楼是我归庶后的书斋，集子是回眸过往的记录，有戍守西陲的经历，也有回到内地的见闻。

屈指算来，同期入伍的两千名关中子弟中，我的兵龄算是最长的：

1962 年 6 月参军；

2013 年 6 月退休。

51 年的军旅生涯，46 年是在我国的西北、西南度过的。

苍凉的中国西部，面积超过国土的一半还多，最大的地理落差达 7000 余米，有世界最高的山峰，有中国最浩瀚的沙漠、最广袤的高原，是长江、黄河、雅鲁藏布江、印度河、恒河等养育世界文明的大江大河发源地……

人，作为自然的物种，同其他物种一样，都是在昼夜交替中完成生命过程的。但西部军人，特别是西陲军人，有其卓尔不群的生命旅途。他们在空寂无人的大漠戈壁中跋涉，用脚步丈量雪域高原的海拔，在极度缺氧和极端寂寥中体验人类所能承受的极限，在精神与肉体的双重折磨中挣扎，在昼伏夜出中巡逻边境。西部边防军人的脚印，展示了中国军队苦难辉煌的特征。

在那些每天都要纠结如何活下去、坚持活下去的日子里，西陲军人面对的是生死考验，是透支身体，是天涯寂寥，这种痛苦不是寻常人能想象到的，也不是所有人能承受得了的。军人，容人性、党性、血性于一体，集战士、儿女、父母于一身，以个人的牺牲，保证戍守的国土不丢失、不缩小、不受境外侵扰，从而成为一种使命担当的象征。

根据亲身经历，撷取西部高原军人的风采，我概括了"艰苦不怕吃苦，缺氧不缺精神"两句豪言壮语。近30年来，这两句话能为国人所接受所认同，能为军人所弘扬所传诵，我感到十分欣慰。

军人，没有天生的英雄，千锤百炼才使他们与众不同。军人，没有优先顾及个人利益的权利，国家利益永远是他们甘愿服从的主宰。

作为穿了51年军装的老兵，执行任务期间，死亡多次与我擦肩而过。在生死抉择中，我有过胆怯，有过后怕，但关键时刻我选择了担当，经受住了死亡的威胁。当这一切都成为过往时，我却为三件事而遗憾：

为子，没见父母最后一面。这是人生最大的遗憾，但又未尝不是一种荣耀。自古以来，中国就视忠孝为道德的两块基石，这才有了忠孝不能两全、匈奴未灭何以家为、先天下之忧而忧后天下之乐而乐的箴言。其实，忠孝是不能断开的，它是一个事物的两个方面，二者有着内在联系。报效国家，以身许国是最大的孝。中国军人里像我一样未能及时尽孝的人数不胜数。许多边陲军人，站着是国界线上的碑，躺下是巡逻路上的桥，死了是哨所上的魂。军人有此等境界，应该是军人父亲最大的欣慰。父母所有的养育、教诲，都是为了让子女成为一个有抱负有出息的人，何况他们把子女交给国家时，已经作好了牺牲个人情感的准备。

成家以来，我践行父母"以德育子，以勤治家"的家训，使父母的孙辈成长为对国家有用的人，既回报了夙夜惦念他们的爷爷奶奶，也回报了滋养他们成长的社会，相信父母在天之灵会微笑着注视这一切。

为学，没有走进大学校门。我是作为校团委、学生会的主要骨干带头参军的。离别时，校长握着我的手说，带上立功喜报复员，学校保送你上陕西师范学院。上大学不花钱，还能实现吃商品粮的夙愿，何乐而不为！于是，我背着高中课本走进军营。入伍半年后我发现，大学梦黄了！别说复习功课，训练最紧张时连做梦都是射击、投弹、拼刺刀。三年后，我被提拔为干部，渐渐认识到我所在的团就是一所大学。团干部中，毕业于南京大学中文系、山东大学历史系、黑龙江大学哲学系的几位同志，既为我解惑，又为我传道，而每个老兵都是给我授业的老师。他们为我学习马列毛，涉猎文史哲，提供了大学难得的机遇和方便。更重要的是军队这所大学，端正了我的人生方向，培育了我的家国情怀，帮助我系牢了人生紧要关头的鞋带。

往后我发现自身知识结构适应不了职务变动的要求，更是将工作之余的全部时间都用在了读书上。周围的同事，无论男女老幼，无论职务高低，只要有学问，我都诚恳虚心以问。我虽然进出过中央党校、国防大学，而且拿到了大专文凭；但基础文化功底差，专业知识不系统，终究是个没能弥补的缺憾。"亡羊补牢，犹未迟也。"抓住生命的尾巴，继续读书写作，也许是我垂暮之年跟上时代节奏的最佳方式。

　　为将，没有赶上机会打仗。渴望和平，又敢血染沙场，这是中国军人的属性，抑或是血性。1962 年，我国西部高原边境屡遭外部蚕食，我是抱着扑灭狼烟的一腔热血参军的。胸中燃烧着"将军百战死，壮士十年归"的豪情。从士兵到将军，旁人会视为成功，但我却有些许遗憾。入伍以来，有人在中国边境挑起了几次局部战争，我没有机会参与反击外敌入侵的战斗，引为平生憾事。但是，这又从另一方面凸显了中国的实力和中国军人的价值。军人以自己的牺牲精神、军事技术、作战能力，保证了国家的和平建设，为繁荣发展赢得了宝贵的时间和空间。中国军人是最爱和平的人，又是时刻准备献身的人。因为有军人的献身，才有了国家的岁月静好，才有了人民的诗和远方。不了解和平时期军队的地位，不认可和平时期军人的价值，需要读点历史，更需要正视现实。在国泰民安、河清海晏的后面，站着默默奉献的军人。即使是创造财富的资本，没有军人的加持，也难以月积年累。军人的尊严是民族素质的折射，是文化自信的反映。不尊崇军人的民族，是心智不健全的民族。这是历史的结论，更是需要直面的现实。

古稀之年，我曾吟过一首七绝：

卧雪爬冰志未酬，

枕戈待旦几多羞。

吴钩寒刃空磨洗，

解甲归田雁阵秋。

秋日毕竟不是春朝。人到暮秋，来日无多，但眼前还有夕阳的余晖。作为解甲老兵，我无所专长，又不愿坐等日落，两难之间选择了读书写作。

军旅生活的碎片，流年时光的烙印，身后凹凸的足迹，忐忑不安的惊悚，九死一生的历险……被我用笔缀成文字，像一件打满补丁的衣衫献给读者。其中的酸甜苦辣，仁者见仁，智者见智，但也不排除兼仁兼智者品出其中五味杂陈的味道。这好比辨析青铜器上的铭文，有人看到的是形体不同，笔画演进；有人却从中解读出历史信息，找到了新旧文明更替的密码。

一滴水能反映太阳的光辉，一块红山玉可能引出对整个历史新的解读。从这个意义上说，《解甲楼回眸》中一些亲历亲为、感时悟道的文字，也算是我对历史的有限补充与浅层开掘。

实话实说，原来写这些文字虽有不少感动，但不像此刻深以为疚。毕竟，以我的认知深度和文字功底，整合这些素材力不能逮。无论是万紫千红的春天，还是明月入怀的金秋，我笔下的文字一直在浅草弱水中出没。尽管如此，本书中的个人经历与感悟，也许能引发读者思考：人在大时代下，如何理解国家命运与个人选择、艰难环境与个人命运之间究竟是何种关系，应该如何应对？倘若如此，结集出版此书之愿足矣！

军旅生涯的经历启示我，感性认识是根植理性认识之树的土壤。土壤越肥沃，大树越茁壮。我把它概括为"学问悟行，必有所成"八个字传于子孙，对他们可能会有一些启迪。

子曰："三人行必有我师。"集子涉及的人，无论长短是非，都是我的一面镜子，是我这个集子的水之源，木之本。这面镜子之于我，是余生的宝贵财富。

屈全绳

2023 年 2 月 9 日

目 录

第一辑

沙场

戍守新疆历险记

土尔尕特的惊悚

这次惊悚让我知道，严重的高原反应是致命的。

事情发生在中苏边境的托云边防站。时间是1971年7月10日。

吃过午饭，工作组的首长们被安排到边防站小客房午休，新疆军区司令部的科长参谋们陪同总参作战部的几位参谋在边境会谈室小憩。

那时候的托云边防站设在新疆克孜勒苏柯尔克孜自治州乌恰县托云乡的土尔尕特山口上。"土尔尕特"是柯尔克孜族语，意为"枣红色的达坂"。土尔尕特与苏联吉尔吉斯斯坦的纳伦州接壤，是中国与吉尔吉斯斯坦通商的主要口岸，也是通往中亚、南亚、西亚、欧洲各国的重要门户。它作为古代丝绸之路上的一个重要驿站而闻名于世。从1951年开始，这条通道为增进中苏民间贸易和友好往来起了重要作用。1969年，因为中苏交恶，口岸关闭。我们前往勘察地形时，苏联的邮政车可以入境，每半月一次；然而我国的邮政车却不能进入苏方境内，这显然是不公平的。直到1983年12月23日口岸重新开放，双方的贸易往来才渐渐恢复正常。

土尔尕特海拔3795米，这个高度在内地可能有些唬人，但对平均海拔四五千米的喀喇昆仑山上的哨卡来说，可谓小巫见大巫。但就是这个海拔不很起眼的托云边防站，却有着令人骇然的传说。工作组上山前，陪同的南疆军区副司令员王志廉告诉我们，在托云的高原反应同他长征过雪山时的感觉大同小异。去过阿里边防站和托云边防站的同志经过比较，有两句顺口溜说："宁在阿里睡觉，不在托云撒尿。"还说50年代总部一位同志，就是因为高山缺氧昏迷在厕所里的。出发前王副司令一再叮嘱随从医生，每个车上都要放两个氧气袋，缺氧感觉严重时不要硬撑，赶紧吸几口氧气。工作组多数人没去过托云，对王副司令的夸张说法没大在意。直到踏进托云边防站的营院，才感到王副司令所言不虚。

土尔尕特山体裸露，寸草不生。东西走向的特殊山体，把边防站压缩在陡峭的山坳里，四季寒冷，沟深风大，日照很短，氧气浓度仅为69%，全年无霜期只有13天，被国家列为特类艰苦地区。

托云边防站是个对外会谈会晤大站，差不多个把月总要同苏方代表会谈会晤一两次。相对而言，会晤次数多，时间短，双方代表规格低，通常不安排吃饭。会谈虽然次数少，但议题重要，时间偏长，双方代表规格较高。有重要会谈时，双方出面会谈的代表有时候还要从纵深派更高规格的人上去，且每谈必吃，边吃边谈成为一种常态。

那些年头苏美争霸，苏联把大钱花在与美国的军备竞赛上，老百姓生活比较困难，苏军的生活标准也不高。苏方的边防代表对能在会谈中大快朵颐，一饱口福十分期待，有时候甚至提一些无厘头的要求，希望我方安排会谈。项庄舞剑，意在沛公。我方清楚苏方的意图，为了边境安全稳定，也乐见其成。每次不仅用丰盛的酒菜烟糖招待对方，还睁只眼闭只眼地看着对方把烟糖往口袋里塞。我曾在巴克图边防站参加过一次会谈，亲眼看见对方代表的吃相。六道菜的大餐像风卷残云般一扫而光。托云边防站遇到的情况也不例外。中午吃饭时站领导专门告诉工作组，接待我们的标准比接待苏方会谈代表的标准要低。即便如此，大鱼大肉茅台酒都上了桌子。可能是喝了几杯酒的关系，我一进会谈室，就歪倒在沙发上睡着了。

大约半小时后，我听人喊："宋参谋！宋参谋！"我睁眼一看，坐在我旁边的总参宋参谋已经躺在水磨石地板上。只见他双眼紧闭，嘴唇发紫，嘴角流着口水，呼吸十分急促。我不禁惊慌，正不知如何是好时，医生抱着氧气袋跑进来，一边让宋参谋吸氧气，一边让我们把宋参谋抬到已经发动的吉普车上。带队的新疆军区钟光国副参谋长嘱咐由我负责，把宋参谋安全护送下山，在乌恰县城等候工作组会合。

我抱着氧气袋，小心翼翼地扶着宋参谋的吸氧管，看着吉普车朝山下急驰。

令人匪夷所思的是汽车跑了不到30公里，宋参谋的眼睛睁开了，他迷迷糊糊地问我去哪里。我告诉他朝山下走，他刚才出现了高山昏迷症状，不宜在边防站久留。说话间汽车又跑出去10公里，我估计这时车下的海拔不会超过3000米。

随着海拔的降低，宋参谋越来越清醒，脸上有了血色，发紫的嘴唇也变红了。这时候宋参谋先坚持不让再朝前走，后来还要求掉转车头，重上托云。理由是他对酒精过敏，平时不沾酒。今天看到边防站的同志在那样恶劣的环境下坚守岗位，无怨无悔，一感动也喝了好几杯。现在酒劲儿过去了，再上土尔尕特不会有问题。

我当然没听他的胡诌，坚持让司机把车开到托帕镇，在那里等待工作组下山。

后来，我专门就这个问题请教过新疆军区总医院呼吸科韦南山主任。韦主任是军内外有名的专家，他告诉我，按说在69%的氧气浓度下，人通常不应该有严重的高原反应，但当你从浓氧环境突然踏进缺氧环境时，如同从热水池突然跳进冷水池一样。如果爬4000米的高度以前，在3000米左右的高度适应两三天再往上爬，缺氧的感觉就不会太严重。后来我任南疆军区政委时，还去过一次土尔尕特，因为循序渐进，上去得不是很急促，到边防站时没有出现明显的高原反应。

1995年，土尔尕特口岸下迁到距原址101公里的托帕镇，海拔只有2000米，距阿图什市62公里，距喀什市57公里。现在，那里已成为外贸交易的重要基地，也成为以柯尔克孜族为主的各民族新的聚居区。

看着边境地区人民群众生活在安宁祥和的环境中，且生活一年比一年有改善，一代又一代的托云边防站官兵十分欣慰。他们清楚，在土尔尕特继续完成好戍边卫国的使命，才是高原战士缺氧不缺精神的风采！

空中惊魂一刻钟

谈到这次历险，我得作个较长的铺垫。

事情的起因发生在 1971 年 9 月 13 日。

当天下午，新疆军区接到北京电示：军区前指进入战时指挥位置，野战部队进入一级战备，守备部队占领既设阵地。

情况来得太突然，谁也说不出个子丑寅卯，大家以服从命令为天职，立即开始行动。我作为秘书，糊糊涂涂地跟着首长进入指挥坑道。第二天，同志们还是摸不着头绪，总觉得事有蹊跷。几位二级部长私下议论，就是真打，枪响之前也有端倪可察呀！可是从空中、地面获得的苏军信息情报表明，无论前沿或纵深，对方都没有异常动向。作战部的同志说，"珍宝岛事件"没有引发大打，"铁列克提事件"没有引发大打，怎么突然间要准备大打呢？议来议去，议不清楚。事出反常必有妖，同志们开始猜测，会不会是我们内部矛盾激化，哪里出现了火花？直到传达"9·13事件"之后，前指人员才长长地舒了一口气：原来是林彪逼着我们自导自演的一场闹剧。

"城门失火，殃及池鱼。"在这期间，"三北"方向的苏军也被我军的战备行动弄得一头雾水，新疆当面的苏军还为此作了部署调整。

真相揭开后，战备的弦不知不觉松了下来。军区主管作战的罗副司令员决定，在配属给前指值班的飞机没有归建之前，组织机关人员于9月下旬，对天山南北的反空降地域进行一次空中勘察，于是我就有了空中惊魂一刻的经历。

可是直到10月底，空中勘察的事情也没有动静。只听楼梯响，不见人下来。什么原因？前指的同志又开始窃窃私议。到11月底我才知道，我们的勘察计划差一点被前指一号首长——新疆军区第一副司令罗某的事情搅黄了。

大概是应了树倒猢狲散这句老话，"9·13事件"发生没几天，有人就把罗某告发了。罗某随之被组织调查，自然无暇顾及勘察反空降地域。这个消息在当时保密之严，不亚于"林彪事件"传达之前。

自古军中无戏言。勘察计划是报告总部批准的，罗某指望不上，计划不能落空。12月初，分管作战的钟光国副参谋长报告另一位军区领导同意，决定勘察反空降地域的计划照常实施。12月6日，钟副参谋长带领司令部部长、科长和参谋共七八人，同驻地空军的一位处长登上一架绿色的安-2型飞机，开始了为期一周的空中勘察。我为此专门借了一台120海鸥相机，准备从空中拍些照片作纪念。

安-2型飞机，是苏联安东诺夫设计局于1946年设计、1947年投产的小型运输机。空军的处长介绍说，这种轻型单发动机的双翼机，飞行平稳，结构可靠。我国于1954年引进几架样机，1957年仿制成功，将其命名为运-5。我们坐的这架国产运-5，同进口安-2是一个图纸。这种飞机的最大优点，是可以在较短的简易跑道上起降。

飞机上的正副驾驶员，兼作领航和通信，驾龄都不算短，当天的飞行非常平稳。只是机舱保温条件差，我们穿着皮大衣、毛皮鞋还冻得瑟瑟发抖。

飞机降落在克拉玛依机场才知道，当时正值西伯利亚寒流来袭，白天的地面温度为零下28摄氏度，夜间可能在零下30摄氏度左右。几位首长询问机组，低温天气影响不影响飞行。飞行员明确回答不影响，大家听完自然高兴，早早下榻进入梦乡。

第二天我们吃早饭时，机组的同志已经提前吃过，早早赶往机场进行飞行前的准备工作。勘察组到达现场后，飞行员报告飞机状态正常，可以按时起飞。但机舱温度低，希望大家注意保暖。

我们一行登上飞机，飞机在发动机的轰鸣中飞向蓝天。因为当天的勘察地域是塔城方向，飞机起飞后应该向西北方向飞行。但飞机一直没有进入水平飞行状态，像一只发怒的鹰隼，昂首向上不断爬升。作战科贺有科副科长感觉飞行动态有点异常，正准备打开驾驶室舱门时，年长一点的飞行员出来说，飞机尾翼结冰，不能保持水平飞行状态，希望大家集中到机舱前边，减缓飞机爬高的速度。勘察组的成员全部站到驾驶舱门口，飞机还是继续向上爬升。这种飞机的水平飞行高度是1750米，实用升限是4500米。飞机爬升到接近3000米的高度时，刚才那位飞行员又走出驾驶舱说，飞机处于失衡状态，我们随时准备迫降，希望大家做好充分准备，以防万一。说完扫了大家一眼，脸上的神情严肃而紧张。

机舱内的人全愣了，好像一下子没有反应过来。记不清是哪个人吼道："迫降？飞机还在爬升，怎么迫降？"

这时候只听钟副参谋长说，大家不要紧张！按机组说的办！钟光国是从湘鄂西革命根据地走进红四方面军的战士，长征中三次爬雪山过草地，脑盖骨在嘉陵江战役中被掀掉了一块，昏迷一个多月，还是活过来了。对于飞机可能出现的意外情况，他显得非常镇静。我脑子当时一片空白，身上顿时冷汗淋漓，两只手不由得发抖，也顾不上看别人的神态，只祈愿飞机能赶快恢复正常飞行。

时间一分钟一分钟地过去，机舱内没有一个人说话，迫降可能出现的各种不测，即将面临的死亡威胁，使大家目光沮丧，脸色蜡黄……

空军那位处长什么时候进驾驶舱的，我不知道。就在他打开舱门那一刻，外面传来几声咔嚓咔嚓的巨响，飞机突然掉下去了。完了！完了！这两个字像两把榔头，砸得我两眼发黑，头疼欲裂。我还没有反应过来，飞机已经恢复到水平飞行。

空军处长用袖子擦着满头大汗说，尾翼上的冰疙瘩化解了，飞机的高度掉下去八九百米，大家不用再担心了……

机舱内恢复了说说笑笑的生气，都认为这是一次死里逃生的经历。如果摔死了，既不是死得其所，更不会重于泰山，充其量是死得悲壮。飞行员后来也说了实话，如果尾翼上的冰疙瘩化解不开，飞机爬升到4500米极限高度时有可能解体，根本无法迫降。大家听了再次惊悚不已，对机组同志的表现给予高度赞扬。

勘察完塔城反空降地域，我们怕再次出现飞机尾翼冻结，没在当地过夜，而是继续乘坐运–5于当天返回乌鲁木齐。后来听说

空军把运 –5 尾翼冻结险些酿成事故的情况反馈给石家庄的生产厂家，运 –5 再没有出现过我们遇到的险象了。

冲出塔里木沙暴

这几年很少见到沙尘暴了，以后可能会越来越少。比较而言，即使前些年北京最严重的沙尘天，比起我亲身经历的沙暴实在是小儿科了。

当年我在新疆阿克苏驻军服役时，因为工作关系，曾三次深入塔里木腹地阿拉尔镇。在农一师两个农场采访过参加南泥湾大生产的屯垦老战士。1967 年 8 月一天，我正在采访一位老同志时，突然间房子被铺天盖地的沙尘笼罩得像落日后的傍晚。不过时间不长，窗外的阳光又亮得刺眼。老同志淡定地说，1953 年部队刚进垦区时，每遇到 8 级以上大风，总有活人活畜被埋在移动沙丘之下。每年少不了为埋在沙包下的同志开追悼会。后来植被覆盖面大了，垦区内很少出现沙丘移动，但没有植被的沙漠天天都有沙包搬家，碰上谁，谁就别想活着出去。我听了为之一骇，放弃了原本想亲睹沙丘移动的念头。

1972 年 7 月 7 日——卢沟桥事变 35 周年纪念日，我终于体会了一次被埋在沙包下的感觉。那天天刚放亮，钟光国副参谋长带着作战部王恩庆副部长、后勤部战勤科王旭科长和我一行四人，乘坐一辆嘎斯 69 吉普车，从阿尔金山下的和田地区民丰县出发，沿着塔里木枯竭的河道向且末县开进。

且末县位于新疆维吾尔自治区巴音郭楞蒙古自治州南部，昆仑山和阿尔金山的北麓，塔里木盆地东南缘。东距若羌县280公里，西距民丰县315公里，南屏阿尔金山，东与昆仑山和西藏自治区为界，北部深入塔克拉玛干大沙漠与尉犁县相望，西北部毗邻阿克苏地区沙雅县。

且末最早出自《汉书》，名为沮末国。《三国志》写作"且末"。西汉建元三年（前138年），张骞出使西域，第一次将且末情况带回内地。从此，且末与内地的联系不断加强。

从民丰县出发时，和田军分区领导对我们说，去且末沿途没有公路，几百公里都是黄沙，干热风一刮，沙包就会移动。遇到大风汽车不要停，停下来车就会被沙包捂住。

来且末之前，还听到过两首顺口溜。一首说："且末人民胃口大，一天要吃十斤沙。白天吃不下，夜里再消化。"还有一首说："一条街道两层楼，一个警察看两头。夜里睡觉狗放哨，毛驴欺负老黄牛。"这些顺口溜为我们枯燥的行程增加了乐趣。一路上汽车在沙窝里拱进拱出，虽然颠簸得人摇头晃脑，倒也不觉得很累。

走了200多公里，我们正准备停车午餐，突然看见西北方向黄沙弥漫，遮天蔽日。刹那间，连天接地的沙暴像大海里的巨浪，冲着我们滚滚而来。日光耀眼的视野顿时变得昏天黑地。眼看沙暴就要扑到跟前，司机加大油门，把定方向，用尽全力顶风而开。可是，不到十分钟就再也开不动了。任凭发动机轰鸣，车轮深陷沙窝，连转也不转。车外的沙暴把汽车篷布拍得啪啪直响，车门根本打不开，车内的我们一时不知如何是好。相互之间看着嘴巴动弹，听不清对方说什么。那一刻，濒临死亡的感觉想赶也赶不走。可谁都没想到，就在我们生还的希望越来越渺茫的时候，汽车终于拱出了沙窝，沙暴也远离我们而去。我们停下车来察看四周，顿时惊得目瞪口呆。原来枯竭的河床上居然堆了四五座沙丘，哪一座也比我们坐的嘎斯69吉普大。

亲身经历沙丘搬家的恐怖景象，有了被埋在沙包下几近窒息的感觉，我竟然滋生了宿命论意识：去年飞机没有出事，这回没有被沙暴埋葬，这是侥幸还是天意！

到了且末县人武部才知道，塔里木的沙暴是随着干热风的风向变化而变化的。如果不是后来的风向突变，把堆在吉普车前的沙丘搬到另外一处，我们一行有可能成为楼兰国新的木乃伊。

麻札达坂生死劫

生死劫，本是道家关于人生"三灾、九难、十劫"说法的最后一劫。渡过则成仙成佛，遭劫则魂飞魄散。渡生死劫不光靠勇气和功德，还得有运气。后来佛教也认同这个理念，于是便有了唐僧历经八十一难到西天取经的故事。当然，这些玄幻的说法，对我这个无神论者只是笑谈而已。但在喀喇昆仑山麻札达坂上翻车把命捡回来，却是我亲身经历的生死之劫。

这次历险差一点进烈士陵园，是我在阿里患急性高原肺水肿得到控制后下山途中发生的。

下山之前，阿里军分区向远在天空防区勘察地形的首长报告发电报，说我已解除病危，希望安排我尽快下山，到叶城陆军第18医院住院治疗。

医疗队的医生和我都不同意马上下山。医生不让我马上下山，是怕途中出现意外。他们认为，从狮泉河到叶城1300多公里，中间要翻七座5000米以上的达坂，还要跨过死人沟、甜水海两个极端缺氧区，一旦病情恶化，大家只能从记忆中找到我的音容笑貌。我不愿马上下山，是想同勘察组的同志一起，深入采访高原官兵的感人事迹和精神风貌，领略喀喇昆仑山、冈底斯山的傲世雄姿，探究喜马拉雅山的中华血脉，也为自己的生命历程多涂上几笔色彩。虽然我和医生的着眼点不同，但暂不下山的想法却不谋而合。

　　翻过9月中旬，阿里高原已透出初冬的寒气。映在红柳露珠上的朝霞，反射出五光十色的绚丽，让人眼花缭乱，目不暇接。太阳一爬上乔戈里峰，高原更是气象万千。稀疏的草木在秋霜中枯萎，连同大地浑然一体，远远看去分不清哪是蓑草哪是沙土。但大自然并未让人们因萧瑟的秋色而失望，于苍茫中在高原上展开了一幅新的恢宏图景。褐黄的戈壁上，飞驰的黄羊、沉稳的牦牛、警觉的藏羚；湛蓝的高天下，飘逸的白云、孤傲的秃鹫、高挑的经幡，这一切构成了原始生态的写意长卷，让人惊叹世界屋脊的雄美巍峨与壮丽浑厚。

　　连续几天的跟进治疗，让我生发顿悟，原来精神的解放才是人的真正解放。我没有想到，在阿里这样幽远恬淡、植被稀疏的环境中，身体康复之快居然超出了想象。

　　身体日见康复，心情也愉快了许多。晚上漫步，我发现月亮一天比一天圆，一天比一天亮。我告诉护士白灵，这个中秋节，我将在离月亮最近的地方度过。

正当我在为重返勘察组而抓紧治疗之际，从海拔 5383 米的神仙湾哨卡传来令人沮丧的消息，勘察组的范参谋因为高原反应越来越重，需要立即送到山下治疗。陪同新疆军区首长勘察的南疆军区王志廉副司令员和蔚福恭师长商定，从天空防区指挥部抽调最好的司机、最好的车辆、最熟悉路况的干部送我和范参谋一起下山。军分区的同志讲，让我下山是勘察组征求医疗队的意见后决定的，汽车一到，马上出发。

千变万化，赶不上首长发话。我没有胆量再讨价还价，只好听从命令，准备走人，但又不愿就此甘心，指望范参谋到狮泉河后症状缓解，我们一块儿赖着不走。

我的指望落空了。9 月 20 日一大早，送我们下山的汽车已经开到军分区卫生所门前。这是一辆崭新的北京吉普，驾驶员姓张，是个跑了多年新藏线的老班长，带车干部是经验老到的王参谋。这时我才知道，老范是先一天连夜送来急救的，吸了几瓶氧气，已经脱离危险，但不能在狮泉河久停。

我同老范只得打道回府。

汽车在人们的祝愿声中鸣响喇叭，朝着太阳升起的方向开去。

车到班公湖，小张给后轮换胎。我和老范坐在一旁，仔细欣赏班公湖令人心旷神怡的百里碧水。

班公湖清澈见底，蓝天、白云倒映在湖中，水下的鱼群与空中的苍鹰遥相呼应，仿佛时空置换，让人生出鱼在天上游、鹰在水下飞的幻觉。湖面上被微风吹皱的碧纹，时近时远，时起时伏，让人联想到仙女抖纱的美妙。小张告诉我们，班公湖通人性，我们这一头是淡水，鸟飞鱼跃；印度那一头是咸水，鱼鸟绝迹。有一次印度兵问我们巡逻的同志，这是为什么？战士回答，你问王母娘娘吧，这里是她的瑶池。说完，汽车在我们的笑声中继续向前飞驰。

为了避免消耗体力，大家一路很少说话，倒是司机小张时不时给我们讲些新藏线上罕有所闻的故事。经过两天颠簸，9月21日，汽车披着晚霞，扬着沙土，在喇叭声中开进了康西瓦兵站的大门。

在漫长险要的新藏线上，康西瓦达坂的名气不可小觑。这里的海拔虽然只有4290米，但却是一块让人缅怀不尽的圣地，康西瓦烈士陵园就是这块圣地里的殿堂。1962年打仗那阵子，这里是西线作战指挥部的所在地，兵多将广，车马络绎，电话可以直通中南海。十年沧桑，康西瓦虽然没有了昔日的繁忙景象，但开阔的营院，连排的营房，仍然能彰显出当年地位的显赫。

烈士陵园距离兵站不远。陵园旁的达坂上横亘着连绵不绝的高峰，山体陡峭，山色黝黑，巍峨壮丽的气势动人心魄。如玉如银的月光下，飘扬在陵园上空的彩色经幡在夜风中沙沙作响；巨大山峦投下的阴影，把上百座坟茔罩得半明半暗，森然中增添了不可名状的寂寥与凄美。眼前这些坟茔，不就是烈士们用生命为共和国大厦堆起的基石吗？这些凝固在世界屋脊上的年轻生命向世人昭示：人的价值不在于生命的延长线，而在于生命的制高点。烈士们坚守不渝的精神高地，才是高山仰止的生命境界。爬上海拔将近5000米的麻札达坂，再过个把小时，就是海拔2000多米的库地兵站，我们高兴的心情是不言而喻的。"麻札"是维吾尔语，意为坟墓、鬼域。麻札达坂上的盘山道，上下80多公里，坡陡，弯急，路窄，是新藏线上最险恶的山路。一层接一层的回头弯，像一条条缠在大山上的褐黄色腰带，蔚为壮观。公路里侧紧靠山岩，公路外侧峡谷幽深。令人眩晕的谷底，汽车遗骸时有所现，大型物件七零八落。目睹惨痛的场景，我暗自思忖，应该在这里建造一座公路灾难博物馆，让人们知道，新藏公路是一条用上千名烈士生命铺就的运输线，是一条名副其实的生命线。

正在我为麻札达坂的险峻而神湛骨寒之际，本应左拐弯的汽车却突然照直冲出路沿，打着滚朝下翻去。公路是盘旋道，吉普车从上一层路面滚到下一层路面，弹起来后再滚到下下一层路面。连着滚了三次，滚到第四层路面时，被一堆大石头卡死了。我们这才意识到出了车祸。

石头堆两米开外，是70多米深的峡谷，汽车再一打滚，我们的结局只能是粉身碎骨。

连续翻滚的汽车，像被踩扁的罐头盒子，四个人在车内挤成一团，既爬不出去，又坐不起来。幸亏皮大衣在翻滚时裹到了脑袋和脖子上，我们虽然头晕，但神志还比较清醒。

过了大概半小时，两位下山的地方大车司机路过，急忙用撬杠撬开吉普车门，才把我们从车内掏了出来。

崭新的北京吉普是报废了，好在大家人无重伤，心里才平静一些。惊魂甫定，我急忙从本子上撕下一张纸，草草写了发生车祸的简况，请大车司机交给前面库地兵站领导，让他们给部队打电话，派车派人解救我们。

翻车的惊险和生还的侥幸，让我们在阴阳两界打了个来回，五六个小时过去了也不觉得饥饿。我坐在车旁的大石头上，望着高悬苍穹的月亮，揉着越来越痛的左肩，不知不觉中睡着了。酣睡中被汽车喇叭声惊醒，两位上行的地方货车师傅告诉我们，库地兵站已经给部队打了电话，兵站领导让他俩捎来月饼，救援车可能一会儿就到。这时我才想起，今晚是中秋之夜呀！听到救援的消息，我们精神为之一振。此时此刻，我平生第一次发现，原来月亮是如此清纯，月光是如此曼妙。于是，月，秋月，中秋月，昆仑月，边塞月……一连串富有诗意的词句在脑中闪现。我不由得联想起有关描写月亮的作品，联想起民间神话中的追月、古人诗词中的吟月、中外名著中的写月……月亮是多么有魅力呀！她的光辉，她的清澈，她的阴柔，她的深邃，总是让人心旷神怡，浮想联翩，月亮寄托着人类太多的情感。听着远处传来的喇叭长鸣，望着铺满月光的麻札达坂，"但愿人长久，千里共婵娟"的诗句，已幻化成我的心声，飞向长城内外，飞向大江南北，飞向高原哨卡。

夜里 10 点钟左右，张昌奎副师长带着医护人员和车辆接我们下山。昆仑山的月光一直陪伴着我们，形影相随，不离不弃，直到叶城。

这一天是 1972 年 9 月 22 日。

不幸中的万幸

有了 1972 年在阿里得肺水肿、在麻札达坂翻车的教训，1973年上塔什库尔干我丝毫不敢马虎。首先，在上山之前不能感冒；其次，司机要出类拔萃，这两条都做到了。一路虽然也有过严重的高原反应，甚至在红其拉甫口岸因为缺氧而呕吐，但总算比较顺利。

返程已是 8 月下旬，沿路秋高气爽，云淡风轻。25 日，勘察组到达布伦口。南疆军区李进攻参谋长安排，勘察组在布伦口边防站宿营。布伦口公社归阿克陶县管辖，距喀什市 150 公里。中巴公路贯穿全境，高原风光秀丽，远山千古白头，近水万年碧波，身在此地，如临仙境。

吃过晚饭，我同南疆军区刘参谋踏月漫步，禁不住一番感慨，吟成拙诗一首。

立马葱岭忆张班，

寒透甲胄不卸鞍。

莫道丝路千重雪，

鹰笛一声锁关山。

塔什库尔干民兵用塔吉克族鹰笛传递巡防信息的情景，使我找到了用诗意表达的感觉，我和刘参谋都很高兴。

第二天提前吃过早饭出发，准备赶到南疆军区同总参工作组会合，研究加强边防部队的战备工作和边境口岸的管理问题。坐在我身旁的刘参谋望着车窗外的雪山戈壁，忽然发出几句感慨："有人说，战争年代的军人是牵着死神的手走过来的，和平年代的军人是牵着爱神的手走过来的。这句话前一半对，后一半不全对，至少我们勘察组天天都同死神打交道，更不要说常年在雪山哨卡的干部战士了！"

受刘参谋一番话的启发，我琢磨就这个问题写一两篇散文倒是很有意思的。

正在我心驰神往之际，突然一声哐当，吉普车像狮子打滚似的向右侧的沙堁上翻去。滚了180度后车底朝天，四个轮子随着发动机的轰鸣向上空转，样子像仰卧在沙滩上的大海龟。前座的钟光国参谋长和后座上的我和刘参谋被压成一团，挤在后排座位上动弹不得。后面车上的张师傅一个急刹车，飞步跑上来撬开车门。几个人七手八脚地把首长从车里拽出来。王医生从上到下看了一遍，又让首长活动了一下胳膊腿，发现除脸上有一块擦伤外没有大的问题。我和刘参谋也活动自如，才挥手擦去额头上的汗水。站在旁边的李进攻参谋长吁了一口气说："好悬哪！真是不幸中的万幸啊！幸亏这个沙堁子挡住了，要不后果就严重了！"

脸色蜡黄的司机指着车旁的维吾尔族小伙子说："他像喝醉了！开着拖拉机突然从我车前头拐弯，我向右猛打方向才没撞上，要不……"司机还想说什么，对面拖拉机拖车里传出维吾尔族妇女的哭声。

我们陪首长过去一看，拖拉机驾驶员浑身哆嗦，方向盘扭向一侧，车上的妇女是被吓哭的。

刘参谋用维吾尔语询问才弄明白，拖拉机是急着接病人的。首长一听，当即让王医生陪维吾尔族妇女坐李进攻参谋长的车子接病人，让张师傅把拖拉机方向盘矫正好，又让大家一齐动手把我们的吉普车翻了过来。司机钻进车开了一百多米，没有发现异常，大家心里才踏实了。

两个多小时后，王医生把患重病的维吾尔族老人送到公社卫生院，拖拉机方向盘也基本矫正，勘察组才返回。

快到喀什了。汽车篷布上覆盖的黄土，在夕阳余晖中像披了一层金甲，浪漫而富有诗意。

侥幸逃脱一难，再次使我感到人生无常，祸福难测，写散文的心情一时荡然无存！

后来，我在报告文学《舍生忘死不歇鞍》中记述了这次险情。今天重读，心情仍不平静。

雪封则克台

三台车的车队，两台从巴仑台按时出发，经巴音布鲁克草原、则克台林场，拟定在新源驻军吃晚饭。只有我们这台车因故障落单，继续在巴仑台14医院排除故障。这一天是1974年元月9日。

我们是5日从乌鲁木齐出发的，途中在库尔勒待了两天，在和靖待了一天，昨天赶到天山腹地巴仑台。早上出发前，通信部于科长和一位参谋留下，同我一起等待汽车排除故障后上路。作战部、情报部的同志跟着首长，挤上前面两台车先走了。

汽车故障一排除，我们扒拉了几口米饭，急急火火地上车赶路。这时候已是下午2点左右，我们被前面两台车落下了6个多小时。

勘察组要去的则克台，系蒙古语"种公羊"的意思。这个只有三四千人的小镇，位于伊犁河谷支流巩乃斯河下游，北依阿布热勒山，东接新源县，西临尼勒克县，横贯东西的国道218线与省道 316 线在此交会。因为巴仑台没有气象站，天山腹地又阴晴不定。出发时还是朗朗乾坤，没出巴仑台，滚滚而来的黑云一下子把山谷填满了。霎时间，大家对于前往则克台会不会顺利打了一个问号。

小曾打开大灯，在狭窄崎岖的弯道上行驶，生怕外侧轮胎滑脱，汽车掉下悬崖。40 多公里的山路，摸索了 3 个多小时才走完。

原本想象爬出"山穷水尽疑无路"的巴仑台山谷，广阔的巴音布鲁克草原一定是"柳暗花明又一村"。但我们错了，面前的草原一片混沌，视线所及的范围，全被正下的大雪挡住了。这雪不是飘飘扬扬落下的，而是像细碎的雪粒，嗯嗯喇喇地从天上往下抖，掉在车棚顶上还能听到响声。

走，还是不走？考验我们的决心和判断力。于科长说，这条路他走过。则克台南边十几公里的洼地，是我们必经之路，如果被雪堵在低处，遇到山上出现雪崩，我们是逃不掉的。他一锤定音，让小曾把车开到临近的道班房前，先等一等再说。

公路旁的道班房是两间砖石结构的平房，由于废弃，墙上没有门窗，只有 6 个大洞，走进去风雪交加，里面比外面还冷。墙角堆的干牛粪还有灰烬，看样子是牧人取暖用过的。

雪越下越大，不长时间，吉普车周围的积雪已经没过轮胎。我抬腕看表，晚上 8 点钟了。我们是中午 12 点吃的午饭，刚才把精力放在走不走上，还没觉得饥饿。确定不走了，突然间饥肠辘辘，双腿颤抖，肚子里面像有蛙鸣。

于科长逐个问了我们三个人，都是两手空空，连一个馒头也没顾上带。他顺手从靠背后面抽出半自动步枪，又数了数弹夹里的子弹，信心满满地说，一会儿雪小了到周围看看，打两只野味回来，用牛粪烤着吃。

我们都觉得这个主意不错，缩在车里等着雪停，但雪却越下越大，直到夜里10点钟也没有停下来的意思。我用手电筒向远处一照，公路边10多米高的电线杆，已被大雪埋了一半。我们的吉普车虽然停在死角，但积雪也把门堵住了。

夜里12点左右，可能度过了饥饿的极限，压抑的食欲被胃肠的阵阵痉挛替代了。极度的寒冷和胃痛，折腾得我紧咬牙关，一句话也不想说。吉普车内没有暖气，戴着皮帽子，穿着皮大衣、毛皮鞋仍然冻得浑身筛糠。四个人都不吭声，连平常喜欢说黄段子的于科长，也一句荤话也没力气说。大家在饥寒交迫中进入深度睡眠，反倒省去了烦恼，我连梦也没有做。

第二天早上9点钟，我被汽车喇叭声吵醒。睁眼一看，于科长和小曾正在用小圆锹刨驾驶室门外的积雪。

车外阳光灿烂，白雪皑皑。天空一片湛蓝，万里无云。远方的电线杆子只剩下一米多没有被雪埋住。我挤下车去，积雪埋到腰部，本想用双手刨雪，饥饿再次发作，颤抖的双手连松软的雪也抓不住。回过头看，张参谋和于科长正把攥成团子的雪疙瘩朝嘴里塞，我恍然大悟。低头爬到齐腰高的积雪上，大口大口地吞食。

三年困难时期，我上中学时曾以雪充饥。13年过去了，这次虽然也是以雪充饥，但我已经穿了12年军装。我不气馁，不悲观，相信我们能走出眼前的困境，在则克台大块大块地吃上手抓羊肉。

我的判断没有错。就在我们刨挖汽车周围积雪的时候，从则克台方向开来的两台铲土机，一前一后，正在沿着电线杆子的走向，清除厚度高过铲土机的积雪……

下午 2 点半，我们的吉普车在 10 多米高的雪廊中缓缓穿行。

整整 25 个小时没有进食了！我吃着溢出葱油香味的干馕，慢慢咀嚼着饥饿的味道，体悟这次历险的收获……

到了则克台才知道，巴音布鲁克那天夜里的气温是零下 32 摄氏度。

飞过国界的军帽

在共和国 1000 多名开国将军中，被叶剑英元帅赞誉为"司令员之最"的将军，仅有吴克华中将一人。这位以塔山阻击战扬名中外的儒将，先后出任过炮兵司令员、铁道兵司令员、成都军区司令员、乌鲁木齐军区司令员、广州军区司令员。他的老八路夫人张铭同志告诉我："跟着老吴东颠西跑，居无定所，我都成了搬家专业户了！"

声望这么高的首长，差点因我的失误影响了形象。

1979 年 2 月 4 日，吴克华临危受命，出任乌鲁木齐军区司令员。5 月初驱车翻越天山，开始了南疆地区的战场勘察。6 月中旬到 9 月下旬，广袤无际的北疆地区又留下了吴司令员的身影。这期间他的秘书出差，我在吴司令员身边待了一段时间。我在江巴斯边防站铤而走险地追帽子，就发生在这期间。

8 月 27 日，吴司令员在北疆军区赵增林副司令、博尔塔拉军分区肖升旭司令员陪同下，去阿拉山口边防站看望部队，勘察地形，研究"防敌抓一把就走"的具体措施。

"阿拉"是哈萨克语，意思为开满鲜花的地方。然而这个有着浪漫而富有诗意名字的地方，却经常被天昏地暗的漫天风沙充斥。常言道，故土难舍。即使这个可以把骆驼刮飞的地方，阿拉山口人却引以为豪。他们不无得意地说，不到新疆不知道中国有多大，不到阿拉山口不知道风沙有多狂。当地顺口溜云："一年一场风。从春刮到冬。八级九级是小风，大风骆驼在空中。"据阿拉山口气象站统计，每年 8 级以上的大风不少于 180 天，最大风速可达 55 米 / 秒，其猛烈程度俨然超过 12 级台风。

吴克华司令员上阿拉山口边防站那天，博尔塔拉军分区联系气象站，特意选了个风小的时间段。虽然只有六七级风沙扑面，沙子打到脸上还是火辣辣的。肖司令一再叮嘱大家把帽子戴牢，或者干脆把帽子揣到怀里，免得被大风刮到对方境内，成为对方指责我们越境的把柄，在外交上给我方造成被动。

还算好！在阿拉山口活动了将近 3 个小时，一切顺利。苏军可能从他们的卧底中得到情报，那天边防哨所增加了装甲车、越野车，人员也比往常翻了一番。两台越野车和三辆摩托车，虽然一直虎视眈眈地监视着我们勘察组，但始终没有异常行动。可是，勘察组到江巴斯边防站时却差点因我的帽子惹出了麻烦。

江巴斯距阿拉山口不远，很少刮风，大家担心帽子被刮飞的心情也就松弛下来，但边境对面的苏军仍然坐着吉普车监视我们。从山上哨所下来，吴司令幽默地说，看来苏军今天给我们派的警卫责任心很强啊！说完招呼我让大家抓紧照相。

工作组出发前，吴司令为了不给部队增加负担，录像照相的人一个也不带，指定我兼职摄影，我当然得尽职尽责，不负首长厚望。

在阿拉山口拍照时，风太大，没能选好取景角度，几张照片都不理想。一到江巴斯，我先选好位置，准备拍照时取景。

说来蹊跷。拍照刚要开始，一阵大风突然迎面刮来。我因忙着准备照相，没顾上转身避风，系帽子的带子被风扯断，军帽一下子被刮飞境外。首长警卫员小林连声喊："屈科长！你的帽子刮跑了！帽子刮跑了！"

我应声转身，连想也没想，飞跑着想把在戈壁滩上打滚的帽子抓住……

对面苏军从瞭望镜里看到我飞跑追帽子，一辆摩托车轰鸣着挟风裹尘，朝着我飞驰而来。就在双方不到30米时，我的帽子被一堆骆驼刺挂住。我用平生最快的速度飞跑过去，一把抓住帽子，扭头又向回飞跑，直到跨入我方巡逻线后才站住了。

摩托车上的三名苏军见我笑呵呵地向他们挥手说："досвидания"（达斯维达尼亚，再见的意思），只得骂骂咧咧地掉头回去了。几名苏军不会想到，我中学的外语课就是他们的母语。

等大家照完相，吴司令笑着说："你刚才的速度赛过摩托呀！"

我不好意思地说："帽子上写着我的名字，无论如何也得抢回来！"

20世纪70年代的军帽是黄色的布帽子，上面没有系带，很容易被风吹走。出发前军需科特意为我们配发了系帽带，帽子上还写了每个人的名字，结果差点出现意外。那天无论人或帽子，只要被敌人抓到手，都会授敌以柄，酿成涉外事件。

有了这次教训，再上边防时我总要带两条细绳，以备不时之需。

后来听谭友林政委说，吴司令表扬我在苏军武器射程之内追帽子，事情不大，精神可嘉。政治觉悟和纪律观念应该表扬，但做法不宜提倡。我听后更为自己的不慎而内疚。

与癌擦肩而过

癌——这种令常人生畏的恶性肿瘤，也使我在忐忑不安中挣扎了19天。

尽管手术前医生告诉我，可能是个良性包块，但没有排除恶性肿瘤的可能性。

事物是由渐变到突变，由量变到质变的。就我而言，这个"变"的过程如同做了一场噩梦。噩梦的起因，正是1972年中秋节在新藏公路麻札达坂上那次翻车。

麻札达坂翻车以后，我整整遭受了15年难以名状的折磨。白天脓鼻涕不断，恶心得让我作呕；夜里不能安枕，只能靠左鼻孔通气；遇到感冒双鼻孔堵塞，呼气吸气全靠嘴巴。新疆军区总医院五官科张清波主任为治我的病没少花心血，但效果不明显。1985年我调兰州军区政治部宣传部工作，兰州军区总医院为我接续治疗，效果依然不佳。1987年8月，我在平凉驻军参加兰州军区两用人才现场会的准备工作。总政事前通知，余秋里主任将莅临这次会议，军区领导十分重视。我因昼夜加班加点，右鼻窦的炎症明显加重，右眼球上移，视力急剧下降。会议筹备工作基本就绪，我偕牛俊民、于建文等同志抽空赶往西安，去第四军医大学请专家诊治。

接诊教授是西京医院耳鼻喉科王锦玲主任。王教授是我国耳鼻喉科泰斗姜泗长的传人，在军内外知名度很高。她仔细检查了我的鼻腔，详细询问了我的病史，然后开了一张拍摄X光照片的申请单，嘱我去放射科拍片子。

我们一行在陕西省军区宣传处处长王忠义、干事魏季棉的引领下，登上放射科的4楼拍摄X光照片。

我从拍片室出来不到一个小时，一位中年男医生拿着放射科的报告单对我们几个人说，可能是恶性肿瘤，右侧上颌窦有占位性病变，右眼眶底被侵蚀，眶沿骨质缺损。

医生说话时我们几个人面对他站着，可能看到我的表情与众不同，又侧过脸对我说："病人是你吧？"

我点着头说："是我！"

医生的态度一瞬间温柔了，他语气委婉地说："这只是我们放射科的看法，最后还得由耳鼻喉科王主任下诊断。就是肿瘤也不要紧，手术是完全可以根治的！"医生说完，把装着X光片的牛皮纸袋交给我，又同我热情握手，目送我们一行走下楼梯。

回到门诊部已经到了下班时间，王主任还没有离开。她接过放射科的报告单，又抽出X光片看了一会儿，语气温柔地对我说："你先住进来，我们再做详细检查。检查哪些项目，下午我当面跟你说。"

20 世纪 80 年代，西京医院的治疗设备和诊治水平在全国是有名的，王锦玲主任又是其专业领域的顶尖教授，我对治疗的效果满怀期待。那时候因为没有 CT、核磁共振、高分辨率的超声仪器等现代医疗设备，X 光照片是临床科室最重要的诊断依据之一。即使像王锦玲教授这样的大师级医生，也很重视放射科的诊断报告。

所有的检查项目做完后，院校组织大会诊。专家讨论的结果还是两种意见，最后只能靠手术和病理诊断下结论了。

王主任对手术方案做了两手准备。从肿瘤的不同性质考虑，手术方案的设计大相径庭。如果是良性当然好办，如果是恶性，王主任要把我身体承受的损伤减到最小，把我术后的存活时间延续到最长。

妻子孙兰把小儿子托付给熟人照顾，陪着我在病房里度日如年。那些天我连身后的事情都安排了……

大仲马说过："命运的转机总是在最绝望的逆境中突然到来的。"9 月 1 日这天，可能就是我命运逆转的一天。上午王教授来病房对我说："手术定在 9 月 3 日。你放心，手术由我和王（尔贵）副教授做，老主任（刘乾初）在台前坐镇。"之后还说了一些安慰的话，笑眯眯地出了病房。王教授离开后，我和孙兰都很高兴，不管结果是好是坏，压在心上的石头快落地了，我有在迷离中看到一缕晨曦的感觉。

9 月 2 日上午，我同孙兰商量，下午把黄富强、南远景叫上，吃一顿羊肉泡馍，喝一瓶西凤酒，吃饱喝足好上手术台。

下午不等我们出发，陕西省军区政治部蒋金锵主任在宣传处

1975 年的孙兰女士

处长王宗义陪同下来病房探望我。蒋主任说，他们已经知道我的手术时间，晚上省军区政治部为我置酒祈福，提前祝我手术圆满成功！我为之感动，当即欣然接受。

蒋主任安排的那顿晚饭我这一辈子也忘不了。一尺长的野生甲鱼，是延安军分区王德甫参谋长从黄龙山河里捕捉的。除了一只大的，还有十多只小的，最小的也有手掌大。常言道，酒不醉人人自醉。那天晚上我在脚踩生死线的感觉中放胆举杯，差不多喝了半斤茅台，到了墙走人不走的境界。最后是被南远景、黄富强和省军区宣传处的魏季棉干事架上汽车的。

南远景把剩余的甲鱼养在大水桶里，每天在招待所炖一只带到医院。俗话说，千年的王八万年的鳖。这些甲鱼为我康复补充了元气，注入了活力。而今忆及，蒋金锵主任、王德甫参谋长、王宗义处长仍然在我的脑海里浮现。我常想：人，可以忘记你帮过的人，切莫忘记帮过你的人。滴水之恩，当以涌泉相报，这是做人应有的良心。何况像王锦玲这样给予我第二次生命的教授，像在生死未定之际帮我提振信心的战友，他们的高尚情操让我永远难以忘怀。

9月3日上午，王宗义处长和南远景、黄富强、魏季棉等几位干事，是在手术室门外陪着孙兰度过的。在等待命运宣判的两个多小时里，这几位无神论的军人，都希望神灵护佑我平安无事，都相信善有善报，都相信我会逃过一劫。

上午9点钟，我的手术由王锦玲教授和王尔贵副教授主刀，刘乾初老教授参与指导。虽然术前检查右眼眶下缘及上颌窦腔顶外上壁有骨质缺损，诊断为可疑肿瘤，但两位教授还是选择微创手术，未从鼻右侧面部切口，也未从眼眶下开径，而是从上唇内右侧切口，细心彻底清除窦内病变组织，未伤及眼部组织。

这种手术简直是螺蛳壳里做道场，空间狭小，视野狭窄，难度很大，但手术做得非常成功。术中发现右上颌窦腔填满软组织，呈息肉样、囊肿样组织，分离时流出大量棕色似油脂样闪亮液体，部分呈干酪样，囊壁主要附于上颌窦外上顶壁，摘除后可见眶下缘骨壁大部缺损，边缘不整齐，上颌窦顶外上壁亦有骨质缺损。

术中冰冻病理检查，右上颌窦豆渣样物，大量血细胞中可见胆固醇结晶及炎性囊性坏死组织，未见瘤细胞。术后病理报告为黏膜组织慢性炎症，并肉芽组织伴坏死、出血囊性病变、胆固醇结晶。

报告结果排除了恶性肿瘤，与临床所见相符。考虑可能为以前外伤骨折后形成的出血性坏死性炎性假瘤。手术后诊断：右侧上颌窦囊肿及慢性上颌窦炎（出血性坏死）。

当我被从手术台上唤醒后，看到几位教授眉开眼笑，心里明白了八成，但术后出现的复视让我看不清大家的真切笑容。王锦玲教授高兴地说，是囊性增生，不是恶性肿瘤。我听完一骨碌爬起来想下手术台，被王尔贵副教授摁住了。我极力控制自己的感情，表面上没有流露出失态的表情，但流进心里的泪水是滚烫的，那一刻我记得自己只会说"谢谢"两个字，其余的话都被哽咽在喉头的热流堵住了。

手术室门外，孙兰和守候的同志，早已从病理报告中知道了结果。看到我被推出手术室，争着同我握手，祝贺我让死神的希望落空！祝贺我没有让癌症的企图得逞！

中午给我的病号饭是流食，我听说其他病人吃包子，坚持不吃流食吃包子。护士长先给我拿了 3 个，我一眨眼吃完了，后来两次又拿了 6 个包子，总算满足了我的食欲。那一刻我真正体会到活着真好！包子真香！

术后断定，1972 年在麻札达坂那次翻车，致使我右侧上颌窦骨折。因为年轻不在乎，表面疼痛消失后没有及时治疗，骨折缝隙的分泌物逐渐堆积，几乎将我置于死地。

手术以后，王教授安排我在病房做了长达一个多月的恢复性治疗。后来又在我右侧下鼻甲开了一个小口，使窦腔内的分泌物不再淤积。

黄富强去平凉参加现场会后，南远景一直留在病房照顾我。这期间我左下肢曾发生过静脉炎，走路不方便。南远景推着轮椅送我去做治疗，有几次还把我推到兴庆公园散心。他每天穿梭于招待所和西京医院，没有一句怨言。看到招待所有我喜欢吃的菜，还要打一些拿到病房里给我吃。他自己常常因赶不上吃饭时间而饥一顿饱一顿，其宅心仁厚的品质给我留下了深刻印象。

现在想起来，如果 1987 年 9 月 3 日那次手术确诊我患的是右上颌窦癌，我的这篇短文连同我的肉体，早已被焚尸炉化为一缕青烟了。

2020 年 7 月 23 日

醉卧"沙场"

屈指算来，整整 51 个春秋过去了。

1969 年秋季，空降兵 15 军温副军长带领 20 多名师团干部，在空军司令部有关人员协调下，驾驶运输机飞抵乌鲁木齐，同新疆军区钟光国副参谋长、作战部王恩庆副部长率领的一众机关干部，在天山南北勘察返空降地域。

因为人员多，所到部队的招待所容纳不下，勘察组多数时候住在地市（州）政府招待所。新疆地方同志本来就好客，见空降兵远道而来，又是一支功勋卓著的特种兵，更是热情有加，每到一地少不了设宴迎送。尽管菜肴土气，但地方特色鲜明，伊力特曲又香味浓郁，入口生津，空降兵的同志们每次都喝得微醺而归。一路上多次喝酒没见有人醉倒，更不存在主人备酒不足而"穿帮"的问题。然而中秋节前夕的晚宴却出现了一次意外。主人因备酒不足而"穿帮"，客人因混喝而醉卧，演绎出一支久传不衰的变调段子。

那天晚上，勘察组在阿克苏地区招待所下榻。阿克苏在维吾尔语里是甜水、白水的意思。那里不仅是鱼米之乡、歌舞之乡，还是上万名上海支边青年的第二故乡。较之新疆其他城镇，人杰地灵，物产丰富，从古巴引进的牛蛙、从非洲引进的罗非鱼，20世纪60年代已经在阿克苏养殖。

阿克苏驻军又是我的老部队，勘察组在地区招待所借宿我自然高兴。我提前给老战友打电话，晚饭后回团里看看大家。政治处有的同志提议，如有时间，找几个人小范围聚聚，为中秋佳节增添几分节日气氛。

当天的晚宴由地区革委会王副主任主持。宴会开始之前，他举杯致辞：空降15军是抗美援朝战争中坚守上甘岭阵地的英雄劲旅，是战斗英雄黄继光成长的部队，为了反修防修，准备打仗，你们不远几千里来到阿克苏，我代表阿克苏地区革委会和各族广大人民群众，向大家表示最热烈的欢迎！明天是农历八月十五，在中秋节前夕，让我们同英雄的空降兵一起把酒赏月，一起朗诵伟大领袖毛主席赋予月亮生命力的《忆秦娥·娄山关》。

王主任话音刚落，从左边侧门走出一位英姿飒爽、军装合体的上海姑娘。她从容自若地对着麦克风，开始朗声领诵《忆秦娥·娄山关》：

西风烈，

长空雁叫霜晨月。

霜晨月，

马蹄声碎，

喇叭声咽。

雄关漫道真如铁，

而今迈步从头越。

从头越，

苍山如海，

残阳如血。

　　姑娘的朗诵气势激越，声情并茂，令人为之振奋。参加宴会的地方同志跟着朗诵，慷慨激昂，没有参差不齐的声音。在场的军队同志习惯于开会时先读一两段《毛主席语录》，没见过先朗诵毛主席诗词的安排，一时半会没反应过来。等领诵人读到"雄关漫道真如铁"时，勘察组的同志全部参与其中，跟着领诵人朗诵。宴会厅顿时气势恢宏，声浪爆棚。

　　朗诵结束，宴会开始。由于有前面的铺垫，大家的情绪很快进入高潮。虽说桌上没有生猛海鲜，更没有鲍鱼翅参，但当地产的鸡鸭鱼肉和时令菜蔬颇为丰富。加上有茅台酒佐餐，军地双方推杯换盏，觥筹交错，为誓死保卫祖国、保卫新疆而开怀畅饮。

　　令宴会主办方没有想到的是，大家乘兴豪饮，准备的茅台酒喝到后来"穿帮"了。地区交际处一时找不到茅台酒，只得把库存的"五加皮"搬出来顶上去。

　　我本来不胜酒力，喝了两杯茅台已经觉得头晕。在大家的碰杯声中又喝了两杯"五加皮"，连菜也没夹几下，只吃了两个包子，便去军分区小礼堂，检查地区文化局事前安排的文艺晚会准备情况。

　　晚会由阿克苏地区文工团和农一师文工团联袂演出，以维吾尔族歌舞为主。艺术高雅,气氛热烈,民族特色鲜明,令人大饱眼福。我同警卫员张玉友、驻军卫生队派出的保健医生杨丽琴坐在前排右侧,对台上的演出深表赞许。

节目演到一半,我突然感到恶心,急忙离座出了礼堂,还没走几步就哇哇地呕吐不止……

国庆节前的阿克苏夜晚,寒意袭人。张玉友和杨丽琴见我迟迟不归,随后追踪出来找我。两人转了一圈发现,我在几十步开外处的一棵杨树下坐着。脑袋顶着树,双手搂着树,双腿夹着树,呼呼大睡,昏昏沉沉。

我被他俩喊醒,又踉踉跄跄地走进礼堂坐下看节目。好在灯光转暗,没有人看到我的醉态。第二天早餐时才知道,头天晚上被"五加皮"放倒的竟有五六个人。

中秋节当天,我们乘坐空降15军的飞机抵达马兰。晚餐过后,大家在广袤无垠的大漠上赏月。苍穹浩渺,四顾茫茫。我凝望一轮明月,"醉卧沙场君莫笑"的旷达与"何处春江无月明"的缠绵同时在脑中闪现!

蓦然间,想到昨天晚上的失态,不禁哑然失笑,"五加皮"几乎使我错失了"但愿人长久,千里共婵娟"的明月良宵!

2020 年 9 月 20 日

在伤残中重生

孟婆汤是我童年时听过的一个神话故事。

故事的主人公孟婆是阴曹地府中专司抹去生魂记忆的使者。她驻在奈何桥边，为所有前往投胎的灵体提供孟婆汤，使之忘记生前的爱恨情仇，卸下包袱走入下一个轮回。

2015年8月，我曾在拙作《西陲将星》的"后记"中写过这样一段话："当岁月把我送进古稀之年的时候，蓦然眺望，发觉生命留给我的时光已经不多了。梳理一头白发，触摸满脸皱纹，我渐渐意识到，有些对我有深刻影响的人和事，不能随着我的肉体在最后一把炉火中灰飞烟灭。"眨眼间三次命悬一线的伤残过去了，在即将迈进80岁门槛之际，趁着没喝孟婆汤之前，我有些心里话还是要说出来的。

一

虽然高原肺水肿病危与两次车祸已经远去，生命中的伤残却无法跟着岁月流逝，时不时地刺痛我本已脆弱的神经。

俗话说，是福还是祸，是祸躲不过。日历还得翻回1972年8月。

那次由总参作战部和军区司令部联合组织的边境勘察，目标是喀喇昆仑山和西藏阿里地区的一线边防哨卡。平均海拔4500米以上，最高的神仙弯哨卡5380米。勘察组出发前我感冒刚退烧，本可以请假不去。想到自己身体好、年纪轻，上高原边防勘察机会难得，一句怂话也没说，就跟着勘察组上去了。在界山达坂，还与通信兵部罗泉源副部长比嗓门，看谁的吼声大、时间长。结果当然是我赢了，他的袖珍手电筒被我装进了行囊。

　　勘察组到达阿里军分区后，为了适应缺氧环境，先就近勘察斯潘古尔、扎西岗等几个边防站。开始几天我没有明显的高原反应，没过多久我还是出丑了。有一天夜里零点左右，我突然呼吸困难，体温升高，头疼欲裂。随队医生听了肺部，测过体温，不容分说让我吸氧吃药，并报告带队的新疆军区钟光国副参谋长，我有高原肺水肿的症状，天亮后需要立即下送阿里军分区卫生所救治。

　　第二天，我糊里糊涂地被送到阿里军分区驻地狮泉河。这里海拔4300米，军分区卫生所的编制比步兵团的卫生队还大。不同民族、不同地域、不同性别走到一起的医护人员，跨越年龄界限，为了共同使命，凝聚成一个友爱的战斗集体。他们在风雪中坚守，在孤独中奉献，在生命禁区为保障戍边官兵迸发出不可战胜的力量。就是在这里，支援阿里地区的北京医疗队和阿里军分区卫生所的医护人员，把我从奈何桥上拽回人间。

　　我完全清醒后，负责护理我的女护士白灵说："你昏迷了七天，连我都担心你出现意外。你胆子也太大了，感冒没好竟然敢闯生命禁区！可你让大家意外了，你不但没有出现肺水肿，居然在世界屋脊上捡回来一条命！医生说，你这个案例对于高原肺水肿的防治很有意义，他们还要找你座谈呢。"

我搭眼一看，这不是年轻时候的上官云珠吗？太像那位大影星了！紫外线给她双颊涂抹的淡粉色胭脂，鲜嫩红润，与她白皙的长脖子形成鲜明对比。她的表情层次分明，妩媚一笑，魅力动人。机灵的眸子里隐藏着深邃的秋波，看人时露出莞尔的温馨。

从交谈中得知，这个21岁的护士在江苏淮阴长大，高中毕业后当赤脚医生。父亲祖籍山西，在修筑新藏公路时牺牲。为了寻找父亲的足迹，她缠着山西籍的蔚福恭师长"耍赖"入伍，第二年又写血书来到阿里。看着她玉树临风般的瘦削身材，我真担心她哪一天会被高原上的风暴卷飞。她听后咯咯地笑着说："你们作家真会夸张，喀喇昆仑山能让你吹成玉皇大帝金銮殿上的顶梁柱。我搜集了一些进藏先遣连和修筑新藏公路的资料，你拿回去可以作参考。过几天我陪你祭拜狮泉河烈士陵园，进藏先遣连连长李狄三的墓就在那里。"

后来我们真的去了一趟烈士陵园，把她带去的烟酒敬献给长眠在世界屋脊上的烈士。在往返途中，我告诉她我不是作家，同她一样，是个文学爱好者。但她说在一本集子里看到过我写的小说，我脑子缺氧，一时想不起来，也没再作解释。

继续输液治疗那几天，从医生口中得知，我昏昏沉沉一个星期，白灵一直守护在我病床前。实在困了，在旁边的行军床上打个盹，就是不让人替换她。我当时的感动是可想而知的，还曾萌发过帮她调下山的念头。

后来我下山时，白灵果然交给我一摞材料和一封信，希望我给她回信。50年过去了，我没有同她联系，也不知道她的下落。

最后，我用著名诗书画艺术家兼评论家吴振西先生在拙作《月满昆仑》首发式暨研讨会上的一段发言结束这篇短文："我想，当年芳华正茂的白灵，现在也许是位银发飘飘、风韵犹存的老人。也许儿孙绕膝，正在安度晚年。也许历经沧桑之后生活得不尽如人意。也许，也许……许多推测都无法让人释怀……"

二

50年前那次车祸幸免于难，事后我曾想过，即使在生死存亡之际，人也要懂得施恩与感恩。不知施恩于人的人不配谈人品，不知感恩于人的人不配谈良心。那次车祸[①]，幸亏两位下山的地方卡车司机把救命干粮和水留给我们，又带信给库地兵站。6师副师长张昌奎接到兵站报告后，连夜带车上麻札达坂救助。否则，还不知道我们会遭受多大的磨难。我虽然在车祸中挣脱死亡，但颌面左侧骨折，左上颌窦形成囊肿，浸润左眼眶底骨受损。左侧锁骨韧带拉伤，左髋关节活动受限。

关节的伤痛没几个月就好了，但右侧上颌窦的病症越来越重。从1983年到1986年，来自协和医院的乌鲁木齐军区总医院五官科张清波主任，几乎每隔10天为我做一次上颌窦穿刺，抽出脓血，注入抗生素消炎。张主任尽心尽力，效果却不甚理想。

---

① 见《中国作家》2011年第12期《月满昆仑》一文。

1987年夏，因右眼视力骤降，宣传部理论研究室主任牛俊民、干事于建文随我从甘肃平凉62师赶往西安，在陕西省军区宣传处长王宗义、干事魏季棉陪同下，去第四军医大学西京医院门诊部五官科，请该科主任王锦玲教授诊治。经王主任一丝不苟地精心检查，李开宗副院长组织全院多科室大会诊，诊断为右上颌窦囊肿，不排除恶性肿瘤的可能。

消息传出，47集团军宫永丰政委把雨林农场捕捞的活鱼送到医院；延安军分区王德甫参谋长从黄龙山水库抓了十几只野生甲鱼让我滋补；手术前一天晚上，陕西省军区政治部蒋金锵主任为我设宴壮胆，我居然喝高了。王绩的"阮籍醒时少，陶潜醉日多。百年何足度，乘兴且长歌"被我反复吟咏，别人制而不止。

我的手术是王锦玲教授同王尔贵副教授主刀的。妻子孙兰和陕西省军区的王忠义处长、魏季棉干事、兰州军区宣传部南远景、黄富强干事一直守在门外。手术期间病理切片冰冻为良性囊肿的结论，不等手术结束，已经传得沸沸扬扬。后来总政治部郭林祥副主任委托总政宣传部邵华泽部长到病房看望我，兰州军区党委常委和政治部领导无一例外地到病房向我表示慰问。新疆军区边防九团政委鄢清才代表团长王辛昌，亲临病房嘱咐我不要有后顾之忧。宣传部干事南远景住在陕西省军区招待所早出晚归，一直陪我到病愈出院。

如今，兰州军区当年的领导人和后任二炮副政委宫永丰以及后任乌鲁木齐陆军学院院长的张昌奎将军已经作古；后任武警副政委的蒋金锵将军重病卧床；91岁的王锦玲教授依然精神矍铄地指导她的弟子们救死扶伤；其他同志均有成就，唯独牛俊民英年早逝，每当思之潸然泪下。

三

人生无常，天意难测。从高原肺水肿病危中死而复生；从喀喇昆仑山麻札达坂车祸中捡回一条命；在车祸创伤向恶性肿瘤发展的路上，被王锦玲教授从死神手中夺回的我，却在2019年5月6日傍晚，被一辆电动车撞得不省人事，半个小时左右才恢复了意识。事后感叹，就是夜夜做梦，也不会梦到1972年发生的车祸，47年后又重复了一次。只不过重复的车祸不在喀喇昆仑山的冰达坂上，而是在成都的北较场。

据实相告，那一天——2019年5月6日傍晚8点钟左右。我算是上了奈何桥又退回阳世间的人。如果不是西部战区门诊部主任温伯平及时赶到现场处置，我可能连车祸前后的过程都回忆不完整。

那是一次毫无端倪可察的车祸，发生在我散步的时候。我有早饭晚饭后散步的习惯，每日坚持，四季不辍，风雨无阻。那天傍晚的雨不是很大，淅淅沥沥。路灯已经绽放，光线并不很暗，马路上的水面波光粼粼。连日来的倒春寒，气温一直在十三四度徘徊。蒙蒙细雨像过滤器，PM2.5的指数降到10个上下。操场大门口空气质量显示牌上，一个放大的"优"字，绿光莹莹，十分醒目。

我贪婪地吮吸着清新的空气，与老伴打着雨伞，在大院的马路边散步，沐浴立夏后的第一场喜雨。院子来往车辆不多，且各行其道，车速都在20码以下。路过身边的汽车减速行驶，生怕轮胎带起的泥水溅到行人身上。老伴见雨大了，提前回家，我看着脚下的潺潺流水，又多走了两圈。

约莫8点钟，乐极生悲的事情发生了，在猝不及防的情况下我遭遇了无妄之灾。一个65岁的王姓老妪骑着电动三轮车，接外孙女学跳舞回来。不知是雨天赶路回家，还是精力不济走神，电动车竟然从背后把我撞倒。我的身体被撞得转了180度，仰面朝天，后脑勺磕地，电动车压在身上，我完全失去知觉。幸亏哨兵及时呼救，直到温伯平主任在救护车上采取措施，我才恢复了意识。

救护车在呼啸声中开进总医院，杨海伟副院长和保健科董助理，紧急组织有关科室医生在CT室会诊，并对脑后鼓起来的包块和外伤做了处理，我被送进病房吸氧观察。

第二天下午，医院又做了核磁共振和CT检查，我焦急地等待诊断结果，祈愿不要有大事，特别是不能把我的脑子磕坏了，脑子坏了，活在世上还有什么意义！

检查结果，除了头晕、恶心、脖子僵硬、弯腰困难、不能左侧睡觉，体表没有大伤，内脏未见异常。我暗自庆幸逃过一劫，出行更加小心翼翼。

事后得知，65岁的肇事女性是位女干部的母亲，女干部家庭发生变故，本人面临提拔任用，母亲是帮女儿带孩子来部队的。大水冲了龙王庙。想到一家三代人的不易，我倒有了怜悯之心。除了提醒年纪大的肇事女性以后要多加小心，叮嘱干休所领导不要因她母亲电动车肇事而影响女干部的提拔。自己能做的就是外出疗养，让身体早日康复。没过多久，这个女干部升任一家干休所当了政委。此后三年我没见过这对母女，也没接到过一次电话。

从前年开始，我的右耳听力越来越差，下半年完全失去听觉。从去年开始，我的右眼视力骤降，一度几近失明。我遍求军内外专家，都认为脑外伤引发的病变逆转不了，嘱咐我静下心来，慢慢调养。

我无法预测我的听力和视力的未来，更不知道希望在哪里。但我相信，只要心中的灯不灭，我的前途绝不会是一片黑暗！

2022 年 4 月 16 日

戒烟记

挑战自我实属不易。譬如，对烟酒瘾大的人来说，戒烟戒酒如同凤凰涅槃，浴火重生。

1987年秋，我决心戒烟时有人讲，纳赛尔说过，"戒烟像和情人诀别一样艰难"。我没有与情人诀别的经历，自然体会不到纳赛尔这句名言的滋味，认为这不过是一句戏言而已。

后来翻阅名人词典，搜索百度词条，没有找到这句话的出处，但戒烟的痛苦却使我体会到和情人诀别是一种什么滋味。如果说抽烟是客观原因与主观原因相互作用的结果，那么戒烟则是主观意志对主观欲望的超越。这种超越是精神的脱胎换骨，更是物质的化羽成蝶。

我抽烟始于1969年底，那时我随首长在指挥坑道落实军委"一号命令"，是年25岁。我戒烟始于1992年初，是年我48岁。算下来我是个有23年烟龄的烟民。

实话实说，我开始抽烟是被人"勾引"的。上百天的坑道战备生活，好人都会憋出毛病。有家室的人可以借口去医院、送文件、找资料回家放松一下，我只能老老实实在坑道里待着。我跟的首长分管作战，夫人在内地，他24小时守着坑道指挥，战备的弦快崩断了，我是须臾不能离开的。我房间左邻右舍全是作战部的人，从部长到参谋，90%以上都是"烟鬼"。《战胜报》社副科长李西林是电影《昆仑铁蹄》的编剧，被我视为文学创作的老师，我三天两头向他请教。他更是个超级"烟鬼"，几颗门牙被烟垢罩着，右手食指和中指缝都是黄的。

近朱者赤，近墨者黑。整天在香烟缭绕的熏陶中生活，连我自己也不知道什么时候有了烟瘾。可恶的是几个过去见面给我递烟的老兄，见我有了烟瘾，个个幸灾乐祸。他们先是"扶上马送一程"，继续给我递烟吸，后来则是"扶上马任驰骋"，怂恿我自己"出血"买烟。

当时我月工资56元，妻子月工资48元，除了养活四口之家，还得酌情给老人寄点零花钱，哪能舍得花钱买烟抽。

可是，有一次夜班写材料，两点多烟瘾发作，手头没有烟，又不好敲别人门，急得抓耳挠腮，精力就是集中不了，脑子就是不蹦词，一管子的钢笔水，就是写不出几句自己满意的话。

枯坐良久无果，3点多钟还是敲开指挥所小卖部买了一盒"三门峡"。尽管一包烟只有三毛多钱，心疼得很，但抽了几口，居然找到了感觉。这时候我突然意识到，烟瘾可以主宰人的思维，烟的存在决定人的意识。我从哲学意义上找到了抽烟的根据。

时间长了，我渐渐享受到抽烟的快感。有一段时间整夜加班，烟灰缸里的烟灰堆得像坟丘。一天清晨，我看着鼓起来的烟灰缸顿悟，说不定我将来的坟墓就是烟灰堆起来的呢！

虽然后来只抽一毛多钱一包的香烟，也担心抽烟的后果，顾虑住在 12 平方米房子内的家人受到呛害，但翻来覆去下决心，就是戒不掉。

1972 年 9 月 25 日，我在青藏公路麻札达坂翻车面部受伤。15 年后右侧上颌窦出现占位性病变。差不多十天半月要做上颌窦穿刺冲洗，针头很粗，又不麻醉，每次痛苦得冒冷汗。

1987 年 8 月，我在西京医院检查伤病，幸亏王锦玲教授及时为我做手术，我的病灶才未发生恶变。那一次我听从王教授的劝告，下决心把烟戒了。事后我对人说，不经历死亡威胁的人是戒不了烟的。但后来的事实证明，在重大历史关头的压力下，人的烟瘾还会复发。复发后的烟瘾像复辟的旧势力，比"还乡团"还疯狂，最紧张时我一天要抽两包烟。

我的烟瘾是在那场政治风波中死灰复燃的。风波平息了，烟瘾复发了，戒还是不戒，我在边抽边戒中摇摆了 3 年多。1991 年 5 月，我就任新疆军区政治部主任前，再次到西京医院请王锦玲教授复查，切除的病灶部位没有发现任何异常。王教授见我还在抽烟，再次提醒我下决心戒掉。

1991 年底，我参加兰州军区党委扩大会议期间，患重感冒并发心肌炎，医生和妻子苦心劝我戒烟。严重的心肌炎威胁到生命，我不得不再次戒烟。病情稳定后，得知军区开春要组织司政后机关联合组，由我带队上高原哨卡，检查一线部队的战备执勤情况，进一步坚定了我的戒烟决心。"将军百战死，壮士十年归。"十年前我有过在喀喇昆仑山患肺水肿报病危的经历，知道在"生命禁区"抽烟，只能加重缺氧。十年后我不能因为抽烟诱发老病，影响带队上山执行任务。倘若这样，那我这个政治部主任就真的无颜见"江东父老"了。心一横，再次戒烟，连几个新打火机都砸了，剩下的烟我也没有送人。送人，无异于伤天害理，不如付之一炬。

30年过去了，我庆幸没有被香烟吞噬，再高档的烟没吸过一口。尽管烟瘾发作曾使我情绪焦躁，寝食不安，脑子"短路"，但"定力"使我挺过来了。

我还庆幸我的子女没有被香烟俘虏，他们知道抽烟也能致人成瘾，都与烟划清了界限。

香烟由海外传入我国几百年了。这种舶来品虽然没有鸦片为害之烈，但它对人体健康的损害亦不可低估。旧中国因为烟民庞大，中华民族被羞辱为"东亚病夫"，新中国因为老百姓的生活方式日益健康，"东亚病夫"的帽子早扔进太平洋了，这是历史性的伟大成就。

现在的明白人都知道，金钱固然是财富，但主导财富的却是健康。没有健康这个"1"，再多的财富也是零。抽烟错了，戒烟晚了，但我彻底改邪归正了。也许我可能侥幸逃过致命的"烟劫"，不会因为肺癌告别尘世。但这只是可能！谁让烟卷儿在我手中夹了20多年呢？

悔之晚矣！悔之幸矣！不悔才会要命呢！

2021年2月28日

笔尖下的"自留地"

吃完年夜饭，家人聊天时讲到，时下领导干部讲"四话"（官话、套话、空话、长话）的人越来越少，这是官场清朗的一个重要标志。但10多年前我还在职时，领导干部讲"四话"的现象司空见惯，我身在其中亦难免俗。只不过因为我有"自留地"，被"四话"浪费的时间少了许多。

自留地，是我国农业集体经济组织按政策规定分配给成员长期使用的土地。我笔尖下的"自留地"，则是长期未被人识破的"私密笔记"。

事情还得从儿时说起。可能是性格使然，打上小学开始，我就不喜欢老师在课堂上胡吹乱编。有个教语文的老师一堂课下来，我满脑子都是他爷爷春夏秋冬阉猪，他老子走南闯北卖肉，好不容易挣了一份家业……起初听着新鲜，听过几次便索然无味。再后来老师讲他家的故事，我就在下面偷看《封神演义》《东周列国志》《薛仁贵征东》，老师视而不见。第二年土地改革开始后，再没看到这位老师，是被人"炒了""挂了"还是"下课了"，不得而知。但我一辈子都感谢这位老师给我上课偷看课外书的机会。随着年龄增长，这个后来被老师批为"谎唐"的毛病不但没改，反倒愈演愈烈。那时不觉得功课难，也没有家庭作业。回家除了帮父母干农活搞副业，有点儿空就看杂七杂八的小说。

上初中没多久，教历史课的史老师被从西安一家重点中学来的朱老师代替了。朱老师是山东人，北师大毕业，因为运动中犯错误被下放到我们62中学教初中。没想到他第一次给我们上课居然说："我上课，大家只要在教室坐着，不影响别人听课，爱看啥看啥！"朱老师名气大，课又讲得引人入胜，上历史课我反倒不看小说了。即使这样，初中毕业前，我不但读了中国古典文学四大名著，还看了《七侠五义》《罗通扫北》《薛仁贵征东》《薛丁山征西》《说岳全传》《儒林外史》《杨家将》《西厢记》《牡丹亭》《粉妆楼》《桃花扇》等十几部明清小说。后来又陆续读了《家》《春》《秋》《三家巷》《创业史》《红岩》《林海雪原》《青春之歌》《红日》《红旗谱》等长篇小说。因为都是借同学的，又有时间限制，常常是囫囵吞枣，昼夜不舍。苏联、欧美的长篇小说，能找到的差不多都浏览了。直到上了高中，课堂上看课外书的习惯才不得不中断。令人痛心的是朱老师却在另一场运动中被迫害致死。

20世纪60年代初入伍以后，正赶上部队"突出政治"，三天两头上政治课。那时候干部文化素养低，有的基层干部甚至连战士姓名中不常见的字也常常念错，上政治课更是赶鸭子上架。一节课翻来覆去就是本子上团政委、政治处主任讲的那几段话，现蒸现卖，虽然全部正确，但枯燥得很。这又给了我听政治课做"笔记"的机会。只不过这时本子上记的不是上课人的话，而是我脑子里的唐诗宋词。所幸每次都很侥幸，从来没有被人发现。

当干部以后听报告的机会越来越多，听到的"四话"自然也越来越多。同时为党委写总结、为首长写讲话的任务也越来越重，这时我发现有些大话套话空话还真的不可避免。由此，我对"四话"的认识辩证了，明白"四话"不全是没用的话，更不是错话。

时间久了，又出来另一个问题——首长在主席台上的讲话稿就出自我手里，我还得带上笔记本坐在下面洗耳恭听，这当然有点滑稽。于是，我又开始种"自留地"，把平时一些思考、困惑、心得写在笔记本上，得便时修修补补，发给报纸或杂志。收入《议军论政》一书的70多篇文章，大都是"自留地"里长出来的。还有百十来篇因为棱角太硬，言辞辛辣，不合时宜，只得舍弃。

当了师级干部后，有时候免不了要上主席台，也免不了坐在主席台上听别人讲话或作报告，这当然是我学习的极好机会。对于别人讲话或报告中深刻新颖的观点、思想、表述，我不但听，而且记。至于"四话"之类的东西，不管是谁讲，也不管是在什么场合讲，我安之若素，只管埋头做我的"笔记"。曾经有同志问我："主席台上十几位首长，怎么就你从头到尾做笔记？你好谦虚哟！"我回答："学而不思则罔，思而不学则殆。耳过千遍不如手过一遍，不做笔记，浅尝辄止，岂不把时间浪费了！"当然这样说并无恶意，亦不伤人，只是几句善意的谎言。

今天想来，懒于读书，懒于思考，甚至懒于认真学习上级文件的精神，讲话前不做功课，别人写个啥讲个啥；讲话后不问效果，自己讲个啥算个啥，实在是不负责任。好在这种折磨人的日子于我已经不复存在了。

鲁迅说："生命是以时间为单位的，浪费别人的时间等于谋财害命；浪费自己的时间，等于慢性自杀。"但愿鲁迅的话能广为领导干部知晓，不要抓住麦克风不松手，不要总以为别人智商低，非要把别人讲得打盹才罢休。

庚子除夕

老班长的胡杨树

不知道那棵胡杨树长得怎么样了？我一直惦记着它。

50年前的5月，我奉命去叶城县七公社驻军某团蹲点。叶城是新藏公路零公里的地方，是个名气很大的小县城，被高原官兵称为"小上海"。

这个团不久前从喀喇昆仑边防哨卡换防下来，高原紫外线给全团官兵无一例外地换了张脸皮——双颊发紫，嘴唇干裂，腮帮子快要脱落的老皮斑斑驳驳，黑白分明的眸子在阳光下有些散漫，那是高原雪光长期反射下的后遗症。

一天下午，我从连队开完座谈会返回团部，路程不到5公里。沿途戈壁茫茫，只有一棵胡杨树孤零零地长在路北的沙丘上。树高十米上下，直径一米左右。树冠很大，碧绿的叶子在夕阳余晖中闪闪泛光。上午坐车一闪而过，没有留意树距公路不到300米。这时候见两个战士光着膀子，围着胡杨树比比画画，我好奇地走过去同他俩搭讪。

两个兵一老一新。交谈中老兵告诉我：

胡杨树是老班长的老班长移植的，已经12年了。原来是两棵，一棵被沙暴埋了没救活，剩下这一棵居然挺过来了。老班长3年前复员时，怕部队守防后牲口啃树皮，领着我给胡杨树扎了一圈围栏。围栏是柳木桩子，涂了沥青，埋了一米多深，很结实的。今年下山发现围栏不见了，树干上还有几处伤疤。我们用编织袋给伤疤打了绷带，又抹了一层沥青，把伤疤遮住了。现在再扎个围栏，以后常来看看，估计胡杨树不会再受伤了。

老兵是甘肃高台人，说话时憨态可掬。他告诉我：

榆树在他老家活不了，他爷爷花了一辈子工夫种活了一棵榆树，爷爷60岁时死了，第二年榆树也死了。父亲见榆树死了，号啕大哭，发誓要种活6棵榆树祭祀爷爷。

种树那天，我们全家人到爷爷坟前烧纸磕头，还从爷爷坟前挖了一筐土，垫在6棵榆树根下。父亲说，有爷爷魂灵护佑，榆树一定能活。后来县林业局的人听说这件事受到感动，专门去我家给我父亲教管树的方法，6棵榆树真的全活了。每年我们都要从树上摘头茬榆钱到爷爷坟前上供。现在，我们那里家家都种榆树，春季青黄不接时，榆钱还能顶饭吃呢！

新兵是河南镇平人，连队学雷锋标兵，3月5日开展学雷锋活动时，山上守卡的连队还没下山，山下的新兵也没分到连队，今天被班长叫出来，指定他是护树的接班人。

新兵初中毕业，脸色白里透红，似乎还没脱掉学生的稚气。他接过班长的话说："老兵告诉我，每次连队换防下山，很多人第一眼看到树就流泪，有的人抱着树失声痛哭，想不哭都不行，憋不住呀！为什么？在四五千米的地方守卡子，三年多连一片树叶都没见过，心里委屈呀！”

班长似乎被新兵的自问自答感动了，眼睛湿漉漉地说，他写信告诉父亲，他的复员费全部用到种树上，不光种榆树，还要种果树。

我同两个战士边聊天边干活，不等太阳下沉便扎好了围栏。从此，在我心里也扎下了绿色情结。后来部队移防换了驻地，我没机会再去叶城县七公社，也不知道那棵胡杨树长得怎么样了！

2021 年植树节

左公柳

中元节是祭祖日。因正在翻阅左文襄公语录，蓦然间，左公柳在我眼前出现了。

左公柳是左宗棠68岁舆榇出关，收复新疆失地时栽植的柳树。

左宗棠是晚清湘籍政治家、军事家、民族英雄，洋务派代表人物之一，与曾国藩等人并称"晚清中兴四大名臣"。左宗棠镇压过农民起义，包括西北地区回民的抗清斗争，但他同时又是民族英雄。没有左宗棠的力谏亲征，新疆可能在腐朽的晚清时期，被英俄等列强瓜分成夷邦之土。

左宗棠的功过早有定论。20世纪40年代，曾有一首罗家伦作词、赵元任谱曲的《玉门出塞》在海峡两岸学生中广为传唱，解放军进军新疆时也一路高唱：

> 左公柳拂玉门晓，
> 塞上春光好。
> 天山融雪灌田畴，
> 大漠飞沙旋落照。

沙中水草堆，好似仙人岛。

过瓜田碧玉葱葱，

望马群白浪滔滔。

想乘槎张骞，定远班超，

汉唐先烈经营早。

当年是匈奴右臂，

将来是欧亚孔道。

经营趁早，

经营趁早，

莫让碧眼儿射西域盘雕。

当年是匈奴右臂，

将来是欧亚孔道。

这支爱国歌曲是对当今中国共建"一带一路"倡议的绝妙呼应。

也许这支歌曲被人淡忘了，但屹立不倒的左公柳却在唤醒历史的记忆。据左宗棠1880年奏报朝廷所称，光是从陕甘交界的陕西省长武县，到甘肃省的会宁县，就栽种成活了26.4万棵柳树。此外，在甘肃其余各州栽种了约40万棵，在河西走廊和新疆栽种了100多万棵，总数约有200万棵。

昔日荒无人烟的河西走廊上，形成了道柳连绵数千里、绿如帷幄贯戈壁的塞外奇观。

"旱柳"适应性强，不像人们常说的离不开水的"岸柳""烟柳"，"旱柳"在荒漠地带也能生长，但生命周期较短，多数在

20 年至 30 年之间，极少数能活到百岁以上。

一百多年来，左宗棠栽种的柳树越来越少。民国初期，甘肃境内平凉至酒泉还有 24.6 万株左公柳，且已长成合抱之木。但到 1935 年，平凉只剩下 7978 棵。

为了延续左宗棠的精神，人们对左公柳设法保护、补栽，让它们坚强的形象能够继续挺立在西北地区。

1969 年 10 月底，我随新疆军区首长在哈密勘察战场地形时，曾专门骑马到城外古道观瞻过左公柳。当时气温降到零下，古柳叶落枝秃，看了令人恓惶。

第二年春天，我们去伊吾军马场顺路再看左公柳，它们的旺盛生命力又从绿叶中绽放出来。40 多年过去了，那些左公柳的寿命肯定还在延长。因为时代不同了！

左文襄公若泉下有知，一定会为当年的左公柳和后人补栽的柳树加持的。

2022 年 8 月 12 日

出访散记

热辣舞

说起来有点不好意思，但那样的场景毕竟没有经历过呀！

1996年5月中旬，总政治部周子玉副主任率领我军友好代表团出访古巴、墨西哥，途经法国、加拿大、日本回国。随访团员有广州军区副政委王同琢、总政办公厅副秘书长程宝山、外事局某副局长和首长秘书赵鲁渤，我作为总政宣传部部长也忝列其中。周副主任点名给我出访的机会，我深知这是首长的抬爱，一路十分谨慎，有关外事纪律条条铭记于心，生怕出错使周副主任为难。但是，一次"艳遇"却弄得代表团成员全都手足无措，我也大大地尴尬了一次。

到古巴的第三个晚上，代表团离开哈瓦那前夜。

晚餐时我驻古巴武官报告周副主任，吃完饭到露天剧场看热辣舞演出，这是来古巴的外国人最喜欢看的节目，希望团员们应对大方得体，不要搞得演员下不了台。去看演出的路上，武官处的同志又补充说，热舞团的团长是在中国训练过的歼击机飞行员，周子玉副主任给他当过首长。这个人停飞后转业，把热辣歌舞团经营得风生水起，观众场场爆满。今天晚上安排最漂亮的黑人女演员演出，还要到座位上拥抱献花，向老首长周副主任一行表示感谢，大家千万不要婉拒。

在我心目中，周子玉副主任既是正派首长，也是仁厚长者。听了武官处同志的介绍，我心里倒不紧张，反正挨着周副主任坐，有了困惑向左看，首长咋办我咋办。5月的哈瓦那气温接近30摄氏度，一到晚上加勒比海蒸腾的热气抱着团在城市上空翻滚。本来穿不惯西装的我们，为了严肃庄重，都是西装革履，领带勒着脖子也不好意思松开，还没进剧场就汗流浃背，衬衣早浸湿了。

露天剧场很大，几千人的位置座无虚席，各种肤色的男男女女老老少少都有。交叉的彩色射灯把剧场照得如梦如幻，我们被接待人员领到贵宾席上。我环顾四周，代表团成员的座位被分散安排，中间隔着好几位或白或黑的观众，都是貌若飞天的年轻女性。我哪里见过这阵势，头有点眩晕，身上顿时大汗淋漓。

古巴是个开放的国度，白人、黑人、当地土著杂居。男人体格健壮，相貌堂堂；女人体格健美，面容姣好。特别是黑人姑娘，个个堪称黑牡丹，皮肤光滑细腻，脸形俊俏性感，眼睛珠子又黑又亮，张开笑口的牙齿像羊脂白玉，整齐而饱满。我两侧的美女笑盈盈地主动同我搭讪。左邻是说英语的白人姑娘，右邻是说西班牙语的黑人姑娘，都像是天女下凡，同我这个凡人热情握手，连声问好。我是被握者，勉强应付，不敢造次。遗憾的是英语我只会字母和少得可怜的几个单词，西班牙语还是在飞机上临时恶补的十几个单词。但事有凑巧，这两个姑娘都在苏联留过学，俄语说得很流利。这一下我稍微松了口气，毕竟过去学过的俄语还没有全忘。我试着用俄语搭话后，两个姑娘一下子惊叫起来："哈拉绍！哈拉绍！"两人几乎同时和我拥抱。我躲避不及，只得松松垮垮地拥抱了一下，赶紧正襟危坐。尽管姑娘喋喋不休地说着俄语，期待到中国参观，希望我留个电话号码，我始终笑脸相对，装聋作哑，没再说一句俄语。

演出还没开始就被搞得手忙脚乱，大幕一拉开，我的视觉更像是在冲击波中摇晃。只见几十名年轻黑人女子，上身裹着一条仅能挡住双峰的雪白带子，下身穿着逼近大腿根部的雪白短裤，外套一件薄如蝉翼的风衣，在远处几座高架彩色追光扫射下，肢体扭动，剥衣摇滚，前俯后仰，又唱又舞；观众席上大呼小叫，口哨一声高过一声，掌声一浪高过一浪。欢呼声如山呼海啸……

不到半个小时，演出达到高潮。这时候，舞台上十几名黑姑娘突然下到观众席，拿着花环直冲我们代表团的同志跑来。大家根本想不到黑姑娘走到跟前，竟然扑过来毫无顾忌地坐在我们怀里，边献花边抓住我们的手，轻轻在她们那黑锦缎一般的皮肤上摩挲滑动。我一时血漫天灵，猝不及防，不知所措地被迫用汗涔涔的手触摸了一下黑姑娘光溜溜的皮肤，赶紧把手抽了出来……

返回宾馆的路上，古巴同志询问我们对演出的印象，大家都有些不好意思，反复说太热情了！太热情了！哪里热情？谁也说不清楚，还不是些无厘头的客套话！

后来才知道，热辣舞女跑到观众席上拥抱贵宾，是节目中的内容。本来还有些热辣项目，被武官处的同志删掉了。我们被古巴人的浪漫风俗弄得不好意思，只怪自己孤陋寡闻罢了。

眼见为实

从巴黎飞往哈瓦那是夜航，乘客不满员，后舱空出一些位子。有人见邻座无客，索性拉起扶手，枕着提包酣然入睡。

前舱秩序虽好一点，但各种香水混杂在一起的味道呛得人喘不过气。我担心被熏的时间长了诱发哮喘病，便走进后舱找到两个空位，拉条毛毯躺下，想用睡觉打发七八个小时的旅途。

半个多小时过去了，记忆还在五光十色的巴黎徜徉。埃菲尔铁塔的恢宏，塞纳河上的游船，凯旋门前的鸽群，罗浮宫的蒙娜丽莎，凡尔赛宫的中国文物，巴黎圣母院的哥特式建筑……一直挥之不去。我不由自主地翻了几次身，想快点入睡，想在庄周梦蝶的幻觉中度过漫漫长夜。

舱内灯光昏暗，舱外苍穹浩渺，月朗如日，满天找不到几颗星星。我好不容易有了点睡意，只听见一个四五岁的女孩子娇柔地说："妈妈，海明威是那个写《老人与海》的美国人吗？"

妈妈说："对！《老人与海》得过两次大奖呢，先是美国的普利策奖，后来还得过诺贝尔文学奖。他是个了不起的作家，这次去哈瓦那，妈妈带你去看看海明威住过的地方。"

"老师给我们讲过，诺贝尔物理学奖杨振宁、李政道得过，钱学森爷爷得过吗？"女孩子问得幼稚又认真。

"钱学森爷爷现在还没有得，将来会得的。好了，今天不说了，早点睡，明天下了飞机再说。"母女说完，不大一会儿都睡着了。

我听完她们的对话，反而没了睡意，觉得中国的孩子真是不可小瞧！学前儿童就知道海明威，读过《老人与海》，还知道诺贝尔奖，知道钱学森、杨振宁、李政道，眼前这个女孩子如果好好读书，将来肯定会有出息。一位与我投缘的教授说过，青出于蓝不一定要胜于蓝，也可以不同于蓝，姹紫嫣红才是春嘛！我很认可这个看法，子女不一定要成为父母的复制品，父母更没有必要把子女克隆成自己。如果非得让孩子以父母的兴趣为兴趣，以父母的蓝图为蓝图，那非但不是创新，还可能是复旧，是原地踏步，是对童心的压抑。联想到时下家长长年累月地逼着孩子上各类补习班，帮助孩子"系扣子"，完全有可能使孩子的学习态度和方法陷入不良循环。一个孩子如果心里没有诗和远方，是很难产生学习动力的；一个民族如果原地踏步，是不可能超越别人的。

话扯远了！过了不长时间，我刚刚入梦，一阵激烈的争吵声把我惊醒。爬起来一看，一对白人男女青年正在座位上互相指责，男士还爆了粗口。女孩子的妈妈也被吵醒了，她用英语劝解两个人不要争吵，免得影响其他人休息，但无济于事，她只得上前舱请空姐过来劝架，其他乘客也过来做工作，说法语的、说英语的、说西班牙语的都有。

空姐劝解两个人停止争吵，让他们带着毛毯到最后两排睡觉，安排妥当返回来对其他乘客表示歉意。空姐顺便告诉大家，两个吵架的一个英国人，一个法国人，本来不认识，也不知道对方叫什么名字，不是为争座位吵架，而是为莎士比亚和巴尔扎克谁更伟大吵起来的。

我听完又是一番感慨，什么时候有些同胞不再为鸡毛蒜皮的小事吵架，不再为争抢座位吵架，而为曹雪芹与狄更斯、大仲马谁更伟大同英国人、法国人争论，只要不动用"国骂""省骂"伤人，我巴不得他们争论得越凶越好！

睡了两个多小时，我到尾舱上洗手间，发现原来争吵的两个男女裸身在毛毯下拥吻蠕动……

我彻底蒙了！

搭便车

访问古巴之前，我脑子里装了一个大问号：社会主义苏联由一个国家解体成15个国家，由1000多个岛屿组成的社会主义古巴，却傲然屹立在美国的鼻子底下，而美国竟然不敢造次？是故，对古巴自然风光观赏欠专，把更多的心思放在寻找我需要的答案上。

因为我们代表团的团长是总政治部副主任周子玉上将，古巴军队出面接待的是总政治部主任库班中将。库班参加过1959年菲德尔·卡斯特罗率领起义军推翻巴蒂斯塔独裁政权的革命，应该算是古巴老一辈革命家。由他执掌全军的政治工作，足见古巴共产党和卡斯特罗本人对库班的信任；亦可推测库班治军理政的过人能力。库班作风朴实，为人热情，珍重中古友谊，对我们代表团一行的安排十分重视，重要活动他都亲自陪同。

库班主任向我们介绍，由于美国的经济制裁，古巴虽然不富裕，但卡斯特罗非常重视党和政府与人民群众的关系，要求各级官员与群众加强联系，打成一片，广交朋友，官员同群众的关系非常和谐。苏联解体后，来自俄罗斯的援助减少，群众没有埋怨党和政府。在卡斯特罗主席的领导下，古巴军民正在克服困难，向中国学习改革开放，让群众的生活水平不能降低。最困难的日子已经过去了，国家对教育和医疗仍然实行全民免费，而且医疗水平可以比肩发达国家。

库班的"坐骑"是一辆红色拉达，平时外出车上只有他和司机两个人时，沿途有人伸手搭便车，拉达车都会停下。如果库班坐在车上，他会主动打开车门，把想搭便车的人请上车。我们去海滨小城巴拉德罗的路上，库班主任乘坐的红色拉达既是他的专车，又是我们代表团的警车，一路上三次有人挡车，拉达车三次停车上客。中途"方便"时我们请教库班主任，如果挡车的人是坏人怎么办？库班笑着说，坏人！坏人看到解放军的车是拉达的后盾，早就躲起来了。再说，哪里有那么多坏人呀！古巴老百姓都知道美国整我们，没有不恨美国的。古巴人人都是战士，自从吉隆滩战役全歼武装到牙齿的雇佣军以来，美国老实多了。

这天中午饭安排在沿途一家农场，农场以种植各类热带水果为主，兼种玉米和小麦。库班的拉达车刚刚停稳，七八个小伙子同年轻漂亮的黑白女性围上来，挨个同库班拥抱问候，热情洋溢，亲密无间。尽管能看出几位姑娘已经做好了同中国客人拥抱的准备，代表团却没人越雷池一步。

我一路走一路想，古巴一个一千多万人的岛国，就在美国后院反对美帝国主义，建设社会主义，美国一手搞封锁制裁，一手搞"和平演变";基韦斯特的导弹瞄着哈瓦那，美国之音覆盖了全古巴，古巴人民漠然视之，古巴的社会主义政权岿然不动，人民对古巴共产党和卡斯特罗的拥戴热情不减！原因何在？我从库班和他的红色拉达车上初步找到了答案。联想我党十八大以前发生的许多问题，固然与解决改革开放后出现新问题的能力不足有关，更深层的原因是少数干部在权力寻租中站到了人民群众的对立面，成为骑在人民群众头上的老爷，哪怕是个九品官、十品官，治下的老百姓穷得揭不开锅，他也要弄个桑塔纳坐坐。

在同古巴军民的接触中，我们发现古巴人的爱国热情似火如荼，每时每刻都在燃烧，连卡斯特罗喜欢的歌舞、雪茄、朗姆酒都被视为国粹，受到古巴人的热捧和爱戴。我又开始琢磨，古巴离美国一水之隔，咫尺之遥，生活质量差距悬殊，语言又无多少障碍，肯定少不了"古奸""带路党"一类的白脸奸佞，为什么听不到古巴人抹黑古巴的声音呢？一次我同古军华裔装备部部长谈到这个问题，请他破解其中的原因。他说，现在的古巴人都明白，自己是国家的主人，世世代代的利益在古巴，去美国是移民，只能受歧视卖苦力。古巴人终生都要接受爱国主义教育，这是古巴国民的基础教育。

我明白了，古巴通过官员联系群众，人民终生接受爱国教育，已经把国家利益与个人利益融为一体。

我紧紧握住装备部部长的手，许久没有松开……

叉龙虾

叉龙虾？乍一看，这题目有点博眼球！但这是真的，我们一行就是在加勒比海巴拉德罗龙虾湾叉龙虾的。

巴拉德罗是古巴最北边的海滨小镇，与美国佛罗里达州南端的基韦斯特直线距离 140 多公里，是我见过的最美丽的海滩，不是"之一"，是古巴著名的热带风情旅游度假区。这个形状细长的半岛直指对面的佛罗里达海峡，是古巴本岛距离美国最近的地方，被称为"美国的后花园"。

20 世纪 30 年代，这片土地被卖给美国杜邦家族。之后，岛上建了游轮码头、高尔夫球场、滨海别墅和高档酒店，灯红酒绿，轻歌曼舞，吸引大批美国土豪和各界名流来此度假，一时间纷华靡丽，声名鹊起。古巴革命成功后，外国资产和私人产业被收为国有，度假乐园从此不复往昔。直到 20 世纪 70 年代末，古巴为突破美国经济封锁，巴拉德罗作为旅游特区重新对外开放。这个掀起盖头的小镇才重露娇容，焕发出新的光彩，日益展示出其独具特色的文化魅力。

我们前往特区度假村小憩时，巴拉德罗尚未完全开发，自然环境保持着原生态的纯美。肥硕的芭蕉叶子纤尘不染，粗壮的棕榈树傲视苍穹，碧波万顷的大海，空灵通透的蓝天，陆风海韵的雅致，辉映出巴拉德罗旖旎迷人的魅力。假如你懂得诗和远方，这里几乎可以满足你对海上伊甸园的所有想象。

我们下榻的地方，是一家外观简洁、内饰温馨的小型客栈。

这家店好像是古巴军队专门用来接待外军访客的，周边没有游客，没有本地居民，显得有些冷清，但置身其中，简直仿若仙境，美得让我这个笨嘴人说不出一句恰如其分的话。

日落之后，除了细浪轻吻沙岸的娇声喘息，再听不到一丝动静。被大海托起的月亮特别玉润温柔，爬进窗户的月光一团绵软，像是要拥抱房间的主人。遗憾的是没有人懂得月亮的心，大家在海水里泡了几个时辰，早早回到梦中的故乡。

第二天，婉转的鸟声把客人唤醒，窗外朝阳冉冉，海上细波层层。我们匆匆用过早餐，集体乘船去远海捕捞龙虾。这是一条电机船，平时以捕鱼为主，有任务时载客到海上观光。船主40多岁，棕色面孔，退伍老兵，参加过吉隆滩战役，对美国的威胁不屑一顾，对切·格瓦拉和卡斯特罗充满敬意，认为能够接待中国人民解放军代表团是他的荣耀。他通过翻译告诉我们，船上有武器弹药，随时可以投入战斗，美国兵在他眼里就是一群怕死鬼。

大海四顾无涯，远处海天一色，水面平静得令人心悸。游船正在开进时，一条几米长的大鱼蓦然跃出水面，耀眼的鱼鳞像一道银光闪闪的抛物线。大鱼出水溅起的浪花还未消失，潜水溅起的浪花正在绽开时，我禁不住大叫，这不是海明威写的那条大马林鱼吗？船主告诉我们，这是枪鱼，还有比这大的。之后抛锚停泊，不容置疑地说，就在这里叉，水深17米，从船上能看到水下的龙虾。

我们顺着船主手指的方向朝水下看，果然见三三两两的棕色龙虾，趴在海底细腻的白沙上一动不动，好像在沉默中积蓄力量，随时准备同入侵它地盘的另类一决高下。

船主说完提起鱼叉，一头扎进海里。眨眼工夫，两只大龙虾被他从水里摔到船上，一只足有一尺多长。在我们惊喜的叫声中，他又扎进海里。看着船主叉虾的不凡身手，几个能在水中扑腾的同志也分别捞起鱼叉，先后下到海里想一试身手。

　　我是"旱鸭子"，套好救生圈跳到海里看热闹。海水在阳光照射下晶莹通透，叫不上名字的小鱼在船周围嬉戏。我紧紧抓牢船舷向海底看去，海水清澈透明，龙虾像趴在脸盆底部，一动不动。代表团会游泳的人使出浑身解数，也没有一个能潜到海底，翻来覆去地憋着气潜下去，呼着气浮上来，一只龙虾也没叉住。直到武官和陪同的古巴朋友喊大家上船吃龙虾，我们才心有不甘地爬上甲板。

　　上船一看，不到一个小时，甲板上堆了29只龙虾。陪同的古巴同志左手抓住虾身，右手先扭掉虾头，再拧掉虾尾，只把中间一段虾肉放在电炉上烘烤。尽管没有任何作料，我们胃的容量却比平日扩大了一倍，连朗姆酒也没喝一口，但那一堆龙虾最后还是没有吃完。巴拉德罗龙虾的美味被记忆储存在大脑里，成为龙虾味道的参照标本，后来无论吃哪里的龙虾，我的味蕾都兴奋不起来。

　　下午返回巴拉德罗，日光灼人，大家或泡在浅海享受海水浴，或躺在沙滩享受日光浴。因为是纯粹的男人世界，几个人索性体验了一下在海滩上裸晒的感觉，但事后觉得没有想象的那么浪漫。第二天，有人背上的表皮竟然起了卷儿。我们纳闷，为什么"老外"天天日光浴，皮肤也不见起卷呢？结论是老外脂肪厚，皮实。

中国人生活质量高了，照样不怕晒！20多年过去了，中国人怕不怕晒我不清楚，我清楚一部分中国"肉食者"，不光在中国的三亚和世界有名的海滩上享受过日光浴，还让自己踏入了"高血压、高血脂、高血糖、高尿酸"的行列。

夕阳西下，无数个落日在波浪中起舞。我躺在遮阳伞下冥想，这次出海似乎有点平淡，既没看到惊涛拍岸，也没经历浪打船舷，海明威当年要是在巴拉德罗常住，恐怕很难写出《老人与海》那样的不朽著作，因为这里的海太温情了。这里没有大马林鱼，没有大鲨鱼，没有渔夫同鱼的搏击，只有可以飞跃几十米的大枪鱼。但老人不甘失败的精神值得敬佩。桑提亚哥毕竟战胜了自我，战胜了鲨鱼和大马林鱼，尽管他一无所获，但他是悲壮的胜利者，是胜利的悲壮者。

卡斯特罗曾经谈道，他与海明威仅有的那一次见面恰恰是因鱼结缘。那是革命胜利不久，卡斯特罗应邀参加由海明威组织的为期三天的捕鱼比赛。他因为捕得一只巨大的枪鱼而获得了比赛的一等奖。年轻的革命领袖从心仪多年的"老人"手上接过奖杯的瞬间被历史记录下来。对自己与海明威仅有的这一次见面，卡斯特罗终生萦怀，深有感慨。他说，人们总是相信来日方长，而等待的结果通常是意想不到的遗憾。两年之后，海明威自杀身亡。

为了表示对海明威的追念，卡斯特罗办公室悬挂着海明威与一条枪鱼的合照。照片上写道："人，可以被毁灭，但不可以被战胜。"这是海明威的话，是卡斯特罗的个性，也是英雄的古巴共和国的写照。

墨西哥城的擦车人

怀着留恋的心情惜别哈瓦那，怀着好奇的心情抵达墨西哥。

飞机还在墨西哥城上空盘旋，我已经被这座填湖建造的国都规模惊得目瞪口呆。从舷窗向下看，整个城市像巨大的蜂巢，鳞次栉比，密密麻麻；又像巨大的巧克力界画，方方正正，层层叠叠。海拔2000米的墨西哥城，人口达2000多万，约占全国人口的五分之一，是美洲人口最多的都市，也是世界著名的高海拔都市。

墨西哥是美洲大陆印第安人古文化中心之一。这里曾孕育出闻名世界的奥尔梅克文化、特奥蒂瓦坎文化、萨波特肯文化、玛雅文化和萨波特克文化。1521年墨西哥沦为西班牙殖民地，经过反抗西班牙殖民统治的十年战争，1821年独立。1824年建立联邦共和国，1917年颁布宪法，改用现在的国名。

在墨西哥合众国访问的日子，墨西哥城古老恢宏的西班牙建筑、玛雅文化的太阳金字塔和月亮金字塔、满布旷野的巨型仙人掌，在我脑海中打下深深的烙印。另外，还有几件不同凡响的事情也值得作记，马路上主动擦拭汽车玻璃的"表演"就是一出颇有特色的喜剧。

说"喜剧"，不是说擦车人真的在演戏，是指他们的装扮和卖萌举动像马戏团的"小丑"表演一样滑稽。他们像国内的"碰瓷"人那样，看似下意识地为汽车擦玻璃，做好事，实际上赚钱的目的很明确。

我们造访的1996年，墨西哥人均GDP已经达到3000多美元，而我国当时仅为 706 美元。在我眼里，墨西哥城的汽车多得像当时中国的摩托车。奔驰、宝马、奥迪、林肯、别克、福特、丰田、雷克萨斯等外国名车都能看到，但多数是墨西哥国产的小型轿车，其中单座、双座的甲壳虫汽车最多，有的汽车甚至只有驾驶室，奇形怪状，五颜六色，连陪同我们的墨西哥军官也说不清那些车是什么品牌。

刚进墨西哥城，正在我们为大街上的怪异汽车惊叹之际，突然瞥见十字路口有三个着奇装异服的小青年在叠罗汉。他们像马戏团的丑角，一个骑在另一个脖子上，面部化妆夸张，头戴绒球软帽，身着颜色鲜艳的夹克衫，花里胡哨的裤角靠脚踝扎得很紧。身段灵巧，肢体柔软，动作协调敏捷。刚开始我还以为这些人是表演杂耍的艺人，红灯一亮，发现三个人瞬间滑到地上，迅速掏出随身携带的清洁剂、软刷子和抹布团，围住眼前的汽车飞快地擦拭玻璃。等到绿灯放行时，前挡玻璃擦得干干净净。司机付给小费，"演员"接手后报以怪笑，继续叠罗汉，快得像猴子爬树，等待下一辆被红灯挡住的小轿车。穿过好几个十字路口，都能看到这类"演员"的表演，但在有个路口，我们看到的表演同先前不同。红灯将亮未亮之际，几个叠罗汉的小青年哧溜一下滑到地上，汽车刚刚停稳，三人迅速上前重复我们前面看到的动作。刚忙活完毕绿灯亮了，司机没给小费，几个人不恼不骂，朝着挡风玻璃大吐口水，拿喷雾器的"演员"还给挡风玻璃上喷了些什么，几个人乐得哈哈大笑。

我坐在车上，遇到红灯时想看看这些马路"演员"会不会在我们面前表演，结果发现他们只是友好地摇摇手，挤眉弄眼地出了个洋相。陪同武官告诉我，墨西哥贩毒活动很猖狂，这些小青年都是无业游民，他们别无所长，是靠擦拭汽车玻璃赚小钱的，这样可以避免同毒品打交道。这些人不挡外事车，也不挡高档车，干这一行也有讲究，还得持证上岗，是一种临时就业的方式。

我问陪同武官，小青年朝车玻璃上喷的是什么？对方告知，透明汽化体，粘在玻璃上不好擦，但不影响视线，司机习以为常。后来几天我们还碰到过类似现象，但没见双方发生过一次口角。"小鸡不尿尿，各有各的道。"富有富主意，穷有穷点子，用这个办法解决青年人的生活困难也不失为一个行之有效的途径。

但是，因为司机不给小费，就朝挡风玻璃吐口水、喷黏液，显得有伤风雅，而且很不卫生。反过来看，饱汉不知饥汉难，被擦车的司机不给小费也说不过去，毕竟小青年要挣钱养家糊口呀！

还真没有料到，紧接着我就因小费尴尬了一回。当天晚上，代表团被安排在一家五星级酒店，吃晚饭时武官处的同志特意叮嘱，这里的服务员没有固定工资，主要收入靠客人给小费。大家每天早上离开时把小费留在房间内，其他时间不用再留。

第二天，墨方安排参观太阳金字塔和月亮金字塔，我把准备的小费放在床头柜抽屉里，没顾得上放在显眼位置。参观回来，房间没有整理，还是早上起床后乱七八糟的样子，连一口开水也没有。我有点纳闷，觉得五星级酒店还不如古巴国防部招待所的服务水平。

吃早饭时，我问其他人房间整理过没有，都说整理过。我说我的房间没有整理，可能漏掉了吧？记不清是谁提醒我，你给小费没有？我这才恍然大悟。下午离开房间时，我特意把小费加了一倍，放在进门一眼就能看到的地方。待我从外面回来时，不仅房间整理得清清爽爽，果盘里还放了一根香蕉。后来听外事部门的同志说，适当给服务人员一些小费，这是约定俗成的规矩，也是对他们劳动付出的回报。这不是个人素质的差异，而是价值观念的区别，可以用"和而不同"来解释。

看来"入乡随俗"这句话在"地球村"都是适用的。有过这次经历，出访其他国家时，留下小费成为我每天早上必须要做的事情。

在军乐伴奏中用餐

到墨西哥的第三天上午，代表团被安排参观墨西哥英雄军事学院。这座学院始建于1823年，位于墨西哥首都墨西哥城郊区。学院周围林木葱郁，植被茂密，环境幽深，国家在这远离喧嚣的熔炉中铸造保卫疆土的将士。

这是一座具有光荣历史传统的军事学院。1847年9月13日，墨西哥城在反抗美国入侵战争中陷落时，学院六名学员死守查普尔特佩克城堡，直至弹尽粮绝，最后跳崖殉国，壮烈牺牲。为纪念这六位英雄学员，该学院被命名为"英雄军事学院"。时至今日，军事学院举行大型操典时，指挥员还逐个呼点六位英雄的名字，学员们则齐声回答："他们已为祖国捐躯！"英雄的形象深深地铭刻在一代又一代学员心中。

从外观欣赏，学院的建筑设计具有鲜明的爱国主义色彩和民族风格。办公主楼外形是墨西哥人祖先印第安人的战神墨西特利的头像。教学楼像墨西哥人崇拜的羽蛇。俱乐部的造型像燃烧的烽火台。学员宿舍楼的外形像六只雄鹰，寓意六位英雄的精神哺育学员不断成长。

墨西哥英雄军事学院招收高中毕业生和军队同等学力的士官和士兵，学制三年，学生毕业后被任命为军官。学院教学、训练制度严格，执行起来一丝不苟。每天早上5:30起床，晚上11:30休息。学习文化、进行训练不少于八个小时。每天下午的操典雷打不动，内容包括讲评、降旗、分列式等课目，每周举行一次全院学员和教官参加的大型操典，并允许学员邀请父母、妻子等亲友前来观看，激发学员的荣誉感、责任感、使命感，强化国民的国防观念和爱军意识。

军事学院十分重视对学员进行爱国主义教育。学院不仅开设有相应的爱国精神灌输课程，还经常组织一些富有爱国主义教育意义的活动，并从条令条例上进行规定，使爱国主义教育制度化、经常化、立体化。

第三天上午，参观完学院的教学楼、图书馆和纪念馆，我们被安排在学院食堂就餐。这是我经历过的最有仪式感、最为军事化的一次午餐，也是从头至尾贯穿着爱国主义教育的午餐。这餐饭还让我看到了国家对军队的厚爱，看到了军人的尊严和荣耀。

可容纳千人的大餐厅入口两侧，摆着两个密闭的玻璃柜，柜子里陈列着每餐的主副食样品。餐厅里几百张方桌，每桌四人，雪白的桌布和餐巾，银光闪闪的餐具，四份食品和水果，分别摆放在进餐者眼前，令人目不暇接。餐厅大门对面的白墙纯洁耀眼，墙下是乐队的演奏台。餐厅正面的主席台可安放三到五张圆桌，可容纳三十至五十人用餐。

开饭前，学员列队走进餐厅，在用餐位置前立正。值班军官一声用餐口令，上千人的餐厅只听到落座声，整齐划一，没有杂音。用餐开始，乐队奏乐，音乐舒缓，音色优美，学员既享受口福，又饱耳福，没有任何人交头接耳，更没有刀叉的叮咣响声。用餐完毕，餐具原样放置，全体人员在口令声中起立，在乐队的伴奏下齐唱墨西哥国歌，学员脸上洋溢着爱国主义精神气息，有一种陶醉的自豪感。

那天主席台上三桌人用餐，我们代表团被安排在正中的圆桌上，院领导和几位资深将军陪同用餐。墨军接待人员介绍，在主席台同院领导用餐是学员的荣耀。学院规定只有先一天当选的优秀学员，第二天才有资格在主席台上用餐，这样能激励学员为祖国、为荣誉而努力学习，刻苦锻炼。从这里走出的将士都为在主席台上用过餐而骄傲。

这顿高档西餐，我忘记了饭菜的味道，但记住了墨西哥英雄军事学院爱国主义教育的味道。教育的常态化、形象化、人性化、通俗化无时不在，无处不在，我作为总政宣传部部长，心里的震撼许久没有平静。墨西哥六位牺牲的学员被国家视为民族英雄，被将士视为学习偶像，而这也是我们应该向他们学习的地方。在人民大会堂，我参加党的十五大、八届全国人大和后来的十届全国人大、十一届全国政协大会时，居然还看到了不会唱国歌的代表、委员，有谁想过这个问题的性质呢！我在惭愧中告别了墨西哥英雄军事学院。

回到总政机关，我即和宣传部的同志研究，根据于永波主任的指示，抓紧在我军连以上单位悬挂英雄模范人物的肖像和事迹展框。经报军委批准，张思德、董存瑞、黄继光、邱少云、雷锋、苏宁等英模人物的照片和事迹展框在营区悬挂出来，后来又增加了李向群、杨继业、林俊德、张超等几位同志，逐渐形成了我军不同时期的英模代表。他们是中华民族的时代楷模，是中国人民解放军的精神象征！

2019 年 11 月 21 日

西沙掠影

永兴岛

从飞机舷窗俯瞰，湛蓝的大海一望无垠。明媚的阳光随着波光粼粼的浪花起舞，绿荫掩映的西沙群岛如同被波涛托起的翡翠，星星点点，斑驳陆离。永兴岛上的机场恰是镶嵌在巨型翡翠中间的羊脂玉，色调泛白，晶莹剔透。

飞机在笔直的跑道上降落，机身停稳，仿佛贴在墨绿色宝石上的化石。脚踏坚如磐石的机场大道，仰望高耸挺拔的椰林身姿，这座烙着中华民族7000年胎记的岛屿，一瞬间走出历史隧道，让她的后人一览无余。

西沙群岛是中国南海四大群岛之一，由22个岛屿、7个沙洲、10多个暗礁暗滩组成，其中永兴岛的面积最大。这群漂浮在50多万平方公里海域上的宝岛，是南海航道的必经之路。

永兴岛原名叫"林岛"，因岛上林木深密而得名。面积3.16平方公里，平均海拔5米，是西沙群岛中面积最大的岛屿。1946年，国民政府永兴号军舰接收西沙群岛，"林岛"被冠以永兴舰的名字，成为我国收复西沙群岛的地标。其他如琛航、中建等岛屿，也是以当时接收西沙群岛的国民政府军舰舰名冠名的。

永兴岛是一座由白珊瑚、贝壳沙堆积在礁盘上形成的珊瑚岛。四周为沙堤所包围，中间较低，是潟湖干涸后形成的洼地，也是储存雨水的天然容器。岛上多雨，经过防渗处理的洼地，储存的雨水可以饮用，曾使岛上渔民摆脱过干渴的困境。

据百度信息，历史上最早开发永兴岛的人，是南海沿岸的中国先民。海南出版公司出版的《西南中沙群岛志》记载：早在距今7000年前的人类新石器时代，居住在中国南方沿海的先民，已经凭借船舶向南海索取生存资源，并最早发现了南海诸岛。3000多年前的殷周时代，南海沿岸的诸越就与中原地区有了往来。从那时起，我国渔民便常年不断地在南海航行和从事捕捞作业。

永兴岛是南海渔民祖祖辈辈活动的区域。汉唐宋元明清时期的数据文献对该岛均有记载。最迟从唐代起，海南渔民已在南海诸岛上居住。宋朝曾派海军巡视，并将南海诸岛划归宋朝版图。元代地理学家郭守敬曾在南海进行天文测量。明朝郑和下西洋时，不但标绘过南海诸岛的地理位置，还将西沙群岛划为两个小群岛，分别冠以永乐群岛和宣德群岛，以感谢两代帝王的皇恩。清朝宣统年间，曾派广东海军赴西沙群岛查勘标记，刻碑升旗，宣示主权。更早的隋代，朝廷曾派使节经南海到过今天的马来西亚；唐代高僧义净亦由此到达印度。古代那些满载陶瓷、丝绸、香料的商船，络绎不绝地从这片海域驶过，这里又被称为"海上丝绸之路"。

鸦片战争百年以来的中国海疆，也同中国大陆一样，屡遭外敌舰船的横冲直撞。1932年，法属印度支那政府占据了包括永兴岛在内的整个西沙群岛。永兴岛遗存的法国别墅、日军炮楼，就是侵略者掩盖不了的物证。珊瑚岛1956年被南越西贡政权占领，1974年1月17日，越军又占领了甘泉岛和金银岛。在中国政府屡次警告无效的情况下，中国海军奉命于1974年1月19日，一举强行收复了珊瑚岛、甘泉岛、金银岛等三个岛屿，越军被驱逐出整个西沙群岛。

穿越历史烽烟，我们看到了英烈洒在这片热土上的血迹；穿越万顷碧波，我们看到了海上丝绸之路上来往的桅帆。从交谈中得知，守卫这片海疆的官兵，平均年龄不足25岁。但他们洒在岛礁上的汗水，平均每人绝对不止25公斤。他们用忠诚和汗水，染绿了岛上的林木，续写了战士与海疆同在的家国情怀。这里的人文遗存与自然景观，蕴含着独特的海洋文化魅力，浓缩了中华民族捍卫自己海疆的历史。

屏番碑

屏番碑的沧桑还得从抗战胜利说起。1945年8月日本宣布投降后，根据《开罗宣言》和《波茨坦公告》的决定，台湾、西沙和南沙群岛等岛屿应回归中国。1946年9月3日，国民政府行政院决定：由海军总司令部组织舰队，协助广东省政府接收西沙群岛和南沙群岛，并由海军派出兵力进驻各岛。

海军总司令部迅速调集护航驱逐舰太平号、驱潜舰永兴号、坦克登陆舰中建号及中业号组成编队，南下收复西沙、南沙主权。

编队指挥官、副指挥官分别由海军上校林遵和海军上校姚汝钰担任，时任海军总司令部海事处参谋的张君然和林焕章任编队参谋。另派海军陆战队及其他技术人员共59名官兵，作为第一批守岛部队随舰队出征。1946年10月25日，编队在上海集结。11月1日晚到达珠江口外的伶仃洋，并于午夜时分进入虎门水面抛锚。

江枫渔火，夜色阑珊。后来随国军舰艇起义并成为新中国海军一员的张君然不禁感慨万分。他在文章中回忆道："我在驾驶台上眺望虎门群山，遥想1840年这里硝烟弥漫，英国殖民者的炮舰，经过我国南海诸岛来到虎门，用大炮轰开了清王朝的大门，使我国沦为半殖民地半封建社会达一百年之久。今天，我们舰队来到虎门，即将收复南海诸岛，保卫南疆，永远斩断帝国主义侵略的魔爪。抚今追昔，不胜思绪万千……"

11月6日，编队从虎门起航南下，8日抵达海南榆林港。11月正是南海东北季风强劲时节。太平、中业两舰曾于12日和18日两次出航，都受天气影响而返航。11月23日，海上风浪稍减后，姚汝钰指挥永兴舰和中建舰抢先出航，于24日凌晨到达西沙的永兴岛海域。张君然率战斗小组乘汽艇从礁盘登陆后，环岛搜索，未见有人。其时海上7级大风，波涛汹涌，物资运输全靠人力在礁盘上肩扛背负。官兵经过五个昼夜艰苦卓绝的奋斗，进驻工作大体完成。29日上午，随同编队的国民政府中央各部委代表及广东省接收人员和驻岛官兵，在编队仪仗队的鼓乐齐鸣中举行仪式，鸣炮升旗，为收复西沙纪念碑揭幕。

然而，一直觊觎中国这片海域的帝国主义并不甘心西沙群岛回到我祖国怀抱。1947年1月6日，法国一架飞机飞临永兴岛上空侦察。18日上午，法国军舰"东京人号"驶抵永兴岛，并派官兵登陆，要求我驻守人员撤离，被驻守永兴岛的国民党海军电台台长李必珍严词拒绝，命令全体官兵进入紧急备战状态，正告法军必须立即退走。法军见永兴岛无隙可乘，只好转而登陆珊瑚岛驻扎至1955年撤离，并为日后西沙海域争端留下隐患。

国民党海军收复西沙后，张君然被任命为第一任西沙群岛管理处主任。任职期间，张君然着手西沙的基础设施建设，向国人宣传海洋权益，为西沙群岛的建设和防卫作出了贡献。

为了纪念1946年海军收复和经营西沙群岛，张君然在永兴岛上立了一方水泥纪念碑。正面碑文为"南海屏藩"；背面铭刻"海军收复西沙群岛纪念碑"；落款镌文为"中华民国三十五年十一月二十四日 张君然立"。此碑至今仍立于永兴岛上，成为西沙群岛归属中国的一个历史物证！1974年1月19日的西沙海战，中国海军18位烈士，又用鲜血和生命加固了这块历史丰碑。

1986年12月13日，张君然应邀参加收复西沙和南沙群岛40周年纪念活动。当他踏上永兴岛那一刻，发现38年前的旧貌已焕然一新。返回上海后，君然老人在西沙群岛生机盎然、欣欣向荣的记忆中走完了他不平凡的一生。

永兴岛上还有一座碑，是中国人民解放军1991年4月竖立的"中国南海诸岛工程纪念碑"。碑身是一座淡灰色大理石，正面用白色大字详尽地叙写了西沙、南沙、中沙、东沙群岛的历史沿革、疆域面积等，背面是一幅《中国南海岛图》。这座新碑与1946年

11 月张君然率领守岛部队竖立的老碑一脉相承，结伴而立，世世代代守望着中国的南海疆域。

将军林

将军林，是人工种植在永兴岛西部的一片椰子树林。即将迈进不惑之年的将军林，从它诞生之日起，注定要成为中国南海一张亮丽的名片。

将军林以其独特的冠名张力和戍守内涵向世人宣示，无论是日月经天，还是江河行地，人民军队新老交替的将军们，时刻都在关注着中国的南海，时刻都在牵挂着中华民族世代生存的南海诸岛。神圣寄托让将军林成为连接过去与未来的纽带。它传承着我军将士的忠诚与信仰，延续着我军将士的使命与担当。它以其昂然屹立的风采，为广袤无垠的中国南海的安全与繁荣贡献着自己的力量。

永兴岛上林木深密，最多的是椰树，有百年以上树龄的就有1000 多棵。枇杷树、羊角树、马王藤、马凤桐、美人蕉、野蓖麻、野棉花亦随处可见。岛上野生的植物达 148 种，占西沙群岛植物总数的 89%。将军林之所以选择种植椰子树，是因为这种树有着顽强的生命力。椰子树是常绿乔木，树干高达 15 ~ 30 米。通常5 ~ 6 年开始结果，15 ~ 18 年为盛产期，单株结果 40 ~ 80 个，多者超过 100 个，经济寿命可达 80 年以上。将军林的不断拓展，像一座岛屿长城，面向大海，不惧风浪。它不但美化了环境，改善了生态，也为西沙群岛的军民提供了优质的果实和饮料。

截至今年 8 月，将军林种植的椰子树已达 1917 棵。驻岛官兵为每一棵树建了档案，悬挂在树上的标牌记载着栽种者的姓名、身份和栽种年月。几十年来，将军林已物化为将军的象征，倾注着将军们的心血，表达了将军们对这片热土的挚爱。

绿影婆娑的将军林，起种于 1982 年元月。时任解放军总参谋长的杨得志上将来西沙部队视察，为了勉励守岛官兵扎根西沙，爱岛建岛，同时也为改善西沙的自然条件，绿化海岛，美化营区，创造良好的拴心留人环境，亲手在西沙海军招待所院内种下了将军林中的第一棵椰子树。此后，每位来西沙视察和看望驻岛官兵的党和国家领导人、共和国将军以及国务院有关部委领导同志，各有关省（区、市）领导同志，都在西沙部队营区种下椰子树以作纪念。天长日久，当年的一株椰子树终于扩展成今日的将军林。

1997 年 11 月，将军林已经种植了 172 棵椰子树。我种植的椰子树不到 3 岁，编为 173 号。负责侍弄这棵树的山东籍战士小李十分精心，我回到北京同他电话联系过几次。后来他复员回家，不知谁接替照管 173 号椰子树，我一直惦记着。

去年，国防大学副政委王树同志登岛，我特意请他探望我种植的 173 号椰子树。王树同志很上心，专门拍了这棵树的照片发给我。从照片上看，这棵已届 25 岁树龄的椰子树长得健壮高大。想到 23 年前亲手种植的椰子树已经能够顶风抗浪，硕果累累，我感到莫大的欣慰。

王树同志告诉我，我植树的那片椰子林在西沙水警区办公楼东北方向，编号 c7–12。负责管理将军林的同志告诉他，树的资料已输入电脑，只要说出编号，很快就能找到。将军林管理方法的与时俱进，是西沙水警区部队科技素质与时俱进的缩影。

1982年以来，将军林在西沙官兵的精心护养下，经历了无数次狂风暴雨的洗礼，依然百折不挠，顽强地屹立在南海前哨。如今，举目四望，将军林已是枝繁叶茂，郁郁葱葱，它像一颗碧绿的明珠镶嵌在西沙宝岛上，在南中国海放出璀璨夺目的光辉。

将军林将激励守岛官兵不忘初心，牢记使命，大力弘扬"西沙精神"，以守好岛、建好岛的实际行动，不负党和祖国人民的重托。

将军林将永远守望在中国南海前哨，同呵护它的官兵携手并肩，续写中华儿女开发南海、捍卫南海的辉煌篇章。

东岛牛

东岛像一个郁郁葱葱的巨大盆景，镶嵌在碧波荡漾的海面上。东岛牛的诱惑力，我从北京出发前就感觉到了。因为我想目睹东岛野牛的心情迫不及待。今天，我将登上东岛，拥抱东岛，一睹我们祖先放养在这里的牛群风采，高兴得像小孩子去看大熊猫。

东岛在永兴岛东部50多公里处。岛呈长方形，面积约1.7平方公里，是西沙群岛的第二大岛。该岛由上升的礁岩和珊瑚、贝壳、沙体复合组成。岛上终年高温多雨，是中国水热条件最优越的地区之一。

东岛属于热带海洋性气候，终年高温多雨，岛上热带植物丛生，茂密的原始丛林覆盖全岛。除了自然生长的马凤桐和羊角树，还有人工种植的椰子树、木麻黄等树木，遮天蔽日，密密匝匝。

岛屿四周遍布草海桐、银毛树等灌木丛。东岛以林密鸟多而著称，又因为生活着一群"野牛"而神秘。东岛也因此成为我国唯一有"野牛"的岛屿。

我们上岛时，守备分队同志介绍，东岛的野牛有100多头，生活在茂密的原始丛林中。大部分时间只闻其声，不见其踪。只有到了夜幕四合，牛群才到东南方向的潟湖饮水。

在四顾浩渺的茫茫大海上，"野牛"从何而来？守岛官兵讲了三种传说：一是东汉伏波将军马援征讨南海海盗时带到岛上的；二是郑和下西洋时随船带上岛的，当时不光有牛，还有猪和羊；三是广东水师提督李准于1907年乘军舰前往西沙查勘岛屿时带去放养的。物竞天择，优胜劣汰。当时我觉得三种说法都有可能。大自然把猪淘汰了，让生命力旺盛的牛和羊顽强地生存繁衍下来，是完全合乎逻辑的。这三种说法多是口口相传，虽然也有文献记载，但始终没有看到引经据典的翔实资料，难免疑虑重重。在湿软的道路上蹒跚了一个多小时，也没有见到野牛羊的影子。

我们只得在海鸟的聒噪声中，踩着堆积着牛粪和鸟粪的林间小径，回到登陆艇上。

即将被大海吞没的夕阳，给大海铺上一望无际的辉煌。我们悻悻然地离开东岛，把辉煌收进眼底，期待着下次登岛的机会！

后来从相关资料中获知，中国科技大学孙立广教授带领的研究小组，从岛上沉积的牛粪中找到了"野牛"的可靠源头。经过仪器检测发现，"野牛"登岛的时间大约在1653年前后几十年间。从牛塘中不同地点获得的柱状沉积物给出了几乎一致的结果。

科考队还在东岛北侧中部丛林中发现了一个人工堆积起来的鸟粪堆，在粪堆底部发现了几根木炭和一些灰烬，显然是堆鸟粪之前留下来的。经对木炭进行测年，确定其年代大概是公元1659年前后40年，与牛粪层底部的测年结果几乎完全一致。科考队认定，"野牛"正是被这些木炭的使用者带上东岛的。

史籍考证也表明，1659年前后40年，正是明末清初的动荡时代。当时流亡者携带生活必需品、生产工具和种子、牲畜离开大陆从海上出逃，"野牛"应该就是这样被带入东岛的。这说明东岛的"野牛"并不野，它是300多年前的家牛野化的结果。

最近，听海军的同志介绍，三沙市成立以来，东岛"野牛"被纳入动物保护的范围。近些年来，政府又给东岛输入了优质种牛。杂交繁殖的牛群体能强、奔跑速度快、反应敏捷，成为吸引游客的南海"熊猫"。

中国的海，中国的岛，中国的牛。科研结果凿凿，历史传承有序。任何对中国南海垂涎的人，妄图重蹈帝国主义的海盗行径，都是痴心妄想！

2020年8月2日

人要活得通透

——由歌曲《我们俩的爱没有边边》创作想到的

歌曲《我们俩的爱没有边边》是我涉足"大比武"小说被批判之后的"试水"之作。

因写小说而作检讨，已经过去55年了。前车之覆，后车之鉴。当年我画地为牢，暗自立下规矩，此生不碰文艺创作。后来听到有人搞文艺创作受批评，我还会下意识地出现"胃痉挛"。

可是，1986年一次偶然的机会，逼得我突破禁区，再次跳进冷热不定的文艺创作池子"试水"。

那次"试水"，与军地双拥晚会有关。硬是僵着不干，马上会影响军政军民团结，反映上去还可能"上纲上线"。

事情发生在1986年八一前夕，我到47集团军驻绥德某团出差。当时全国双拥形势如火如荼，高潮迭起。绥德与延安毗邻，是延安精神浸淫滋润的革命老区，双拥工作自然不甘人后。

我去的当天，团领导一见面就说，绥德县政府想在八一建军节举办一场军民双拥晚会。团里拿不出像样的节目，希望我能帮团里写一个，秦腔、眉户、信天游、山东快书、天津快板，哪一种都行。

我心存忌惮，坚辞不就，工作组的同志当面揭穿老底，我处于两难之间。写，还是不写，一时半会儿举棋不定。

在这之前，我同文教处冯荣处长、黄富强干事刚从陕北回到军区。这次来另有任务，时间只有三天。团领导提出这个要求把我难住了，我答应想一想再说。其实，说"想一想"是个托词，真正原因是我有"一朝被蛇咬，十年怕井绳"的心结。个中苦衷与写"大比武"小说有关。

1964年全军"大比武"期间，受团宣传股股长张心一鼓动，我于年底写了一篇万把字的小说。小说的大意是团长赏识的连长拼凑尖子，弄虚作假，事情败露后连长受到处分和通报，连队比武的桂冠被上级摘掉。

稿子寄给《解放军文艺》一位打过交道的编辑，但像泥牛入海，到1965年五一节也没见回音。

小说的内容不胫而走。一位上上级领导大为光火，指责我给"大比武"泼脏水，给部队脸上抹黑。

年终总结时，这位上上级领导带工作组到我们连蹲点，指名道姓批评我借小说中的连长影射他。我心里不服气，当众顶撞了几句。

会后我被叫到他的房间大加呵斥，执意要我写出书面检查，而且要在一定范围内对我进行面对面的批评帮助。

当年6月，政治风向大变，传来"大比武"是资产阶级军事路线的集中体现，批判"大比武"的声音一浪高过一浪。

在"上挂下联"的批判声中，我那篇小说被反转了180度，由给"大比武"泼脏水变成"大比武"的吹鼓手。

"城门失火，殃及池鱼。"批判"大比武"后，不光我的提干报告被上上级领导压下不报，连张心一的政治处副主任也黄了。团政委怕我想不开，让我跟他去阿热力农场"蹲点"，避开个别人揪住我不放的茬口。

上上级领导还是不干，再次要我写书面检讨。但内容也拧了180度，上次是检讨给"大比武""泼脏水"，这次是检讨给"大比武""抬轿子"，我成了两面贴的狗皮膏药。

胳膊拧不过大腿，我只得写了两页纸的检讨，承认"受名利思想支配，被资产阶级军事路线利用，为战功卓著的部队抹了黑。决心金盆洗手，不碰文艺。学习马列，脱胎换骨"。

然而，江山易改，本性难移。虽然检查过关了，也下了不碰文艺的决心，但一有风吹草动，死灰依旧复燃。1965年8月，军区业余文艺创作培训班像一块磁铁，把我吸引到乌鲁木齐去了。上上级领导得知后本想让人把我追回来，听说是政委同意我去的，只好不了了之。

去乌鲁木齐之前，政治处主任找我谈话说："准备给你下个9连排长的命令，但不到职，在宣传股当干事。"可是，由于上上级领导阻挠，我从乌鲁木齐回到团里半年，排长命令才正式下达。

1976年，我已经给新疆军区首长当了7年秘书，我的那位上上级领导也擢升为部队的一把手。粉碎"四人帮"不久，查出这位师级单位一把手在北京参加学习班期间给王洪文写过"效忠信"，随后被平职调整到另一个单位的机关任部门副职。军区党委要求其必须作出深刻的书面检查，根据检查态度再定处分意见。

这时候，平职调动的上上级领导不计前嫌，上门要我代他执笔写个能过关的检查。我当时对上面揪住所谓的"效忠信"这类事不松口本来就有看法，何况自己也有过被人揪住不放的经历，对这位以前的上上级领导的要求并没有拒绝，但也没有马上答应。

念及上上级领导是个"三八式"，曾经有功于革命，给王洪文写信也不全是主观原因，我后来答应他的要求，表示一定尽力写好。

第二天我把书面检讨送到上上级领导手里，他仔细看了两遍，连声说，谢谢！谢谢！那一刻我能看出他的谢意是发自内心的。

人非圣贤，孰能无过。检讨呈上去后，我的上上级领导没有受到处分，后来还升任到大军区副职。我任新疆军区政治部主任后，他是第一个为我接风洗尘的人。我当时并不知道，他还是唯一反对我当新疆军区政治部主任的。真可谓此一时也彼一时也。

我被这位上上级领导搞蒙了，一直到他临终，也看不清他双面人格的底色。事后我常想，人还是要活通透。这样自己精神不受折磨，别人也好与你沟通。

中国有"为死者讳"的传统，过去的事情也早已灰飞烟灭。

上上级领导是带着我没有揭开的谜底辞世的，我嘱治丧办公室代我送一个花圈表示哀悼。想与他沟通的大门关死了！奈何？

往事教训的弯子绕远了，还是回到驻绥德部队的团部吧。

那天夜里，我面灯久坐，想起以往的是是非非，难免感触良多。整整20年没搞过文艺创作，既无灵感，又无技巧，就是想帮一把部队，一时半会儿也不知道从哪里下手。

第二天晚上，我翻来覆去思考，觉得秦腔、眉户有现成曲牌，写一段唱词不难，但绥德人听不懂，效果不一定好。如果套用信天游曲调，配上几段新词，让干部家属中的陕北婆姨唱唱，也许效果要好一些。

陕北信天游的唱词，大多是男女谈情说爱、触景生情脱口编唱的。虽说是妹妹亲哥哥爱的热络话，但发乎于情，止乎于礼，没有难以启齿的黄段子。

经过大半夜的思索，我写了三段唱词，供团里陕北籍家属套用信天游曲子演唱。三段唱词是：

男：天有边边哟地有边边

我爱我的那个妹子哟没有边边

三伏天等

三九天盼

我爱我的那个妹子哟没有边边

女：山有坎坎哟沟有坎坎

我爱我的那个哥哥哟没有坎坎

东山上等

西山上盼

我爱我的那个哥哥哟没有坎坎

男：水有弯弯哟路有弯弯

我爱我的那个妹子哟没有弯弯

女：太阳出来等哎月亮出来盼

合：我爱我的那个妹子（哥哥）哟没有弯弯

　　唱词写出来后，团领导很高兴。政治处当天就让会唱信天游的家属试唱，试唱的三个人都说词绕口，调不顺，难得拢。我知道这不是家属的水平问题，是自己对信天游曲调不熟悉，便嘱咐几位家属打消顾虑，按照她们熟悉的曲调改词。

　　后来听说《我们俩的爱没有边边》演出效果不错，但歌词已经不是原来的面貌了。

　　2001年春，著名作曲家赵季平先生来成都探亲，战旗歌舞团请赵先生莅临指导。杨景民团长请他为《我们俩的爱没有边边》重新谱曲。赵季平没有推辞，当天即同战旗歌舞团曲作家张坚合作，共同谱成现在这个曲子。

　　2007年7月，重庆市举办"屈全绳·邓晓岗原创歌曲音乐会"，总政歌舞团王宏伟、雷佳联袂演唱《我们俩的爱没有边边》，受到出席演唱会的市委主要领导同志和观众的热情肯定。

　　这支歌曲的诞生与演出，让我找到了"试水"的感觉。现在有了自己可以全日支配的时间，我这个曾经被上上级领导斥为"文化人"的武夫，又捡起笔来，朝着"诗和远方"缓缓走去……

2020年10月12日

人才是事业成败的关键

《中共中央关于党的百年奋斗重大成就和历史经验的决议》指出，"要源源不断培养造就爱国奉献、勇于创新的优秀人才"，"加快建设世界重要人才中心和创新高地，聚天下英才而用之"。这是以习近平同志为核心的党中央对时代英才的深情召唤，是人才强国的战略部署。

人才是事业成败的关键，也是一个国家或政党生死存亡的根本。历史经验一再表明，得人才者得天下，失人才者失天下。周得吕望、汉纳张良而得以兴，楚失韩信、吴去子胥而致以亡。汉武帝破格提拔卫青、霍去病击败了匈奴，明思宗听信谗言错杀袁崇焕断送了江山。人才得失，关乎兴亡。历史上许多地主阶级的开明政治家都懂得这个道理，所以求贤若渴，纳士若狂。有的"三顾茅庐"，有的"筑坛拜将"，有的"载与俱归"，心可谓至诚，礼可谓至周。他们广纳贤士的正确举措，最终都对国家、对民族，至少对他们所代表的集团带来了巨大的利益。

在当代国际竞争中，人才竞争一定意义上决定国家的命运。美国在二战之前并不是世界上的超级大国。美国的崛起，奥秘只有一个，那就是广揽人才，为其所用。二战前由于美国相对宽松的学术环境，使得一部分欧洲科学家前往美国。如果说那时这些科学家到美国只是一种自发行为的话，那么二战期间及其后，世界范围的优秀人才大量流向美国，则是美国有意图之。20世纪30年代初，希特勒大肆迫害犹太人，不仅德国，甚至整个欧洲的大部分犹太裔科学家都跑到美国去了。二战临近结束的时候，美国一方面与苏联在战略利益的划分上讨价还价，一方面耗费心力，加紧策动德国的科学家迁居美国。东欧剧变、苏联解体后，美国又从这些国家挖走了许多科学家。

我国改革开放以来，不少知识分子去美国留学，美国人同样没有放过他们。据中国驻美使馆教育处、美国华盛顿中国问题研究中心、美国国际教育者协会提供的资料，仅1998年之前的20年间，中国赴美留学生共16万人，被美国以种种方式挖走的多达13万人，占留学总人数的81.2%。美国政府为了留住这些人才，不仅为其提供了优渥的待遇，而且连移民法也作了修改。如此众多的优秀人才留在大洋彼岸，正是当今美国科技领先的重要因素之一。近年来美国出于遏制中国的发展，不断压缩我留学美国的人数，同时也极力阻挠在美国的华裔高素质人才返回中国。从这个角度观察，中美两国的科技竞争，实质上是高素质人才的竞争。

习近平同志在中央人才工作会议上提出，要"深入实施新时代人才强国战略"，并强调"要造就规模宏大的青年科技人才队伍"，把培育国家战略人才力量的政策重心放在青年科技人才上，支持青年人才挑大梁、当主角。

青年兴则国家兴，青年强则国家强。树立强烈的人才战略意识，既是历史赋予青年人才的使命，更是现实需要青年人才的担当。历史的经验和教训都表明，一个政党、一个国家能不能源源不断地培养出大批优秀人才，在很大程度上决定着这个政党、这个国家的兴衰存亡。中国特色社会主义事业能不能巩固和发展下去，中国能不能在全球化的激烈竞争中始终强盛不衰，关键要看我们党能不能打造世界人才高地，聚天下英才而用之。在这方面，上海的经验很有说服力。据《光明日报》2021年11月14日报道，"欧洲公商管理学院发布的2020年全球城市人才竞争力指数报告显示，上海2020年人才竞争力位列榜单第32名"，"世界知识产权组织发布的《2020全球创新指数报告》显示，上海2020年跻身全球创新城市第9名。上海连续19年获得国家科学技术奖项在全国占比保持在10%以上。上海科学家在《自然》《科学》《细胞》三大国际顶级学术期刊发表论文数量占全国总数超过25%"。由此可见，上海的经济优势与上海独特的人才优势密不可分。

"世有伯乐，然后有千里马。千里马常有，而伯乐不常有。"学习贯彻党的十九届六中全会《决议》，落实习近平同志关于人才工作的一系列重要论述，关键在于管理人才的人要当好伯乐，既要有相马的眼力，还要有役马的魄力，让千里马在复兴中华民族的新征程上奋蹄腾飞。

如此，才不负党组织对你的重托，不负人才对你的尊重。

2021年11月18日

"光荣在党50年"纪念章之歌

心如止水的我，脑中却沐浴春风，泛起涟漪。

五月初，我被诊断为右眼视网膜黄斑病变。医嘱忌看手机，少看书报。我每日点药，闭目养神。医生用心良苦，我不敢执拗大意。静坐冥想中，连手机里的朋友圈也很少浏览。

今天忍不住了，我终于在手机上写下这篇短文。因为我收到了中共中央颁发的"光荣在党50年"纪念章。

纪念章通径50毫米，材质为铜和锌合金，镀金镀银，主色调为红色和金色。主章由党徽、五角星、旗帜、丰碑、向日葵、光荣花、光芒等元素构成。其中党徽象征党的领导核心地位和党员信念坚定、对党忠诚；丰碑寓意党的光辉历程和丰功伟绩；向日葵寓意全党全军全国各族人民紧密团结在党中央周围；光芒象征党的光辉照耀；五角星代表薪火相传；光荣花寓意繁荣盛世、国泰民安和褒奖荣耀；旗帜象征共产主义崇高理想与事业永续。副章由山河、中国结和红飘带等元素组成，飘带上雕有"光荣在党50年"字样，寓意党员不忘初心、牢记使命，勇攀高峰、永葆青春。

在年近八秩的老兵心里，有什么象征可以与这枚纪念章媲美呢？没有！

纪念章是烈士生命的血光！

纪念章是先辈足迹的辉映！

纪念章是党中央寄托的期望！

纪念章是老百姓要求执政党的使命担当！

纪念章使我回眸初心，看到了50年前的彷徨，看到了入党后的坚强。如果说投笔从戎是卫国戍边的豪迈，却也夹杂着逃避饥饿的选项。在军队的大熔炉里，我经历了凤凰涅槃，我目睹了风雷激荡。

中国共产党领导人民战胜天灾人祸，战友们驱走熊罴豺狼。

毛泽东思想绽放出新的光芒。

我终于举起右拳,面对党旗宣誓: 我愿一辈子追随中国共产党！

55年过去了。

厥功至伟的中国共产党，在自省自强中不断发展，在履行宗旨中勇于担当。

党领导中国人民，由站起来、富起来到强起来，书写出彪炳千秋的历史辉煌。在中国共产党领导下，中国由任人宰割到自立自强。人民军队秉持初心，牢记使命，听党指挥，淬炼成无坚不摧的精钢。

火烧圆明园成为历史耻辱；甲午战争成为海底汪洋；庚子赔款使中国人痛断肝肠！唯有抗日战争，让中华民族奏响胜利的华章！

时代翻开新画卷，五星红旗迎风飘扬，改革开放谱新章。

中国正走出衰败的沧桑，走向世界舞台的中央。我们准备迎接任何风浪的考验，哪怕是直面魑魅魍魉！我们不怕鬼，我们不信邪，我们坚信，中国共产党驾驭的中华巨轮，必将碾碎狂风恶浪，在胜利的彼岸让五星红旗高高飘扬！

为了中国不再彷徨，为了实现中华民族伟大复兴的梦想，为了构建人类命运共同体，为了使和平成为主宰地球的力量，我们心连着心，我们肩并着肩，我们挺起胸膛，屹立在世界东方。

"一带一路"的星辰，正在风尘古道上光耀万丈。

我清楚自己来日无多，在通往生命终点的道路上蹒跚，但心中的太阳依然光芒万丈。老战士的灵魂是信仰铸就，即使身体倒下，也要头朝前方！

2021 年 6 月 10 日

第二辑

室家

戍疆琐忆

疏散子女回老家

回忆是一张无形的网。网一撒开，沉淀在心底的酸甜苦辣就会打捞上来，清浊混杂、甘苦参差的往事使人禁不住老泪潸然。年轻时卫国戍边的壮志与忠孝难全的节操，淹没了生活中的苦涩与无奈。回过头看，有些痛心疾首的事情原本是可以避免的。

去年10月11日，大儿子50岁时我就想写这篇文章，回忆他妈妈在他出生满月后当天，因为战备疏散，带着他和刚满两岁的姐姐，泪眼婆娑地离开乌鲁木齐的情景。可是一动手鼻子就发酸，写文章的事只得拖一拖再说，一晃就是三个多月。

前几天又接到一位老战友的讣告，这是辛丑年收到的第三个丧讯，心里不由得发怵。突然意识到人生无常，朝不保夕，把一些不堪回首的往事写出来，已经刻不容缓、时不我待了。谁也不能保证，一个穿越了78个春秋的人，明天清晨就一定能被窗外的鸟啼声叫醒！

好在开年这些日子，阳光明媚，春色满园。院子里梅花怒放，玉兰绽苞，海棠吐红，草坪泛绿，我心里满是春天，于是乘兴动笔。

事非经过不知难。没有感性作基础，理性认识永远不会走进历史深处。重新撕开已经被历史缝合的伤口，不但需要勇气，还要有耐受剧痛的意志。幸亏初心犹在，伤痛未忘。知道时代的进步有时候需要以个人利益甚至生命作代价。军人是国家的脊梁，在国家发展的道路上，军人承受的个人痛苦又算得了什么呢！回顾往事只是让历史告诉未来，国家安全，社会和谐，人民富裕，人性才不会扭曲，个体生命的状态才会稳定，人性的善才会释放出来。

日历翻回50年前那个晚秋。国庆节过后没几天，一场西伯利亚寒流，突然把乌鲁木齐推进冰天雪地。就在这时，军区机关接到命令，部队进入紧急战备状态，前指启动指挥系统，家属子女或送往天山腹地疏散，或送回内地安置。

部队战备多少年了，都是有张有弛，还没有出现过连家属子女也要从乌鲁木齐疏散出去的安排。干部们判断，这一回八成真是"狼来了"！战备工作像一台机器，不分昼夜地高速运转起来。

那个年代，对方百万大军压境，战争的信号弹随时可能升空，大家丝毫不敢含糊，接到命令立即执行。多数干部沉到部队或进入坑道，只有管理局和直工部一部分人留在机关，安排家属子女向天山腹地转移，一霎时空气中都散发着硝烟味儿。

当时，秘书们或跟着首长下部队，或跟着首长进坑道。我领回手枪，带足子弹，打好背包行囊，随时准备出发。唯一不放心的是妻子孙兰即将临产，又逢天寒地冻，顾虑她月子里没人照顾。

但她人缘好，邻居几位家属一再叮嘱我放心，月子里不会让娃她妈为难。办公室领导了解到这个情况，也没让我去坑道、下部队，指派我随秘书科科长吴世琨与作战部、军训部几个同志，起草军区当年的军事工作总结与来年的军事工作安排。

就在准备打仗的风声鹤唳中，10月11日早晨，我的大儿子出生了。

妻子夜里已经感到身体不适，但看到我加班回来晚，外面大雪封窗堵门，想到生女儿时产程长达12个小时，硬是坚持着没吱声，打算天亮后再去医院。哪里料到不等起床，身体已经出现临盆状况。我手忙脚乱地裹着皮大衣，先敲两家邻居的门，告诉他们我老婆要生孩子了，又跑到托儿所给门诊部妇产科打电话……

撂下电话，慌慌张张地回到家里。推门一看，孩子已经出生。帮忙接生的邻居大嫂兴冲冲地说，是个男娃！你们家一儿一女，要龙凤呈祥呢！

不满两岁的女儿坐在床角，拥着被子，一脸茫然地看着眼前的婴儿，不知是惊吓还是惶惑，见到我，"哇"的一声哭了起来……

门诊部妇产科沈医生赶到家里时，孩子已经出生半个多小时了。医生看到母子平安很吃惊，仔细检查娘俩身体，没有发现异常，又叮嘱了需要注意的事项，留下几包药，高高兴兴地返回门诊部。一段时间内，"屈秘书老婆把娃娃生到家里啦"成为机关干部茶余饭后的谈资。

从此，我有了第一个儿子。但儿子哪里知道，他只享受了30天的母爱，便经历了本不该经历的磨难。我的母亲也因为她这个孙子的磨难，患上了终身不愈的高血压，以致最终被高血压夺走了性命。

儿子出生后没几天，机关干部开始填写家属子女疏散安置去向。两台大轿车、十几台盖着苫布的卡车全部停在北门体育场，时刻准备着马达轰鸣，扬尘而去。

我和妻子很为难，两个孩子安置在哪里？一时没了主意。把不满月的孩子交给司令部托儿所，疏散到天山腹地，别说我们不放心，托儿所从贾所长、谭副所长到幼儿老师，个个头摇得像拨浪鼓。此路不通，只得向我远在老家的父母求救。

父母接到电报，先是让我弟弟回电报，告诉我们赶紧把孩子送回去，紧接着又寄来航空信说已经找到奶妈了，不会让孩子遭受断奶的痛苦。

收到电报我们欣喜若狂，收到来信更是心花怒放。接下来一想，问题又来了：家里没有一点积蓄，火车票是买硬卧还是买硬座？买硬座省钱，可孩子太小，乌鲁木齐到西安要坐 56 个小时火车。妻子晕车，一人带两个婴幼儿，肯定招架不了。那时妇女产假只有 56 天，拖过儿子满月，扣除往返途中时间，在老家安置孩子，满打满算只有一周左右。超过假期不光扣工资，还影响后面晋级。我们两口子月工资不足百元，不得不考虑这些后果。

过了几天，看到疏散安置家属子女的事情只听楼梯响，不见人下来，我对送孩子回老家又犹豫了。吴科长见我一时拿不定主意，劝我还是下决心把孩子送走，省得夜长梦多。第二天又说，我们起草的文件，由兼任参谋长的军区副司令主抓，他可以代我请假，我勉强答应了。

记得星期六晚上,我去吴科长家询问请假的结果。吴科长说:"假没有批,你回去不了,还是让你爱人把孩子送走吧。火车票我找人买,路程太远,又有两个孩子,再困难也得买张卧铺票,就这样吧。"吴科长是代表组织讲的,虽然没讲不准假的原因,但这是组织的意见。组织的意见就是个人的意志,没有选择,只有服从。

妻子通情达理,尽管知道途中会有想象不到的困难,但没发一句牢骚,立即着手做乘坐火车的准备。

儿子满月第二天,是女儿两周岁生日。给女儿过完生日,妻子带着自备干粮,于夜里 11 点登上火车。到车上才发现,别人帮忙买的硬卧票,不是列车左右横向的硬卧铺,而是顺着列车走向,临时架在走道窗户边的一张纵向硬卧铺。

送走娘仨,我心里空落落的。吴科长向我解释,老百姓听说军队战备,回内地的人多,买火车票的预约号排了好几千人,这张票还是走后门弄到手的。我听完哭笑不得,只有表示感谢。

疏散孩子回老家的妻子,在火车上遇到的磨难真是苦不堪言。

11 月 11 日晚 11 点,我把妻子和儿女送上火车。车外寒风割脸,大雪纷飞。车内人头攒动,人行通道挤得水泄不通。乘客们几乎都是送老人和小孩子回内地躲避战争的。目睹分手的依依不舍,听着生离死别的呜呜痛哭,一股悲壮袭上心头:狗日的,老子拼个你死我活!看看谁还敢在太岁头上动土!

好不容易找到座位,放好行李,我亲亲眼神迷茫的女儿和又白又胖的儿子，在列车启动前一分钟跳下车厢。在频频挥手中，眼睁睁地看着火车载着妻子和儿女，驶入令人揪心的旅程。

妻子后来告诉我，火车开出好几个小时，车厢才渐渐恢复了秩序。列车员把无票乘车的男女集中在两节车厢接合部，开始补票或罚款。那是个贫穷的年代，有的乘客像衣衫褴褛的乞丐。买不起车票或交不起罚款的人，失魂落魄，长跪不起，哭求列车员让他打扫卫生、提壶倒水也不愿下车。妻子看着眼前的景象，虽然心有怜悯却爱莫能助。因为全部精力都要用来照顾儿女，加上晕车，也不知道列车员最后是怎么安排这些乘客的。

妻子座位在孩子卧铺下面。深夜两点多，给儿子喂过奶，看着孩子酣然入睡，她才趴在面前的小桌上打盹。她似睡非睡，不时站起来看看头顶的孩子，又恶心得几次上卫生间呕吐，直到第二天中午也没吃一口东西。

女列车员见妻子是军人家属，又给婴儿哺乳，加上晕车呕吐，孩子睡在悬吊铺上不安全，一路都在想方设法调整铺位，直到离开哈密时终于找到了一张下铺。谢天谢地！把悬在空中的孩子放在下铺，孩子有了安全感，妻子自己也能在铺边躺一会儿。但是，晕车，呕吐，还得给儿子喂奶，照管孩子拉屎拉尿，妻子一路上几乎没有完整地睡过两个小时，也没有吃几口东西，身心疲惫不堪，恨不得火车马上到站。两天三夜好不容易熬过去，14日一大早，火车终于开进西安站。

我弟弟江绳把娘仨接到伯父家稍事休息。吃过早饭，妻子带孩子乘公交车上白鹿原，弟弟骑自行车在后面爬十里长坡。上车前弟弟告诉妻子，为了不使老人焦虑，他没有告诉父母娘仨要回来。妻子在狄寨公社门前下车，抱着儿子，领着女儿，朝着村子蹒跚而行。天寒地冻，举步维艰，5里路没有过半，两岁的女儿实在走不动了，母女俩只好坐在路边休息。同村一位老乡认识我妻子，看到她带着儿女从新疆回来，赶紧给我父母报信。母亲得知消息，惊喜交集，带着弟媳妇急忙前往接应。看到孙女个头高了，孙子又白又胖，高兴得眼泪汪汪。父亲抱着孙子左看右看，高兴得抽烟时呛了好几次。

把孩子安顿好，妻子陪母亲看望给儿子找的奶妈。奶妈是位20多岁的同村妇女，孩子不满月就夭折了。母亲一再叮嘱奶妈，孩子爸妈在新疆，哪怕多给几个喂奶钱，也不要亏待孩子。

妻子为了使儿子适应奶妈，从第一天起，夜里陪着奶妈和儿子一起睡，一直到回新疆当天夜里也不舍得离开儿子。

妻子在老家待了不到10天即返回乌鲁木齐，产后第57天准时到单位上班。同事们得知她把两个孩子送回老家都很同情，说了不少安慰话。妻子强颜笑答，眼泪却往心里流。

单位领导好不容易抓了个没有孩子拖累的职工，把她与年轻女工安排到最需要卖力气的地方——在乌拉泊戈壁滩上与男工一起筛沙子，为人防工程建设备石料。此后一年多，妻子早出晚归，风来雨去，直到"9·13事件"后才回到单位。

把儿女送回老家时，我弟弟的大儿子还不到两岁，弟媳妇是父亲下田的主要帮手。本来体弱多病的母亲，每天吃过早饭，准时带着大孙子和孙女去奶妈家照看小孙子，晚上天黑之前还要去看一次，见天不空，既要管三个孙子辈的吃喝拉撒，又要操心家务琐事，在劳累中血压升高不降，身体也日渐消瘦，但老人嘱咐我弟弟不要告诉我们，担心我知道后分心走神。老人家以她伟大的母爱为我分忧、为国分忧，体现了中国母亲最深沉最朴素的爱军爱国情怀，而我却连她最后一面也没有见上，这是我今生无法挽回的心痛。

孩子安顿就绪，我全身心投入工作，加之"文化大革命"波诡云谲，"批陈整风"还在紧锣密鼓地进行。后来"9·13事件"发生，部队又一次进入临战状态，那种紧张程度不是用战备等级可以表达的。我随首长连夜进入天山战时指挥所，家属参加了单位的防空袭演习，乌鲁木齐党政军刀出鞘，箭上弦，完全是准备打仗的态势。

我3个多月没有回家，与妻子的联系全靠电话。她对两个孩子情况的了解，全凭我弟弟来信，但到后来信越来越少。1972年元月下旬，我正忙着参与起草军区党委工作报告，已经升任司令部办公室副主任的吴世琨打电话给我说，你弟弟发来加急电报，说你儿子病重，让你尽快回家看望孩子。过了片刻，没听到我回应，又说已经报告首长，你的工作由徐嘉弟接替。

我与妻子连夜登上火车，路上对儿子可能出现的情况作了最坏的思想准备。我心里清楚，不到万不得已，弟弟不会给我发加急电报。

回到家才知道，加急电报是从西安市儿童医院出来后发给我的。原因是孩子患恶性贫血、肺结核、骨骼发育不良。医生要求马上住院治疗。一个又白又胖的孩子突然冒出这么多大病，母亲痛心疾首。

到家当天晚上，母亲哭哭啼啼地向我们诉说了奶妈对她隐瞒的实情。原来儿子送去的第三个月，奶妈又怀孕了，从那时起奶妈的奶水就断了。儿子饿得哇哇叫时，奶妈胡乱凑合着给吃些东西，一直不给我母亲说实话。半年多后母亲见孙子越来越瘦，奶妈的孕妇形象已经显露，这才知道了事情的真相。母亲气得血压一下子升高了，想把孙子抱回家自己哺养，孙子在感情上对奶妈有了依赖，抱回家就哭。无奈之下，只得晚上把孩子抱给奶妈，白天再从奶妈家抱回来。让母亲不能容忍的是奶妈坐月子后，对孩子的照看漫不经心，孩子从土坑滚到地上也没有发现。

缺乏营养，受到惊吓，影响了孩子的身心健康，一个胖娃娃瘦成了皮包骨头。去儿童医院检查出来，让我们尽快返回西安，成了父母和我弟弟的唯一选择。

再有 20 多天就过春节了，我们已经 4 年没陪父母过春节了，一心想过完春节再回新疆。父母知道我只有 10 天假期，新疆部队还在战备，一句挽留我们的话也没有说。当妻子提出为减轻母亲的压力，把女儿和儿子一起带回新疆时，母亲生气地说："你们先把我埋了，再把孙女领走！"说完抱着我女儿放声痛哭，说她对不住我们，对不住孙子……

我们带着儿子走了，父母心痛得撕心裂肺。父亲说："儿子穿着军装，自古忠孝难两全！让他们走吧，孩子病好后照个照片寄回来，我们也就放心了。"

回到新疆，门诊部小儿科廖淑贵主任、放射科胡医生、检验科康主任为儿子会完诊确定，中医西医双管齐下，贫血结核扶正祛邪。廖主任是儿科专家，经过她一年半的调治，儿子又成了虎头虎脑的胖小子。母亲看到照片又哭又笑，父亲拿着照片说："长大了又是个当兵的材料！"

50年过去了。儿子验证了父亲的预言，直到现在还穿着军装。

科长教我写材料

吴世琨是1949年新中国成立前入伍的安徽籍老同志，是我初到新疆军区司令部任秘书时的老科长，更是我做人做事做文章的师表。

吴世琨是采纳师政治部几个人的意见，建议我给军区领导当候任秘书的。那时候我是7972部队政治处宣传股的干事。

"施恩图报非君子，知恩不报是小人。"这是中国人的做人操守，也是中华民族的传统美德。吴世琨对我言传身教，耳提面命，却从未接受过我一杯酒一包烟的回报。他对事业的忠诚，对同志的厚道，如细雨润物，使我受益终生。

1991年八一前夕，我代表新疆军区到西安慰问老干部，正值吴世琨年逢花甲。当时他已经安置在西影路干休所五六年了。我联系另外两个受益于他的同志，想办一桌酒席为他贺寿。承办人口风不紧，提前泄露了我们的秘密。吴世琨知道后打电话给我："你把工作做好了，就是喝白开水、吃羊杂碎我也要去；不解决老干部的困难，就是人参果、茅台酒我也没兴趣！西安几个干休所一大堆问题，军区领导来来去去，都答应要解决，一个也没解决！"话说得很尖锐，给我敲了警钟，也展示了这位老领导晚年的赤子情怀。

回来后，我把老干部反映的主要问题向军区党委作了汇报，先解决了一些同志的医药费，又帮几位老干部把子女从新疆安排到西安，其他问题后来也陆续解决了一些。我到南疆军区任职后，听说军区又改造了几个干休所的设施。

我终生对吴科长心存感恩，不光受益于他的教诲，更得益于他刚正不阿的人品和手不释卷的学习精神。即使卧床不起，他手中的书也没有放下。

他在西安病故时我没有收到讣告，也没有从其他渠道得到噩耗。这个春节给其夫人张玉芬大姐电话拜年，得知今年是老科长九十华诞。俄顷，往事像一盏盏航标灯浮出脑海，在50多年的记忆波涛里熠熠生辉。

事情还得从1968年7月10日那天晚上说起。当时我正起草师首届学毛著积极分子代表大会给军区的报告。宣传科通知我，新疆军区政治部宣传部副部长田牧军找我。田副部长是总部下来的文化人，代表军区莅临师会议指导，同我并不熟悉，找我会有啥事？

我揣着问号去招待所见田副部长。首长待人很热情，招呼我坐下说，军区司令部办公室吴科长要你明天同我一起坐飞机回乌鲁木齐。我问有什么事吗？田副部长说吴科长没说，他也没问。

因为1965年我在军区业余创作培训班待过小半年，写了"大比武"的小说，第二年批判"大比武"时连我也没放过。尽管林忠政委把烧到我脚面上的火扑灭了，但我却动了想离开我所在团的心思。

从田副部长房间出来，我向团里参加会议的政治处雷主任报告，询问他是否知道这件事。

雷主任说，两个多月前军区下过通知，师政治部不放，想把你留在宣传科，现在军区来硬的，看来不去不行了。吴科长原来是师政治部的青年科科长，这里"眼线"多。调你走这事师里知道，上午军区干部调配科卢科长已经打过电话了。听雷主任这么一说，我算吃了定心丸。

第二天起床号还没响，我给团宣传股张心一股长电话报告我可能会被调走。张股长说，胳膊拧不过大腿，办公桌、床铺都给你留着，军区待不下去再回来。我听完感觉张股长不想放我走，心里热乎乎的，做了留在军区或返回老部队的两手准备。吃过早饭，我只带了一套换洗衣服，跟着田副部长坐飞机到军区报道。

吴世琨科长是位典型的白面书生，文质彬彬，中等个头，偏瘦体格，嘴角总是挂着笑意。他带我见过司令部办公室主任葛明旺、副主任夏光。葛主任是参加过长征的红军干部，夏副主任是抗战后期的大学生，两位领导在"四大"中没贴过大字报，政治态度上让我有一种不言而喻的亲近感，他们都勉励我尽快熟悉情况，随时准备分担工作。

吴科长晚上同我个别谈话，接着从柜子里抱出一堆材料说："这是一些范文，你仔细琢磨，能看出门道就好办了。"

第二天，吴科长又给我拿来三个本子，大本子是剪报本，专门剪贴两报一刊社论，还有"文化大革命"理论家的文章。两个小本子标有秘密字样，一个是学习笔记，一个是工作笔记。吴科长特别叮嘱我，工作笔记的内容只涉及工作，不是日记，不要什么都写，保密室收缴时要检查内容，别让人揪住辫子。他虽然没有说破"人"是谁，但我心里清楚。

那时候早请示晚汇报、跳忠字舞唱忠字歌已经不搞了，我的学习笔记专抄毛主席语录，每天一条。语录抄完抄毛选，从第一卷第一句话开始抄，每天千字，直到"9·13事件"后停止。

我去军区前后那两年，从内地给军区陆续调了两任政委、六位副司令、两位副政委。参谋长、政治部主任、后勤部长都由新去的军区领导兼任。也许是受林彪认为"可以信任，可以培养"的司令员影响，这10位军区新领导中，只有一位遇到争论不轻易表态，也没有带秘书。

吴科长因为给军区老副司令、359旅老领导、开国将军徐国贤当过秘书，又不支持造反派，虽说是秘书科长，日子也不好过，新来的秘书没人把他放在眼里。但他一身正气，对上不卑不亢，对下不颐指气使，给人一种不怒自威的感觉。加上他笔头子硬，人称"吴文胆"，新来的领导在文字上有求于他，没听说谁找过他的岔子。可是我上班不久便给他捅了一个大娄子，本来留给他的办公室副主任的椅子也被这个娄子捅翻了，原因出在一个不该出的错误上。今天看来，拿一个字做文章十分可笑，但在"文化大革命"年代，一个字就可以给你定罪。

事故出在我的粗心大意上。1968年底，军区召开党委扩大会，司令员作的工作报告，是吴科长主持起草的，我算个参与者，主要是查找资料、核对数据、选择典型事例，负责最后校对。报告稿提交军区常委讨论没有异议，司令员作报告也没发现不妥。会后吴科长把报告缩写成军区党委给党中央、中央军委的电报，由我手抄，经司令、政委签发。

电报发去第二天，军委办事组一位干部给从湖南省军区随司令调来的办公室副主任打电话查问，军区党委给军委发的电报你们把关了没有？副主任回答，哪敢不把关！逐字逐句地看了。对方说，看了还出这么大的娄子。我替你们把屁股擦了，下不为例。这事可大可小，你们得好好检查一下，无论是谁都应当吸取教训。

那是个习惯于上纲上线的时代，一句"可大可小"，潜伏着看不见的危机。吴科长得到消息，当即找电报核查。前五句话没有发现问题，第六句麻烦出来了——我把"形势一片大好"写成了"形势一牛大好"。我坐在吴科长对面，眼看着他的脸色变了。他抬头见我发愣，不但没批评一个字，反倒自责地说："我马虎了！"一个小时后，吴科长拿着检讨当面向司令请罪。司令看了检查不但没发火，还说他因为没文化还差点掉了脑袋呢！抗战期间，他有个晚上带领全团开进，上级电报指示相机宿营，地图上就是找不到"相机"的地方。日本鬼子咬着部队屁股追，他只得带领全团占领有利地形，给敌人来了一招回马枪。他的团虽然没有吃大亏，但把纵队的合围计划打乱了。司令员最后说："我是个老粗，你们笔杆子要把关呀！"尽管这位司令因为上了"贼船"

后来受到处分，但吴科长对其宽容态度一直心存感激。1997年7月1日，我送驻港部队进港返回广州后，受吴科长之托，专门看望了这位被降职的老司令。

话还得再说回去。那天吴科长向司令员检讨回来，拿了一本颜真卿的楷书字帖，让我抽空多临摹几遍。那时候没有钢笔字帖，我临摹了半年多的毛笔字帖，还是有点效果的。第二年开春，上面给办公室派了一位副主任，留给吴科长的位置黄了。什么原因？谁也不说，谁也不问，吴科长照常加班加点，看不出丝毫懈怠。

办公室原来安排我给一位副政委当秘书，"形势一片大好"之后，分配我给一位副参谋长当秘书。副参谋长是湖北籍老红军，战争中受过重伤，功劳很大，脾气也大，又挨过造反派的批斗，资历浅的军区领导都怵他。这位副参谋长只身入疆，责任感强，急于求成，总想把战备工作做在战争爆发的前头。分管作战边防以后，一年四季没有节假日，不是上高原就是下部队，先试用的两位秘书家属随军，长年累月顾不上家，秘书坚持不下去，首长少不了有看法。我就是在这种情况下被推到前台当秘书的。那时候我的对象远在老家，我吃住都在办公室，上高原下部队没有牵挂。首长知道我是政工干部出身，军事工作文书都是作战部的同志动手，我只是一个承办文件的事务主义者。几个月过后，首长对我还算满意，但提出了一个要求——学习参谋业务，了解作战文书，懂得识图用图。从此，无论是战场勘察、军事演习、图上作业、战例分析，我都主动参与。

几年下来，我不但跨入了名为秘书实为参谋的行列，军事文书的写作能力也有了提高。1975年首长病逝，作战部孟魁武部长，王步苍、王恩庆副部长曾向办公室提出，调我到作战部边防科工作，办公室没有同意。吴科长拿我当专职秘书替补使用，谁不在位我顶谁，先后给四五个军区首长当过短则一两个月、长则小半年的临时秘书。

为了对首长负责，也对我负责，每次顶替专职秘书，吴科长都要找我恳谈一次，说明首长的性格特点、工作方法和文字要求，提醒我对首长之间的关系不犯自由主义，务必防止派性的干扰。同时要求我除了起草首长的讲话稿，还要尽可能多参加起草司令部和军区的文件。这样磨炼了几年，我被造就成"万金油"秘书，我起草的文件、讲话经吴科长打磨都能过关，结果更多的材料压到我头上。但因为思想理论没"上纲"，习惯在报刊上寻章摘句，材料质量含金量低，没有出现吴科长所希望的螺旋式上升趋势。

"9·13事件"后，杨勇接手新疆军区司令员，完全是大家风范，即席讲话很少用稿子，要么是自己写几句提纲，要么连提纲也没有，但每次讲话都言简意赅，不时冒出令人叹服的名言警句。已经升任司令部办公室副主任的吴世琨从杨司令第一次讲话开始，就要求我们几个秘书同他一起做笔记，会后整理笔记，研究杨司令的讲话特点。

1975年底，军区召开阵地工程建设会议，秘书赵德路出差，由我起草杨司令的讲话，我很快拿出初稿，吴副主任看了比较满意。看到稿子里"军事上没有重点就没有战术"这句话时问我："这是你想的？"我回答是杨司令在一次会上讲的。他听了说："也只有杨司令能讲出这样的话！"说完拿着笔想了想，在那句话后边又加了一句："政治上没有重点就没有政策。"尽管杨司令没用这个讲稿，还是拿着提纲讲的，但"军事上没有重点就没有战术，政治上没有重点就没有政策"这两句话杨司令后来讲过多次。吴副主任事后对我说："哲学是一把钥匙，学好了能使人开窍。"我真正下功夫读了几本哲学书籍，也是从这时候开始的。

1977年6月，《解放军报》总编范庭宇给军区打电话说，军委要求各大军区和军兵种以党委的名义，在军报头版发表文章，纪念毛主席逝世一周年，希望军区提早准备。

吴世琨副主任受命牵头起草纪念文章，我和作战部苏明銮参谋当助手。研究文章提纲时，作战部、军训部、组织部、宣传部的部领导和有关同志十几个人参加，会上讨论很热闹，但提纲定不下来。吴世琨要求我和苏参谋不要急于动笔，先去吉林拜访王恩茂同志，他在军区档案馆查资料，等我们从东北回来再说。

王恩茂是359旅后期与王震旅长搭档的政委，又是带领二军解放新疆的政委，后来还是南疆军区、新疆军区的政委，"文化大革命"之前担任新疆维吾尔自治区党委书记、新疆军区司令员兼政委，新疆生产建设兵团第一政委。"9·13事件"后解放出来，任沈阳军区副政委、吉林省革委会主任。

半个月后，当我们拜访王恩茂回到乌鲁木齐时，吴副主任已经把他草拟的文章提纲拿出来了。他召集我们开会说："文章分四大段，解放新疆、建立政权、建设新疆、军民团结和民族团结。涵盖的单位包括解放新疆的二、六军，陶峙岳率领的和平起义部队，

'三区革命'①的民族军。保卫新疆重点写军区,建设新疆主要写生产建设兵团,民族团结主要写汉族与维吾尔族、哈萨克族的关系。"吴副主任草拟的提纲经军区主要领导人同意,充实了他查找的资料和王恩茂给我们提供的史料,文章初稿很快出来了。后来经作战部长孟魁武、军训部长曹文虎润色,军区党委常委会议讨论通过,全文在《解放军报》头版刊登。通过撰写这篇纪念文章,我对撰写文章如何把握主题、理顺逻辑、突出重点、搜集资料诸类方法有了新的认知。个人对事物认知由量变到质变、由渐变到突变往往是不自觉的,只有回过头去,才能看清楚吴世琨是怎样扶着我一路走过来的。

同这篇文章没有直接关系的一件事情也令我深为感动。1974年,军区司令部在建国路第一家属院建造了一栋新楼,分给当时的吴科长一套。吴科长见我住在平房的最北端,冬天三面墙内结冰,我的小儿子一入冬就患重感冒。尽管他也住在另一排平房的最北端,却仍然毫不犹豫地把楼房让给我住。

记得钱穆说过,人开始是追求物质的境界,后来追求精神的境界,到最后必然要追求灵魂的境界。在我心里,吴世琨是始终

---

① 三区革命:1944年8月,在伊犁、塔城、阿山(今阿勒泰)爆发的三区革命,是在中国共产党和国际共产主义影响下,在全国人民革命斗争胜利的鼓舞下爆发的。三区革命沉重打击了国民党反动派在新疆的反动统治,牵制了国民党反动派在新疆的军事力量,有力支援了全国人民解放战争;培养和锻炼了一大批本地民族干部,成立了民族军,训练了数以万计的指战员,为新疆的解放和新中国成立后的社会主义革命和建设事业发挥了重要作用。

追求灵魂境界的人。虽然因为两大军区合并使他错过了踏入将军的行列，但在我心中，吴世琨永远是没有佩戴将星的将军！

口无遮拦的教训

我军从支部建在连上开始，党支部、团支部、革命军人委员会（简称革委会）便是基层组织的三块基石，党支部是核心，团支部是堡垒，革委会是基础。革委会的职能条例有明确规定，主要任务是代表全连指战员发扬政治、军事、经济三大民主。政治民主是保护官兵的民主权利，军事民主是调动官兵的习武热情，经济民主是监督连队的收支开支。五六十年代，很少听到连队干部贪污，连长指导员搞特殊化，无非是多吃个猪耳朵猪舌头，就这事也得在军人大会上作检查。所以，连队党支部很重视团支部、革委会的建设。

按有关条例规定，连队团支部书记和革委会主任由副指导员兼任。团支部副书记由全连团员民主选举战士团员担任；革委会副主任由全连军人大会民主选举战士担任。

我入伍后分配在步兵二营四连四排60炮班当炮手，因为前面授枪闹过情绪，给连长的印象有瑕疵，所以下班后积极表现，总想挽回不良影响。

个把月后，副指导员找我谈话说："连领导研究确定，提名你作团支部副书记和革委会副主任候选人，你要有思想准备，到时候得表示态度，各方面的表现也要走在全连新兵的前头。"我听了心里当然高兴，但还是谦虚了几句。

副指导员接着说："你在中学当过学生会主席、校团委宣传部部长，分到连队这段时间大家反映也不错，连里领导提名你做候选人是有群众基础的。"

当时部队没有差额选举这一说，在团员大会和军人大会上我的提名被大家鼓掌通过。连首长没有料到，他们作为骨干培养的我不但是个炮筒子，肚子里藏不住话，有时候还顶撞干部，以至于最后他们不得不"挥泪斩马谡"。

1962年夏季，是新中国成立以来第一次从大专院校和在校高中生中征兵，我们连有好几位都是大二的学生。因为都是西安、宝鸡老乡，没几天就混熟了，谁结婚谁没结婚，谁有对象谁没对象，大家都了然于胸。有个新兵白天不好意思把对象照片拿出来看，夜里下哨回来，躺在被窝里打开电筒看，看着看着睡着了。天亮前连队演练紧急集合，这位新兵一紧张，把正在梦中饱览对象芳容的事情忘了。打起背包跑出去时，各排列队完毕，他成了全连的"副班长"。10分钟后，连长检查完全连铺面出来讲评。这时候天已透亮，谁也没注意连长手里拿了一张照片。

那时候连队一个排住一间大房子，两排通铺中间有一条走道，可容两个人并肩而过。铺板是杨木的，一张紧挨一张。窗户玻璃内侧糊几张报纸，里外不透气。30多人住在一起，晚上磨牙放屁说梦话此起彼伏，谁也不笑话谁。有个排长好出洋相，只要他夜里带哨查铺，第二天总能从他嘴里听到几个人的梦话。这些梦话千奇百怪，成为活跃连队生活的娱乐节目。

但是，这一天站在全连面前的连长可不是说笑话的。他先对紧急集合演练作了几句讲评，话锋一转却说："全连解散整理内务，晚上看对象照片的人到连部找我！熄灯不睡觉，打着电筒看照片，第二天哪来精神搞训练。你那个对象长得也不咋的，怎么把你迷得神魂颠倒，值得夜里抱在被窝里看！"连长讲完，把照片在队前晃了两晃，顺手装进上衣口袋。

全连官兵面面相觑，等着看热闹的人大失所望，互相猜测谁夜里偷看对象的照片。

我同班一个新战友，是西北政法学院的大二学生，连长讲完后他在我耳边嘀咕："这样讲侮辱人格！"我当时也觉得连长说战士对象丑这话有点损人，但当着全连人的面，一时也不知道说什么好。

全连解散后，一个蓝田籍的战士红着脸到连部去了。我们虽是同年入伍的陕西兵，但他至少大我两三岁，又不在一个排，相互不是很熟悉。看到他一脸羞愧的样子，我有些同情。便对一个老乡说："团里有规定，连队干部星期六才能回家，上个星期三夜里我上哨，连长两点多不也回家了吗？怎么战士看看对象照片，非要在全连队前点名！"

这几句话本来是我俩叨叨的，没想到几天后连长把我找去训斥："你在背后说我的怪话已经不是自由主义了，给你扣个造谣生事的帽子也不是不可以的。我上星期三晚上回家是孩子发烧，给营值班室请过假。希望你不要忘记自己是个骨干，说话口无遮拦！"连长语气很严肃，但却看不出恶意。

面对连长的严厉批评，我的"造谣生事"无法自证清白，只得悻悻离开。

过了几天轮到我到食堂值日帮厨，正好夜里看照片的那个新兵同我搭班。他边和面边问我："听说连长训你了？哎！我崴脚你受疼，对不起呀！"

我说："没怎么批评，说了几句提醒的话。"

"连长这人不错，我去找他说我妈病重，对象住在我家照顾我妈。连长听后不但没批评我，还给了我5块钱，让我给对象买件衣服寄回去！说他犯了官僚主义错误，队前讲评说的那些浑话全部收回。"

我听完一愣，正切红萝卜的菜刀差点切到手指头。"原来人家连长是刀子嘴豆腐心呀！看来我真的应该向连长道歉了！"事后没几天连长调走了，直到现在也不知道连长调到哪里去了。

应该说这次教训是深刻的，但我口无遮拦的毛病并没有真改，给连队提意见还是不会绕弯子，竹筒倒豆子——咋痛快咋来。

1962年，国家还没有从三年困难中走出来，包括我在内的新兵，许多人在家吃不饱肚子，参军既有立志报国的血性，也有当兵吃粮的观念，哪里会想到参军后还是吃不饱。当时的标准是每人每天一斤半口粮，玉米面占30%，小麦面和大米占70%。通常情况下早餐每人两个玉米发糕，一碗玉米粥；午餐、晚餐每人各两个馒头，一碗胡辣汤或者一碗粥。伙食清淡，没有泔水喂猪，三餐很少见肉。逢年过节杀猪，战士们恨不得一人吃一条猪大腿。

本来在营区就吃不饱，国庆节后我们营又被拉到温宿县七梁溪开荒。那是一块没有开垦过的处女地，原生态的甘草根长得比指头还粗，砍土曼砍三四下也不一定能砍断。劳动强度大，肚子吃不饱，有时候饿得坐在地上起不来。很多人10个指头缝全是血口子，砍土曼把子都被血染红了，每天上工时忍着疼痛活动手指，才能把砍土曼抡起来。

我们团的前身是359旅718团，南泥湾大生产中受到过毛主席、朱总司令的表扬。这是激励我们完成开荒任务的强大动力，虽然不到收工就饿得眼冒金星，但没有一个人发一句牢骚。年底前半个多月，连队提出新口号："争先锋当模范，提前回营过元旦！"开始大家都很开心，但从口号提出第二天，有的班提前一个多小时起床，摸黑到地里开荒。我的班长、副班长都是甘肃籍老兵，见有的班提前一个小时起床开荒，我们班便提前两个小时开荒，到后来有的班干脆4点钟起床下地。用今天的话说："只要干不死，就往死里干！"

任务是提前完成了，但累病了好几个，三个人还住进了团卫生队。年终总结时我在副指导员参加的班务会上发言："战士不是高玉宝，你们干部为啥要学半夜鸡叫？我们是来保卫祖国的，不是扛长工的！"

副指导员当场说："那一阵子是有些操之过急，但群众积极性起来了，连里也不能泼凉水呀！你可以提意见，你把干部比作周扒皮是错误的！"

我算是痛快了一下子，但却难受了三个月。因为我的口无遮拦，被上升到对现实不满的高度，连队没评上"四好"，我的团支部副书记、革委会副主任，也在分管共青团工作的宋副政委主持下被撤销了。

当时，我已做好被开除团籍的准备。后来听说团政委于光调查后认为，我的说法不对，我讲的问题存在，保留团籍，处分决定不装档案，调整到三营另行分配。

1963年3月，我被分配到三营营部通信排当战士。

江山易改，本性难移。虽然我遇事不随波逐流，但口无遮拦的毛病还是改了不少。

怜子如何不丈夫

47年过去了，想起来依然揪心。

不到3岁的孩子，3年报了3次病危！呕心沥血的医护人员为抢救这个幼儿，不知道想了多少办法。47年后，他们从死神手里夺回的那个幼儿，正在传承他们敬畏生命、救死扶伤的精神，让许多危重病人重拾信心，回归正常生活。

人老了，有时候靠回忆打发日子，我也不能免俗。现如今看到远在西安的小儿子踏进家门，我记忆隧道的深处，便会闪烁出时隐时现、若明若暗的灼人泪光。泪光里有新疆军区卫生部张志钦副部长的果断，有呼图壁军医学校杜校长的慈祥，有总医院呼吸科韦南山主任的沉稳，还有小儿科梁主任的疲惫……他们像黑夜中的航标灯，在我脑海里绽放出一片片光明。军区门诊部小儿科廖淑贵医生的焦虑，药局牟崇婷主任的关爱，检验科和宝珠技师的不安，还有为幼儿头皮静脉输液护士的紧张……也像一个个切换的画面，在我眼前交替出现。

常言道，"施恩图报非君子，知恩不报是小人"。47年过去了，尽管那些挽救幼子生命的人没有希冀过回报，但他们一直活在我心中。尽管他们有的已经作古，但在魂牵梦萦中，还能看见梁主任同几近绝望的我交流抢救幼子的方案……

回忆戍疆琐事，生儿养女的困难至今令人唏嘘。

过来人都知道，20世纪六七十年代，驻疆部队规定，正连职以上干部的家属才能随军。不够随军条件的夫妻每年有一个月探亲假，往来途中时间除外，来回路费只报销一个人的。当时条件下作出的这些规定，自然有其合理性，但却给干部生儿养女带来了许多实际困难。我们这一茬人，就是在克服重重困难中把儿女养大的。

日历翻回47年前的元月22日夜晚——农历癸丑年除夕。雪舞苍穹，寒锁边城。那年代乌鲁木齐没有电视节目，更谈不上普天同庆的春节文艺晚会，收音机里反反复复播放着几个样板戏的唱段，连三五岁的俏皮男孩都会哼哼"老子的队伍才开张……"

大街上没有过年气氛，气温在零下25摄氏度左右徘徊，路灯像趴在电线杆上的萤火虫。建国路新疆军区司令部第一家属院门前的马路上，少见来往行人，只有对面乌鲁木齐县政府的院子灯火通明。能装二百多人的会议室正在举行春节联欢晚会，6个大窗户外挤满了看热闹的男女老少，维吾尔族同胞的激越歌声，在手鼓的铿锵伴奏下，不时从窗缝钻出来，为冷峻的夜幕中掀起一波又一波欢快的旋律。

呼啸的寒风夹杂着雪渣子，把脸打得生疼，家属院的鞭炮声依然爆响不停。无法进县政府礼堂看热闹的人，只能用放鞭炮表达内心的郁闷与欢乐。

妻子孙兰正怀三胎，预产期就在这几天，外面太冷她没有出门。我带着3岁多的儿子放完两串"五百响"，又看了别人放的"钻天猴"，回家不到半小时，闹钟叩开了甲寅年的大门，时间进入1974年1月23日。

全家吃过饺子睡下，两点钟左右，孙兰说她有临盆的感觉，我顿时紧张起来，连忙给车队打电话，准备送她去医院待产。3年前大儿子在家里出生的手忙脚乱，使我这次不敢马虎。收拾好住院需要的东西，吉普车已经开进院子。我扶着孙兰，牵着儿子坐车直奔军区总医院。

走进妇产科病房，已经是凌晨3点多了。科主任于文兰值年夜班，她安排孙兰住进病房检查，我带儿子在休息室等待。不到半个小时，于主任出来说，一切正常，已经上了产床，是龙是凤马上就见分晓。

儿子太淘气，我担心他乱窜病房，在休息室搂着他等候消息。看着他倔强的样子被瞌睡虫征服，我真盼孙兰这次能为他生个妹妹，这样我们会省心一点。

女儿因战备疏散回老家3年多，给爷爷奶奶加重了负担，我们的后顾之忧大大减轻，儿子却成了身边的独生子。那时候孙兰上班自带午饭，白天8小时在单位，来回路上还要坐两个小时公交车，一天10个小时不沾家。如果加班加点，回家的时间更晚。乌鲁木齐与北京时差两个小时，孩子早上9点送托儿所，晚上8

点接回家，三顿饭都在托儿所吃。托儿所下午7点吃晚饭，家里有老人或亲戚的可以早点把孩子接回去，没人接的孩子只能在教室里待着。我一年大部分时间在部队出差，孙兰下班赶到托儿所时，小班常常只剩下我儿子由阿姨仇丽珍或医务室护士小陈看管。

托儿所就在家属院内，儿子看到别的孩子被爸爸妈妈接走，有时竟趁阿姨不注意，悄悄溜回家找爸爸妈妈。为了防止意外，我把两根背包绳打成死结，让阿姨一头拴住儿子，一头绑在小床上。每次看到爸爸妈妈，他都会号啕大哭。如果哪天儿子第一个被我们接走，他会在托儿所大喊大叫："我是第一名！我是第一名！""我是第一名！"包含着一个幼儿多么天真的自豪！多么纯真的亲情！

4点左右，我还在搂着儿子回顾往事，护士推门进来说："生了！是个男孩，两公斤六，已经回病房了。"

啊！这么快！我喊醒儿子，疾步走进病房。孙兰和小儿子在床上躺着，我仔细端详，发现小家伙比哥哥瘦，比哥哥黑，脸上的皮肤皱巴巴的。大儿子稀奇地摸了一下弟弟的脸蛋，迷茫的眼神好像在问，这小娃是谁呀？我告诉他，小娃娃是你弟弟，大儿子眉开眼笑，又轻轻摸了一下弟弟的脸蛋。

母子平安，皆大欢喜。那一年是虎年，我抚摸着小儿子说，骑着虎头落地，是个有福的，每年春节都会过生日。又待了一个多小时，看着孙兰疲惫不堪，我和大儿子坐车回家，这时已经是清晨6点多钟了。

第一家属院是由盛世才的兵营改造的，清一色土墙平房，冬暖夏凉，只有两栋十户砖混结构的平房是后来建造的。我住在第二栋最北头，三面墙体靠外。因为冬冷夏热，先后住的三家都搬走了。

为了迎接第三个孩子的到来，我搬进去后重新砌了火墙和炉灶，入冬后又在门口吊了厚厚的棉门帘，睡觉时脚下不冷，山墙内侧也很少结冰。门外的空间被我派上用场，左侧盖了个冰箱大的小房子，冬季就当冰箱用，其他季节可储存食物。右侧搭了个小棚子，用于堆放煤炭、杂物和引火木柴。

冬天把食品放在门口"冰箱"冷冻，十天半月也坏不了。几天前，孙兰已经把过年的几种菜品准备就绪，全在"冰箱"冻着，即热即食。我和大儿子6点多到家，炉子里的炭火红彤彤的。儿子迫不及待地钻进被窝，我却没有一丝睡意。小儿子出生比我想象的顺利，但56天产假结束后怎么办？我被新的焦虑困扰着。

上午10点多钟，于文兰主任打电话告诉我，母子平安，可以出院。大儿子迫不及待地穿好衣服，跟着我去医院接他妈妈和弟弟。一路上问这问那，高兴得按捺不住。车到红山邮局时我给老家发了一封电报，告知父母亲他们又添了一个孙子。

大年初一的军区总医院，看不到多少病人，妇产科空落落的。孙兰已经拾掇就绪，小儿子还在酣睡，双眼紧闭，脸上褶皱的皮肤明显舒展了。再仔细一看，小家伙身子长，手脚大，我估计将来个头不会小。

从医院出来，太阳高悬头顶，博格达峰上天蓝雪白，街道上依然冰雪铺地。汽车缓缓穿过北京路、红山路、青年路、建国路，驶入第一家属院。我抱着裹得严严实实的小儿子，直到进了家门他还没睡醒。

回家不到半个月，孙兰发现奶水不足，该下奶的办法都使上了，效果却不明显。我分析这肯定同她长期营养不良有关系。那时候干部的细粮比例是70%，家属的细粮比例是50%。为了让孩子多吃几口细粮，我一直没在食堂搭伙。每个月从食堂把我的口粮买回家，让儿子能吃到大米白面。孙兰却舍不得吃细粮，自带的午饭不是玉米面发糕就是钢丝面（用玉米面加工的面条），她只想着让我和孩子多吃几口细粮。

为了解决小儿子奶不够吃的燃眉之急，我向昌吉军分区一位同志求助，他给我送了两条黄羊腿。后来又订了一份牛奶，总算解决了孩子饿肚子的问题。

56天一眨眼就过去了，气候渐渐转暖，孙兰身体恢复得不错，小儿子越长越可爱。我们商量不出带孩子的好办法，孙兰决定送大儿子入托，自己抱着小儿子上下班。从此，每天早上9点钟，孙兰抱着婴儿，背着装饭盒的挎包，匆匆步行20多分钟，赶往东后街3路公交车终点站上车。40分钟后在和平桥下车，再走20多分钟，赶到电信器材厂上班。我没有出差时，还可以帮孙兰接送孩子，我不在家时凄风苦雨中的娘仨，照样得早出晚归。

电信器材厂的托儿所是一间大房子，由一个老阿姨照看。四五个婴儿躺在小床上，十多个不会走路的小孩子固定在小椅子上。哺乳期的母亲上下午各有一次喂奶时间，每次半个小时。自带的午饭中午在开水炉上煲热，同孩子在托儿所一起吃喝。

孙兰的亲力亲为证明，母亲为了自己的儿女，在智力精力和体力上都是可以超越自我的。母爱的潜力一旦释放出来，几乎没有克服不了的困难，即使这种释放以生命作代价，她们也在所不惜。在抱着儿子上下班途中，孙兰不知道遇到过多少困难。乌鲁木齐冬季长，冰雪多，抱着婴儿上下班，既要赶着坐公交车，又要顾及脚下路滑，经常在路上摔跤。秋季一次雷雨天，公交车一趟趟地空跑，就是不肯拉人。孙兰真的急哭了，夜幕下为儿子裹好雨衣，自己呜呜咽咽地饮泣，在大雨中淋了两个多小时，回家后大病一场。一次她抱着儿子上公交车，被下车的莽汉撞得仰面朝天，短暂昏迷中也没有松开怀抱中的儿子。儿子毫发未伤，她却头晕了好几个月。

苦到尽头有甘泉。小儿子断奶后同大儿子一起送进司令部托儿所，孙兰和孩子再也不为挤公交车发愁了。

那一年我多半时间在北京照顾住院的首长，12月初才回了一趟乌鲁木齐。到家一看，大儿子懂事多了，小儿子长得很讨人喜欢。孙兰拿他当女儿养，头顶扎了个小辫子，熟人看见都要抱着逗逗玩。小儿子刚刚学说单词，会叫爸爸、妈妈、叔叔、阿姨、哥哥、姐姐……见到我既不让我抱，也不叫爸爸。但一刻也离不开哥哥，只要哥哥在，妈妈上班也不哭不闹。发现这个特点后，我将兄弟俩同时留在家里照顾，让孙兰轻轻松松上几天班。这办法还真灵，没过两天小儿子就同我混熟了。

那些日子乌鲁木齐气温骤降，很多人患了流行性感冒。孙兰告诉我，前些日子托儿所有几个孩子感冒，小儿子也被传染上，她发现后请门诊部傅爱珍医生看过，吃了退烧止咳药，没再出现反复。同孩子在家里几天，我未发现他俩身体有异常情况。就在我准备返回北京之际，小儿子开始发烧，晚上10点左右体温窜到40摄氏度。我同总医院小儿科梁主任联系，连夜抱着孩子住进医院。

梁主任是老医生，擅长中西医结合治病，造诣高，修养好，深受病儿家长尊重。他看了化验单，仔细做完检查说，可以肯定是病毒性感冒合并中毒性肺炎，不光要用抗菌素，病情稳定下来后还要服中药。经梁主任亲手治疗，连续一个星期，孩子没有出现39摄氏度以上的体温，也没有出现惊厥抽搐现象，只是咳嗽越来越严重。

第五天查房后梁主任告诉我，孩子出现了呼吸衰竭的症状，要我做好思想准备，请呼吸科韦主任会诊后，可能要下病危痛知。我一听惊呆了，缓过神就给韦南山主任打电话，请他赶紧到小儿科抢救我儿子。

这几年为上喀喇昆仑山和帕米尔高原前检查身体，我没少同韦主任打交道。他夫人钱传训是药局主任，又是全国人大代表，我还写过她的事迹材料，两口子待人十分诚恳。给韦主任的电话打完，我又给放射科杨主任打电话，请他一起到小儿科参加会诊。梁主任还给谁打过电话我记不得了。一个小时后五六个专家齐聚小儿子病床前，当即定下治疗方案，一场紧张的抢救开始了。

现在已经记不清吃什么药打什么针了，只记得卫生部张志钦副部长给总医院交代，那种进口药是急救药，半年之后到期，现在不用也得作废，确实需要就用吧！连着三天，小儿子又是吸氧，又是吃药，又是静脉输液，第四天奇迹终于出现了——儿子的心跳、体温和肺功能基本恢复正常。那天孙兰带着大儿子来医院探视小儿子，母子三人抱在一团不松手，连我的眼睛也湿乎乎的。

儿子挣脱死亡威胁，我返回北京301医院，继续照顾首长住院。

转眼就是1975年下半年。我结束了301医院的工作，又陪任晨副参谋长到外地出差，回到乌鲁木齐已经11月了。司令部办公室没有明确我服务的首长，我除了参与起草文件、写讲话稿，剩下的时间就是读书。我享受自己支配时间的日子没几天，却被小儿子第二次病危搅黄了。

同往年一样，元旦前后的乌鲁木齐天气骤冷，流行性感冒再次爆发。尽管我和孙兰想方设法防止孩子感冒，小儿子还是没有躲过病毒的袭击。孩子发烧后先在军区门诊部治疗了一个多星期，后来还是住进了总医院小儿科。半个多月后，眼看着快过春节了，小儿子的病情一天天见好，我们也做好了出院的准备，打算大年初一在家里为小儿子过两岁生日。连梁主任也没料到，就在即将出院前两天，孩子体温突然爬到41摄氏度，任凭医生用尽全力，连续10天体温就是居高不下。孩子发烧期间，我昼夜坐着小凳子趴在床边。孙兰晚上回家给我和孩子准备第二天的饭菜，早上把大儿子送走，再去医院替换我休息。

小儿子持续高烧，医生回天乏术，还是下了病危通知。梁主任和院领导都安慰我，有些病只能尽人意而听天命，只要大人身体好，没有迈不过去的坎。我边感谢院领导和梁主任，边暗自下决心实施我的救命措施。

梁主任那时不知道，我在孩子高烧第五天，已经请军区任晨副参谋长帮我找了五钱犀牛角。给我出主意的门诊部中药房张司药叮嘱，这是个死马当作活马医的偏方，一次冲泡不可超过一钱，隔天一次，不能超过三次。儿子高烧第十天晚上，我用木锉锉了不到一钱的粉末，给儿子用糖开水冲服下去。不等天明体温降到38摄氏度，中午过后体温落到37摄氏度。梁主任和医生们高兴地向我道喜，我始终不敢露底。心里老怕孩子夜里体温反弹，直到体温平稳到第三天，我才向梁主任说了实话。这一天正好是大年三十，病房里另一个孩子出院过年，我在空出来的床上踏踏实实睡了一觉。

孩子退烧的消息孙兰当天夜里已经知道，大年初一她带着煮好的饺子、烧好的菜，领着大儿子到医院过年。现在回想起来，大年初一在医院给小儿子过生日，仍然是我这一生最有意义的春节。

春节过后，因为家里温度太低，内墙天天结冰，我们担心小儿子回家受凉，让他在医院又恢复了快一个月。这期间军区门诊部廖淑贵医生来总医院看过几次，每次开一剂中药，我每天给他熬好，灌在青霉素空安瓿瓶里，一次八瓶，边讲故事边哄他喝下。孩子很配合，那么苦的中药硬是自己数着小瓶喝完。临到出院时儿子个头长高了，体重增加了，脸色红润了，还能结结巴巴背几首古诗。

我们全家在生死关头又一次经受住了考验，而事情并没有完。

1976年8月中旬，小儿子因中毒性痢疾加上高烧不退，再次住进总医院，而且住在传染病区。传染科杜主任是个老专家，不久前调到呼图壁军医学校当校长。新科主任我不认识，听说是别的医院调来的。他给孩子做完检查，转过身问我，你几个男孩？我一下没有反应过来。不等我回答，科主任冷着脸说，早干什么去了，送得太晚了。说完当着我的面嘱咐经管医生，补充液体，抓紧抢救，下达病危通知。

孙兰守着小儿子输液，我把孩子病情报告给司令部办公室葛主任，请他设法联系杜主任来医院抢救孩子。事情凑巧，杜主任那天正好在总医院参加会诊，接到葛主任电话立马赶到病房。他仔细看完病历，询问孩子发病情况，而后轻轻在孩子腹部揉搓，不到十分钟儿子撒了一泡尿，膨胀的肚子凹下去了。杜主任露出笑容说，体温会下来的，液体里加了抗菌素，只要止住泻，三五天就可以出院。

儿子出院前我对那位新任科主任说，你那天问我有几个男孩子，我不好回答。我就是有三个五个儿子，有病也得治呀！那种时候医生就是主心骨。科主任听完连连点头。

入冬前，司令部托儿所的医生小段刚从内地进修回来，我请教她用什么办法可以防止儿童冬季不患重感冒。她说输丙种球蛋白可以，是进口药，很贵。我给总医院药局钱主任打电话，询问医院有没有这种药，钱主任说药有现成的，但很贵。我说砸锅卖铁也要买。后来买了三支丙种球蛋白给儿子注射，也不知道起没起作用。

过了一段时间，乌鲁木齐发生流行性感冒。我又找托儿所小段医生商量应对办法，小段告诉我，要增强抵抗力，还可以给孩子输父母的新鲜血液，但血型必须一致。我当即决定，我是 A 型血，儿子也是 A 型血，配型相合，马上就办。孙兰知道后说她是 O 型血，也适合给儿子输。考虑到她实在太辛苦，我坚持我给儿子输血。记得前后输了三次，一次 100 毫升。输血很顺利，儿子没出现任何不良反应。

不知道是丙种球蛋白的作用，还是输我的血起了作用，抑或是儿子的抵抗力随着年龄增长不断增强，之后再也没有患过病毒性重感冒。

三年三次病危，促使儿子在填报高考志愿时采纳了我的建议，走进了第四军医大学，成为一名救死扶伤的神经外科医生，开始以涌泉之水回报天下父母。

军人是战场较量的厮杀者，更是和平日子的守护者。但军人也是血肉之躯，少不了七情六欲，应该同常人一样孝敬父母，关心妻子，呵护儿女……然而使命担当使军人在国家和民族利益面前，必须作出常人难以想象的奉献，甚至牺牲亲情乃至生命。即使历史跨入新时代，那些翱翔蓝天、驰骋大海、守卫边疆的官兵，也可能遇到死神的挑战、缺氧的考验，还可能遇到酷寒的肆虐、孤独的煎熬……

关心军队要从关心军人做起，从关心他们的父母妻儿做起。这是我的体会，也是我的愿望。

2021 年 3 月 11 日

残腿换膝及其他

妻子的左膝关节报废了，需要置换人工关节。当然，必须全身麻醉。为了缓解妻子的担心，我先说了亲身经历的感悟。

对于一个需要做大手术的绝症患者或重症患者，当你躺在手术台上被全身麻醉，医生开始用他的器械为你做手术时，你已经完全丧失了自我。你没有知觉，没有思维，没有语言……你实际成了一个活"死人"。

等待你的是三种结果：第一种最理想，麻醉、手术成功，你在手术医生和麻醉医生的主导下，完成了一次生命的救赎，你同医生是胜利者。当然，这需要称职的手术医生和同样称职的麻醉医生。

还有两种结果：一种是手术很成功，你却没有醒过来，而且永远醒不来了；另一种是麻醉很成功，手术出了意外，你不由自主地选择了长眠。这两种结果虽然让生者痛心，但却无奈。

常识告诉我，凡是有良知的医生，没有哪个不想把病人治好的。常识还告诉我，再好的医生，也没有哪个敢保证，手术中百分之百不出意外。手术前的家属签字，就是为这种意外准备的医患纠纷"防火墙"。

妻子听了我的宏论，不再过于担心，在志忑中走进手术室。

这次手术，本该由我签字构建的"防火墙"，却落到小儿子手上。他没有丝毫犹豫，同小儿媳一起为母亲办理了入院手续。

其实，如果是我执笔签字，怕是手还会哆嗦的。年近八旬的人，要不要做膝关节"换骨"手术，当时成为横在我面前的一道难题。所幸这道难题顺利解决。我从中又一次体会到，只要意志不滑坡，办法总比困难多。

妻子左腿先后四次骨折，去年以来功能几近丧失。18年前，经三医大西南医院骨科主任杨柳教授悉心治疗，她坚持锻炼不辍，一直挺到今年春节。

春节期间，因疫情干扰，小儿子一家未能回成都团聚。节后妻子去西安探望孙女，没想到左膝关节如锥穿刺，痛得举步维艰，走路越来越困难。

小儿子两口子商量，在西京医院为母亲做膝关节置换手术，使左腿基本恢复正常功能。为此，还买了一台可以自行操作的电动轮椅，供母亲术后代步。

小儿子征求姐姐、姐夫的意见，他们同意。征求兄嫂的意见，也未有异议。征求我的意见，我倾向于手术，但没有马上答复。

俗话说，马到崖头收缰晚，船到江心补漏迟。年近八旬，又有高血压、糖尿病，关节置换手术有多大风险？我心里没底。

西京医院老一辈骨科专家中，我认识好几位。陆裕朴教授治疗过我车祸留下的腰椎疼痛，李稔生教授为我82岁岳母换过股骨头。他们都已作古，后来的教授我不熟悉，膝关节置换手术把握有多大，我吃不准。

小儿子两口子开导我，膝关节置换是骨科一项成熟手术，不存在大的风险。他们可以挂骨关节专家的手术号，还可以请麻醉专家保障手术，要我不必担心太多。

放下小儿子电话，想到"当断不断，反受其乱"这句老话，我同意了他们的想法。

后来，从小儿媳发来的信息中了解到，妻子的手术主刀吴尧平教授，主要研究骨关节创伤修复重建及人工关节置换，曾留学日本，并赴多个国家研习人工关节外科，先后完成西北首例全踝关节置换、全肘关节置换、血友病性关节病的单/双膝关节置换、髋膝四关节同期置换，以及髋臼旋转截骨治疗髋臼发育不良等。吴教授力行微创技术，于 2003 年元月在国内领先开展后路微创人工全髋关节置换术并形成常规。此外，自创经皮微创臀肌挛缩松解术 50 余例获得成功。1993 年获国家自然科学基金一项，在国际期刊发表论文多篇。

两位麻醉医生：一位是年过花甲、留学德国的陈敏教授；一位是年近花甲的博士生导师汪晨教授。三位专家久经战阵，造诣精湛，临床经验丰富。我释然了。

3 月 21 日，妻子被送上西京医院骨科手术台。我抓着手机，盯住屏幕，等待手术的结果。

这次经历说明，人的心理硬壳常常是在负面情绪影响下坍塌的。妻子手术时间超过了原来的预期，我的思绪开始在吉凶之间摇摆。

小儿子之前告诉我，手术需要 40 分钟左右。快一个小时还不见消息，我打电话问他，手术怎么还没结束？

儿子告诉我，吴教授说，我妈膝关节长期磨损，创伤面修复难度大，需要精心清理，剔除骨屑，才能置换人工关节。时间比预期的要长一点，但不会太久。

一个小时过去了，还没有消息。我又给守在手术室门外的小儿子打电话，他告诉我快结束了。从电话中能听出他的些许焦急。

我没有打第三次电话，紧盯手机屏幕，把铃声开到最大音量，等待手机中传来的宣判：成功，抑或失败！

手机铃声一直没响。蓦然发现，荧屏上闪出七八张照片。我连忙打开翻看，是小儿媳在妻子苏醒后拍的照，接着还有妻子推出手术室后同几个人打招呼的照片。

悬着的心放下了！妻子术后在两个儿子儿媳精心护理下，身体恢复得很快。女儿原本要去西安，因为疫情阻挡没能成行。

后来我问吴尧平教授，很多人退休后去私立医院工作，你是中国骨关节领域的权威，退休了怎么没去私立医院？

吴尧平教授爽朗地笑了："我在共产党领导下干了大半辈子，给资本家打工，心里这道坎迈不过去！"我庆幸结识了这么一位好教授！

半年多过去了，妻子的左腿膝关节正在恢复功能。我也可以静下心来看书了。

前不久，妻子去西京医院复查，看到小儿子夫妻把 95 岁的奶奶接到身边服侍，她深以为然。我听说俩孙女搬到同一间小屋子住，挤到一张床上睡，把大房间腾出来给太姥姥住，亦为之欣慰。觉得父母教育有方，孙女善解人意。

人常说，父母是孩子最好的榜样。这话被小孙女验证了。最近，她在微信中给我说："看到我妈现在有能力把太奶奶接过来照顾，常常羡慕她。尽管有时我也会犯错，也可能会很艰难，但我会把你们的爱化作动力，因为我也想成为你们以后的依靠。"

凌晨4点钟看到这段话时，我的眼窝变浅了，盛不下的泪水还是滚了出来。

榜样的力量是无穷的。这不是套话，从儿孙两代人身上，我看到父母投射到孩子心中能量的反馈。

一位心理咨询师说："女性对母亲的认可度决定了她的自我认可度。换言之，悦母才能悦己。"看来这话不只是经验之谈，而是科学研究的结果。

2022 年 9 月 21 日

花鸟猫狗四重奏

正月初五刚过，几缕春风拂面，阳光明媚，草色泛绿，小院一下子暖和起来，只是带香味的花儿少了，难免让人有些惆怅。

蜡梅花飘零，红梅花凋谢，虎头兰的幽香越来越淡。几朵火焰一样红扑扑的茶花，点缀着篱笆墙上单调的绿色，但没有浓郁的香味。

窗外月光朦胧，万籁俱寂。池塘里的锦鲤紧贴水底，卿卿我我，像是有说不尽的悄悄话。楠木树杈上的鸟巢里，鸟儿们从梦中醒来，静静地偷听玉兰花分娩的呻吟，想象花蕊的味道，它们已经等待了一个冬天了。

十五年前，妻子在院子植了两株玉兰树，一株白玉兰，一株紫玉兰。白玉兰盛开时，枝头上像爬满了一群白鸽。紫玉兰盛开时，枝头上像爬了一群鹦鹉。可能是种植日期相差半个多月，每年都是紫玉兰花开在先，而且花色绚丽，花蕊香甜，花香四溢。

紫玉兰第一年花蕊初绽，孩子就发现有的小鸟趴在枝头上吃花瓣。鸟儿不但吃得贪婪，还不知道怜香惜玉。它们吃饱飞远后，地上每次都会落下一层花屑。

到了第二年，有几只类似云雀的小鸟居然在树杈上盘了一个网状的小窝。清明节后，听到鸟窝里有叽叽喳喳的声音，我爬上树细看，鸟窝隐藏在肥大的树叶中间。刚刚啄破蛋壳的三只雏鸟张着紫红色嘴巴，正在急不可耐地等待爹妈喂食。

这个意想不到的发现，给孙女带来了快乐和期盼。她们每天都要朝树上看几次，想一睹雏鸟试飞的风采。但不幸的结果让孩子们失望了。后来不仅没有看到雏鸟展翅，连鸟窝也不知道为什么被掀翻到树下，小鸟和它们的爹妈再也没有在紫玉兰树上露面。只有一只虎斑大猫偶尔在树下逡巡，有时候还会爬到树上虎视眈眈。孙女们认定，捣翻鸟巢、吓飞小鸟的凶手一定是这只虎斑野猫，从此，再也不许这个凶手走进院子。

十多年过去了，两株玉兰树每年花开花谢，却再没有看到小鸟照面。我曾猜测，鸟儿们肯定有自己的语言，它们会把十多年前遭遇的不幸一代一代传下去，抑或它们通过遗传基因，把曾经的不幸植入记忆，使我的小院成为它们的禁地。

可是我没有猜对，就在前几天，三十多米高的楠木树上出现了一个鸟窝。我仰头细看，这鸟窝同当年紫玉兰树上的鸟窝大同小异，虽是换了一棵树，挪了一个位置，但造型十分相似。这又印证了我以前的判断，鸟儿确有记忆力，它们会像人一样吃一堑长一智。

大前天，紫玉兰刚刚绽蕊，一群像当年一样的小鸟便落在树上，毫无顾忌地大嚼花瓣。那样子一点儿也不露怯，仿佛这里本来就是它们的故乡。

今天上午，阳光灿烂，蓝天如洗。紫玉兰树如同鬼使神差，不到一个小时，枝头上的花瓣儿全都绽开了，树上像爬满了紫红白三色相间的鹦鹉。树上的小鸟比前一天也多了好几倍。

看到鸟儿们无忧无虑地吃着花蕊，全家人都很欣慰。我估计要不了多久，鸟儿还会把盘在楠木上的鸟窝再搬回紫玉兰树上，甚至会在这株树上筑起一座新的鸟巢。

就在我遐思冥想的时候，一只黑白相间的大猫爬上了篱笆。不等我反应过来，我的小犬朗朗已经扑了过去，像二郎神的哮天犬一样狂吠起来。

鸟儿们受到惊吓，飞得一只不剩；大猫受到惊吓，跑得无踪无影，只有草坪上的玉兰花瓣还散发着香味……

鸟儿是有灵性的。这一回它们并没有飞远。半个小时后又飞了回来，继续享受紫玉兰的美味佳肴。它们知道，主人和他的爱犬守护着它们。

也许再过些日子，雏鸟会在它们父母的呵护下，藏在白玉兰肥硕的叶子下，品尝白玉兰的花蕊滋味。

花开，鸟食，猫追，犬吠，一曲活生生的四重奏在我面前上演。

春天，我是不能辜负的。眼前这一切，可能就是大自然给予人类的恩赐吧！

2021 年 2 月 17 日

鸟　巢

"三九"第一天。早晨打开窗户，几片淡抹的朝霞在树叶上滑动。围墙外的银杏树凌寒兀立，顶端枝杈上架着一个鸟窝，百米开外看去像悬了个篮球。院子一年多没见到鸟窝了，我禁不住浮想联翩，想到小树林几十个鸟窝的命运。

干休所大门前的小树林，被称为北较场的"肺"。面积约35000平方米，有各种树木1000多株。地面的草坪四季常青，铺设了石板的盘陀路约5公里，是个闹中取静的散步场所。

小寒过后，气温再没上过两位数，树林里寒气渐重。水杉和银杏被冷风剥光了叶子，楠木、桂花、雪松满冠墨绿，斗寒披霜，依然郁郁葱葱。年迈的香樟胸围粗壮，树皮如鳞，主干挺拔，交错的枝丫上挑着稀疏的叶片，像头盔上的缨子，使人联想到壮心不已的耄耋老将。

我估摸银杏树上有了鸟窝，树林里也应该有了。吃过早饭去树林散步，太阳从树冠间隙投射下来，林子光影迷离。我一边走路一边观察，一个多小时后失望地坐进亭子小憩。摘下口罩四处张望，心想即使没有鸟窝，像今天这样的好天气，应该能听到几声鸟啼呀！可是没有，一声也没有。

梅林散发的暗香溢满周围，搅动了沉淀心底的浪漫气息。陆游的"驿外断桥边，寂寞开无主"与毛泽东的"待到山花烂漫时，她在丛中笑"的咏梅金句同时在脑中浮现。我在黯然神伤与乐观开朗的心态交替中走出树林。边走边想，疫情消失后林子里去向不明的鸟儿还是要回来的，这里毕竟是它们世代繁衍的故乡啊！"月明星稀，乌鹊南飞。绕树三匝，何枝可依？"我默诵着曹操的《短歌行》，相信今年的春天，一定能听到一年前的鸟啼声。

走出树林，一轮旭日拨开云纱，阳光四射，房前屋后一片鲜亮。回到自家院子我却又惆怅起来。一年多过去了，树上原来的鸟窝不见踪影，连一根筑窝的柴草也没有留下。仰望两株高大的玉兰树，思绪又回到搬进这个小院的那段日子。

因为儿时对鸟的亏欠，退休后一直想在院子种几株鸟儿喜欢搭窝的树。多方打听后得知，成都的鸟儿喜欢在玉兰树上垒窝。于是我同妻子专程到温江买了两株不同花色的玉兰树植在院子两侧。期待用传说中栽桐引凤的办法，吸引鸟儿在玉兰树上垒窝。

习惯把鸟筑巢叫鸟垒窝，是童年的记忆，白鹿原上的人祖祖辈辈都是这么叫的。那时候原上树多鸟窝多，人们又没环保意识，掏鸟窝是孩子们的一大乐趣。煮鸟蛋、烤麻雀、烧乌鸦成为偶尔解馋的美味佳肴。20世纪50年代"除四害"，我的同桌还因为抓的麻雀多，当上了少先队的小队长。轰轰烈烈的大炼钢铁，狄寨原上的大树几乎被砍伐殆尽，无处安身的鸟类越来越少。60年代初，只能看到喜鹊、乌鸦、斑鸠、麻雀之类随遇而安的鸟类。

古人说，良禽择木而栖。大树不见了，色彩斑斓、啼声婉转的鸟儿远走高飞，也不知道在哪里安下了新家。

使人欣慰的是，我家两棵玉兰树善解人意，一株白玉兰，一株紫玉兰。白玉兰开花时枝头上像爬满了白鸽，风中飘荡的花片像鸽子的羽毛，让人遐思迩想。紫玉兰开花时，枝头色泽斑斓，像一群鹦鹉安卧观景。花片飘落时五彩缤纷，满地绚烂。第二年开始，两株玉兰树上果然有小鸟垒窝。每年春暖花开，都能听到雏鸟叽叽喳喳的觅食声。每当听到这种声音，小时候爬树掏鸟窝的情景就会出现在眼前。尽管因为愚昧无知犯下了错误，但不能无所作为地等待历史宽宥。历史走到今天，补偿亏欠鸟类的意识也应当与时俱进。我把补偿鸟类的初衷寄托在自家院子的两株玉兰树上。树上的鸟窝虽不大，但它观照了我的夙愿，接受了我的敬畏。

让我万万没有想到，一场突如其来的新冠疫情祸害了人类，也连累了鸟类。北较场、小树林、干休所几次大面积消杀，迄今没有发现人员感染，鸟窝却不翼而飞。"城门失火，殃及池鱼。"直到今天，院子里年年忙碌筑巢的灰鹊还没有照面，我心头茫然不安。期盼疫情早日过去，期盼灰鹊依旧归来，在我窗前的树上唱歌，在我眼前的草坪上觅食。

"三九"第一天，墙外银杏树上既然垒起了第一个鸟窝，我相信第二个第三个鸟窝还会出现，哪怕不在我院子的玉兰树上。

凛冬已至，春天还会远吗？

2022 年元月 9 日

成都踏春

踏春，又称踏青、春游，或寻春、探春，是中华民族的优秀传统文化习俗。今年我同夫人、孩子商量，把踏春时间选在昨天，地点选在天府新区的兴隆湖畔。

在春光明媚、云淡风轻的愉悦中，听着歌曲《可可托海的牧羊人》，沿着天府大道一路向南行驶。半个多小时的车程，一杯热茶还没喝完，汽车已爬上天府新区管委会接待站。

踏春习俗在我国源远流长，早于先秦，成于魏晋，唐宋以降尤盛。杜甫的《丽人行》记载："三月三日天地新，长安水边多丽人。"韩翃的《寒食》记载："春城无处不飞花，寒食东风御柳斜。"宋人吴惟信在《苏堤清明即事》中写道："梨花风起正清明，游子寻春半出城。日暮笙歌收拾去，万株杨柳属流莺。"诗人把当时春游昼暮、笙歌如痴的盛况描摹得淋漓尽致。

前些年听外地友人说，成都是个来了就不想走的地方。昨天从兴隆湖回来，我觉得外地人说得还不到位，应该改为成都是个来了就想安家的地方。这个想法，既因为成都眼下的发展，更因为天府新区的未来。

天府新区的总体定位是：中国西部地区的核心增长极与科技创新高地，以现代制造业和高端服务业为主，宜业宜商宜居的国际化现代新区。其五大核心功能包括全面创新改革试验区、现代高端产业集聚区、内陆开放经济高地、宜业宜商宜居城市、统筹城乡一体化发展示范区。

天府新区位于四川省成都市主城区南部偏东方向，地处成都平原，区域范围涉及成都、眉山两市所辖7区（市）县，规划面积1578平方公里。2014年，天府新区常住人口179.19万人，2015年人口205万人，2020年城镇人口320万人，预计2030年为480万人。2010年9月1日，四川省委、省政府提出天府新区规划；2014年10月2日，天府新区正式获批成为中国第11个国家级新区；2017年6月，天府新区获批国家双创示范基地。

2019年天府新区完成地区生产总值3270亿元，经济总量在国家级新区中排名第五。天府新区努力建设全面践行新发展理念的公园城市。2022年，公园城市形态初步形成，高质量发展制度体系基本建立，主要经济指标保持中高速增长，综合实力在国家级新区中提档升位，对西部地区高质量发展引领示范作用初步显现。

兴隆湖是我们昨天踏春的重点。在天府新区电子模型图前观看，兴隆湖位于天府新区科学城环抱之中，为鹿溪河上筑坝而成，属于都江堰水系府河左岸支流。湿地水域4500亩，蓄水超1000万立方米，水质达"欧洲蓝"标准，对其定位为天府新区的"城市绿心"。

兴隆湖成型以来，跑步的青年、嬉戏的孩童、约会的情侣、乘兴而至的游客，在这里惬意拥抱自然风光，尽情享受休闲生活，已然成为成都的网红打卡地。国际半程马拉松、全国健身达人赛等众多重大赛事活动在此举办，公园城市的内涵和气魄从这里走向国际舞台。

兴隆湖位于天府大道南延线东侧——天府新区核心区域"一中心三新城"中的成都科学城，作为科学城核心起步区及科创产业引擎，鹿溪智谷核心区、新经济园区等重磅产业聚势荟萃，约30家中字国字企业、50家研发机构、120家新经济企业入驻，包含清华紫光、海康威视、京东数字城市、商汤科技、科大讯飞、诺基亚、英特尔等国内外超200家知名企业，演绎兴隆湖在世界科创浪潮中的地位。

作为集防洪、灌溉、生态、景观等为一体的综合性水生态治理项目，兴隆湖是天府新区内规划建设的一座"生态之肾"。成都观鸟会曾对兴隆湖进行水鸟调查，共记录到野生鸟类50多种，包括红嘴鸥、花脸鸭、红胸秋沙鸭，以及全球仅存约500只的青头潜鸭。

"天星岛"是兴隆湖的湖心岛，取自李白"锦水东流绕锦城，星桥北挂象天星"的诗句，比喻此地像天府新区一颗璀璨的明星熠熠闪光。

独角兽岛。独角兽（Unicorn）一词由Cowboy Ventures的创始人兼风险投资家艾琳·李（Aileen Lee）普及。它指的是那些估值超过十亿美元的创业公司。独角兽岛系全球首个以独角兽企业孵化和培育为主的产业载体。"独角兽岛"项目位于兴隆湖东侧，鹿溪智谷核心区，规划用地面积约 1006 亩，净用地面积约 478 亩，总建筑面积约 145 万平方米。成都确立了到 2022 年全市培育独角兽企业 7 家以上、1 家超级独角兽企业、潜在独角兽企业 60 家以上的目标。

独角兽岛湖畔书店选址于兴隆湖湾区，位于天府大道东侧，设计理念源于一本打开的书，意为欢迎任何人走进它去阅读，去思考，去找寻本我。与书店匹配的成都首家湖景星巴克，和香港九龙湾海滨花园的星巴克一样享有观"海"待遇，向南可以 180° 观望 4500 亩兴隆湖。除了观"海"之外，它也是成都可独立对外经营会议的星巴克，所配备的 54 平方米的会议空间，可同时容纳 30 余人办公。

儿童艺术中心位于兴隆湖北湖岸昆虫稚语 + 芳香花园中，匹配周边生活片区对于公共空间的需求，补充儿童、艺术休闲功能，改善周边环境的同时，给都市居民提供亲近自然的场所。期待空间的设计，符合儿童认知特性，可帮助儿童与世界连接、与环境连接、与自我连接，增加对世界的热爱和理解；充分考虑家长的角色和参与方式，能让儿童与家人朋友一起探索和创造；让儿童在充满乐趣的环境下学习，并且在学习知识的同时，习得"幸福"的能力；创造足够的用户黏性。

路演中心作为大众文化、科技、娱乐场所，位于兴隆湖东岸与鹿溪河交界处，以兴隆湖山河风光作为背景，希望打造集露天音乐会、科技新品发布、时尚秀场等功能于一体的新经济路演中心。路演中心周边主要为创新型产业，包括独角兽岛、中科院成都分院、晟天新能源大厦等，东侧地块未来为文化设施。科学城是年轻人的聚集地，突出科技、活力、艺术的气质，打造具有地标性与时代性的聚集地。这里同时还是多元体验中心，体验科技产品、体验生态慢生活、体验网红打卡点。不仅是展览展示中心，更是他们聚会、享受生活，跟随潮流的网红朝圣地。

从天府新区规划中心出来，我兴奋得头重脚轻。满目花卉，一坡草坪，脑子完全被天府新区的景象屏蔽了。过去了好一阵子，记忆深处的往事才浮现出来。

60年前父母听说我要去四川当兵，连续几个昼夜发愁。最后明确表示，"少不入川，老不出关"，哪怕是去新疆也不去四川。原因是"人到四川不想家，又有媳妇又有妈"。担心我去了四川乐不思秦。因为父母的态度，那一年我放弃了参军入川，第二年果然远去新疆戍边。

然而，连我自己也没有想到，父母辞世后我不仅踏进了四川的军营，还在这里解甲归庶，成了成都市一家军队干休所的退休老兵。

因缘际会，天意难违。我要告慰父母，命运对我做出了归宿成都的安排，他们再也不用担心了。假如老人家能死而复生，我会接他们同我在成都长住，到天府新区走走，在兴隆湖上游游，看看拔地而起、广厦林立的摩天大楼，听听我写过的一支歌——《成都是个好地方》。这支歌同我写的《哈达》那支歌，电台电视台都演播过，更是广场舞上空回响的旋律，《成都是个好地方》还被成都市的小学收进音乐教材。

此次踏春没有虚行，晚餐时破例喝了葡萄酒，顺口占诗四句：

碧水蓝天春色暖，

笑谈庚子又一冬。

明朝还有新去处，

且将余兴蕴酒中。

相信身体不出意外，我们这些老人一定能看到成都更加锦绣的前程。

2021 年 2 月 22 日

秋 色

秋天走进院子，悄无声息。

几片浅黄的叶子，是从银杏树上飘落下来的。

一叶知秋。望着满冠碧绿的银杏树，反倒对"一叶知秋"生出些许疑问。

中秋已过，仲秋未至，花木依然吐红绽绿，缘何银杏会落叶飘零呢？

仰头仔细搜寻，隐藏在树叶丛中的几嘟噜银杏果正在变黄。蓦然省悟，原来这几片叶子是有灵性的：既是仲秋将至的先兆，又是果实将熟的喜报！

再追溯往年，也都是果实先熟落地，叶子逐次变黄的。

半个多月过去了，时入暮秋。一场秋雨一场寒，昨夜秋雨昨夜风。

黎明，风息雨歇。打开窗户，朝霞爬进卧室，眼前秋色尽现。

丹桂绽放的清香弥漫了庭院，满地金黄色的银杏叶上，铺了一层银杏果，圆溜溜的，像黄灿灿的金珠子。

再向上看，银杏树叶已经染黄，原本浓密的树叶稀疏了许多。

转身出门，多了一丝寒意，眼前看到的却非秋色。紫薇的红，榕树的绿，杜鹃的黄，茉莉的白，令人目不暇接。

秋色到底是什么样子？不禁有点迷茫。再翻唐人的诗，看法也不尽相同。

李白诗曰：

秋风清，秋月明，

落叶聚还散，

寒鸦栖复惊。

相思相见知何日？

此时此夜难为情！

杜甫诗曰：

老去悲秋强自宽，

兴来今日尽君欢。

羞将短发还吹帽，

笑倩旁人为正冠。

蓝水远从千涧落，

玉山高并两峰寒。

明年此会知谁健？

醉把茱萸仔细看。

杜牧诗曰：

远上寒山石径斜，
白云生处有人家。
停车坐爱枫林晚，
霜叶红于二月花。

刘禹锡诗曰：

自古逢秋悲寂寥，
我言秋日胜春朝。
晴空一鹤排云上，
便引诗情到碧霄。

李杜与杜刘，都是旷古烁今的大诗人，都是写秋，却得出截然相反的秋色秋意，原因何在？

思来想去，在于诗人当时的心境。由此可见，秋色固然有天赋色彩，不以己悲物喜为转移，但人设的秋色却大相径庭。

何为秋色？终于有了自己的答案。

2022 年 9 月 23 日

昨夜又见昙花现

昨夜很美，因为天黑。黑得面对面看不清对方的脸。这样的夜，给了我俩一睹昙花娇容的绝佳机会。

在酷暑蒸热的炙烤中，我与王洪明先生守着仙葩，在手电筒时关时闭中，呆呆地看完了昙花绽放的全过程。

遥想"昙花何日笑倾城，夜夜凝眸过五更。只恐香消人睡去，来年方可守天明"的诗句，忖度作者也可能是一位昙花痴人。

昙花，我并不陌生。受它与韦驮传说的感动，总想一睹其神秘莫测的芳容。

45年前，我在乌鲁木齐的家里侍弄过一株昙花。四个春秋，痴情不殆，终见昙花一现。我与妻子守着雪白的花朵，一直看到花瓣渐渐收缩。

那年我38岁，今年我79岁。"年年岁岁花相似，岁岁年年人不同。"虽则年纪不再，赏花的心境何其相似乃尔！

眼前这丛昙花植于已故茹夫一老将军门前。大约6株，3米高左右，被栏杆围成一个圆形。枝头挂了38个花蕾，绽开28朵，那10朵"二梯队"可能要到今夜才会娇放。

王洪明先生是谭冠三将军的亲属，文人墨客，专攻书画。他边观察边告诉我，花蕾半小时左右扩张一次。从花苞紧闭到花瓣全开，应该扩张了 8 次左右。

欣赏完昙花绽放的全过程，接到妻子电话催归，才发现已是子夜 12 点了。从晚上 9 点坐等花开，整整过了 3 个小时。回家一看，从额头、胳膊到小腿，被蚊子叮了几十个包。抹过女儿拿来的清凉油，奇痒才渐渐消退。

仔细欣赏拍摄的昙花照片和视频，得诗四句：

韦驮护祖不惜情，

空教仙花夜寂零。

冰雪奇葩姿色俏，

天香惭愧汝从容。

吟罢仍无睡意，一个悬念在脑中缠绕：昙花缘何夜间开？

仔细一想，事物都是相辅相成的，星空与大地，太阳与月亮，红花与绿叶，男人与女人……这昙花，肯定是造物主的暗示：黑夜不都是丑，也有美；不都是恶，也有善；不都是冷漠，也有柔情。"月上柳梢头，人约黄昏后"，那是怎样一种人性之大美呀！

其实，黑夜并不可怕，可怕的是人给黑夜强加了太多的恶。试想，没有黑夜的衬托，哪能有昙花的洁白呢？

当然，这里面肯定有自然科学的道理，但太晚了，明天找百度讨个说法吧。

2022 年 7 月 26 日晨

驶向蓝海的"医疗航母"空医大

历史像人的脐带，把我一家四代与空医大（四医大）连在一起。空医大的动静我是格外关注的。

现在的空军军医大学，即原来的第四军医大学，与我家有着割不断的感情。

感情，看不见，摸不到，却能触动人的内心，使人无法自已。此时此刻，我与四医大过往的感情正在心头弥漫，对学校与医院给予我们家四代人的关照萦怀于心。

毋庸讳言，我们家算得上是四医大的"世交"。不解之缘凡七十载而不辍，四世赓续，沿袭至今。

因缘肇始于 20 世纪，横跨五省（区、市），纵贯祖孙四代，滥觞溯源，一脉流长。

我的故乡在狄寨原，与四医大隔坡守望，不足廿里。1952 年我父亲是修建四医大的农民工；1974 年附属二院朱诚教授救了我母亲的命；1987 年西京医院王锦玲教授把我从死神的桎梏中解救出来；20 世纪 90 年代我儿子儿媳就读就业于四医大；两个孙女在西京医院幼儿园长大；十多年前口腔医院赵铱民院长（后为四医大校长，现为中国工程院院士），为我修补了因昆仑山车祸损伤的七八颗牙齿；今年3月西京医院吴尧平教授为我老伴做了膝关节置换手术，使一条濒临报废的左腿恢复了功能。

军队改革后，传承红色基因的空医大，开始书写历史新篇章。这所双一流211军队医学名校，如同一艘开足马力的"航母"，在新时代强军路线指引下，提速续航，朝着广袤无垠的医学深海劈波斩浪，踔厉奋发，勇毅前进！

千军易得，一将难求。用兵之道，贵在用将。我同空医大班子成员不熟悉，但听熟悉的老教授说，现在的校领导都想在向军为战保打赢上有所作为。

校长张思兵将军，在武汉抗疫"会战"中披甲上阵，出任火神山医院院长，力挽狂澜，令人肃然起敬。后来从301医院几位老朋友处得知，张思兵同志在多个医疗卫生岗位上历练过，确有攻坚克难的功力，我为空医大击节庆幸。

我与校政委王宝红将军也不熟悉，是从空医大公众号上认识的。他是一名拱卫京畿重地的部队政委，把他派到空医大担当政工主官，说明中央军委对空医大的看重和厚望。空军几位熟识的老同志告诉我，王宝红素质出众，堪当此任。空医大有这位稔熟兵道的政委垂范，前行的步伐将更加铿锵有力。

群山磅礴，高在主峰。深谙为军服务重要性的王宝红与熟悉为军服务关注点的张思兵勠力同心，带领全校师生官兵在医教研训的征程上披荆斩棘，院校全面发展迈上新的台阶。姓军为战服务的宗旨，保健康保打赢的理念，已成为全校师生官兵的价值取向。

其理念、举措与成果，不只是量的提升，更是质的飞跃。

如果说空医大开设军人门诊、军人病房，对现役军人、武警官兵、离退休干部及其家属患者，实现了"应收尽收，应治尽治"是"硬件"标志，继鞠躬、俞梦孙、张生勇、樊代明、陈志南等院士之后，窦科峰、赵铱民同年入选中国科学院院士和中国工程院院士，学校再次荣获国家科技进步一等奖，则标志着空医大的"软件"建设找到了新的突破口。这些新的成绩说明，空医大的建设目标没有最大，只有更大；没有最高，只有更高；没有最远，只有更远！

医生，是在生死之间负重往复、来回奔波的白衣天使，是生命的接力人。戎装在身的医护人员，既是军队战斗力的重要组成部分，又是军队战斗力的重要保障，他们理应受到全社会的尊重。这是为人的德行，也是患者的教养，更是民族文化自信的标志。

郁达夫在《怀鲁迅》中说过："一个没有英雄的民族是可悲的，一个有英雄却不知道尊重的民族则是无可救药的。"军队的医护人员虽然不都是英雄，平时也显示不出英雄风采，但需要冲锋陷阵、赴汤蹈火时，谁见过他们畏缩不前！谁听过他们叫苦叫累！唐山大地震救灾、对越自卫反击作战、1998年抗洪抢险、汶川特大地震驰援、武汉抗疫会战……白衣披甲的天使，是最受百姓赞美的风景线，也是最让百姓泪目的血性人。

当然，俊不遮丑，瑕不掩瑜，事物是一分为二的。医患关系总有难尽如人意的地方，但空医大为改善这种关系所做的努力是有目共睹的。

游目骋怀，登高望远，蓝海深处有一方属于空医大的阵地。当祖国需要的时候，那里将是他们攻无不克、守无不固的战位。

2022 年 8 月 26 日

第三辑

忆人

怀念我的小学母校

一

回忆并不都是美好的，有甘甜也有酸楚，恰如我此刻的心境。

我的小学有两所母校，车村小学和小村庙小学（现为白鹿原中心小学）。

72年过去了，我的心有时候还在车村小学的校园里徜徉。只是这所学校于2011年9月，从中国教育舞台上消失了。然而，记忆中的老师容貌依然清晰如昨；来往路上的脚印依然清晰可辨；喜鹊在教室窗外的叫声依然清晰可闻……现在，这些过往只能在历史黄卷中耙梳，在绵绵记忆中打捞。

去年，我打算给车村小学捐一批个人藏书，约300册。我联系熟人询问学校的情况。始知校园小径荒草没膝，周遭树上鸟巢累累，学校早已被注销，我当时眼眶就湿了。那一刻，元人马致远的《越调·天净沙·秋思》从记忆深处浮现出来：

枯藤老树昏鸦，

小桥流水人家。

古道西风瘦马，

夕阳西下，

断肠人在天涯。

　　这首元人小令，是我在车村小学听班主任兼语文老师李振东先生讲述的。他是新中国成立前邠州师范的学生，酷爱唐诗宋词，对元曲和明清小说亦情有所钟，每逢心情好时常常用整节课讲诗词。那时候我虽然对老师讲的内容还不能完全理解，但受其耳濡目染，对诗词的兴趣爱好却与日俱增。

　　李老师是性情中人，讲授辛稼轩《永遇乐·京口北固亭怀古》，常常在"廉颇老矣，尚能饭否？"时，于激情澎湃中戛然而止，双目凝视窗外，好像在同古人对话。讲授李清照《醉花阴·薄雾浓云愁永昼》时，语调沉重，缠绵悱恻，一副无限惆怅的表情。

　　小学四年级时，李老师带领学生去鲸鱼沟帮老乡收秋，看到沟下坍塌的庙宇，沟沿孤立的碑亭，眼底草色枯黄，禁不住吟起元人马致远的《越调·天净沙·秋思》。李老师说，沟下的庙里原来有两个道士，军阀刘镇华围困西安时，要道士给他阵亡的将士做道场，被道士断然拒绝。之后庙宇被毁，道士被押到河南镇嵩军的老巢囚禁。他在邠州师范求学时，曾去鲸鱼沟采过中药，看到残垣断壁的庙宇遗址，想到道士的高尚人格，不由得吟诵马致远的小令。

　　返程途中，李老师又向我逐字逐句解释了这首言简意赅的元曲。可能受老师和马曲的影响，我此后每遇伤感，就不由得想起"断肠人在天涯"这句话来。

观照《秋思》全曲不难发现，马致远之所以把多种景物并置，组合成一幅秋郊夕照图，让天涯游子骑一匹瘦马出现在一派凄凉的背景中，以景托情，寓情于景，在情景交融中构成苦旅意境，实则抒发天涯游子秋天思念故乡、倦于漂泊的窘迫和无奈。

仔细一想，虽说我的"开蒙"小学完成了她的历史使命，成为我记忆中挥之不去的光影，但与马致远笔下的情景完全不可同日而语！可是得知"蒙馆"倒闭那一刻，我却下意识地将两者联系起来了，足见我当时的心情同样凄楚。仔细一想，改革开放是历史发展的大潮。大浪淘沙，千帆竞发，跟不上时代步伐的事物终究要被淘汰，于是对母校倒闭的心境也不像开始时那么难受了。

可以预见，车村小学会薪尽火传，她根植的文脉不可能断裂。从那里走出来的农民、工匠、医生、专家、教授、军人都不会忘记她。

母校没了，如同丧母的学子，总该为母校写几句话，是祭文还是颂辞无关紧要，只希望后人不要忘记这所为车村新文作出大贡献的初级小学。

车村小学80年的历史被画上了沉甸甸的句号，要因有四。一是实行计划生育后，车村人口出生率明显降低。二是改革开放以来，很多儿童被外出打工的父母带在身边上学。三是骑车去白鹿原中心小学上课只需十几分钟。四是车村小学教学质量不如白鹿原中心小学。是故，车村小学在悄无声息中寿终正寝。是耶？非耶？令人亦乐亦凄，抑或难免些许伤感。

车村小学是 1931 年在古庙里建立的私塾，1935 年冠名为长安县狄寨区大康乡塘村分校，25 年后更名为车村小学。首任校长为屈伸，继任校长为屈怀璧、屈清德。新中国成立后我上学时的校长李治华（兼授算术）是蓝田县姚村人，班主任兼语文老师李振东都是塘村人。后来的校长依次为杨全本、屈西印、刘万彤、魏养性、蒋德丁、丁云鹏、王启民、姚萍等人，刘海峰则是车村小学的末代校长。

我是在车村小学学会唱国歌的，也是在车村小学加入少先队的，还是被车村小学保送到小村庙小学上高年级的。可是，作为我第一个摇篮的母校不复存在，五味杂陈的心境，常人应该是不难理解的。

历史肇始的浪花常常不为人关注，而历史长河却是在这些不起眼的浪花中形成的。

车村小学是我学生时代第一个学习"游泳"的池塘，不幸的是她干涸了。但她却是为我系好人生第一粒扣子的母校。

二

是机缘，还是巧合，我不清楚。我如愿以偿地上了小村庙小学，其间虽有曲折，却是祸福相生。

读小村庙小学之前，车村小学是塘村小学的分校，车村小学的毕业生只许报考塘村小学。轮到我毕业时，车村因为户籍人口多，被划分为东车村和西车村。

当时塘村小学正在翻修教室，容纳不了车村小学的全部毕业生，政府规定：东车村的毕业生报考塘村小学，西车村的毕业生报考小村庙小学。

与规模较小的塘村小学比较，小村庙小学相当于今天的重点小学。东车村的村民对这种划分不满，三番五次找政府反映意见。政府答复：塘村与东车村地埂毗邻，咫尺之隔，鸡犬之声相闻，学生就近走读方便安全。政府为学生考虑，实事求是。村民纠缠了几个回合，无力折冲樽俎，只能顺其自然。

从此，同是一所初级小学的毕业生，西车村的学生报考小村庙小学；东车村的学生报考塘村小学。本来是玩泥巴长大的同窗好友，因为上了实力不对等的两所学校，有些同学的关系出现了裂缝。

一村学生上两校的情况，说到底还是国家穷。新中国成立初，狄寨原上只有小村庙小学和塘村小学两所完全小学（20世纪70年代又新建了南大康村小学）。小村庙小学历史久，规模大，师资强，教学质量碾压塘村小学。但车村小学是塘村小学的分校，即使屈就也没有第二个选择。因此，父母早早做了让我报考塘村小学的准备。

祸兮福所倚。读三年级时我因贫血休学一年；读四年级时小学由春季招生改为秋季招生，我又复读一年。两年延宕下来，本该小学毕业的我，12岁还坐在五年级教室里。这种今天看来有点难堪的年龄，当时并不觉得尴尬。一则我上了乡间最好的完全小学，全家人高兴。二则农村孩子上学晚，绝大多数同学比我年龄大。结过婚的女生上课时，有的女生婆婆抱着孩子在外面等候，课间休息女生还得给孩子喂奶，师生也习以为常。

常言道，包子不怕下笼晚。耽误了两年时间，我不仅上了好学校，还遇到了几位善于传道授业解惑的好老师。其中教导主任兼政治课老师卢伯浩、班主任兼语文老师谢伯华、兼教历史与地理课的田老师，他们神采怡然的形象，至今在我记忆里栩栩如生。

小村庙小学始建于1929年，初名长安县第五高等小学，开设四、五、六3个年级3个班。至2011年5月定名为西安市灞桥区白鹿原中心小学，82年十易校名，真可谓沧海桑田，变动不居。仔细考证，这同新中国成立前后学校所在地多次变更行政区划有关。

据校史记载，截至2015年9月，有18位校长曾是小村庙小学的掌舵人。其中的杰出者为首任校长刘云汉，继任校长杨缠平、白哲民3人。

小村庙小学是在铁塔寺旧址上开办的，位于薄姬陵与保旗寨正中间。当初因寺庙大如小村，俗称小村庙。其寺建于何年已无据可考，连铁塔寺的名字而今也鲜为人知。

幼年去姨妈家往来都要经过小村庙。依稀记得学校西侧有一座塔，但不是铁塔，塔体由青砖砌成，砖头还有缺失，我上学时塔已不复存在。

姨妈家在薄姬陵坡下的潘村，乡亲习惯称薄姬陵为大冢。去潘村，小村庙是必经之道。通往潘村的路在大冢北侧，中间有几里陡坡弯道，乡间称冢湾。左右沟壑纵横，植被茂密杂乱。据父亲讲，河南军阀刘镇华带领镇嵩军围困省城时，此处常有散兵游勇剪径，还发现过猛兽出没。

从小村庙到冢湾不到五里路，路旁有大片柏树。学校西侧的柏树林不下百亩，远眺一派葱郁，入林顿觉森然。柏林的名称沿袭三种叫法：汉柏林，古柏林，寿柏林。最大的古柏胸径双臂合抱有余。林中有小冢多座，传说为薄姬太后陪葬的宫娥陵寝，但于史无载。

土改时薄姬陵南面的大康村、东面的保旗寨人多地少，村民毁林还耕。后来除小村庙小学西南侧保留了一片柏树外，陵墓周围全被垦成耕地，再到后来连陵墓也被垦成梯田。及至全民大炼钢铁，侥幸留下的柏树终究难逃厄运。

我上小村庙小学时，冢湾的老路已经改道，茂密的植被不知道什么时候被砍伐殆尽。当时还没有保护青山绿水这一说，让农民有地种，让老百姓吃饱肚子是党和政府的第一要务。

在小村庙小学读书期间，班主任兼语文老师谢伯华让我对语文的兴趣日益浓厚。谢老师性格内向，不苟言笑，上课时却像换了一个人。有时候讲得眉飞色舞，有时候又浅吟低唱，发现有学生精力不集中，会用半截粉笔扔过去砸人，同学们都怕他。谢老师是西安高中的高才生，学养在其他老师之上。西安高中是民国初年省办的唯一中学，一直沿袭至今，能上西安高中，家里非富即贵。

谢老师上学期间已有诗文见报，不仅熟稔古典诗词，《古文观止》亦了然于心。凡学生作文，他都要朱笔圈点，有时候几句画龙点睛的修改，令学生茅塞顿开。

谢老师对我偏爱，连续四个学期让我当班长，但我长得丑，不为学校少先队辅导员待见。辅导员是位女老师，自视甚高，兼教自然和音乐课。我们年级三个班，两个班的班长都是少先队的大队长、大队委，唯独不让我进大队部。谢老师据理力争，挖苦女老师选拔大队干部是"以貌取人"，但女老师不为所动，直到小学毕业，我臂上还是两道杠杠，算是少先队的"老干部"了。

2010年初夏，我和妻子在西安请先生吃饭，谢老已经83岁。先生说他身体没有大病，主要时间用在创作书画上。诗集正在修改，待出版后寄我一本。我们买了最新款的苹果手机送给他，希望他方便时同我联系。12年过去了，既没有收到他的诗集，也没接到他的电话，不知先生是否健在。

前年打算回西安看望先生，疫情反复，计划泡汤。此愿今年能否实现，还得听天由命。

历史课的田老师兼授地理，懂《易经》，谙《春秋》，对风水亦有造诣。他是学校最年长的老师，好像是西北大学肄业，一头华发，满腹经纶，文质彬彬，笑容可掬。我真正了解薄姬的来龙去脉，知道"文景之治"这个词，还是田老师讲授的。他还告诉学生，薄姬能躲开吕后的杀戮，培养出刘恒这样的儿子，成就一番辉煌，创造了中国历史上第一个盛世大治，同她离开咸阳、远走代国、体察老百姓的疾苦有直接关系。那时候觉得老师讲得很深奥，上中学后才逐渐悟出了其中的道理：得民心者得天下。

前不久，收到第四军医大学屈新儒教授转来的《白鹿原中心小学校史》。仔细浏览发现，其中记了两个著名校友。一个是吴刚，原名景杰，1938年10月参加革命，1960年6月任中共陕西省委宣传部副部长。另一个是柳谦，原名刘正贤，1938年入党，离休前是大连706实验基地党委书记。

将近百年的学校，只有两个著名校友，我难以置信，于是想起全国政协原副主席汪锋在新疆同我的一次简短交谈，其内容或可作校史补充。

那是1979年秋季，新疆发生上海支边青年返沪风波。我随乌鲁木齐军区副参谋长李平相前往阿克苏执行维护社会稳定的任务，担任指挥部的政工组组长。风波平息后，李副参谋长带我们三个人向自治区党委第一书记、乌鲁木齐军区第一政委汪锋汇报。因为执行任务期间上报乌鲁木齐军区、自治区的电报同时上报党中央、中央军委，我对电报反映的情况和措辞特别谨慎，使上面及时了解了地方上的实际情况。

汇报结束后，汪书记看着面前的名单问我："你是西安哪里人？"

我回答："东郊狄寨原。"

"哈！这么巧！咱俩是乡党！"

说罢又问："狄寨有个小村庙小学你知道吧？"

听说我是从小村庙小学毕业的，汪书记态度越发热情："抗战前后，小村庙小学是我们党的地下交通站，我在小村庙小学住过两夜。时间长了，一下记不起交通站负责人的名字。那时候从省城经蓝田到陕南，狄寨原是必经的近路。"临走时汪书记还嘱我，有空到他家里再聊。很遗憾，没等到我去他家，1980年他被调回北京，后来担任第六届全国政协副主席。

汪锋是蓝田县九间房乡灞河北岸的街子村人。蓝田县西部与狄寨原东部地界相连，从狄寨镇到蓝田县城，路长不过40里，汪锋视我为老乡实至名归。

后来才知道，汪锋是1926年由团转党的老一辈革命家。1935年12月，汪锋受毛泽东直接委派，以红军代表的名义，持毛泽东、彭德怀分别致杨虎城等人的亲笔信，只身前往西安，同杨虎城会谈，达成停止内战、共同抗日的协议。

革命战争年代，汪锋多次往返于延安、关中和陕南，是中共陕西党史上举足轻重的领导人，他的话应该是可信的。我在创作小说《丹石魂》中，让主人公高国望夜宿小村庙小学，即是依据汪锋在新疆同我那次交谈内容安排的。据屈新儒教授通报，小村庙小学历史上确是中共地下党的联络站，有人正在钩沉探微，稽考史料，估计不久会有新的佐证。

白鹿原小学同共产党的联系，校史中收录的抗战时期的校歌，亦可作为汪锋同我交谈的注脚。校歌的歌词写道：

巍巍白鹿原，古地南陵县，

带浐灞，丽终南，

形势甲秦川，我们的学校建在其间。

我们的宗旨：实行三民主义教育，陶冶儿童，

充分唤起民族意识、国家观念，

把抗战救国的责任承担，

把丧失的领土全部收还。

校史还写道：九一八事变爆发后，学校成为狄寨地区宣传动员人民群众抗日爱国的中心。我以为顺着这些线索在民间搜集实物资料，包括历任教员的回忆，也许能为校史补充一些具体素材。

最后不得不说，现在学校冠名为西安市灞桥区白鹿原中心小学，不知西安市长安区炮里原有何悬疑。因为白鹿原是由狄寨原与炮里原两部分组成的。

史料记载，白鹿原因传说周平王迁都洛阳途中，曾见原上有白鹿闲游而得名。汉文帝灞陵位于原上，又称其为灞陵原。因居灞水（灞河）之上，古代称其为灞上。《雍录》记载，原内鲸鱼沟顺原面倾斜方向发育切割，将原面分割为南北两部分，左侧南原又称炮里原，原面平缓；右侧北原又称狄寨原，起伏较大。

炮里原长约14公里，宽2.2～4.8公里，原面平坦开阔。现为西安市长安区辖治。

狄寨原位于灞浐两河之间，原面从蓝田县焦岱镇之东的秦岭北麓呈北西向展布，直到原下江尹村一带。长27公里，宽6～9.5公里。现为西安市灞桥区辖治。

狄寨镇是西安东郊的历史名镇。相传宋天圣元年（1023）大将狄青曾在此安营扎寨，故而得名。现在的校名与地理史实不符，把狄寨原冠名为白鹿原，等于把两个人头上的帽子戴在一个人头上，当然不大合适。估计这与陈忠实的小说《白鹿原》多少有些关系。

窃以为这种做法难免为后人诟病，还可能留下历史纠纷，况且学校改名不一定能提升学校的教学质量。

狄寨原是个历史符号，蕴含着七八百年的文化元素，其深沉厚重不言而喻。

历史不是任人打扮的小姑娘。与其把小村庙小学改名为白鹿原中心小学还不如还原历史，冠名为狄寨原中心小学。

文化自信首先是历史自信。作为文化的历史是不能割断的。拍板改变校名的人应该对何以改变有个说法。如果跟着书名改地名，中国该有多少地名要改呀！

2022 年 8 月

抹不掉的元宵节记忆

一想到今天又是元宵节，一页灰暗的记忆被翻开了。

那是46年前的元宵节——阳历2月25日，阴天，星期二。

那一天，我们工作人员和钟光国将军的亲属商量，把正在301医院住院的首长接到政治学院借住的家里过元宵节。

春节前，原本接首长回"家"过年的安排因病没有如愿，大家都不甘心。正月十五这一天，首长和亲属特别期待，连合照"全家福"的时间、地点、每个人的位置都安排好了，让元宵节承载全家永恒的记忆。

早晨，我去301医院了解下午的会诊安排。天上飘着雪花，但不冷。冬天挡不住春天，阳光一露头，零七八碎的雪花还没落地便化了。落在玉泉路绿化带上的雪花，给碧绿的冬青平添了一抹亮色，叶子更绿了。

我到病房不久，等待分配工作的炮兵老司令员吴克华偕夫人张铭来了，之后进病房的是铁道兵副司令员亓谦斋。首长听说北京医院的林钧才院长下午要来参加会诊，显得很高兴。吴克华、林钧才同首长是抗战期间胶东军区的老战友，亓谦斋和首长是新疆军区小东壕的老邻居，他们是元宵节来为老战友送祝福的。

一周前，遵照杨勇司令员的指示，新疆军区直工部干部科刘光华科长和总医院呼吸科韦南山主任赶来北京，今天列席会诊，听取专家们商量的治疗方案，向军区首长汇报。

刘光华科长到北京，知道我嘴巴紧，神秘兮兮地说，总政干部的同志讲，提升报告都打上去了，就等军委讨论，偏偏在这个节骨眼上得了癌症，真是哪壶不开提哪壶，实在让人惋惜！

我问刘科长，癌症治好了，副司令还有戏吗？

当然有！他肯定地回答，说完还举了两个例子佐证，但我始终没有向首长家人透露这方面的消息，我觉得他们知道了会更难过。

警卫员张玉友和首长的孩子一直守在病房，帮首长修了面，换了衣服，又向三座门总参管理局服务处李科长借了一台大红旗，准备接送首长。

下午3点钟，南楼会议室坐了十几位专家，有北京医院的林钧才院长、肿瘤医院的吴桓兴院长，还有301医院的多位专家教授。我想趁机蹭进去旁听，被主治医生孙静萍"请"出门外。只得坐在会客室的沙发上耐着性子等结果。

我边等边想，首长去年上喀喇昆仑山前，还对作战部孟魁武部长说，毛主席在延安讲，人到五十五才是出山虎，他正好踏进五十五的门槛，上喀喇昆仑山当一次爬山虎应该问题不大。可是下山不长时间就病倒了，而且是肺癌晚期，不得不送到301南楼住院。

会诊持续了将近两个小时。我坐在会客室想，人常说善有善报，恶有恶报，不是不报，时候未到。假如今天的会诊能给首长把癌症帽子摘掉，我会把这两句话当作颠扑不破的真理。

我当秘书的这位首长，是1932年参加革命的老红军，新中国成立前在子弹缝里闹革命，新中国成立后在朝鲜战场上立新功。身上伤痕累累，工作没黑没明，脑门上的骨头在长征途中被掀掉两寸长的一块，还坚持要上世界屋脊，挑战生命禁区。就这样一位从洪湖老区走出来的英雄，因为反对打砸抢，反对批斗老干部，被"提升"到新疆军区干革命。

进疆5年多时间，爬雪山，穿戈壁，钻坑道，下部队，从最北边的新疆阿勒泰地区红山嘴边防站，到最南边的西藏阿里地区普兰边防站；从5380米的神仙湾哨卡，到比海平面还低154米的吐鲁番盆地，新疆军区所辖边防哨卡和团以上单位，都有他的足迹。他的勘察报告连叶帅看了都给予肯定，但在杨勇到新疆军区当司令之前，先前的军事主官连看也不看。

谁又能想到，就是这样一位革命不要命的人，现在却面临着癌症的判决，这哪里是"善有善报"？分明是混淆善恶嘛……

正在我神驰意乱地诅咒癌症的时候，刘科长出来了。他的脸色让我看到了会诊结果。我给他递过去一支烟，他几乎是一口气抽完的。

我们没有说话，晚饭也没吃几口。不可逆转的命运，使本来可以欢度的元宵节，成为永远抹不掉的痛苦记忆。

那天晚上，月亮刚出来时亮得发白，后来全被黑云吞噬了……

今天又是元宵节，只是阳历的日期是 2 月 26 日，比 46 前的那天推后了一天。

往事如缕。那一天，那次会诊，又在我脑子里盘旋……

2021 年 2 月 26 日

番茄·黄瓜·荷兰豆
——忆吴克华司令员

记忆是有温度的，与春夏秋冬无关，源于当时的心境。这篇短文题目还没写完，我心头已经弥漫暖意，直到完稿还散发着温馨。

人们都知道，被关押了7年，由周恩来总理亲自解救出来的吴克华将军，因塔山阻击战而名垂青史；还知道他先后担任过我军炮兵司令员、铁道兵司令员、成都军区司令员、乌鲁木齐军区司令员、广州军区司令员，被叶剑英元帅赞誉为"司令员之最"；却不了解吴克华还是一位温文儒雅、侠骨柔情的将军。

眼下时近暮秋，心里还滚着热流。看着餐桌上盘子里的番茄、黄瓜、荷兰豆，吴克华司令员的音容笑貌又从记忆中浮现出来。

43年过去了，那天下午看到三样新鲜蔬菜时不可名状的感动，使我又回到魂牵梦萦的新疆，回到冰封雪裹的乌鲁木齐冬天。

乌鲁木齐11月下旬，气温常常在零下25摄氏度左右，马路上的积雪踩踏成冰，走路一步三滑，摔跟头是常事，谁也不笑话谁。

新疆下午8点钟下班，走出乌鲁木齐军区政治部办公楼，呼出的热气在眼镜上结了一层薄霜。沿路黑灯瞎火，我小心翼翼地缓步而行。

妻子单位在长江路，晚上9点钟才能回家。我边走边琢磨晚饭给孩子们吃什么。主食好说，有"钢丝面"、玉米发糕、冻馒头，还有老政委靳玉轩从阿克苏捎来的大米，可吃什么菜却成了难题。

蔬菜只有土豆、白菜、萝卜老三样，商店卖的同家里藏的没有区别。为了防止冻成冰疙瘩，我把冬储的"老三样"放在门外地窖里藏着；自制的腌咸菜有两罐子，随吃随取；门口炭棚下还有两块冻豆腐，加上自家养的鸡没断过下蛋，整三个菜应该没有问题。如果有点儿肉沫加进去，那简直是锦上添花了。我像望梅止渴一样，想着想着，馋虫在嘴里打转转。毕竟快十天了，排了三次队也没买到一斤肉。

走到建国路家属院门口，我发现吴克华司令员的专车停在五六米处。警卫干事张玉友看到我，立即打开车门，右手提着军用挎包，快步朝我走来，边给我递包边说："飞机从成都带回来的菜，新鲜得很，就是太少了。首长让给你拿点，别冻坏了。"说完上车掉头而去。

我给吴克华司令员代理过半年秘书，知道首长很重感情。军区值班飞机给吴司令员搬家，没想到首长会把从成都带的新鲜菜送给我一包，心里的感动不言而喻。

我快步赶往家里，跨进门对女儿说："爸爸今天带了几种新鲜菜，有的我也没吃过，晚上咱们改善伙食！"

大儿子去幼儿园接弟弟，女儿正在切土豆丝。接过挎包打开，惊喜地叫了起来："啊！西红柿，还有黄瓜，这种扁豆角咋吃？

我没见过呀！”

我翻开挎包看了一眼说："你先洗两个西红柿、两根黄瓜，扁豆角咋吃等我打电话问问再说。"

我打电话询问警卫干事回来，见两个儿子一人攥着一根黄瓜吃，连忙喊道："洗了没有？"儿子顾不上回答，只管继续吃。

女儿噘着嘴巴说："我不让他俩吃，他俩不听，还吃了两个西红柿！"说完把挎包递给我。里面只剩下两个番茄、两根黄瓜，扁豆角也比原来少了一些。

我连忙问俩儿子："扁豆角也吃了？小心中毒！一会儿肚子疼要去门诊部打针的。"儿子手足无措，呆呆地看着我。可能是害怕打针，胆怯地把口袋里的荷兰豆掏了出来。我庆幸他们没来得及生吃，表扬他俩没有撒谎。

现在想起来有些好笑。从百度上查到，这种从地中海沿岸传进来的豆角，生吃也不会中毒，但当时没有那个常识。

我对女儿说："剩下两个西红柿，一个炒鸡蛋，一个留下明天吃。两条黄瓜凉拌蒜片生吃。扁豆角叫荷兰豆，可以煮熟凉拌，也可以炒着吃。今天炒一半，留一半明天吃。"

两个儿子知道自己犯错，悄悄做作业去了，我没有再责备孩子。不能怪儿子馋呀，乌鲁木齐夏天番茄、黄瓜成堆，可数九寒冬谁家吃过新鲜蔬菜呢？荷兰豆我在新疆17年没见过，连名字也叫不上。来来回回去北京开会出差，在京西宾馆也没吃过。

离开新疆28年了，现在别说是荷兰豆，就是天涯海角的新鲜蔬菜，乌鲁木齐大冬天也能买到。这种被中国人称为"荷兰豆"、被荷兰人称为"中国豆"的扁豆角，早已成为百姓餐桌上的寻常菜了。

"旧时王谢堂前燕，飞入寻常百姓家。"遗憾的是，吴克华司令员没能看到这一天。

物以稀为贵。吴克华司令员大冬天让人给我送新鲜蔬菜，成为我不能忘却的记忆。事情虽然不大，但想起来由不得我不动容。

2022 年 9 月 16 日

曲绝碧天高

——悼宫永丰将军

原第二炮兵副政委兼纪委书记宫永丰中将于 3 月 3 日逝世。新华社 3 月 27 日发电讯，我是 5 月 2 日，从《解放军报》上看到这个噩耗的。

90 岁的宫永丰将军，是兰州军区留给我音容笑貌最深刻的首长之一。知道他经年卧床不起，没想到他会在新冠病毒蔓延之际走了。宅在家里的我闭目塞听，竟未能送他最后一程。痛心之际，口占四句表达追思：

> 挥手骊山下，
>
> 相逢渭水头。
>
> 但闻君驾鹤，
>
> 回眸泪先流。

宫永丰将军 1947 年从黑龙江省入伍，是从子弹缝里钻出来的人，也是 47 集团军从士兵成长起来的将军。相识 35 年来，他一直视我为忘年之交，个人友谊历久弥新。回忆过往，有三件事给我印象很深。

第一件，珍惜 359 旅荣誉。

359 旅是八路军最初的 6 个旅之一，是彪炳史册的劲旅。成立之初便一分为二。一部由旅长陈伯钧率领，留在陕北保卫陕甘宁大后方。另一部由副旅长王震率领开赴前线，出师抗日。后来又受命回防延安，在南泥湾大生产中创造了新的奇迹。359 旅南下北返后，王震率主力回到西北战场，编入晋绥野战军。其余部队由刘转连率领，开赴东北前线，也恢复了 359 旅番号。1947 年前后，我军实际上有两个 359 旅，即西北野战军的 359 旅和东北抗日联军的 359 旅。

我参军时的部队是王震将军率领的 359 旅主力，即后来进军新疆的一野二军。宫永丰所在的部队是刘转连将军率领的编入东北抗日联军的 359 旅一部，即后来的四野 47 军。1969 年，该军由湖南换防到陕西临潼。

部队的同志都知道，一个"山头"出来的人如同一根藤上的瓜，有着天然的亲近感。宫永丰同志任 47 集团军政委期间，我在兰州军区政治部先后任宣传部部长、组织部部长。359 旅的共同出身，让我们本来不熟悉的两个人结成了忘年之交。1992 年底，得知我将由新疆军区政治部主任调任南疆军区政委，已经是兰州军区副政委的宫永丰同志专门打电话给我，南疆军区是老 359 旅的主体，希望 359 旅的光荣传统能够在南疆军区代代相传。

那时候南疆军区从撤销中恢复不久，但我俩为各自能成为两个 359 旅后来的接棒人而不敢懈怠。宫永丰同志调任二炮副政委兼纪委书记不久，我调任总政治部宣传部部长。在北京每次见面，话题还是少不了359旅。几十年过去了，359旅成为心头一面镜子，让我们一路走来没有迷失方向，没有迷失自我。

第二件，珍重同志友谊。

1986年，宫永丰同志率领轮战部队凯旋。我到部队调研时，他送给我两件纪念品：一件是用炮弹壳制作的和平鸽，雕琢工艺精良；另一件是用炮弹壳制作的笔筒，上面镌刻了他上前线时我给他的赠别诗：

> 晓角分残漏，
> 孤灯落碎花。
> 二年随骠骑，
> 辛苦向天涯。

这是唐代戎昱五律《桂州腊夜》的后四句，我借来为他壮行。未料到他会以这种方式回馈，我当然十分感动。1987年9月，我因重病在西京医院治疗，宫政委闻讯后专门到病房慰问，并安排我出院后去47集团军雨林农场休养。后来虽然没有去成，但回顾他的真诚，我至今犹存感动。

第三件，敢于向不正之风叫板。

1997年党的十五大之后，我被内定提拔任职。总政部主要首长给我打招呼三天之后，又通知我暂时不动，换个没有带兵经历的同志去这个单位任职。我当即表示，感谢首长关心，听从组织安排。后来得知这个调整，是一位湘籍地方领导干部插手造成的。顶替我提拔的同志找了他这个位高权重的老乡，总政主要首长不得已而为之。

宫永丰将军闻知此事后喟然长叹：一个地方领导干部竟然胆大妄为，罔顾党的纪律，直接插手军队高级干部的提拔使用，是可忍，孰不可忍！他对这种做法嗤之以鼻，我也没有放在心里。事过不久，宫永丰同志对我说："你被人'调包'事情不大，性质恶劣，我熟悉政治局一位常委，要反映这个地方领导干部的违规行为。"

我听到消息后，先是在电话中制止，放下电话又去他办公室劝阻。我提醒他这样做，不仅让我敬重的总政首长为难，还可能给我的前路留下阴影。他虽然接受了我的劝告，没找政治局常委，但每次提及此事都愤愤不已。

6年之后，宫永丰同志已经退居二线。听说一位同志通过他母亲给中央写信，顶替军委预定我去的单位。理由是她儿子没带过兵，适合去军科工作。我带过兵，可以在全军范围内安排。

宫永丰从北京打电话给我，问我的想法，他还可以向上面反映。

我婉拒了老首长的好意。

"豺狼当道，安问狐狸。"在郭伯雄、徐才厚把持军委工作的日子里，军队政治生态严重扭曲，哪里还有公平公正可言！

"逝者如斯夫，不舍昼夜。"宫永丰将军永远地走了，走进他不熟悉的世界。我不知道那个世界有没有不正之风，假如有，宫永丰仍将是一位敢于打鬼的钟馗。

2020年5月4日

又到秋凉添衣时

——追思孟魁武将军

秋雨绵绵，寒意渐浓，我找出黑色皮马甲套在身上，思绪又回到 1991 年秋天。

当年 5 月，我就任新疆军区政治部主任。因为天热，随身没带几件衣服。

想不到那年新疆寒潮早来，中秋节还没过，早晚就得穿毛衣了。

节前一个星期天，我收到东疆军区副司令员孟魁武将军赠送的一件黑色皮马甲，是阿勒泰皮革厂生产的。做工虽不精细，但皮子厚实，款式不俗。收到后我套在身上，不长不短，肥瘦合体。

我正准备打电话向孟副司令员道谢，公务员告诉我，贴身口袋里有一张便笺，是孟副司令员手写的诗。我接过便笺细看，的确是老将军用钢笔书写的一首绝句：

平沙落雁露凝寒，

铁马金戈月未圆。

来日天山多险峻，

莫教胡马度雄关。

我看完便笺，给孟副司令员打电话说："您送的马甲我穿上了，您的诗作我背熟了，我不会让您失望的！"

孟副司令员笑着说："礼尚往来，来而不往非礼也！你给我的酒杯连同唐诗我放在客厅书柜里，每次喝酒都能派上用场。天凉了，马甲和几句顺口溜，算是对你的回赠。"

孟副司令员所说的酒杯和唐诗，是我刚到任时送给他的四只墨玉小酒杯，戏称夜光杯。在装酒杯的纸盒里，我抄录了唐人王翰的一首凉州词：

> 葡萄美酒夜光杯，
>
> 欲饮琵琶马上催。
>
> 醉卧沙场君莫笑，
>
> 古来征战几人回。

孟副司令员对我送他的小礼物如此在意，我很感动。从此，每到晚秋，这件皮马甲便是我的护身服。

弹指间 30 年过去了。孟副司令员已经作古，他赠送的马甲今天又穿在我身上。睹物思人，往事如缕，每年中秋节前后总会在我脑子里盘绕。

孟魁武副司令是我戎马生涯的知遇人。如果他还在新疆军区司令部工作，我肯定被塑造成另一个我。从 1976 年到 1978 年，他三次要求调我到作战部边防科当副科长。只是因为他的离开，我才会成为后来的我。

半个多月来，成都被疫情笼罩，中秋月亮没有露面，泸定地震灾情让人揪心。思绪跌宕起伏中，我又想起1991年那个中秋节，那件皮马甲……

岷山如黛，锦江悠悠，锦官城却没了往日的车水马龙。静夜寂寂，周遭朦胧，我于追思中吟成四句，以缅怀尊敬的孟魁武将军：

三十年后又中秋，
思君悠悠水倒流。
西塞雄魂闻角响，
金戈铁马挑碉楼。

2022年9月8日

你在生命的彼岸不会孤独

——追思林才文将军

听说林才文同志走了，我以为是讹传，找在广州休息的老战友核实，噩耗确凿无误。放下电话我眼睛湿了，枯坐良久，不知道说什么好，也不知道对谁说好。于无声之中写了四句话表达我的追思：

> 大漠落日圆，
>
> 梅州泪如泉。
>
> 壮别昆仑去，
>
> 魂绕万重山。

林才文同志是由普通一兵成长起来的将军，是我在南疆军区的黄金搭档。1992 年他由南疆军区副司令员升任司令员，1993 年我由新疆军区政治部主任调任南疆军区政委。我们俩在一起工作的时间不算长，但他留给我的印象却难以忘怀。

后来我调任总政宣传部部长，他调任广州军区副参谋长。虽然天各一方，却没有中断来往，时不时地在电话中给对方分享自己的愉悦，分担自己的烦恼。

有一次他在电话里诉说不悦，我开玩笑说："你是梅州人，不是霉州人，回广州军区工作，也算是衣锦还乡、光宗耀祖了！怎么也有英雄迟暮的感慨呀！"

老林遗憾地说："夕阳无限好，只是近黄昏。我今年59，明年到了下岗年限，告老还乡干什么呀？和我同年的老乡还在种田打工，我发愁怎么才能不脱离群众。当然，和南疆军区相比，这里已经是天堂啦！知足常乐，但退下来的心情不见得就有在南疆军区好！"

有道是"宁为鸡头不为牛后""参谋不带长，放屁也不响"。林才文虽说是从广州军区部队走出去的老人，但离开快20年了，时移世易，物是人非，又是一个超配且快要退休的副参谋长，难免有时会觉得冷清。过春节时有的人拜年，他本以为是冲着他来的，可拜年的人却进了别人家的门。自那以后，老林对趋炎附势这个词有了强烈感受。他曾向我感叹："不到北京不知道傍大官；不到广州不知道傍大款，我是两头都傍不上啊！"后来逢年过节打电话，我再也没问过他回广州后的心情。

林才文同志1958年入伍，先我4年当兵，参加过对越自卫反击战，战后入国防大学深造。从学校出来，先在新疆军区步兵8师任师长。新疆军区降格，南、北、东疆军区撤销后，又调任步兵11师师长。1988年，我军第二次授衔，林才文被授予少将，是新疆军区唯一被授予少将的正师职干部。

1990年，南疆军区恢复正军级建制，林才文被任命为副司令员，终于踏上了与其军衔匹配的指挥员位置，也开始了他最为艰苦的军旅生涯。

包括西藏在内，中国海拔最高、氧气最少、气候最恶劣的边防哨卡，绝大部分都在南疆军区的防区之内。地处喀喇昆仑山的神仙湾哨卡海拔 5380 米，是全球高海拔的冠军哨卡。

恢复后的南疆军区，营区破败，营房破旧，营具破烂，办公设施不全，经费捉襟见肘，完全是一幅家道中落的景象。林才文没有坐等条件，他在向上级反映需要解决的实际问题的同时，召集原南疆军区善后办的同志开会，黑着脸对一些认识不认识的人说："今天我得当一回恶人，一周之后我们要搞一次公物还家活动，凡是南疆军区撤销时个人搬走的东西，不管是软件硬件，统统完璧归赵。主动交回来的既往不咎，追缴回来的加倍惩罚，还要给纪律处分。"林才文同志的强硬，虽然得罪了一些人，但使流失的大部分公物陆续回到机关，特别是防止了机密文件和重要资料的流失。

1993 年 3 月我到南疆军区时，机关已经具备了开展正常工作的基本条件。如果说恢复后的南疆军区能在短期内健全功能，完善制度，厘清工作头绪，保持指挥顺畅，林才文同志功不可没。

南疆军区的高原戍守地域包括新疆的和田地区和西藏的阿里地区，从昆仑山、喀喇昆仑山到喜马拉雅山，大部分哨卡都是 4000 到 5000 多米。每年 10 月前高原部队必须做好大半年的食物、燃料和药品储备。10 月后大雪封山，道路不通，直到翌年 5 月车辆才可勉强通行。但沿途几十个冰达坂随时都可能发生塌方、雪崩、泥石流和冰凌坠落，谁也不敢保证每次昆仑之行都会能上能下，有去有回。我的老战友——两上昆仑山，在阿里军分区当过6年参谋长、副司令员的王发虎同志，就曾经3次化险为夷，大难不死。林才文在南疆军区工作期间，也几乎两次长眠在喀喇昆仑山上。

按照南疆军区的老传统，每年大雪封山前，主要领导必须率工作组上山检查高原部队的冬备工作；第二年5月道路开通后，主要领导必须率工作组第一个上边防哨卡，慰问在雪山孤岛中熬了半年多的官兵，了解部队过冬情况，部署新年度的战备、执勤和训练任务。

由于第一趟上山很苦很险，早些年有的干部出发前悄悄写过遗书，担心遇到突发情况随时倒下。到了20世纪90年代虽然路况有所改善，但没有几台好车，每次上山车都会抛锚。随车只有两个氧气袋，以备不时之需。有人高原反应严重，也硬撑着不吸氧。因此，司机、车况和氧气袋，成为上高原哨卡的3个安全阀。

1993年5月中旬，按照惯例我悄悄作好第一趟上高原的准备。一天下午，林才文同志到我办公室说："你在山上得过肺水肿，开年气候、路况都不好，第一趟还是我先上，你在下面熟悉情况，我从山上下来咱们就重大问题交换意见。到9月份你再上山检查冬储冬备情况。"后来我才知道，老林从12医院张远炎副院长那里了解到，我1972年9月在昆仑山患过肺水肿，在麻札达坂翻车致残。这件事情足以说明我这位搭档的高风亮节。

林才文讲感情，也讲原则。那几年领导机关跳舞成风，有人下来不办两场舞会，要钱要物的难度就得翻番。这股歪风连驻守在昆仑山下、塔里木盆地边缘的南疆军区也未能幸免。

南疆军区有一支 50 人的专业文工队，主要任务是上高原、下边防，为哨卡官兵演出。可是上级军区有个领导酷爱跳舞，有事没事常往南疆军区跑，一住下就得办舞会，而且指名道姓要几个女孩子作舞伴。这位老兄跳舞又不老实，听说他要来南疆军区，几个女孩子东躲西藏，都不愿意陪舞。

林才文对这位自以为是的领导本来就厌烦，常以官大未必学问长嘲讽，文工队的舞会一次也不参加。据说我离开南疆军区后，他索性用临机处置的办法应对那个有舞瘾的人。一听到那个人要来的消息，即刻让政治部安排文工队下部队演出。

1997 年上半年，老林听说他的工作可能要调整，在电话上让我帮他分析，有没有可能重回广州军区。我把在阿里军分区听到的顺口溜说给老林听："抗过美，援过朝，天安门前出过操。界山大坂抛过锚，班公湖里洗过澡。神仙湾上睡过觉，5243 尿过尿，没有功劳有苦劳。问我想往哪里调，东西南北任党挑。"林才文一听哈哈大笑，从我说的顺口溜中感觉有希望重回广州军区。

一晃 20 多年过去了，我再也接不到老林的电话了。子在川上曰："逝者如斯夫，不舍昼夜。"林才文同志，你在生命的彼岸不会孤独太久，要不了几年，我们还会重聚首，再相逢！

2018 年 8 月 15 日

刚柔相济的领导艺术

——记总政治部主任于永波上将二三事

记忆像过筛子,大部分人在岁月的筛选中漏掉了。有的人却长在你记忆的土壤里,随着时间推移,根子越扎越深。

10 年前我曾以《西陲将星》为书名,写过 7 位老将军披坚执锐、戍守新疆的业绩。如果允许我现在写一部 7 位《心中将星》,90 岁的原中央军委委员、总政治部主任于永波上将不可或缺。

30 年过去了,我对这位首长的印象在铢积寸累中愈发深刻。

一

一次没有报道的内部会议。

1995 年 3 月 8 日,江泽民主席在于永波主任调查驻特区部队的情况报告上作了重要批示;刘华清副主席要求总政研究部队进港前的舆论准备问题。

遵照这些指示精神,总政宣传部商请中央外宣办、国务院港澳办与总政治部联合下发了《关于加强对香港军事宣传工作的若干意见》(1995 政联字 5 号文件)。在文件起草时于主任指出:"驻军香港是宣示主权的象征,关系到香港的长治久安,不光进驻部队要政治过硬，对外宣传也要彰显国威军威。"落实于主任的指示，我觉得责任重大。回过头看，这些要求对驻港部队建设乃至反对港独势力都是很及时的。

于永波主任要求召开这次会议，是顺应历史潮流的一次会议。历史的创伤是历史的一部分，即使那一页翻过去了，被掩盖的创伤也可能复发生蛆。香港回归24年了，有些旧疮还在流脓污染，侵蚀香港的肌体。面对乱局，中央政府不得不出手"消独"，为港人治港排除"体内独素"。由此可见，殖民文化对香港的毒害之深，敌对势力对香港的破坏之烈，特区政府对香港的治理之难。

事实上当年中英双方关于香港回归的谈判，就是一场没有硝烟的交锋。经过两年22轮谈判，中英关于香港问题的联合声明于1984年9月26日在北京草签；1984年12月19日下午5时30分，在北京人民大会堂西大厅正式签字。

为了落实中英关于香港问题的联合声明，我军从1993年初开始组建驻港部队，1996年1月28日组建完毕。中央军委对这支部队的建设极为重视，提出了很高的要求，强调"进驻香港的部队在政治上要特别过硬"。

怎样组合力量，把这些指示和文件精神落到实处，我同副部长秦怀保、宣传局长王登平议论过几次，确定由我带工作组到正在组建的驻港部队调查研究，听听广州军区的意见后再考虑下一步怎么办。我把想法向于主任汇报，于主任指示："你们开个对港军事宣传工作座谈会，听取中央和国家机关、新华社香港分社和有关港媒的意见，拟定一个宣传计划，每年组织几个波次的集中宣传，舆论导向应该是可以掌控的。"自此以后，"驻军香港宣传要彰显国威军威"便成为香港回归前后舆论导向的主基调。

经过认真准备，总政宣传部11月21日至23日，在广州召开加强对港军事宣传工作座谈会。中央国家有关部门对这次会议非常重视，中央外宣办副主任李冰、国务院港澳办副主任王凤超、新华社香港分社副社长张浚生带着各自的工作人员莅会，《大公报》《文汇报》《新晚报》《商报》和《紫荆》杂志的负责人，"976"办公室、《解放军报》和新华社军分社、央视军事部、央广军事部的领导、全军各大单位宣传处长和驻港部队政治部的领导共48人参加了会议。我同宣传部宣传局副局长范西峰、干事肖平组织召开了这次会议。

会议期间，中央外宣办、国务院港澳办、新华社香港分社的领导同志，分别介绍了中央对外对港宣传工作的指导思想和方针政策，我国政府对香港恢复行使主权工作的方针政策和进展情况，香港的政情、民情和舆情，专题研究了如何贯彻落实政联字5号文件精神。

会议在分析香港经济社会形势基本稳定的同时，对港英当局抓紧部署撤退，围绕政权交接制造种种障碍的情况进行了研判。为了阻碍我军顺利进驻，他们在纠缠兵力、部署、营房、军事用地等问题的同时，又加紧控制媒体，竭力抹黑我军形象，妄图把尚未对外公开的驻港部队推进舆论贬损的旋涡，先机制造港人与驻军的隔阂和对立。

香港的新闻传媒非常发达。当时有报馆80多家，仅中文日报就有41家，英文日报7家，各种期刊619份，有一家兼备广播和电视的政府电台，两家私营广播电台、两家私营无线电视台、一家私营有线电视台、一家英军广播电台以及中外人士合资经营的四家卫星电视。随着香港回归倒计时，港内外各种政治力量争夺舆论阵地、争夺人心的斗争十分激烈。以《苹果日报》为首的右翼报刊，以"新闻自由"为幌子，惯于把小事情炒成"大新闻"，甚至不惜制造假新闻，左右舆论，误导民众，唯恐香港不乱。相对于右翼媒体，能够向港人传播中央政府和人民军队声音的媒体只有"四报两刊"，力量薄弱，受众有限。

那时候港人对军队驻港的担心主要有三点：一是军队的多数官兵是农民出身，文明素质低，与港人交往易发生纠纷；二是军人待遇低，香港消费高，军人外出购物可能会威逼商家，强买强卖；三是军队在内地办的公司会不会进入香港，给香港市场造成冲击。会议分析香港舆论态势后，确定了"着眼全局，积极稳妥，精准有效"的指导思想，"以我为主，利用中间，限制右派"的工作思路，划分了回归前和回归后的宣传重点，给军队新闻单位明确任务，短时间内集中采写一批反映我军文明之师形象的重磅稿件，运用人所共知的历史事实和典型人物，粉碎右翼媒体散布的谣言，缓解港人对驻港部队的担心。同时对香港回归前两年的宣传内容作了具体部署，要求驻港部队深入学习《基本法》，了解香港社情民意、风俗习惯、舆论热点，做到知己知彼，有备进港。

为了消除港人的顾虑，驻港部队首次对外开放日时，我们邀请香港"四报两刊"和一些进步媒体参观采访驻港部队，驻港部队摄影画册同日正式发行。一些电子宣传品也有计划有步骤地在媒体上推出。随着正面宣传力度的增大，香港的舆情发生了积极变化，这个趋势一直持续到香港回归也没有出现过意外。2012年12月9日，后任浙江大学党委书记的新华社香港分社原副社长张浚生和我在无锡冯其庸学术馆开馆仪式上不期而遇。谈及1995年11月在广州召开的加强对港军事宣传工作座谈会时，张浚生同志兴致勃勃地说，那次会议规模小影响大。香港媒体鼻子很灵，本来会议对外保密，后来他们还是嗅到了一些气味，进步报刊增加了正面报道内容，右翼媒体不敢再瞎编虚假信息。现在连港人也认为，驻港部队是香港的"定海神针"。

实践证明，正确决策的导向往往会产生蝴蝶效应。于永波主任当年指示召开对港军事宣传工作会议，可谓是一次审时度势、因势利导的会议。这次会议的后续效应为1997年香港回归、我军进驻香港占领了舆论阵地。

二

一次适应新形势的编制调整。

1996年成立解放军电视宣传中心，是我任宣传部部长期间经历的一件大事。从这项工作动议开始，于主任就强调："局部服从全局，这是组织原则。军委确定的事情，首先是服从，总政机关要做好样子。合编要人合心合，不能貌合神离。"

军队电视宣传机构的调整是被形势逼出来的。实事求是地说，从央视正式向全国开播以后，纸质媒体和广播电台的影响日渐式微，电视宣传的影响越来越大。其声像兼备、形象逼真、传播迅速、覆盖面广的特点，是纸媒无法相提并论的。因此，加强电视宣传，搞好舆论引导，展现我军革命化、现代化、正规化建设的新成就、新面貌，鼓舞士气民心，便成为广大官兵和人民群众的共同要求。

从 20 世纪 90 年代开始，央视由过去的一套节目发展为五套节目，军事节目的播出时间所占的比例却由 1985 年的 0.4% 下降到 1995 年的 0.038%。央视 1996 年开办专业频道（加密卫星电视传输方式）后，如果军事节目再不增加播出时间和内容，与形势需要的差距会越来越大。由于播出时间受限，大军区、军兵种拍了许多好片子一直积压着不能播放，广大官兵和亿万军迷都希望央视增加军事报道的内容。但是，有人以"韬光养晦"为名，设置重重障碍，阻挡军事节目播出，有时候新闻联播竟然没有一条军事新闻。

我同央视军事部主任刘效礼多次商量，无计可施。央视军事部是总政治部的派驻机构，受总政和央视双重领导。

几个反复之后我同刘效礼商量，请他向于永波主任汇报当时的实际情况，以突破军事宣传的重重障碍。

于主任听了汇报，当即下定决心：转变观念，调整编制，整合力量，抓紧解决面临的新问题。刘效礼关于组建解放军电视宣传中心的建议被提上议事日程。

于主任是位讲求实事求是的首长，既坚持改革创新，又反对盲目决策。他指示当时总政的分管领导，从 1995 年上半年开始，由刘效礼牵头，宣传部抽调精干人员组成考察小组，多方位进行论证，形成方案后报总政主任办公会议讨论。宣传部抽调宣传局副局长刘健、干事肖平，文教局干事张捍东组成考察小组，随刘效礼共同调查论证成立解放军电视宣传中心的必要性和可行性。

经过大半年的调研考证，总政领导达成共识后，报告军委成立解放军电视宣传中心。1995 年 12 月 1 日，军委常务会议讨论通过了总政的报告。后经江泽民主席批准，在中央电视台专业频道增设军事节目的工作全面展开。中央电视台军事部、八一电影制片厂纪录片部和总政治部电化教学中心合并为解放军电视宣传中心的工作随之启动。1996 年 2 月 7 日，总参谋部批准解放军电视宣传中心编制（1996 年参务字 21 号）。解放军电视宣传中心编为正师级单位，两位主官高配（副军职）。人员编 105 人，其中干部 100 人，士兵 5 人。4 月 8 日，经总政治部直属党委批准，解放军电视宣传中心党委常委由熊焰、刘效礼、沈知源、彭业宗、赵元贵 5 人组成。

组建解放军电视宣传中心，是一件棘手事。要把三摊子合成一摊子，先不说人财物方面的问题，单是统一思想就不大好办。对于这次体制编制调整，于主任的态度很谨慎，指示我们要权衡利弊，把工作做细，为总政领导正确决策提供科学依据，防止出现"一个灶台三口锅的现象"。

电视宣传中心正式编制下达后，于主任主持主任办公会议，配备中心领导班子，同时指示干部部、宣传部、直属工作部的领导要顾全大局。三个合并单位的人员跟着编制走，原则上不出不进，以后再根据新机构的运转情况和工作任务的特点作适当调整。

电视宣传中心两个主官可以高配的消息漏出来后，我同宣传部几位领导商量，建议总政领导配备中心班子时，政委由宣传部的局长中遴选，但我们的建议被总政领导否定了。中心的主任、政委由主任办公会议选定。结果宣传部想趁机提拔一个局长的愿望不仅没有实现，反而让副部长熊焰兼任中心政治委员。熊焰当时在宣传部分管宣传文教工作，兼任中心政委后几乎无法顾及原来分管的工作。

4月11日，解放军电视宣传中心成立大会在总政大楼举行。中央军委委员、总政治部主任于永波，副主任周子玉、唐天标、袁守芳，广电部副部长兼中央电视台台长杨伟光等领导出席。

于主任发表了讲话，阐述了组建电视宣传中心的意义，明确了中心建设的方向和任务，强调军委确定的事情，总政机关要切实抓好落实。机构合并的关键是人合心合，不能貌合神离。中心成立后不能一家一把号，各吹各的调。

解放军电视宣传中心的成立，使军队有了自己的专业频道和时间保证，我军宣传工作朝着现代化方向迈进了一大步。这一项重要举措，从根本上扭转了军事宣传的滞后状态，受到全军官兵和人民群众的广泛欢迎。

事实证明，没有于永波主任的正确决策和跟进指导，电视宣传中心不可能有后来的发展局面，也不可能在第一时间把香港回归、98抗洪、汶川特大地震等重大事件播报出去。

三

一张没有发行的解放军报。

事情还得从 1997 年党的十五大之前说起。当时全国掀起学习《邓小平文选》（中央还未正式提出"邓小平理论"）高潮。中央书记处和中宣部要求全国各大系统编写学习《邓小平文选》提纲。年初我向于主任汇报工作时首长指示："学习《邓小平文选》，军队要走在全国前列，总政要走在全军前列，干部要走在战士前列。《邓小平新时期军事思想学习纲要》你要抓紧组织班子动手。争取国庆节前把《纲要》拿出来。"

没过多久，中宣部部长丁关根在一次部务会议上讲，听说总政已经动手编写《纲要》，希望他们早点拿个样本出来，供其他几个编写组参考。

遵照于主任的指示精神，总政宣传部领导研究，《纲要》由理论研究室主任吴孟超（毕业于中国人民大学马列主义专业，后任南京政治学院副院长）牵头，副主任李升泉（毕业于北京大学哲学专业，后任国防大学政治部主任）、军事科学院王幸生（后任军科政治工作研究所所长）、国防大学章辛家（后任国防大学马列教研部副主任）参加编写。形成初稿后征求相关部门的意见，最后由我和副部长秦怀保统稿上报。吴孟超、李升泉理论功底扎实，其他同志也是理论强人，又有部队工作经验，我对编写组完成好任务充满信心。

编写工作开始前我传达了于主任的指示精神和丁关根部长的

期望，大家对承担编写任务既感到很荣幸又感到压力大。经过大半年呕心沥血的不懈努力，7月中旬《纲要》初步成型。之后又吸收总参、总后和中宣部的反馈意见作了修改，经于主任签报，中央军委批准印发全军组织学习。同时总政在北京召开会议部署学习，军委一位副主席到会讲话。《邓小平新时期军队建设思想学习纲要》研讨会就是在这个背景下召开的。当时总政是全国最早完成学习提纲编写的单位。可万万没有想到，一件本可以高兴得喝两杯二锅头庆祝的好事，却因为我的粗疏惹出了乱子。

8月8日上午，我照例提前半小时上班。刚刚打开文件夹，于主任的电话来了："全绳同志，你们捅了个娄子哟！军报今天发你们研讨会的稿子中出现了'邓小平理论'的提法，被中宣部审读小组发现了。我已经让×××（总政副主任）去军报组织收报纸，×××（总政秘书长）正在同北戴河联系。我给军报讲了，报纸全部收回重印，你也得有个思想准备！在重大问题上马虎不得呀！"于主任语气严肃，但没有说一句责备呵斥的过头话。接完于主任的电话，记不清我当时是怎么讲的，反正压力山大，感觉这个乱子的影响小不了。

于主任所说的研讨会，是指先一天总政在西直门宾馆召开的《邓小平新时期军队建设思想学习纲要》研讨会。会议由于主任主持，军委张万年副主席讲话，会议开得很成功。会后的新闻通稿是编写组的同志和军报记者共同撰写的，稿子主题鲜明，文字简洁，经我审签送军报刊发。

我审签新闻稿时，已经发现其中有"邓小平理论"的提法，但不知道当时中央有个规定,将"邓小平的理论"改为"邓小平理论"的提法,将在党的十五大报告中正式提出,十五大之前中央和地方任何媒体对外不得出现"邓小平理论"的提法。丁关根在中央宣传工作领导小组会议上专门就这个问题打了招呼,可是军报领导和我都不知道这个精神,本来可以办好的事情搞砸了。

"城门失火,殃及池鱼。"那天我十分愧疚,因为不了解宣传口径惹出这么大的麻烦,生怕对总政造成负面影响,心里忐忑不安。整个一上午我把自己关在宣传部图书室写检查,写了撕,撕了写,泡好的方便面也没顾上吃一口,下班前终于写成了5页纸的书面检查。

下午一上班,我把要求处分的检查直接送到于主任办公室。于主任乜了一眼说:"报纸收回来了,对外没有产生不良影响,检查你自己留着吧!"

首长云淡风轻几句话,既搬掉了我心中的石头,又在我心头打下了烙印——宣传干部必须随时掌握重大事项的宣传口径。而于主任淡定从容化解难题的态度和智慧更给我留下了不可磨灭的记忆。

2021年5月12日

凝聚灵魂　彰显血性

——回顾于永波主任倡导悬挂党的三代领导核心
题词和六位英模画像

时光匆匆，白驹过隙，25个春秋已经成为过去，在于永波主任领导下的许多工作，也被无情岁月渐渐模糊得难以复制。但首长指示宣传部制作党的三代领导核心题词和我军六位英模画像这件事，却在时光的洗礼中闪烁发亮。

1995年11月，于主任陪同江泽民主席视察北京市回来，向我讲了顺义县牛栏山中学悬挂军队英模照片的见闻。指示宣传部向牛栏山中学学习，印制三代领导核心题词和有代表性的英模画像，报军委批准后统一在全军悬挂。

最近，我请于主任回忆他当年提出悬挂三代领导核心题词和英模画像的动因，90岁的老首长仿佛又回到戎马倥偬的战场上。他在电话里铿锵有力地说："我是从战争年代过来的，解放战争、抗美援朝都做宣传工作，用英雄模范的形象教育部队，是宣传工作的一项重要内容。我深知打仗的重要关头，英模形象在战士心目中的作用。你平时道理讲得再多，到了战场最危急的时候，战士想不起来指导员怎么说的，政委怎么说的，但一想起董存瑞就知道该怎么办，一想起黄继光精神就来了。榜样的力量是无穷的，是了不起的，怎么把榜样的力量转化为战斗力，这是我长期以来思考的一个问题，也是我提出悬挂英模画像的思想基础。那次我看到牛栏山中学的教学楼上，整个一面墙全部是军队有名的战斗英雄画像，这对我有很大的启发，也是很大的刺激。我就想，我们军队为什么不能像中学这样挂英模画像呢？不仅打仗的时候能激励士气，就是平时也要用英雄精神来激励战士。牛栏山中学给我的启发，就是我们部队也要这么办，要把军队历来的英雄模范人物制成画像，挂在每个连队俱乐部最醒目的地方。后来经过研究，挂了三代领导核心的题词、六位英模的画像，画像底下还简要写上他的英模事迹，让战士一进俱乐部就能看到英模形象，就能受到教育。这个想法总政领导一致同意，报请军委批准，统一由总政制作，宣传部办得很利索。画像制成之后，我领着宣传部的同志，到北京卫戍区警卫一师一个连队去张贴悬挂，给全军做示范。"

于主任的回忆准确无误，他却不了解我受领任务后压力山大。原因主要有四点。一是我军历史上英雄辈出，选哪些英模人物才能彰显我军的灵魂和血性，众说纷纭，一时统一不了认识。二是每个英模画像下面要提炼出既能体现我军宗旨又能反映英模精神的一句话，要从好几个版本中选定。三是连队俱乐部面积比较小，英模画像的规格多大为好，众说纷纭，拿捏不准。四是遴选英模，全军大单位之间要不要平衡？怎么平衡？大家议论时见仁见智。更重要的是于主任年底给我下达任务，八一前连队要把题词画像挂出来，时间很紧迫。现在回忆起来，悬挂英模画像、报道驻军进港、宣传 98 抗洪，是让我在总政宣传部工作期间神经绷得最紧的几件事。

军令如山倒，军中无戏言。受领制作三代领导核心题词和英模画像任务后，我视其为宣传部当年工作的头等大事。宣传部领导研究认为，这项工作要求高、时间紧，决定交给文教局刘家新局长（后任西安政治学院院长）牵头承办，人手不足时其他局室给予强力支持。刘家新毕业于北京大学国际政治系国际共产主义运动专业，事业心强，敢于担当，理论修养和文字功底都较为扎实。他受领任务后带领大家搜集史料，请教专家，设计方案，到京外部队实际考察连队俱乐部面积，夜以继日地加班加点朝前赶。经过两个星期的努力，拿出了一套完整的方案和题词画像的设计小样。

三代领导核心的题词分别是：

毛泽东："坚定正确的政治方向，艰苦朴素的工作作风，灵活机动的战略战术"。

邓小平："为把我军建设成为一支强大的现代化正规化革命军队而奋斗"。

江泽民："政治合格，军事过硬，作风优良，纪律严明，保障有力"。

这些闪耀着历史光辉的题词，集中体现了党的三代领导核心对军队建设的殷切期望和要求。

印发画像的六位著名英模，是我军在不同历史时期涌现出的杰出代表，他们是：全心全意为人民服务的典范张思德；为建立新中国而英勇捐躯的董存瑞；赴汤蹈火无所畏惧的黄继光；视纪律重于生命的邱少云；伟大的共产主义战士雷锋；献身国防现代化建设的苏宁。整体方案经于主任召集总政领导和有关业务部门领导审定同意，交由工厂付梓。

为做好党的三代领导核心题词和英模画像的悬挂、张贴和宣传教育工作，总政专门下发了通知。要求全军部队认真学习领会党的三代领导核心题词精神，自觉按照军队建设的总目标、总要求统揽各项工作，进一步加强部队的思想政治建设，不断提高战斗力。要注重运用英模人物的光辉业绩和高尚品德、革命精神教育和激励部队，努力培养和造就一代有理想、有道德、有文化、有纪律的革命军人。

7月29日，原总政治部在原北京卫戍区某团隆重举行发送仪式，于永波主任向该团发送三代领导核心题词和六位英模画像并讲话。于主任在讲话中说，全军统一悬挂党的三代领导核心题词和六位英模画像，对于加强我军革命化、现代化、正规化建设，对于我军以崭新的面貌跨入21世纪，具有十分重要的意义。全军要按照题词的要求和英模精神，始终不渝地坚持党对军队的绝对领导，进一步增强政治上的坚定性，在思想上政治上行动上与党中央保持高度一致；始终不渝地坚持人民军队的宗旨和性质，继承和发扬我军的优良传统，牢固树立全心全意为人民服务的思想，做建设有中国特色社会主义伟大事业的忠实保卫者和建设者；始终不渝地坚持以现代化建设为中心，努力搞好军事训练和后勤技术保障工作，全面建设部队，不断提高战斗力。

受领制作题词和画像任务之前，我不了解外军是否也悬挂英模图像。宣传部上报制作题词和画像的具体方案获准后，我随原总政治部周子玉副主任出访古巴和墨西哥。参观两个国家的军事院校时，我一路留意发现，两所院校都张贴着各自历史上杰出学员和英雄图像。这说明一支军队的英模人物，就是这支军队最耀眼的星座，最闪亮的路标。

"98抗洪"之后，李向群被中央军委授予"新时期英雄战士"荣誉称号，成为我军第七位挂像英模。2005年12月，中央军委授予杨业功"忠诚履行使命的模范"，成为我军第八位挂像英模。

党的十八大以来，我军在习近平新时代强军思想指引下，重塑军魂，薪火相传，砥砺奋进，党和军队的优良传统得到光大弘扬，涌现出一批新的英模人物。2013年2月和2016年11月，经习近平主席批准，中央军委分别追授林俊德"献身国防科技事业杰出科学家"；追授张超"逐梦海天的强军先锋"。林俊德和张超先后加入了我军英模挂像的行列。中央军委政治工作部统一印制张思德、董存瑞、黄继光、邱少云、雷锋、苏宁、李向群、杨业功、林俊德、张超十位英模画像，下发至全军连级以上单位悬挂，激励全军朝着新时代的强军目标勇毅前行。

军队的生命力是通过战斗力体现的，英雄模范越多，军队的战斗力越强。25年过去了，全军挂像英模由六位增加到十位，这是历史发展的必然趋势，是我军建设的标志性成果。

我军是一支英雄辈出的军队，不同时期的英模人物是这支军队的缩影。彰显英雄血性，赓续英雄精神，是历史的昭示，是现实的召唤。"潮平两岸阔，风正一帆悬。"随着习近平新时代强军思想的深入贯彻，有灵魂、有本事、有血性、有品德的英模人物将层出不穷。一支听党指挥、能打胜仗、作风优良的人民军队将无敌于天下！

仰望星空　英雄映辉

　　我没有料到，一篇关于英雄话题的文章居然引起了这么强烈的反响。这篇文章的标题是"回顾于永波主任倡导悬挂党的三代领导核心题词和六位英模画像"。决定悬挂题词和画像，是我军政治工作一项重大创新，具有现实意义和历史意义。如实记录这项决策和实施过程，是我这个亲历者的责任。

　　文章由原成都军区战旗报社社长兼总编辑南远景推送给今日头条刊发。不到10个小时，阅读超过12万人，点赞达到2195次，留言筛选出531条。我被这些数据震撼了。在媒体如过江之鲫的当下，这些数据既反映了今日头条读者数量之多，也反映了留言人素质之高。留言中的英雄情怀给我留下了深刻印象。

　　令人十分欣慰的是，留言的读者高度赞同悬挂三代领导核心题词和十位英模画像。留言认为，学习英模事迹，赓续英模精神，应该是全国人民的共同愿望。英模画像不仅学校要挂，机场、车站、码头也要挂。还有的留言希望把公共场所明星搔首弄姿的照片和广告代言人牟利的照片撤下来，把英模画像挂上去。有留言指出，榜样的力量是无穷的，只有心里装着英雄形象，遇事才有英雄行为。

多条留言强调，英模画像过去要挂，现在要挂，将来也要挂，要世世代代挂下去。学校不光要挂英模画像，还要让英模事迹进入课堂，进入教材。有的留言提出，学习英模精神、培养爱国情怀要从娃娃抓起，用英模精神塑造孩子的灵魂。

留言的共识说明，一个有希望的民族不能没有英雄，一个有前途的国家不能没有先锋。一个不热爱英雄的民族是没有希望的民族，一个不热爱英雄的国家是没有前途的国家。两种说法表达了一个中心——民族和国家不能没有英雄，英雄是民族和国家的脊梁。从留言的表述特点看，大多数应当是中青年读者。这些具有真理品格的留言，使我这个耄耋老人看到了中华民族复兴的底气，看到了中华民族优秀传统的复归。我要对留言者点赞！向留言者致意！

中华民族有尊崇英雄、热爱英雄、效法英雄的传统美德。一切古往今来的民族英雄，都是民族的骄傲，都是历史天空的星辰，都是近代中国苦难辉煌的中流砥柱。英雄释放的能量，对内凝聚民心，对外战胜强敌，它像核变爆发的热量，无坚不摧，无坚可挡。

党诞生百年以来，不仅创新了崇尚民族英雄精神的理论，而且推进了崇尚民族英雄精神的实践。我党我军的历史，就是为弘扬革命英雄主义精神注入生生不息力量的历史，就是在中华民族英雄谱系上赓续血脉相承新篇章的历史。

例如，1942年3月6日，中国共产党的优秀党员张浩积劳成疾，在延安病逝。9日公祭时，毛泽东、朱德、任弼时等领导人亲自执绋扶棺，奠土入穴，将张浩葬于桃花岭山顶。毛泽东为其题写了"忠心为国，虽死犹荣"的挽词和"张浩同志之墓"的墓碑。

又如，1944 年 9 月 5 日，毛泽东得知中央警备团战士张思德牺牲，心情十分悲痛，建议中央警备团开会追悼。9 月 8 日，在中央警备团举行的张思德同志追悼会上，毛泽东即席发表了一个半小时的演讲。之后这篇演讲由毛泽东亲自修改，以"为人民服务"为标题，在《解放日报》上发表。自此以后，我党我军的宗旨被概括为"全心全意为人民服务"9 个大字。

再如，1947 年 1 月，我党候补党员刘胡兰英勇牺牲，毛泽东在转战陕北期间，得知刘胡兰牺牲时只有 15 岁，不胜唏嘘，于 3 月份为刘胡兰题词："生的伟大，死的光荣。"

新中国成立以后，党和军队抱朴守正，尊崇英模，使革命英雄主义精神得到新的升华。1954 年 11 月，拟定于第二年授予大将军衔的"红色管家"杨立三同志病逝。出殡当天，数万群众送行，周恩来亲自为他扶柩抬棺。第二年被授予五大元帅的国家领导人悉数在场。以周恩来为首的"文官队"与以彭德怀为首的"武官队"分列杨立三棺椁两旁，在哀乐低垂中，缓缓将其骨灰送到八宝山烈士公墓安葬。

20 世纪 60 年代初的学雷锋活动，刷新了全民族精神风貌。雷锋爱憎分明的阶级立场，言行一致的革命精神，公而忘私的共产主义风格，奋不顾身的无产阶级斗志，形成了具有时代特点的雷锋精神。他的品德和风格是共产主义精神和中华民族传统美德的完美结合。为时代树立起一个平凡而伟大的共产主义战士的英雄形象。1962年雷锋因公殉职，1963年他的感人事迹被报道出来。毛泽东、周恩来、刘少奇、朱德、邓小平等老一辈无产阶级革命家先后为雷锋题词，号召全党全军和全国人民向雷锋学习。雷锋精神像穿越历史隧道的火炬，在一代又一代中国人手中接力传递，生生不息，愈燃愈旺。

党的十一届三中全会吹响了中华民族复兴的号角，国家发展和军队建设跨入了新阶段，爱国主义精神和革命英雄主义精神迸发出新活力。于永波主任审时度势，主导悬挂三代领导核心题词和六位英模画像，继承我军光荣传统，顺应时代潮流，为军队建设作出了重要贡献。这一点，在读者留言中也有突出的反应。

天地英雄气，千秋尚凛然。英雄是民族最闪亮的坐标，是民族披坚执锐的先锋。党的十八大以来，习总书记强调指出，中华民族是崇尚英雄、成就英雄、英雄辈出的民族。和平年代同样需要英雄情怀。这种情怀我从读者留言中深深地感受到了，它释放的能量是任何人也挡不住的。

2022年元月11日

未入师门受师恩

——宽堂（冯其庸）辞世忆赠书

冯其庸①先生乃余毕生仰视的文化巨人。自1993年有幸在新疆疏勒攀慕先生至其作古，曾多次当面聆听先生启迪，亦蒙先生抬爱并厚赠墨宝。今日得暇，仔细整理先生十年前馈赠的书籍，目睹先生亲手赠余《诗韵》与《诗韵合璧》两书，仿佛书的封面还能感受到先生手上的余温。

两本书分别为上海古籍出版社和上海出版社出版，均为竖排繁体字版本。先生为求此两书，托人四处查询，最后还是从网上购得。先生赠书时曾谆谆教诲：一旦把这两本书读通了，"诗于闲忙皆可得"。

2006年初，余将历年学步之吟的诗词结集出版，定名《关山远行集》，敬奉先生赐教作序。先生不顾年迈，与夫人夏教授分头披览拙集，不日即撰成序作《金戈铁马入梦来》一文。序后赋诗两首：

---

① 冯其庸，名迟，字其庸，号宽堂。

昆仑一别十三年，

又到诗城拜杜仙。

怪道诗思清如水，

原来心底有灵泉。

横刀跃马儒将风，

壮志如山气似虹。

屈大夫和辛弃疾，

雕弓词笔一般同。

写完意犹未尽，遂以四尺宣纸录拙诗一首：

八月十五月色昏，

朔风恃狂卷沙尘。

龙城飞将今又是，

金戈铁马立国门。

　　余写阿拉山口哨卡这首诗，意在描述我边防将士气吞万里如虎的雄风，但依格律衡量却乏善可陈。先生听我在电话里叹喟，又告之曰："写诗不要因词伤意，新诗不标明律诗、绝句，就不用硬套平仄，古代名家有些诗也不是每一首都合乎格律的。"先生此次高论使余受益良多，之后吟咏，力避再犯"为赋新词强说愁"的毛病。

收到先生墨宝后，我同夫人孙兰难禁喜悦，欣赏良久。这幅行书笔锋遒劲，铁画银钩，力透纸背，显然是先生的愉悦之作。看到先生的序言，我在电话中激动得语塞。高兴自不必说，只是觉得先生对拙诗褒奖有过，余诗岂敢攀比辛词，敬请先生将第二首诗收回。先生告之："新边塞诗不必套老路子，新边塞诗新就新在写了古人没有去过的地方，写了古人没有写过的感受，这是比较而言，这个看法是不会引起质疑的！"先生一言九鼎，余不便执着，但至今受之有愧、却之不恭的心结仍未打开。

翌年7月，南远景同志陪先生首登峨眉山归来，谈及登山感受及两部韵书，先生对远景一路关照有加深表谢忱，并赐墨宝赠之。其后兴致不减，又捉笔在赠余的《诗韵》扉页即兴题写七绝一首：

初上峨眉第一峰，

万山环列迎衰翁。

飞泉百丈松合曲，

此是人间极乐宫。

是年先生八十又五。

恍惚间，十年飞逝，而今睹物忆翁，不胜唏嘘。余诗未见长进，先生却驾鹤西去。悲呼！哀哉！忆昔至此，谨借李商隐诗步先生韵以寄追思：

竹坞无尘水槛清，

相思迢递隔重城。
秋阴不散霜飞晚，
留得枯荷听雨声。

2017 年 10 月 24 日

怀念丁朗老师

我的文学创作启蒙老师丁朗，于 2019 年 8 月 21 日走了。

丁朗，原名于福中，河北保定人，1946 年中学未读完，即通过北京地下党投奔太行山晋冀鲁豫北方大学艺术学院学习，同年开始发表文学作品。新中国成立后先被分配到北京人艺工作，后来调入新疆军区文工团。

如果丁朗健在，1931 年出生的他，今年应该是 90 虚岁的老爷子了！然而命途多舛，他的生命最终没能迈进 2020 年的门槛。

关于丁朗的噩耗，是老战友周涛告诉我的。当时我即请海军的同志核实，并同他生前所在的北京万寿路海军干休所的同志取得联系，证实丁朗老师真的走了！

大概出于对丁朗生前饱受政治磨难的怜悯，冥冥中苍天让他在生命的终点圆了一个没有痛苦的白日梦——他是在其夫人外出买早点时离开尘世的。无痛无痒，无征无兆，可谓无疾而终。

我认识丁朗，要追溯到 1965 年 7 月的新疆部队文学创作学习班。当时他是文化部文艺科的干事，正忙着创作迎接新疆维吾尔自治区成立 10 周年的大型话剧《我们的队伍向太阳》。在此之前，我只知道他是新疆大名鼎鼎的作家，也是军区几位领导署名的文学作品的代笔人，并不了解他仕途的坎坷与不幸。得知丁朗主持我们这期学习班，柯美松、麦智友、郑剑英和我既高兴又紧张。大家都相信，我们从部队带来的作品初稿，经丁朗指拨，一定能够脱胎换骨，化羽成蝶；又担心丁朗要求过高，我们可能铩羽而归。

开班那天，丁朗陪同文艺科张景坤科长接见我们。张科长一见面笑眯眯地说，前面办了几期业余创作学习班，出了人才，出了成果，有几个人还参加了全国文代会。你们这一期还是老丁主持，相信大家能够圆满完成组织交给的任务，创作出几篇高质量的作品。

送走张科长，丁朗开始辅导我们。他的个头一米八左右，身体偏瘦，面孔白皙，一口京腔，态度非常和蔼。他先让我们说说对各自作品的修改意见，而后同我们一起剖析了反映"大比武"的两个短篇小说《开顶风船的角色》和《沉船礁》；点评了这两个短篇的题材特点、故事特点、人物特点和语言特点；强调写部队基层的作品，干部要像干部，战士要像战士，情节不能错位，人物不能错位，语言不能错位；要求我们对照当时描写军队的几篇走俏的短篇小说，找出各自作品的长处与不足，一个星期后与我们逐个交谈。

个别交谈时发现，丁朗对我们提前上报文化部文艺科的短篇小说初稿已经了然于心，每篇都有具体的修改意见。我们也向他汇报了各自的想法，经他认可后开始了长达三个多月的修改。

我的短篇小说处女作，开始写的是一个志愿军干部为救战友儿子而牺牲的故事。在丁朗指导下，我把救战友的儿子改为救朝鲜老百姓，并把为救朝鲜老百姓牺牲的志愿军烈士儿子的成长，放到"大比武"的环境中展开。作品时代感强了，立意高了，纵深大了，人物形象的特色鲜明了，特定场景下的语言也有了个性。

对柯美松小说的修改，丁朗也提出要动大手术。那一阵子，由我们团（原7972部队）战士业余演出队进京献演的《毛主席的战士最听党的话》这首歌，唱遍神州大地，反响非常热烈。丁朗希望柯美松为这支歌曲的创作设置雪域高原背景，让歌曲成为高原战士冲出大雪封堵的精神动力。柯美松不负丁朗所望，短篇小说《雪线上的歌》很快成形，经丁朗润色后在《解放军文艺》上刊发。柯美松继续努力，后来成为八一电影制片厂一名出色记者。我那篇《在激流中》的处女作，虽然也被丁朗推荐给《解放军文艺》，但该刊于1966年上半年停刊，我的作品自然落了个"脱靶"的结果。

在接触丁朗三个多月期间，我能感觉到他处事的谨慎、说话的含蓄、精神的压抑，却不知道他是个老"运动员"。即使在后来我调到新疆军区机关，他也没有向我吐过一口苦水。丁朗逝世后，我才从老领导张景坤的缅怀文章中得知，"丁朗被分配到新疆军区文工团工作不久，又调到新疆军区文化部。丁朗是军旅中的才子、执手、笔杆子。不论在他风华正茂的青年时代还是在他坎坷崎岖的中年时期，一直到他安逸幸福的晚年，凭借他手中的笔、心中的情，讴歌党，讴歌祖国和人民军队。给人们留下了充满革命现实主义和革命浪漫主义、闪烁着生命火花的华章"。

"然而丁朗又是一个多灾多难，在历次政治运动中深受其害的'运动员'。反胡风运动被打成胡风分子，反右斗争中被打成右派分子，史无前例的'文化大革命'中，他又和宋肖（时任新疆军区文化部部长）、张景坤〔时任文化部文艺科（处）长〕、赵宗之〔时任文化部文艺科副科（处）长〕，一起被打成新疆军区的'三家村''三反分子'和'走资本主义道路的当权派''黑帮分子'"等等。

"他曾先后被下放到塔里木盆地的农业生产部队和新疆军区政治部的生产队，监督劳动、种地、修水渠、放羊等。在'文化大革命'后期，他背着许多黑材料和罪名，被不明不白地安置到北京的一个基层单位，做了一名普通工作人员。"

"1978年党的十一届三中全会的和煦春风吹拂中华大地，温暖的阳光照亮了丁朗冷却的心房。新疆军区决定把丁朗从地方收回部队。丁朗毅然决然地返回新疆，先后担任乌鲁木齐军区文化部创作组组长，随后又入了党，被提拔为新疆军区宣传部副部长，全面分管军区的文化工作。"而我们那期文学创作学习班，却像一抹夕阳余晖，沉没在"文化大革命"的狂潮之中。此后，新疆军区再也没有办过文学创作学习班。

丁朗熟稔古今中外的名著，更熟稔359旅史诗般的历史。他不光在为新疆军区领导代笔的散文中热情讴歌南泥湾大生产，还对被党史军史誉为"第二次长征"的359旅"南下北返"战斗有着很强的文字表达心结。然而，这个心结直到他离休近20年前后才得以打开。2011年，丁朗以359旅"南下北返"为素材的30多万字的长篇小说《突围》横空出世。这一年他已80高龄。周涛告知我这一喜讯后，《解放军文艺》副主编殷实又专门给我寄来一部《突围》。收到书后我一口气读完，既为丁朗"老骥伏枥，志在千里"的抱负和精神所感动，又为小说的故事与人物所感染。我本打算当面向丁朗请教他的创作心得，但一直没有如愿。后来从网络上看到有人评论《突围》说："这是个复杂而迷离的战争故事。1946年国共内战爆发，中原军区几万部队陷入国民党军重围。正在做着和平美梦的军人们忽然面临绝境，突围是唯一的选择。小说描写其中一支劲旅的经历。这支部队由来自四面八方的男女指战员组成——将领、士兵、知识青年，英雄、孬种、特嫌、叛逆，各色人等形成丰富的世界——当这些人被置于九死一生的合围之中时，一条条奇特的命运轨迹赫然展现。复杂与细致的军人性格伴随着凄美悲壮的爱情经历，正义与邪恶的凶险角逐挟带着荒唐的闹剧和可卑的丑闻。"

评论进一步写道："这是一面观照20世纪40年代后期战争环境中我军战斗与生活的明镜，具有浓重的原生态品质，尤其是军中知识分子思想感情的衍变历程令同类作品难出其右。"我是认同这个评论的。

令人遗憾的是，这样一部优秀作品，却没有得到文学评论界的足够重视。

丁朗在文学领域是我的好老师，在生活层面又是我的好兄长。我们那期创作学习班培训期间有两件事情使我迄今难忘。一件是丁朗想方设法，为我们4个人找到观看国家乒乓球队高手的比赛入场券。球队是跟随贺龙元帅率领的中央代表团参加自治区成立10周年庆典活动的。那天，展示世界水平的男子单打、女子单打、男子双打、男女混合双打，与其说是表演，不如说是实战。因为座位靠近前排，队员之间几次争得面红耳赤的情景我们看得一清二楚。当天国家队的主要队员容国团、李富荣、徐寅生、张燮林、林惠卿、郑敏之等人悉数登场比赛。从队员一丝不苟的比赛态度中，我们找到了中国乒乓球队雄踞世界乒坛的真谛，也激发了大家努力把作品写好的决心。看完乒乓球比赛回来才知道，那几张观看比赛的入场券，是丁朗托朋友的朋友弄到的。在那以前他自己也没有拿到球赛的入场券。

还有一件事是10月中旬，乌鲁木齐发生4级地震。我们4个人住在评剧团4层宿舍楼最上层。地震时看到窗外军区第一招待所锅炉房的高烟筒，伴随着坦克撞墙般的轰鸣，像树梢一样左右晃动，我们眨眼间从4层跑到楼下。晚饭前丁朗专门来看望我们，得知4个人毫发未伤，才回家吃饭。

人固有一死，或轻于鸿毛，或重于泰山。在我眼里，丁朗的死重于泰山。因为他的追求、风骨与学识，使绝大多数人相形见绌！

丁朗可能不知道，1965年12月1日出版的新疆军区文化部主编的《雪线上的歌》那本书，也收入了他指导我写的那篇小说。我是从在北京大学上学的同事蒋明晶那里知道的，蒋明晶则是从北大图书馆的藏书中看到这篇小说的。

古人云，文以载道。丁朗走了！他创作的以《突围》为代表的个人文学作品和《丁朗代笔文学作品集》必将千秋流芳，永不凋谢！

2020年8月15日

因缘际会诗成歌

——歌曲《咏竹》创作回顾

唐人韩愈说过："世有伯乐，然后有千里马。千里马常有，而伯乐不常有。"《咏竹》由"诗"化"歌"，缘于忘年交邓晓岗先生的独具慧眼。

世纪之交前，不满而立的邓晓岗以画竹画兰见长，书法作品在全国获奖，多首歌曲为人传唱。与其初次见面，他便给我留下胸有诗书、志存高远的印象。后来几次深谈，发现他偏爱松竹，兼喜兰草，花鸟鱼虫无一不工。

谈到被誉为"四君子"的梅兰竹菊、"岁寒三友"的松竹梅时，晓岗兴致盎然，妙语连珠，认为国人赋予这些花木品格脱俗、气质高洁的形象，固然与文人雅士的精神追求与洁身自爱分不开，但作为我国民族传统文化的优质内涵和人文外延，同样是底层群众对诗意生活的向往和追求。对其见解我深以为然，并引苏轼之文佐证：

宁可食无肉，不可居无竹；无肉令人瘦，无竹令人俗。

晓岗则提笔挥就：

咬定青山不放松，

立根原在破岩中。

千磨万击还坚劲，

任尔东西南北风。

我一听更明白了，晓岗援引郑燮《竹石》诗，说明他不仅钟情于竹子四季常青的外形，更钟情于竹子坚贞不移的品格。年龄有异，所见略同。自此以后，"竹"成为我们友谊的象征和共同的话题。互相交往也日益加深，过几天总有电话沟通。他来成都，我去重庆，还要一起切磋书画艺术，交流彼此感受。

2006年初，我在出版发行的《关河远望集》中，收录了2000年10月写的一首《咏竹》诗：

心怀贞节

不染尘俗

亭亭玉立碧如故

风摇枝叶柔

夜来挂寒露

耐得寂寞

自有所求

明月深处藏清幽

任凭溪水流

胸中揽春秋

晓岗看到《关河远望集》中的《咏竹》，怦然心动。没过几天便为这首诗谱了曲子，并把两位歌手试唱《咏竹》的光碟发给我听。我虽不谙音律，但有鉴赏音乐的基本素质，悉心听了几遍，觉得曲子基调古朴，意韵隽永，风格清新，时隐时现地流淌出王维《辋川集》中《竹里馆》飘逸婉约的旋律，如同给喧嚣的都市歌坛注入了一股淡淡的清风。

我把真实感觉告知晓岗，也说了几句不成熟的修改建议供其参考。经过反复推敲打磨，浸染着晓岗心血的歌曲《咏竹》成型。

2006 年 7 月，《咏竹》由著名歌唱家郑绪岚在重庆举办的"屈全绳·邓晓岗原创音乐会"上首唱，赢得听众热捧。音乐会后，友人在赠我的顺口溜中说：

一曲《咏竹》醉山城，

滚滚长江浪息声。

昨日幽篁今犹在，

更添人间真性情。

作为歌曲的《咏竹》为听众欣然接受的原因，有邓晓岗先生的创作灵感，也有郑绪岚的演唱技巧。郑绪岚是红极一时的《牧羊曲》《太阳岛上》《红楼梦》《枉凝眉》等歌曲的演唱者，对《咏竹》的内涵和韵律把握到位，为这首歌曲的传唱起到了推波助澜的作用。

2000年10月，著名书法家卢中南先生将其书写的四尺整张《咏竹》赠我。成都送仙桥一位裱字画的老师傅爱不释手，表示要精心装裱，定型加框后在他店里展示一月，我当即答应。现在这幅墨宝就悬挂在我书房迎门墙上。见字如见人。看到中南老友的手迹，他宽厚的为人品格和严谨的书法艺术，同时在我心底荡起涟漪。

10多年过去了，邓晓岗已成为书法、美术、音乐、文学领域的著名跨界艺术家。他不但创作了60多首歌曲，《咏竹》还被中国音乐学院列为教材，成为该院周强教授保留的声乐曲目。50岁后晓岗又出版了《独眼》《邓晓岗书画集》等多部文集画集。去年应邀为人民美术出版社编绘《人美画谱·郑板桥卷》，视频展现作品，一枝一叶卓然超群，已成为画竹者案头必备的工具书。其《中国书画未来发展的趋势》《艺术家的社会责任和艺术作品的社会价值》等多篇随笔，针砭时弊，语言犀利，文风清新，产生了积极广泛的社会影响。他的游记散文视野开阔，反思深刻，辞藻优雅，具有很强的时空穿透力。

邓晓岗先生正值盛年，被著名国画大家叶毓中先生推荐到花鸟画大家郭怡孮先生门下后，画艺与时俱进，笔墨酣畅淋漓。我期待他百尺竿头，更进一步，继续在攀爬高峰的道路上发力。

2020年10月15日

《哈达》

——饶荣发先生的遗世绝唱

由我作词、饶荣发作曲的《哈达》，居然在刚刚过去的"双节"期间，纾缓了长途堵车旅客的焦虑情绪，这是我没想到的。

这篇文章，原本打算在明年 9 月 5 日之前脱稿发表，以表达我对著名作曲家饶荣发先生的怀念。

10 月 9 日，有朋友打电话说，国庆节他们自驾去武汉旅游，途中有一段路堵车，大家十分烦躁无奈。在服务区休息时，有位女士打开汽车喇叭，唱着《哈达》翩翩起舞。刚开始没有几个人跟着起跳，一曲过后不少男女都参加进去，到后来竟成了上百人参与的广场舞。唱唱跳跳半个多小时，没换过第二支曲子。朋友为旅客喜欢我作词的《哈达》感到高兴。

说实话，像这样的电话、短信或微信，我每年都会接到几次。但我高兴不起来，因为同我搭档的曲作者饶荣发先生已经作古多年了。

59 岁驾鹤西去的饶荣发，是广东河源人，1952 年出生，2011 年逝世，9 月 5 日是他的忌日。每到这一天，我会把不同歌手演唱的《哈达》全部拿出来听几遍，以表达对他的追思。不管走到哪里，一听到《哈达》的旋律，我都会驻足恭听。有一年夏季，有人在四川广元河边的月光下播放《哈达》，我足足听了四五遍。那一刻，我相信饶荣发先生也在遥远的地方凝听，他应该为这支歌曲传播之广而感到自豪。《哈达》的歌词，是我当年为成都军区战旗文工团创作的。后被藏族歌手郭瓦·加毛吉推荐给饶荣发先生谱曲。饶先生收到歌词后给我打电话，询问歌词还改不改，如果不改他马上开始谱曲。得知我不再修改后，他兴奋地告诉我，歌词意境很美很大气，有高原特色，时空感很强，空灵上口，他很喜欢，一定要把曲子写好。后来还开玩笑说，希望同我这个将军词作家多合作几次。我答应了他的要求，请他根据曲谱旋律设计调整《哈达》的歌词。他连声说不调整了，一个字也不动了。没想到我与他的第一次通话，竟成为最后一次通话，他同我多合作的希望变成了他的遗愿。《哈达》推出后很快走红，三四个藏族歌手争相演唱，不少汉族歌手也喜欢演唱。《哈达》不仅是卡拉 OK 厅唱片中的保留曲目，一些高档音乐会也能听到《哈达》的旋律，再后来《哈达》便成为公园休闲演唱会和广场街舞的保留曲目。有一年我回西安看孩子，听到兴庆公园东门外二百多人合唱《哈达》，同朋友走过去观看。不经意中我被正参加合唱的老战友的孩子认出来了。参加合唱的群众得知我是《哈达》的词作者，当即报以热烈掌声，希望我转告作曲家饶荣发先生，有机会到西安来听听他们演唱的《哈达》。那一刻我眼睛模糊了，我没有告诉里三层外三层的群众歌手，他们心仪的《哈达》，是饶荣发先生留给后人的绝唱。

这些年有几位同志建议，把我作词的歌曲制作成专辑出版发行，但想到饶荣发先生早早去世的不幸，我始终提不起精神。2021年9月5日，如果深圳市文化艺术界纪念饶荣发先生逝世10周年，我将亲临现场演唱《哈达》，以表达我对饶荣发先生的怀念。

2020 年 10 月 10 日

附：屈全绳作词的主要歌曲

1. 《我们俩的爱没有边边》（赵季平、张坚曲，王宏伟、雷佳演唱）

2. 《黄河·长江》（印青曲，王宏伟演唱）

3. 《幸福洒满青藏高原》（张千一曲，郭瓦·加毛吉演唱）

4. 《咏竹》（邓晓岗曲，郑绪岚演唱）

5. 《太阳花》（张坚曲，阿鲁阿卓演唱）

6. 《高原祝福》（桑南、更嘎曲，徐晓旋演唱）

7. 《哈达》（饶荣发曲，白马多吉演唱）

8. 《窑洞里的红花花》（屈全绳、邓晓岗词，邓晓岗曲，王宏伟演唱）

9. 《中华热土》（罗念一曲，黄琴演唱）

10. 《锦江放歌》（天骄曲，廖昌永演唱）

11. 《菜花黄了》（屈全绳、邓晓岗词，邓晓岗曲，哈辉演唱）

12. 《成都是个好地方》（段永生曲，彝组合演唱）

13.《成都妹子是朵花》（段永生曲，刘笑晗、闫莉、刘怡演唱）

14.《高原兵颂》（张坚曲，胡敏演唱）

15.《军人"四爱"歌》（杨正仁曲，战旗歌舞团合唱队演唱）

16.《老西藏精神代代传》（杨正仁曲，战旗歌舞团合唱队演唱）

17.《高原战士之歌》（王和声曲，战旗歌舞团合唱队演唱）

18.《当兵图个啥》（屈全绳、张东辉词，邓晓岗曲，阎维文演唱）

19.《战士的家书》（邓晓岗、屈全绳词，邓晓岗曲，祖海演唱）

20.《浪淘沙》（屈全绳词，邓晓岗曲，周强演唱）

21.《西南医院院歌》（藏云飞曲，西南医院合唱队演唱）

22.《大坪医院院歌》（孟庆云曲，大坪医院合唱队演唱）

23.《成都医学院院歌》（丁小里曲，阎维文领唱，总政歌舞团合唱队合唱）

24.《成都军区机关医院院歌》（张卓亚、王祖皆曲，总政歌舞团合唱队演唱）

为友当如李松柏

我被 73 岁、瘦骨嶙峋、头上没有几根黑发的李松柏感动了。

人如其名。松柏者，高洁也。自原成都军区战旗报社副社长兼副总编赵忠路 50 年摄影作品展开幕半个月以来，同时期任副社长兼副总编的李松柏，一直守在展厅为赵忠路站台。

李松柏把这次展览看得比自己的事情还重要。其妻长年卧病，生活不能完全自理。因为要照顾妻子起居，烹饪三餐，李松柏没有特别重要的事情则足不出户，但这半个多月他破例了。每日离家前备好三餐食材，顶着三十七八度的大伏天，坐地铁上展厅，晚上展厅关闭，又坐地铁回家。赵忠路的摄影作品中，有很多过往照片的文字说明是李松柏撰写的。今天再看展览，依旧图文并茂，相得益彰。那天看到两人珠联璧合的摄影作品，脑子里突然浮现出齐白石《蛙声十里出山泉》那幅名作。这幅画是齐白石 91 岁时为文学家老舍画的一张水墨画。齐白石用焦墨画了两壁山涧，中间是湍急的急流，远方用石青点了几个山头，水中画了六只顺水而下的蝌蚪。山那头蝌蚪妈妈的叫声顺着山涧飘出了十里。这幅作品后来被收入《齐白石全集》中，并印成了邮票，成为齐白石的代表作之一，名扬海内外。试想一下，如果只是六只蝌蚪，而没有《蛙声十里出山泉》这样画龙点睛的题跋，齐白石这幅作品的含金量肯定会大打折扣。

李松柏对赵忠路摄影作品的文字说明，同样起到了画龙点睛的作用。尤为可贵的是，李松柏既是展览现场的解说员，又是采访观众反应的现场记者。每晚回家，无论有多累，也要把当天的所见所闻诉诸笔端，生成文稿后发给媒体，迄今已有超过十篇文章公开发表。应该说，赵忠路50年摄影作品展能在全国引起反响，固然因为赵忠路用镜头忠实记录了自毛主席逝世以来党和国家的重大事件，党的三代领导核心及其主要成员在西南地区的重要活动，以及始料不及的重大突发事件，也与李松柏的文字点睛密不可分。

从摄影展参观回来，我一直在想：什么是朋友？如何交朋友？交什么样的朋友？这些问题至今未见专著问世，也无确切定义，但有基本共识。用时下的话说，朋友就是三观一致、志同道合的人。以此衡量，古代中国的俞伯牙与钟子期、近代德国的马克思与恩格斯、当代俄罗斯的列宁与高尔基，都是堪称典范的朋友。"伯牙绝弦"的千古佳话，更是中国人交结朋友的楷模，反映了中华民族崇尚的交友之道。后人诗云：

> 摔碎瑶琴凤尾寒，
>
> 子期不在对谁弹！
>
> 春风满面皆朋友，
>
> 欲觅知音难上难。

连《高山流水》这支古曲，也被赋予了知音难觅的厚重内涵。每每听人弄弦，由不得想到两千多年前巍巍乎志在高山，荡荡乎志在流水的知音之交。然而，逝去的岁月毕竟过于遥远，今人很难体会春秋时期的琴师俞伯牙失去知音樵夫钟子期的悲痛。

走出两千多年的历史隧道，把目光投向中国20世纪30年代，你会发现鲁迅与瞿秋白的忘年之交更能令人感动。鲁迅虽然年长瞿秋白18岁，在当时中国文坛如日中天，但却十分珍视与瞿秋白的忘年交友谊。"人生得一知己足矣，斯世当以同怀视之"这副名联，就是鲁迅登门拜访瞿秋白时提前写好、见面后主动赠送的。

瞿秋白被国民党当局杀害后，鲁迅十分悲愤，在经费无着落、身体健康每况愈下的困境中，抱病亲自编辑瞿秋白遗著《海上述林》。1936年10月2日，离鲁迅逝世仅有半个月之际，他呕心沥血编校的《海上述林》上卷在日本印成。书运抵上海后，鲁迅推介内山书店代售。店主内山完造非常重视，曾用大号毛笔书写广告词，悬挂于门首。不到一个月，上卷基本售罄。鲁迅十分欣慰，认为"我把他的作品出版，是一个纪念，也是一个抗议，一个示威……人给杀掉了，作品是不能给杀掉的，也是杀不掉的"。令鲁迅遗憾的是，直到临终，他也未能看到《海上述林》的下卷出版。倘若瞿秋白一息尚存，以其共产党员的高洁品质和直追司马的斐然文采，肯定会有惊世骇俗的文字流传于世。

李松柏与赵忠路两位古稀老人，虽然其往其今其事与先贤先烈殊为不同，但共事30余年友谊仍与日俱增，见利薄义的人应该为之汗颜。

李松柏是位散文家，虽说出手文章数量不多，但质量堪居上乘，我在岗时曾剪辑过他的散文，我退休后但闻他有新作，都要找来一阅。

　　碎布纳衣，管中窥豹。此文虽不足以反映李松柏的全貌，但他无疑是赵忠路的挚友。

2022 年 7 月 19 日

第四辑

感今

穿迷彩服的天使

　　成都北较场 208 号院医务室有五名医护人员，隶属于四川省军区第一干休所门诊部，具体负责离退休将军和遗孀的医疗保健工作。因为表现出色，曹立钧、胡靖翊、杨佳、苏梦卓、何燕等五位医护人员，被大家誉为"五朵玫瑰"。这个浪漫而富有诗意的美誉，不只是因为她们年龄芳华，容貌靓丽，步态轻盈，更是因为她们用医护人员的爱心发掘生命的潜能，传递生活的底蕴，使老将军、老遗属在"莫道桑榆晚，为霞尚满天"的氛围中，度过不为病痛烦恼的垂暮之年。

　　机缘巧合，就在这篇短文动笔之际，《光明日报》10 月 22 日 09 版发表了名为《神圣》的歌曲。歌词第一段是这样写的："不过是一滴水，怀抱透明的心。在爱与痛的地平线上，仰望天使的座右铭。我愿抱紧每一个受伤的心灵，让热血温暖无助的灵魂，回答病痛的拷问。我要与你共赴苦难的经历，也会陪你走出光明的大门。这就是我平凡的职业，这就是我神圣的责任。"该报记者以"献给白衣天使的咏叹"为题，评论这首歌是精心打磨而不露痕迹的小诗，是众多歌颂白衣天使主题歌曲中清新脱俗的佳作。

我对此深以为然。

较之《神圣》咏叹的对象，"五朵玫瑰"只是白衣天使沧海中的一朵浪花。虽然这朵浪花只有五个花瓣，但她依然展示出大海的情怀，折射出太阳的光辉。

这五名医护人员没有穿白大褂，没有戴燕尾帽，迷彩服使她们彰显出军人的气质；敬业心使她们展现出救死扶伤的风采。她们在夕阳红的晚霞中担当生命保护神的职责，默默奉献着人生只有一次的青春。

生命科学家认为，人的生命过程是主体与客体、生理与心理、物质与精神交融共生的过程。作为客体的医护人员，耄耋老人接受其倾情关注与医疗干预，无疑是心理健康和生理健康不可或缺的重要因素。这是无形的责任，更是无形的良药。208 号院的医护人员，就是耄耋老人健康的守护神。五名医护人员虽然知名度不高，又是中级以下职称，但初心散发的光和热，使命培育的情和义，却在老人们心底汇成潺湲不枯的汩汩暖流。

她们的工作平凡无奇、波澜不惊，却能按住老人的脉动，让风烛残年在时光流逝中缓缓地延伸。

她们怀一颗初心，穿一身军装，在枯燥单调的环境中陪伴老人寒来暑往，度过夕阳晚照的朝朝暮暮；在孤寂清寥的日子里呵护老人抗击病魔，跨过风烛残年的坎坎坷坷。在老人们眼里，这些平均年龄 30 岁左右的大孩子，就是禳灾度厄的真人，就是悬壶济世的天使。

这样说不是刻意为五名医护人员唱赞歌。她们的仁心仁术、厚德厚爱远远不是几句动听话就能完全表达的。在她们眼里，八九十岁的老人就是慈祥的祖父母，七八十年的革命史就是活党史。这种彼此交融的感觉，是生活情景的真实，更是人性善良的真实。208号院的老将军都是经过革命风雨洗礼的过来人。离退休前是大军区在职领导，多数人披过硝烟风霜，经过生死考验。平均年龄80.7岁，最大年龄93岁。八九十岁的老将军，被医护人员视为党史国史的见证者、筑梦前行的领路人。这些老前辈使年轻人懂得了共产党不忘初心、方得始终的深层道理；懂得了解放军血染沙场、披荆斩棘的历史辉煌；懂得了共和国承前启后、艰难探索的曲折历程。用医务室负责人曹立钧医生的话说："这里的每位老首长，都是一部值得我们拜读的教科书！"

208号院"阴盛阳衰"。这里的遗孀都比辞世丈夫寿高，平均年龄86.9岁，最大年龄92岁。有八九位遗孀已庆贺过米寿，正准备跨入近在咫尺的90岁门槛。谁能想到这些步态龙钟乃至依靠轮椅代步的老妪，有的是转战南北的战士，有的是开国将军的配偶，有的还是踏兵卧雪、全程徒步进藏的女兵。军改前她们有大军区门诊部保障，有军区总医院托底，在生命旋律画上休止符前，医疗保健几乎没有克服不了的困难。军改后保障机构变了，保障模式变了，保障程序变了，医疗保健能不能以变应变，保健质量会不会今不如昔，便成为老将军特别是老遗孀观察军改成果的独特视角。从这个意义上说，医务室肩负着双重使命：既要继续做好医疗保健工作，解除老人的心头之忧，又要通过实际表现，展示军队改革的积极效应。事实证明，她们没有使老人失望，更没有辜负肩上的使命。

2020年3月，在新冠病毒肆虐武汉，白衣天使逆行抗疫的紧急时刻，"五朵玫瑰"临危受命，接管了208号院老将军和老遗属的医疗保健工作，点燃了老人生命的希望之光。将近20个月来，她们以钟南山、李兰娟、张伯礼、陈薇一众白衣国士为榜样，像白求恩那样努力做"一个高尚的人，一个纯粹的人，一个有道德的人，一个脱离了低级趣味的人，一个有益于人民的人"。

"千里之行，始于足下。"她们从一起步就要求自己脚踏实地，殚精竭虑，使老首长、老阿姨感受到党组织的关怀，感受到医护人员的厚爱。她们在挨门挨户"访病问痛"的基础上，又逐个查阅保健对象的病历，面对面地与之深度交谈，很快抓住了保健对象疾病的共性特征和个性表现，开始了仰望星空，崇敬高尚，用心智换取老前辈健康的不懈追求。

然而对于踏入军队文职人员行列不久的她们，这样的追求无疑是一道可望不可越的"横杆"。她们的业务能力、人文情怀都面临着"横杆"的挑战。如果说业务能力一时上不去还有西部战区总医院兜底，那么感情的交融却需要她们在亲力亲为中培植和体悟。

应该承认，这几位年轻人进入角色初期还是有所顾虑的。毕竟她们刚入伍，年纪轻，经验也不多。好在老人们不但没有为难她们，给她们增加压力，反而开导她们："日出日落我们掌控不了，上床起床总可以自己作主吧！战区总医院有的是资源，依托总医院作后盾，与总医院实行无缝衔接，你们一定能驾驭208号院的保健局面！"

心理学家卡耐基说过："一个人事业上的成功，只有 15% 取决于他的专业技术，另外 85% 则要依赖其人际关系的质量。"这话虽然把人际关系的重要性说过了头，但也不是没有道理。曹立钧、苏梦卓都没有高级职称，更没有请客送礼，她们只是躬身拜师，叩首求学。凭着"三人行必有我师，择其善者而从之"的诚恳态度，凭着在三甲医院的临床工作经验，不到两年时间，医务室的同志便以医德医风与战区总医院建立起密切关系。总医院弘扬仁医仁德、敬老助老的传统美德，不断完善医疗服务工作。代方国院长、骆炜政委多次带领专家教授走访干休所，登门咨询，提升服务质量；向医务室面授机宜，解决工作交集中遇到的问题。在田伏洲、蒋明德、杨永健、张汝等杏林名宿的具体指导下，208 号院医务室同总医院保健科密切合作，为老将军制订了一对一的个性化保健方案和应急预案。

事物的发展是在量变的渐进中实现质变的。700 多个夜以继日，成千次往返于总医院与干休所之间，占用了许多属于个人的时间。她们难得花前月下的浪漫，少有时光静好的奢侈。数九寒天，她们步履匆匆；酷暑盛夏，她们身影绰绰。有时候顾不得吃饭睡觉，有时候占用节日假日，有时候照料不上家中老小，有时候整天都在医院奔波。她们凭着党性人格，凭着孝道医德，向党组织和老人们交了一份合格的答卷。迎接建党 100 周年之际，曹立钧作为医务室的代表，被评为 208 号院的优秀共产党员。

"桃李不言，下自成蹊。"不到两年时间，这个医务室缘何能得到老将军、老遗属的认同和点赞，"秘籍"藏在"五朵玫瑰"的心底：把感情融入保健理念。理念是行动的先导，理念支配行动。保健工作的质量，既要靠医疗护理，又要靠情感交融。白居易有传世名言："感人心者，莫先乎情，莫始乎言，莫切乎声，莫深乎义。"连续"莫"了四次，却以"情"字开头，足见在白居易心里"情"是多么重要。医务室的同志深知"精诚所至，金石为开"的道理，日常工作十分重视以情感人。93岁的原成都军区副司令员马秉臣，先后参加过辽沈、平津、广西、海南岛等战役，立过四次大功，20世纪七八十年代又两次率部队参加对越自卫反击战，是名副其实的"老战士"，也是医疗保健的重中之重。马老患有糖尿病，有一段时间血糖控制不稳定，护士何燕便定时定点上门为老人家监测指尖血糖，及时调整用药方案，风雨无阻，从未间断，直到其血糖稳定后才没有频繁上门监测。医护人员除每周两次上门巡诊外，还通过打电话给公勤人员，了解首长的起居、饮食、活动、情绪等相关情况，增强医疗保健的针对性和有效性。曹立钧医生一次巡诊时，发现马老一侧嘴角流口水，当即判断不能排除脑梗的可能性。她半小时内将老人送进医院住院检查，及时防止了病情发展。老将军谈起这两年的保健效果时说："原先担心军区门诊部撤了不方便，现在觉得干休所的门诊部格外亲近！"

　　92岁的白曙老人是开国将军刘振国的遗孀，也是一千多名徒步走完进藏全程的女兵之一。这位当年能歌善舞、喜欢诗词的老革命，近年因行动不方便，很少下楼出门。医护人员看了她回顾往事的散文集《岁月如歌》，听她介绍了刘振国将军的峥嵘事迹，对这位把青春奉献给雪域高原的老人非常崇敬。除了日常巡诊外，还轮流抽空上门去陪老人聊天。有一次护士何燕去看望老人，正好保姆外出。小何刚进门就听到卫生间有响声，推门一看，白阿姨摔倒在浴缸里。何燕立即叫来医生给阿姨查体，又将其送往医院进一步检查，幸运的是没有骨折，只是胸壁肌肉拉伤。事后白曙动情地说："太感谢这几个年轻热情的姑娘啦！有你们为我的健康保驾护航，是我的福气啊！"

干休所官兵生病时，医护人员同样满怀爱心地诊治照料。士官毛鑫群做甲状腺手术前，曹医生专门与总医院主刀医生沟通，转达了老将军的嘱托。苏梦卓护士代表医务室守在手术室外到夜里 11 点钟。她告诉陪护的同志："要让小毛清醒后第一眼看到，我们医务室的人就守在他跟前！"一米八三的毛头小伙子，一提起这件事就感动得掉眼泪。

把预防作为保健重点。《礼记·中庸》云："凡事预则立，不预则废。"医学主张防治并重、防重于治正是基于这个理念。医学研究早已得出结论，人体有自己的报警系统，只有及时发现并捕捉人体健康的报警信号，才能先知先觉，掐住病患的"命门"。208 号院医务室经过摸底排查，对老将军、老遗属的共性疾病和个体隐患了如指掌，但凡发现疾患端倪能立即采取相应措施，做到见微知著，防患未然。胡靖翊医生负责杨德福老将军的医疗保健。一次巡诊时，首长说最近乏力，当即引起小胡的重视。结合杨老有心律失常的病史，小胡怀疑其乏力与心脏病关联，随即将杨老送往医院检查，结果提示心动过缓。医院及时为老人装置了起搏器，避免了心跳猝停的悲剧。

干休所的老将军、老遗属每年都会收到亲朋好友的讣告。这些噩耗造成的负面刺激，会使一些人产生消极的心理暗示。有的老人开玩笑说："上厕所可以插队，上磨盘山（公墓）最好不要插队。"医护人员一旦发现老人有消极心理暗示，便不失时机地进行开导劝慰，把不良情绪对老人身体的影响化解到最低限度。

为了调节免疫系统，增强健康素质，提高机体的抗病能力，干休所医护人员秉持治未病、春夏养阳、因时制宜的养生原则，抓住冬病夏治的黄金时段，积极开展"三伏贴"诊疗活动。学贯中西的聘用医生杨佳是三伏贴诊活动方案的策划人。她同干休所具备中西医专业知识的医生张云新与胡梦迪密切配合，查阅大量文献，结合保健对象常见的呼吸道、胃肠道、骨关节方面的疾病，自主研究秘方，全体医护人员参与，制作了三种不同的贴剂，给有需要的老人一一敷贴，获得了大家的赞扬。这也是四川省军区唯一自主创新药物为老人们治未病的干休所门诊部。

把科普纳入保健基础。事实证明，曾经铁马金戈、叱咤风云的老将军，有的对医疗科普知识了解得并不是很多。医护人员认为，建立在医疗科学常识基础上的自我保健意识，是防止老人跟着商品广告买药吃药，或者被江湖郎中牵着鼻子走的有效措施，也是帮助老年人在保健养生中防止上当受骗的有效方法。

"三高"（高血压、高血脂、高血糖）、"一慢"（入睡慢）现象是老年人的通病，但因个体有差异，用药不尽相同。苏梦卓既要参加巡诊跑医院，还要管购药分药。哪个老人适合用哪一种药，她都明白无误并设法保证，从未因为药品断档而影响治疗。遇到有人攀比用药时，她会不厌其烦地说明不同药物的利弊得失，化解病人的疑惑。科普医疗知识取得效果，防止了攀比用药的盲目性，增强了对症下药的有效性。

为了使公勤人员都有条件参与保健工作，门诊部每月安排勤务分队接受一次医疗科普授课，十多个医护人员精心准备，轮流讲授，达到了潜移默化的效果。曹立钧是科普医疗保健知识的推手，她不仅得便时向老人们普及防病应急常识，还有重点地为他们身边的工作人员讲解急救常识，帮助他们掌握必要的应急能力。殊不知小常识派上了大用场。干休所四级士官张昆在扑入急流抢救落水群众时，运用曹医生讲授的海姆立克急救法和心肺复苏法抢救了落水者。事后当媒体铺天盖地宣传张昆跳入急流救人的英雄事迹时，张昆却给曹立钧医生发了一条微信："曹医生，我用你教的海姆立克急救法，救了几个落水人。"

医护人员是健康的呵护者，是生命的保护神，他们理应得到全社会的尊重与爱戴。从这个意义上讲，不敬重医生护士就是不敬畏生命。由此，我们可以这样认为，如果说夫妻子女兄弟姐妹是血缘亲人，解除病痛的医生护士则是亲人不可替代的善人。

2021 年 10 月 25 日

平凡岗位见精神

古人说："士为知己者死，女为悦己者容。"208 号院的理发员也有两句话："工作只为夕阳红，理发只为老人容。"何为容？美貌也。通过理发洗面，把老人修饰得干干净净、漂漂亮亮。

208 号院理发室秉持这个精神，使一间看似平常的老屋，沉淀了 50 多位离退休将军 20 多年的记忆碎片。因为生老病死，很难把散落的碎片串成完整的岁月链条，但碎片的光泽不仅没有在时间的流逝中淡化，反而与时俱进，熠熠生辉。这当然同现在的四级士官兼勤务中队二分队的副队长和瑞军与二级士官马勇强息息相关。

也许有人问：一个理发室的魅力何在，值得你一个耄耋老头为之点赞吗？

值得！很值得！若问其详，且听老夫道来。

被榕树花草拥抱的这几间雅室，是老将军、老遗孀理发美容的乐土，也是延年益寿的气场。这里，有黄昏老人碰撞思想火花的"燧石"，有解甲卸胄将军攻城略地的棋盘，有金戈铁马岁月的回放，还有战士奉献青春心智的记录。

理发室隶属于四川省军区第一干休所，理发对象包括 208 号院、209 号院和草堂路 3 个干休点的 50 多名离退休将军和 10 多名遗孀。人事有代谢，往来成古今。20 多年来有 20 多位将军和遗孀，是在这间屋子理发修面后走向另一个世界的。20 多年来又有 30 多位将军和遗属成为这里新的服务对象。

数据是枯燥的，但数据也有心律，也有脉动，也蕴含着丰富的色彩。208 号理发室有这样一组数据：如果每天按 4 人次理发计算，每年按 300 个工作日计算，他们全年大约要为 1200 人次理发、洗面、按摩、理疗。军改后理发员由 4 人减为 3 人，老士官李如再转业后只有现在的两个人。因为人少，艾灸、拔罐、刮痧等理疗项目难以继续，但其他项目始终如一。

我们不妨做个换位思考：假如你是一个 18 岁的高中、中专毕业生，要在这里晋升为四级士官，工作满 16 年才能转业，你能心无旁骛地坚持到底吗？答案可能有三个：一个是肯定，一个是否定，还有一个则是模棱两可。因为这里没有花前月下，没有莺歌燕舞，没有美味佳肴，有的只是耄耋老人和他们的满头华发。但是，这里的理发员却为自己能帮助老将军延年益寿而无怨无悔。曾经的他们，也有向往军校的梦寐，也有热血报国的凤愿，也有领兵叱咤的理想。而当他们作为百里挑一的优秀士兵，被放到平凡的理发室，日复一日地抱着老人脑袋理发时，他们的心情并不平静。我问过纳西族四级士官和瑞军："你当 16 年兵，在理发室工作 15 年，有过想离开的念头吗？"

和瑞军说："我刚入伍时只会说纳西话，连汉话都不会说，更不会说普通话。到理发室后天天听老首长讲打仗，讲形势，讲历史，讲做人，才体会到理发员虽然平凡，但同医生、厨师和裁缝一样，谁也离不开。工作没有高低贵贱，人更没有高低贵贱，高低贵贱是人为的标签。我认为给老首长理发有价值，我就尽心做好。我放弃报考军校少数民族学员培训班，有信息不灵的原因，也有感情上舍不得离开老首长的原因。老首长对我的言传身教比我来理发室之前知道的还多！"

9月份刚从一级士官晋升到二级士官的马勇强说："我的同学战友中我应该是个幸运者，入伍前我学的电焊专业，现在又学了理发按摩，多了一门技能，不怕转业后找不到工作。北大学生摆摊卖肉，川大学生骑车送外卖，起早贪黑，风雨无阻，说明哪个工作也不轻松。我为老首长理发一点也不觉得辛苦。在理发室不光学会了技术，更重要的是懂得了许多道理，这是一辈子做人的财富。"小伙子虽然不爱说话，但说出来的话含金量不低。这同那些好高骛远，总想干大事、挣大钱的年轻人比，实在有天壤之别。

我同理发员多次交谈过，在他们看来，理发也是一门造型艺术，高级理发师就是优秀的造型艺术家，使人眼睛为之一亮的发型就是一件艺术作品。让老首长对发型满意，是208号院理发员给自己设定的基本标准。为了实现这个标准，他们对内拜女理发员潘艳为师，潘艳是受过正式培训的科班生，时不时地给几位士官理发员作示范，同时也不放过向地方理发师学习的机会。潘艳退休后新来的女理发师小黄也深受大家欢迎，有的首长夫人直夸小黄比家里人都亲。和瑞军不但取潘、黄两位女理发师之长，得空照旧上营区外的理发店观摩，从一招一式学起，什么头型适合什么发型，什么脸型适合什么发型，什么季节适合什么发型，都能因人而异。真可谓爱岗敬业，一丝不苟。

理发室的年轻人还告诉我，人都会变老，老年人同样是爱美的。面对老年人对美的形象追求，平凡工作也会打上美的烙印。在理发室工作了12年的和瑞军自豪地说："我的工作就是使老首长保持美的形象，美的气质，美的尊严，不能让人看着昔日驰骋沙场的离退休将军，变成窝囊邋遢的老头子。"这些话从一个入伍时只会说纳西话不会说汉语的人口中说出来，足见理发室的政治氛围、人性氛围和文化氛围对年轻人的熏陶有多么重要！

前些年，和瑞军与李如再听说面部按摩可以减少或淡化老年斑，便专门上美容店学习面部按摩的穴位和手法，了解洗面用品的种类和作用。这项服务开展以来，老年斑虽然没有消失，但没有老人再为老年斑纠结。因为大家看到理发员尽心了，努力了，也知道老年斑是老年人的正常生理现象。后来这个项目一直保留下来，而且越做越好。只要你留意就会发现，经过理发洗面的耄耋老人，往往更加精神矍铄、神采奕奕。

人上了年纪，难免腰酸腿痛，这些退行性病变不是打针吃药可以完全解决的，中医的推拿按摩有时候效果更好。但天天跑医院费时间，预期效果也难以令人满意，于是理发室的同志就下决心学习推拿按摩。他们把三张人体穴位图挂在理发室墙面上，有空就看图识穴，然后去总医院、门诊部理疗室，请专科医生讲讲经络穴位，演示按摩手法。有时候听到某个盲人按摩师有"绝活"，他们备礼登门，虚心请教。现在，和瑞军已经熟记了五六十个常用穴位，马勇强也熟记了二三十个穴位。两个人利用空闲时间，常常对照中医推拿按摩手法视频和光碟练习。在各自练习的基础上，又以对方身体作模特，进行实打实的人体推拿按摩，从中体验手法的轻重缓急。功夫不负有心人。经过多年的实践，和瑞军已经具备了初级按摩师的技能。有位老将军患足跟骨质增生，痛得脚不能着地，医院不是让开刀，就是给打针。和瑞军接手治疗后，经过半年时间的推拿按摩，老将军拍摄 X 光片时骨质增生奇迹般地消失了，又恢复了健步的常态。93 岁的马秉臣将军前些年曾因下肢无力坐过一段时间轮椅，后来经理发室同志天天为他推拿按摩，现在反而能离开轮椅做短距离散步了。马老颇为担心地说："军改很重要，我赞成！但我们这个小理发室无论如何要保留呀！"

　　常言道，家家都有难念的经。理发室的老士官也有父母妻儿，家里人也有头疼脑热，但没有人因为家事拖后腿，即使是节日假日，只要首长需要，他们都会随叫随到。和瑞军媳妇生孩子时法定的陪护假也因工作离不开被切成"香肠"，分成几次才得以休完。但在荣誉面前他只让不争。当有人问和瑞军立过功没有，小和说："我是为首长服务来这里的，不是为立功来这里的，我高兴的前提只有一个——首长们高兴！"

　　这种情怀既是诗，也是歌；既不是诗，也不是歌；而是诗情与歌声的直白表达。相关机构应当看到，今天的干休所、敬老院的老人，是真正的弱势群体，只有家庭的关爱是远远不够的，何况有的家庭早年没有培植爱的基因。因此，社会更需要像 208 号院理发员这样的人。尽管他们人数有限，但爱心释放的能量像一座航标，足以使驾驭生活小舟的老人找到安全的港湾，感受到党的关怀。

2021 年 11 月 2 日

西部战区总医院的温馨

　　健康，乃人生第一大事，不可不察。媒体舆论更要重视引导，为人民健康当好喉舌。

　　有比较才有鉴别。知情人都清楚，原来的成都军区总医院，是个生态环境被严重污染的医院。今天，这所改名为西部战区总医院的医院如同枯木逢春，正在生发新枝，朝着一棵参天大树成长。

　　中午从西部战区总医院回来，我在家里发了几张上午查体的温馨照片，远在外地的两个儿子马上点赞！我即回复：总医院的进步正在从量的积累到质的转变！他们深以为然。

　　如果以为用温馨这个词比喻西部战区总医院有点矫情，那就错了。在气温高达 38 摄氏度的今天，这种温馨带来的是习习凉风，消暑驱热，用网络语言表达：简直是爽呆了！

　　这种只可意会很难言传的愉悦，只有你亲身经历才能感觉到。

　　文学家周涛说过："人生才是真正的过河卒子……终点当然是死亡，谁也别想悔棋。"可是，又有谁想早早跨过那条楚河汉界，走向生命的终点呢？于是，就有了查体这一说。

　　我是个俗人，在死神叩门之前还想多看几眼这个世界，于是每年都查体，看看哪个零件出了故障。

7月6日，是我当兵60周年纪念日。之前，我一直把这天作为查体的日子，用意在于不忘初心。

干休所的医生曹立钧和总医院协调，总医院保健科当即答应安排。就凭这态度，能不让我想到温馨这个词吗？

古人云，感人心者，莫先乎情，莫深乎义。从去年查体到今天查体，整整一年我只去过一次总医院。这倒不是因为我身体好，而是我了解代方国院长、骆炜政委、干部病房张汝主任等人，是全心全意想把医院建设好。耳闻口传中已经知道总医院呈现出来的新气象。

从武汉抗疫前线班师凯旋，代方国同他的战友们把"病魔无情人有情，白衣天使披甲行"的精神贯穿于全院医护人员的理念和行动之中，医院出现了"沉舟侧畔千帆过，病树前头万木春"的景象。

总医院的发展势头表明，细节决定成败，思路决定出路。没有做不到的事情，只有想不到的脑子。包括今天的感受在内，这一年我发现西部战区总医院有好几处变化可圈可点：

领导带队上门，科室主任担当。靠前指挥是我军的优良传统，医疗单位亦当如此。军改以来，干部病房医生编制减少，护士全部改为招聘，病人数量和年龄都在见涨。临床经验丰富的科主任张汝大校，既抓提高业务，又抓加强管理，干部病房的医护人员实现了有序的新老更替。

广受信赖的老专家田伏洲、蒋明德，中生代专家杨永健、郭明阳，巩固后起之秀陈章、汪涛等人，是院内外公认的权威，对技术精益求精，对危重病人尽力，对咨询他们的问题，释疑解难，态度之认真，回答之详尽，令人受益匪浅。在院长、政委带领下，干部病房张汝主任、泌尿外科李沙丹主任、口腔科何勇主任等人，还多次到干休所向老同志征询意见，研究方便就医的措施。

会诊事前有备，专家集思广益。有些病常常需要几个科室的专家会诊，在集思广益中制订治疗方案，获得最大治疗效果。去总医院为老伴膝关节置换术后康复会诊，给我留下深刻的印象。在保健科协调下，疼痛科吴畏主任、康复科王文春主任、卫勤训练中心教研室温伯平主任现场商订了治疗方案。温伯平主任还几次来家里施治，效果不言而喻。如果作古的同志能看到今天总医院的景象，有的九泉之下也会含笑。

体检流程顺畅，科室无缝对接。大家常说以人为本，但具体到怎么个"本"法，往往见仁见智。这次体检的所有项目，环环相扣，非常紧凑。过去做无痛胃肠镜，要去门诊做安全评估。现在评估医生在保健科下诊断，既方便了评估对象，又为门诊病人争取了时间。耄耋老人做无痛胃肠镜检查，顾虑最大的是麻醉这一关。麻醉科主任巩固深知老同志的心思。但凡高龄又有多种基础病的老人做无痛胃肠镜检查，她都要事先做好准备，亲自上台实施麻醉。胃肠镜室张勇主任检查结束，受检人同步苏醒。像巩固这样的主任医师，在必要时亲力亲为，已经形成西部战区总医院新的医德医风。

团队成员给力，工作井然有序。保健科就是一个典型。该科在主任谭艳、副主任何莎带领下，助理员蒲南西、焦婷婷，护士杨月、魏健、程琴、李瑶、赵凌、赵丽，个个尽职尽责，人人讲求实效。楼外往返接送病患的小巴士，司机皆为保健办的工作人员。这次参与查体的普通外科医生王涛、核磁共振室的任静都是年轻人，都给我留下了很好的印象。医院的科室就是一个战斗集体，集体的战斗力是靠大家汇总凝聚的。有力量的拳头是靠指头的力量攥起来的，这是常识，也是事实。

餐饮大为改善，营养搭配均衡。查体早餐主食4种，菜品12种，远远超过家里的伙食。矿泉水加温设备我也是第一次看到，这就为老人、胃肠病人提供了方便。

历史是一面镜子，可以反射过去，也可以映照未来。过去被污染的总医院，终于清除污垢焕发生机！没有"内卷"，没有"躺平"，铸牢军魂，重塑自己，踔厉迈步，勇毅奋进！相信假以时日，这所医院医护人员的医术会愈来愈精，为军服务的能力会越来越强！

2022 年 7 月 6 日

扶贫解困新模式

——民建四川大学华西支部"三下乡"义诊活动纪实

一

数据是枯燥的。但眼前这组数据和图片，却绽放出人性的光辉，展示出共产党与民主党派合作共建新农村的灿烂图景。

目睹这一组数据，我这个感情波澜不惊的耄耋老人，也禁不住激动了。

这是一组民建四川大学华西支部"三下乡"（送医疗、送药物、送科技）义诊活动的情况说明。

这个活动是 1997 年时任民建四川省委主委，后任民建中央主席、全国人大常委会副委员长的陈昌智倡导并发起的。

25 年来，在民建四川省委、成都市委、四川大学党委统战部的领导和组织下，华西支部作为一个医疗人才聚集的专业支部，充分发挥自身优势，坚持每年到老少边远贫困地区的乡村开展"三下乡"活动，为助力全面建设小康社会做出了积极贡献。

截至目前，"三下乡"活动已遍及全省 17 个市州所属的 31 个区县 56 个乡镇，指导帮扶的县级医院 60 余个，乡镇卫生院、社区服务中心、医疗点110余个。举办医学专题讲座120余场，培训医护人员1.6万余人次。为各族群众义诊3万余人次，捐赠医疗器械及药品价值190余万元，医疗科普书籍2.6万余册。参加义诊活动的专家教授，把党和政府关心人民群众疾苦的真情实意传递到千家万户。

"三下乡"义诊的医生，都是临床的专家教授。起初只有5至10人，今年发展到覆盖华西20个科室的24人。"三下乡"义诊活动，成为华西一张亮丽的名片。

下乡专家教授每到一地，群众奔走相告。四邻八乡的男女老少接踵而至。排队候诊的群众，护送病人的亲属，忙碌诊治的医生，构成了一幅和谐亲热、心心相印的感人景象。

俗话说，救人一命胜造七级浮屠。尽管每次义诊活动只有五天时间，但因为是一对一、面对面的诊治，效果明显好于城市门诊。义诊结束时，有些人的疾病得到救治；有些人的生命得以延续；有些因病返贫的人鼓起了重新脱贫的信心。专家教授的医风医技，在群众心中留下了不可磨灭的印象。

由此可见，帮困扶贫不光是政府扶贫、政策扶贫、人才扶贫、物资扶贫、教育扶贫，还要扶志扶智扶健康，把一人生病全家返贫的现象减少到最低限度。

土地是人类生命的摇篮，农民是人类的衣食父母。古今中外，概莫能外。中国一半多人口在农村，农业现代化是中华民族伟大复兴的重要标志。

民建四川大学华西支部"三下乡"义诊活动，开创了农村复兴的新模式。如果中国大医院的专家教授，心里装着革命老区、装着边远农村、装着少数民族聚居区的群众，哪怕每年下一次乡，义诊三五天，扶贫帮困的成果会更加巩固，复兴农村的步伐会不断提速，农村面貌的颜值会更加美好。

二

年龄，是生命的数量标志；奉献，是生命的质量标志。愿意奉献的人，对社会更有意义，也最受老百姓爱戴。

参加"三下乡"义诊活动的专家教授共同体会到，下乡义诊最能检验初心的含金量，也最能检验临床的真本事。

1998年在北川县医院，华西附二院妇科教授在义诊中发现，一名羌族妇女患有妇科巨大肿瘤，在当地医疗条件简陋的情况下，她制订周密救治方案，万无一失地为患者做手术，成功取出巨大肿瘤，挽救了那位妇女的生命。

在凉山彝族自治州盐源县泸沽乡，华西医院肾病内科张杰教授义诊中发现一位少数民族病人罹患尿毒症。得知患者家庭困难时，当场协调政府负责人给予其帮助，同时联系专家教授现场捐款，为病人制订科学有效的治疗方案，帮助患者改善症状。

义诊活动大多在老少边穷地区，医生既要全心全意为群众治病，又要克服长途晕车的不适，还要随时应对道路频发的险情。

在剑阁县义诊时，一天安排三个乡镇，老百姓排着长队待医。但山区道路曲折，大多数医生严重晕车。周国清下午转移义诊地点时因晕车难受，但他顾不上多休息，只待了半小时又开始接诊。

有的地方汽车去不了,专家教授宁可坐摩托车,也要去给群众看病。

义诊延时晚点,更是家常便饭。原定每天12点钟结束义诊,群众排着长队不走。有时候遇到下大雨,群众冒雨排队等候。这使义诊的专家教授特别感动,他们的灵魂在一次次洗礼中升华。有的专家说:"光顾着看病,连时间都忘了,饭菜是啥味道也没吃出来。"

为了增强群众就医的针对性,今年去通江县义诊之前,周国清专门给分管医疗的蒋县长发微信告知:"建议县医院、中医院的相关对口科室负责人,掌握各个专家的专业特长,提前准备疑难重症复杂专科的病人和病历,同时对困难群众给予优先照顾。"事后证明,这样有针对性的安排,是把义诊活动价值最大化的有效措施。

四川盆地周边山区多,道路弯多坡陡,义诊途中险象环生。之前义诊大多安排在7月初,属于雨季高发期。有一年到凉山州喜德县义诊,快到义诊点时突发山洪,道路被冲断,只能改换义诊地点。

盐源县义诊结束回西昌的路上,出门一会儿就因暴雨冲刷,道路塌方。周国清专门坐到副驾驶位置上,协助司机盯紧前方路况,才保证了归途有险无虞。在峨边县义诊的时候,他同六位教授去很偏僻的乡村义诊。星期天回成都看电视新闻报道才知道,在他们七个人走过的那条路上,出现严重山体滑坡,通往乡镇的道路完全中断,大家幸运地没有被山体滑坡吞噬。

近几年调整时间,明确去山区义诊尽量不在七八月出行,既保障了活动的正常进行，又保证了专家教授的人身安全。

三

介绍民建四川大学华西支部"三下乡"义诊活动，被上级领导誉为"总线人"的周国清是个绕不开的专家。

周国清是口腔科主任医师，在职医疗健康管理博士，中科院成都分院科学园医院院长，中科院健康管理联盟管理专家顾问委员会首批六名特聘专家之一，民建中央第十届、十一届人口医药卫生委委员，乡村振兴健康医疗服务团副团长，民建四川省委第九届教科文卫委副主任，民建成都十一届、十二届市委委员，现任民建四川大学华西支部副主委。

周国清连续14年参加义诊未缺席，先后去过30多个县级医疗机构，40多个乡镇卫生院，四川主要贫困地区、民族地区都有他的足迹，累计义诊群众数千名。剑阁县中医医院口腔科，是周国清对口帮扶的单位，义诊结束后他多次赴该院跟踪帮扶。

茂县人民医院口腔科蒋主任是他义诊中结识的同道。两人一直保持线上会诊，迄今有50多名病人是他们会诊的受益者。该县口腔科购进新设备后，周国清前往指导安装调试，使新器械及时投入应用。

周国清专业造诣过人，文字功底扎实。他充分发挥自己的优势，通过对口辅导医生、询问就诊群众、举办专题讲座、深入调查研究等途径，14年来，撰写疫情防控以外关于医疗、教育、养老、人口、民生问题的专题报告11篇。其中，不少内容成为政府有关部门制定政策规定的参考资料。

2020年新冠疫情发生以来，周国清累计向民建中央、四川省委、成都市委提交关于疫情防控的社情民意调研报告18篇，多篇被有关部门采用并立即实施。有的建言献策上报民建中央、全国政协，获得国务院领导的批示。

周国清热心义诊，也珍重亲情。他们夫妇的结婚纪念日是7月13日，前几年纪念日撞上义诊日时，两人天各一方，把爱心转化为奉献，从来没有因为不办婚庆而影响工作。心有灵犀一点通。尽管夫妻不能见面，但手机成为他们心心相印、息息相通的爱情见证。

鲁迅说过："无情未必真豪杰，怜子如何不丈夫。"爱妻爱子是人之常情。2020年在宣汉县义诊时，恰逢儿子10岁生日。周国清倾情给儿子写了一封关爱信，委托宣汉县的朋友到邮局寄给儿子。在智能手机普及的今天，一封家书，抵过万金。它融入的父爱和厚望是手机承载不了的。

在茂县义诊时，周国清初诊一位12岁女孩患有口腔颌面部肿瘤，爷爷奶奶带她多地求医均未被诊断。周国清当场与孩子父母通了电话，并协调华西口腔医院帮助孩子就诊。

为了最大限度发挥义诊活动的作用，2014年周国清制订《三下乡义诊活动方案》，上报民建四川省委，包括活动形式、具体要求、各个专业需要的基本条件、宣传动员群众等相关准备工作有了明确要求，义诊活动走上了规范化的路子。

2016年，周国清担任科学园医院院长后，继续为方便群众看病做努力：

一是报请上级同意，把科学园医院纳入四川大学华西医院精神卫生联盟医院。

二是引入多名华西专家教授，定期定时来医院指导坐诊。神经内科、心内科、中西医结合科、内分泌科、骨质疏松科、老年医学科、精神科、口腔科等十多位专家，通过查房、带教、会诊等传帮带方式，大大提高了科学园医院医护人员的专业技术水平，使中科院成都分院内的科学家及周边群众可以在家门口获得高质量的医疗水平。

三是中科院成都分院内老年人居多，除了医疗需求，养老需求也很迫切。着眼这个特点，2016年底医院开设了医养结合的养老院（民政局批准），专门解决失能、失智、行动困难老人的养老问题，并同园区协作，共同打造医养结合的友好社区。

为了解决群众看病难的问题，科学园医院采取了几项有力度的措施：

一是大量增加门诊时间。由于慕名找周国清的病人太多，他每周一、二、三、五、六、日上午都上门诊。周四名义上是休息，主要精力是把日常调研思考的问题写成参政议政建言材料。

二是周国清自己从未完整地休过周末或者法定节假日。他的病人近一半是口腔矫牙的青少年学生。为了给孩子们提供便利，不耽误上学，周国清只能牺牲周末休息时间，努力满足他们的要求。

三是在全面提高医院医疗技术的同时，打造以口腔等特色专科引领的综合性医疗服务，医疗设备更新换代升级，口腔科的仪器设备已经赶超三甲医院。

四是不提高收费标准。医院虽然有很多知名专家指导，但收费标准依然按照中科院成都分院职工医院的公益属性确定，从未提高价格。

桃李不言，下自成蹊。因缘际会，我于近日看病中结识了这位家国情怀浓厚的专家，只觉得科学园幸甚！老百姓幸甚！

在周国清看来，治病救人，是他的本职工作，丝毫不能苟且。一个不替病人着想的医生，不管你有多大本事，也不是个合格医生。这个"格"，是人格，是医德，是责任。作为新时代新使命的担当者，医生应当立足本职，为社会作出更大的贡献。周国清的愿望出乎于心，发乎于情，而且经历了14年实践的检验。

这让我想起东汉末年医圣张仲景"进则救世，退则救民，不能为良相，亦当为良医"的名言。

张仲景初任长沙太守（相当于省长）时，升堂救世，下堂救民。贫苦百姓慕名前来求医，他热情接待，细心诊治，从不拒绝。

张仲景每天处理完公务，都在后堂或自己家中给人治病。后来求治的人越来越多，他干脆把诊所搬到太守大堂，公开坐堂行医，首开名医坐堂的先例，成为千古流芳的佳话，也实现了他"升堂救世，下堂救民"的初衷。

周国清虽然不是传统意义上的官吏，但他所在的中国民主建国会，是我国参政议政八个民主党派之一。周国清作为该会基层支部的副主委，又是医院的院长，在老百姓眼里，身上也有"官"的标签。担当"济世"与"济民"的双重责任，必然成为他的人生选择。

周国清的表现得到了组织和社会的认可：

2016 年 9 月，他被民建中央评为全国社会服务先进个人。

2020 年 12 月，他被民建四川省委评为抗击疫情先进个人。

2021 年 11 月，他被民建中央评为民建参与脱贫攻坚先进个人。

2021 年 12 月，他被民建中央评为当年度参政议政工作先进个人。

秉持初心，化医为露，滋润黎民，昌隆国运，是周国清自我赋予的使命。为此，他将继续呕心沥血，夙夜不怠。

2022 年 9 月 28 日

相信人民相信党

——成都疫情解封感言

昨天 17:49，收到手机短信：

《四川手机报》："成都最新通告！9 月 19 日零时起，全市有序恢复生产生活秩序，各类车辆正常通行，全市普通中小学、幼儿园有序返校（园）复学。"

我只瞥了一眼，迫不及待地把这条短信转发出去了！

成都解封了！我一边自言自语，一边做了几次深呼吸，脑子里的弦顿时松弛下来。

我打开手机，翻到 2020 年 1 月 23 日凌晨，武汉市新型冠状病毒感染的肺炎疫情防控指挥部发布的消息："自 2020 年 1 月 23 日 10 时起，武汉市城市公交、地铁、轮渡、长途客运暂停运营；无特殊原因，市民不要离开武汉，机场、火车站离汉通道暂时关闭。恢复时间另行通告。"

武汉抗疫"会战"的场景像电影镜头，又一次从眼前闪过！

现在回忆，那几个月尽管没有置身于"会战"前线，但夜里至少要打开三四次手机，了解武汉抗疫"会战"的最新报道。

凭着党和政府的领导，凭着举国上下白衣战士的攻坚，凭着英雄江城人民的坚守，2020 年 4 月 8 日零时，封城 76 天的武汉市解封。中国第一个抗疫会战胜利了！

我放下庆祝成都疫情解封的酒杯，翻到 2020 年 2 月 26 日我发表过的一篇文章《我们的抗疫战斗为什么会节节胜利？》，又情不自禁地读了起来：

新冠病毒的突发扩散与联防联控，是发生在中国大地上一场没有硝烟的战争。这场疫情让我国付出了血的代价。其中的教训永远不可漠视，其中的经验更是治国理政的宝贵财富。战疫胜利在望，经济正在复苏，我们对 2020 年的发展目标充满信心。

这场严酷的战疫，检验了中国共产党的执政能力，再现了中华民族的优良品质，展示了中国特色社会主义制度的潜在优势，它对全党全军和全国人民的启示是深刻的、长远的、多维度的。

其一，抗疫检验了党中央正确的决策能力和强大的动员能力。新冠病毒的出现，具有突发性、弥漫性、致命性的特点，对党和国家最高层的决策能力、应急能力和动员能力都是十分严峻的考验。防控战线一旦"溃堤"或失守，后果不堪设想。党中央、国务院得知疫情确凿信息，立即启动应急处置预案。通过党政军群校，向全国发出动员，用人民战争对疫情实施围剿。从 1 月 20 日开始，14 亿中国人的抗疫斗志被激活。从上到下，从城到乡，无论东西南北，无论男女老少，没有特殊情况，户户居家隔离，人人守望相助。口罩成为出门必备的"身份证"，不戴口罩寸步难行。这样迅捷、广泛、立体化的动员能力，是中央正确决策与国民自觉互动的结果。如此契合释放的巨大能量，充分反映了中国特色社会主义政治体制的优越性，这在当今世界是独一无二的。如果在下一步体制改革中吸取这次贻误战机的教训，破除影响政令畅通的梗阻环节，中国前进的步伐是谁也挡不住的。

其二，抗疫检验了各级党政领导的执行能力。我国的行政结构是垂直的，而不是扁平的。敌对势力内应外合，污蔑这种行政结构是滋生腐败行为和官僚主义的温床，妄图用他们推崇的行政模式取而代之。这次战疫的节节胜利，狠狠打了那些公知、大V精美的嘴脸。我们看到的不是政府和公务员懈怠、慵懒、推诿和得过且过的官僚主义，而是以最负责、最迅速、最得力的执政行为，全方位、多层次、具体化的动员群众，组织群众，万众一心，抗击疫情。这期间没有文山会海，没有形式主义，没有大而化之，更没有互相扯皮，从中央到基层，打官腔少了，担当精神强了，站在一线战斗的干部多了。特别是在社区、乡镇工作的基层干部，夜以继日、没黑没明地走家串户，急群众所需，帮群众所困，推动干群关系与社会和谐实现了新的局面。

其三，抗疫检验了公立医院的砥柱力量。正如北大教授李玲所言，在疫情危急关头，是公立医院救了中国，发挥了中流砥柱的作用。据李玲介绍，武汉市2017年有公立医院96家，民营医院258家，民营医院占比72.9%，显著高于全国民营医院64%的占比。这次疫情突发，公立医院全力以赴，私立医院寂寂无声。即使是志愿者队伍中，私立医院的医护人员也不多。倒是全国各地有不少私立医院组织队伍，支持武汉抗击疫情。武汉私立医院的表现令人不寒而栗，如果有一天医院都改成私有化，医护人员都成为老板的打工仔，再发生这样的疫情，谁来免费救我们？谁来牺牲自己救中国？今天，我们社会中有48%的医护人员掌握在私人医院手中，占三分之一的莆田系，有6000多家医院。可是在四面八方紧急驰援武汉的大决战中，他们在哪里？他们做了什么？与其形成鲜明对比的公立医院，一批又一批医疗队，听从国家号召，纷纷奔赴武汉，"不计报酬，无论生死"；疫情就是命令，疫区就是战场。大年三十晚上，他们无怨无悔地踏上命运未知的征途，迎着可能被病毒感染的考验，义无反顾地冲向湖北，冲向武汉。他们才是国家真正的英雄、才是民族真正的脊梁。试看世界上还有哪个大国，能像今天的社会主义中国一样，在短时间内调兵遣将，集结起两三万白衣卫士；在短时间内划地包干，指派16个省份的医疗队伍，支援湖北下属市州。正是公立医院与国有企业的共同努力；正是以3000多名医护人员被感染和10多名医护人员牺牲为代价，才使武汉以神奇的速度，建成了多家大型医院，由疫情初期的病人等床，实现了近期以来的床等病人。上述惊心触目的事实再次说明，关系国民经济命脉的企业必须掌握在国家手里；关系人民生命安全的医疗事业决不可化公为私。对已经私有化的医疗卫生机构，必须尽快立法，严格规范其应该承担的责任和义务。不能使他们成为疫情面前的看客，攫取金钱的业主。

其四，抗疫检验了人民军队的奉献精神。新中国成立以来，从唐山大地震、98抗洪到抗击"非典"，从汶川特大地震到支援非洲抗击埃博拉病毒，子弟兵总是召之即来，来之能战，战之能胜。这次武汉、湖北抗击疫情，由子弟兵组成的医疗队，精英荟萃，一往无前。他们中一些我熟悉的人，是几次参加过抗击国内外疫情的功臣。但这次却将功劳归零，士气昂扬地重上战场，肩负力挽狂澜的使命，在新的战疫斗争中做出了新的奉献。他们才是最可爱的人，最可靠的人。然而，这次军队组建医疗队遇到任重将寡的难题，说明军队医疗机构的改革有些方面还需要继续探讨。

其五，抗疫检验了共产党员的先锋作用。如果说你平时看不出共产党员与周围人的区别，那么，看到一批又一批的白衣天使在党旗下宣誓，在党旗上签名，在党旗前同亲人告别，谁能不为党员的先锋模范作用唱赞歌。在重症病房，许多党员坚守阵地不离不弃；在 ICU 监护室，许多党员守着气息奄奄的病人，把他们从病毒的魔爪中拽回人间。共产党员也是血肉之躯，也有父母，也有爱人，也有子女，甚至家中还有嗷嗷待哺的婴幼儿。但他们牺牲亲情、爱情、私情，冒着被感染的危险，同自己的战友并肩前行，回天有术，在战疫斗争中创造出一个又一个生命奇迹，用忘我的精神和行动，诠释了党员的称号。特别是看到夫妻双方都在第一线战斗的党员，用微信、视频、电话为对方加油，与父母子女互动时，有谁能不为之感动呢？有谁能不同他们一起流泪呢？他们是党战斗力生成的基石，是我们党联系人民群众的脐带。他们用舍小家舍小我，为国家为大家，给党争了光争了气。

其六，战疫检验了年轻一代的家国情怀。在这次抗疫会战中，无论是医生护士，无论是工程人员，无论是小区保安，无论是快递小哥……到处都有 80 后、90 后甚至 95 后的身影。有些医疗队 90 后达到 30% 以上。可以想象，如果不是抗疫战斗的召唤，95

后的年轻群体里，有的可能还在父母溺爱下撒娇呢！有的可能还在家里赖床呢！有的可能还在热恋中陶醉呢！毋庸置疑，承平盛世使他们中有的人耽于安乐，西方文化洗脑使他们中有的人"三观"错位；他们中有人被误导过，误解过，诟病过。但是，他们中的绝大多数人仍然有一腔报国热血，仍将是实现中华民族伟大复兴的生力军！当他们的家国情怀被这场突如其来的灾难激活时，从他们心底迸发出来的热情是滚烫的。他们用令人信服的行动，消弭了人们对他们的误读误解误判；用"天下舍我其谁"的气概，表明自己同样是不忘初心、牢记使命、敢于担当的新一代。只是他们身上的时代烙印与头脑中的知识结构，与60后、70后的不一样罢了。我们应该为共和国有他们这一代人而骄傲！中国走向现代文明的历史蓝图，必将在他们几代人的奋斗中成为现实。

这次疫情也拷问了人的灵魂，从中暴露出一些官员严重失职，一些环节法治缺失，一些场合人性扭曲的弊端。汲取失误和教训，经过煎熬和洗礼，我们的党更成熟了，我们的人民更坚强了，我们的是非观念更清楚了。我们有足够充分的理由坚信，中国的路将会越走越好！中国的天将会越来越蓝。

2020年2月26日晨4点写完这篇稿子，我再无睡意，一直枯坐到天亮。想到古人"多难兴邦"这句老话，我释然了。

后来西安、上海一度疫情严重，我心里不再忐忑。成都这波疫情虽然来势较猛，但政府措施得力，市民人心稳定，生活保障没有出现大的困难，说明成都的党政军民是经受得住考验的。

我们即将迎来党的二十大。在大会胜利召开之际，翘望一个九千万党员的百年大党，一个 14 亿人口团结战斗的大国，一个同对手过招从未落败的新中国，实现中国梦的铿锵步伐，是新型冠状病毒挡不住的。

2022 年 9 月 19 日

疗养文化与文化疗养

文以载道，文以化人。当代中国是历史中国的延续和发展，当代中国思想文化是中国传统思想文化的传承和升华，要认识今天的中国、今天的中国人，就要深入了解中国的文化血脉，准确把握滋养中国人的文化土壤。这是习近平新时代中国特色社会主义思想的文化观。

最近，看到临潼康复疗养中心受新时代文化观的熏陶，形成了"疗养文化"与"文化疗养"一说。细细琢磨，颇有道理。

临潼康复疗养中心立足强军为战，从康疗事业中撷取文化元素，形成疗养文化"套餐"，拓展了疗养工作的内涵和外延，丰富了疗养员的物质文化生活。疗养文化与文化疗养的化学反应，应该是这个中心的一个亮点。

临疗中心领导认为，文化自信是原则性要求，只有把它具体化、日常化，使之落实到本职岗位，贯穿于言行举止，才能滋养品格，熔铸意志，砥砺官兵勇毅前行。

古人云：天下大事必作于细，天下难事必作于易。临疗人站在文化自信的高度，抽丝剥茧，去粗取精，把红色文化、传统文化、地域文化、生态文化、养生文化的基因植入康疗文化之中，整合成特色鲜明的"临疗文化"，可谓独树一帜，别有创新。

其一，养生文化。这是疗养文化"套餐"的"主菜"。养生，中国古人称之为颐养，是中华民族的传统保健观念，"颐养天年"一词由此而名。《汉语词目》解释，颐养就是调理、调养、保养。在优秀传统养生观念的基础上，秉持社会主义核心价值观，把人性的真善美植入其中，康疗工作的价值取向便有了时代文化的底蕴。临疗中心的颐养文化形态，以官兵为主体，由专业水平、餐饮质量、服务态度等几个部分组成。其中，专业能力解决不了的康疗技术难题，借助空军军医大学。餐饮服务的重点在于保障共性，同时照顾个性。对烹饪师的培训调整，跟踪使用，常年不辍。随着中心人员结构的变化，各级依据条令条例规范工作秩序和言行举止。近几年疫情反复，任务加重，但没人叫苦，更没人抱怨。到咸阳机场接送疗养员的储雪雁大校，无论酷暑严寒，从未误过接机接站。即使在40多摄氏度的高温天气，衣服被汗水浸透，一天跑几趟车站机场也安之若素。疗养一科主任、专业技术大校主任医师徐春华，护士长李莎莎，护士孙瑜等人，脸上总是洋溢着笑容，疫情封控期间坚守岗位，一丝不苟。"文化疗养"的唯美形象，被她们用辛劳与微笑诠释得淋漓尽致。

其二，红色文化。临疗中心有革命战争的底色，有延安精神的胎记，有抢险救灾的传统，这些优势为他们培育红色文化奠定了丰厚的基础。党的十八大以来，每次接待航天员、海潜员、高原官兵、海防官兵，包括战争年代披坚执锐、穿越枪林弹雨的老同志，中心相机请他们讲奋斗精神，讲人生感悟，讲战士本色。"好雨知时节"，"润物细无声"，在红色文化陶冶下，临疗新入职的人员看到征程的艰苦，感到肩上的责任，在临疗文化自信的陶冶中茁壮成长。对新入职的年轻人，除了组织参观中心历史馆，指定必读的红色书籍，同时充分发挥中心公众号的作用，使公众号成为红色文化的阵地。

其三，传统文化。西安，古称长安，是中国13代王朝的古都，中华民族优秀传统文化在西安源远流长，积淀深厚。临疗中心从烽火戏诸侯、秦陵兵马俑、温泉洗凝脂、骊山兵谏亭等人文景观中，解析历史跌宕起伏的经验教训，淘洗国运兴衰的深层原因。疗养员在优秀传统文化的浸淫熏陶中，不但获得了丰富的历史知识，而且了解了中华民族的文化根脉，增强了民族自豪感和民族自尊心。中国13朝古都浮雕墙，用大写意的雕塑，展现了历史风云变幻的画卷。长安诗廊则让人看到"秦时明月汉时关，万里长征人未还"的雄浑；"大漠孤烟直，黄河落日圆"的壮美；"宁为百夫长，胜做一书生"的豪气；"一骑红尘妃子笑，无人知是荔枝来"的奢华无度，最终导致一代王朝的覆没；等等。这些文化设施的软件和硬件，给疗养员留下了很深的印象。

其四，生态文化。临疗中心是一座生态园林，春天姹紫嫣红，夏天绿叶蔽日，秋天石榴吐艳，冬天柿子披雪。可谓四季皆有景，四季景不同。紫燕穿柳，蜜蜂吻花，蝴蝶起舞，篷雀唱歌，常常使人流连忘返。白居易《长恨歌》的著名诗句："春寒赐浴华清池，温泉水滑洗凝脂。"对骊山温泉赞誉有加。现代科学技术分析，骊山温泉的确含有多种微量元素和矿物质，足以满足你美颜美肤的要求。

文化，是植根于内心的修养，是价值观的深层次内涵。仔细思索，"疗养文化"与"文化疗养"博大精深，是一座值得开发的富矿。可以断定，临疗中心将会在这里发掘出新的疗养文化元素。

2022 年 9 月 28 日

第五辑

文事

蹊跷的稿酬

　　1987 年春节前，我收到春秋出版社寄来的一张 80 元的稿酬单，上面注明是《论观念更新》一文的稿费，我觉得有点蹊跷。在这之前，我从未听到过春秋出版社的名字，我的文章与春秋出版社有何关联？

　　这篇文章是《解放军报》1986 年 11 月 18 日发表的，春秋出版社怎么会给我寄稿酬呢？我打电话向《解放军报》理论部询问，才弄清了事情的来龙去脉。理论部的同志说，春秋出版社希望把《论观念更新》一文收入他们编辑的书目，军报考虑这是件好事，便答应了对方的要求，相信我也会同意，便把我的通信地址告诉了春秋出版社，原来如此。

　　当时解放思想的热流有如江河涌潮，势不可当，但也有来自盲目性的干扰，存在着对西方思想理论不加筛选的引进和对马列主义毛泽东思想的僵化理解。针对两个方面的偏颇观点，我依据党的十一届三中全会精神，写了《论观念更新》这篇文章，从正面谈了一些个人的看法。

　　党的十一届三中全会的胜利召开，为解放思想、改革开放指明了方向，开辟了道路；真理标准大讨论，为中国人的世界观和方法论提供了新的指南，增强了大胆创新的信心。20世纪80年代关于商品经济的讨论，则是真理标准大讨论在经济建设领域的深入和泛化。但是，受传统观念的束缚和西方思潮的干扰，经济体制改革和商品经济发展遇到了不少阻力。在这种形势下，思想观念的革故鼎新，便成为全党全国的紧迫问题。

《解放军报》发表我这篇文章，区分了观念更新中的几个是非问题，得到了读者的肯定，也被有些报刊转载，但理论界没有大的反响。春秋出版社何以对这篇文章感兴趣，我说不清楚，之后也没再问过。

5月中旬，我收到春秋出版社寄来的由龚义编辑的《观念更新杂谈》一书。打开目录一看，收录的82篇文章中，我的《论观念更新》排在首篇，我禁不住有点吃惊。再往下看，马洪的《有计划的商品经济是对传统观念的重大突破》排在第二篇。于光远的《"小聪明"》颂排在倒数第四篇。其他一些理论家的文章穿插其中，这一下我真的有点受宠若惊了。马洪是我国老一辈经济学家中的翘楚，20世纪30年代就在延安中央党校和马列研究院工作，时任国务院发展研究中心主任。于光远也是从延安走出来的著名经济学家，是中国科学院副院长、哲学社会科学学部委员，还兼任过马列主义毛泽东思想研究所所长。和他们相比，我算老几？

目录白纸黑字，无可奈何，于是我仔细阅读前言。前言说："党的十一届三中全会决定把工作重点转移到社会主义现代化建设上来，决定进行改革开放……但是，形形色色错误的过时的观念往往损害党的领导的改善和加强，阻碍改革开放的进行，阻碍我们的经济进一步全面地向着商品经济转化。"

前言还说："我们将 1985 年至 1986 年报刊登载的有关变革旧观念的文章筛选了一部分，同时，又加上我们组织的若干篇文章，一并辑成《观念更新杂谈》一书，帮助人们在新时期不断破除旧观念，树立新观念，适应政治体制改革和经济体制改革的步伐。"

应该说，编者的初衷是完全正确的。接下来我仔细读完了书中收录的全部文章，对改革开放条件下观念更新的重要性和紧迫性有了进一步的认识，但也感到改革开放还处在初级阶段，理论界对转变思想观念的认识并不深刻。

1989 年春季，我经过一年多的思考，又写了一篇《再论观念更新》的文章发给《人民日报》，文章既未刊登也未退稿，事情不了了之。

现在看来，春秋出版社敢于打破论资排辈的传统，把我这个无名之辈的小文章放在大权威的前头，无疑也是观念更新的举措，这对我后来能够写点有分量的理论文章是个很大的激励。

遗憾的是刚刚成立了 3 年的春秋出版社，却在 1989 年 12 月停止了出版业务，其中原因不得而知。

存在决定意识。改革开放 40 年之后，回头再看《论观念更新》一文，难免有些浅薄了。

2019 年 12 月 28 日

烙在记忆深处的日子

——《月满昆仑》首发式暨研讨会一周年

日月经天，江河行地。2021年6月6日，是经天行地中一个平凡的日子，又是一个烙在我记忆深处的日子。倏忽间，一年过去了。乍一想起，心里热乎乎的！

一年前的今天，阳光洒在郁郁葱葱的林木上。被头天晚上细雨清洗过的植被叶子，像翡翠一样晶莹剔透，绿得让人不敢相信这是真的。

那一天，为迎接建党100周年，四川人民出版社在成都新华宾馆举办《月满昆仑》首发式暨研讨会！

为了开好这个会，著名艺术评论家、中国将帅研究专家南远景先生半年前就着手策划方案，开始准备工作。在他殚精竭虑的努力下，四川人民出版社石龙主任，老战友张久彪、潘勇、杜俊龙等同志携手出力，谭红莉、余华芬、张文彬、高扬、李丽等企业家慷慨支持，会议在喜庆愉悦的气氛中召开！

开始，四川人民出版社黄立新社长作了高屋建瓴、热情真挚的致辞，章涛社长助理、石龙主任和任学敏责任编辑悉数到会祝贺。

那一天，年届古稀的著名艺术家吴振西、作家关中尧，为了表达对《月满昆仑》的认可，同年逾花甲的王爰飞、刘粮库、南远景等来自川陕两地的评论家、艺术家饱含激情，作了令我受之有愧、却之不恭的精彩发言。近两百位听众中，许多人被情满意浓的发言感动得眼含泪水，感同身受。

这是一次不寻常的建党100周年纪念活动，内涵丰富，别具风采，高瞻远瞩，在四川文化界独领风骚！

岁月不居，光阴潺湲。此后很长时间，我心镜里经常浮现出那天一张张熟悉和不熟悉的面孔。

真情至爱，是人间最宝贵的财富。2021年6月6日那一天，将烙在我的记忆深处，同我一生相随相伴。

时光留下了痕迹，真情流露在笔端。那一天的会议签到簿永远承载着友谊，会议纪念章依然熠熠生辉，会议合影留下了永不消失的历史瞬间。

那一天，那个会，那些人，在我心田的土壤里扎根，而且越扎越深……

2022年6月6日

中秋月情结

古今中外的人类，不知给阴晴圆缺的月亮赋予了多少诗情画意，吟出了多少悲欢离合。月亮寄托着游子太多的乡愁，承载着人间太多的传说。

可能是受神话故事的感染，我从小对月亮有着近乎痴迷的眷恋。年长后，每到中秋佳节，眺望一轮皓月，不可名状的思绪或古或今，或远或近，更是如丝如缕。

1962 年，我戍守西域的第一个中秋夜，是在新疆阿克苏驻军农场里度过的。

我站在清辉泻地的哨位上，瞅着硕大的月亮发呆。被开垦的处女地一望无涯，散发着浓郁的甘草味儿。半自动步枪的刺刀挑着月亮，寒光熠熠，冷气森森。

满掌破裂的血泡，疼得双手阵阵痉挛。为了缓解疼痛，也为了化解对父母的思念，我由不得轻声吟诵苏轼的《阳关曲·中秋月》：

暮云收尽溢清寒，

银汉无声转玉盘。

此生此夜不长好，

明月明年何处看。

受这首词的影响，下哨回到地窝子我没有丝毫睡意。想到父母中秋夜对游子的牵挂，我打开手电筒趴在被窝里，模仿苏词的韵脚，也写了一首《中秋月》：

投笔从戎剑透光，

焉知月下垦新荒。

故乡今夜边关梦，

应是相思望儿郎。

我当时清楚，这不是写诗赋词，是曲里拐弯发牢骚。我一腔热血，泪别父母，抱着"黄沙百战穿金甲，不破楼兰终不还"的决心，准备横戈疆场，报效国家，却被送到甘草滩上抢砍土曼，天天垦荒种地，当然心里有气。

班长陈正邦是1959年入伍的甘肃籍老兵，半夜起来解手，发现我在小本本上写诗，顺手拿过去看了几遍。静了一会儿说："你这诗留给自己看吧，传出去说你闹情绪，会产生消极影响。国庆一过，我们就要回阿克苏，砍土曼抢不了几天嘞！"

我写的《中秋月》没敢露面，苏轼的《中秋月》从此再也没离开过我的记忆。1972年中秋节，我在喀喇昆仑山麻札达坂发生车祸，侥幸没有坠下70米深渊。被过路司机救醒后，望着一轮明月，万山清辉，居然忘记了翻车的后怕和身上的伤痛，情不自禁地吟起苏轼的《中秋月》来。那时候我已经有了家室。想到远在故乡的父母兄弟，想到远在乌鲁木齐的妻女幼子，我对苏轼《中秋月》一词有了新的理解，进一步体会到人生无常、祸福难测的况味。联系车祸现场，倘若不是公路边上一堆大石头把吉普车卡住，康西瓦烈士陵园里少不了有我一座墓碑。

后来我写散文《月满昆仑》时，又多次体会苏轼吟唱《中秋月》的心境。原来他是在告诉久别重逢的胞弟苏辙：夜幕降临，云气收尽，天地间充满了寒气；银河流泻无声，皎洁的月轮转到了天空，像玉盘那样洁白晶莹。我这一生每逢中秋之夜，月光多为风云所掩，很少碰到像今天这样的美景，真是难得啊！可明年的中秋，我又会到何处观赏月亮呢？苏轼心底的惆怅溢于言表。

《中秋月》一词，虽说不是古代诗人吟月抒怀的夺冠之作，也不是苏轼吟月诗词的头筹，但这首小词形象集中，境界高远，语言清丽，意味深长，既抒发了作者与其胞弟共赏中秋月的愉悦气氛，同时也抒发了聚后不久又得分手的哀伤与无奈。背后隐藏的迁徙不定，离愁别绪，更让作为兄长的苏轼牵肠挂肚。

苏轼一生宦海沉浮，仕途坎坷；行迹萍寄，既有"一蓑烟雨任平生"的旷达，又有"此生此夜不长好"的忧伤。这种矛盾心境，在他的《水调歌头·明月几时有》一词中抒发得淋漓尽致。若将《阳关曲·中秋月》与《水调歌头·明月几时有》连读，不仅能品味出苏轼重视亲情的人格魅力，还能感受到苏轼"但愿人长久，千里共婵娟"的家国情怀。

自西陲第一个中秋节往后，我刻意留心与月亮相关的唐诗宋词，不久便摘记了50多首。我发现喜好吟月的诗家不光有苏轼、孟浩然、张九龄、李白、杜甫、白居易、王安石、辛弃疾、文天祥等唐宋大家，都有以月作题材的名篇佳句。受这些诗词的影响，欣赏中秋月便成为我的嗜好。此后每逢中秋佳节，我都要赏月吟诗。不论落笔的诗词雅俗巧拙、润枯深浅，这个习惯一直没有中断。

我读古人的中秋月，有云霓朦胧的婉约，有广袤无垠的皎洁，还有雁阵鸣霜的壮美……

我的笔下，也有情景各异的中秋月。故乡中秋夜的月光，在绿野无际的狄寨原上辉映；大漠中秋夜的月光，在湛蓝无际的苍穹上辉映；哨卡中秋夜的月光，在千里边防线上辉映；碧海中秋夜的月光，在万顷波涛上辉映……

让我感到迷茫的是，我落根22年的成都的中秋夜，几乎找不到月满锦官的记忆。最近翻阅典籍，发现川籍诗词大家和入川客居的诗词大家，居然没有人写过成都中秋月的诗词。就连吟月诗词最多的川人李白，也欠成都一首吟咏月亮的诗词！原因何在？我还得搜寻佐证，继续探索。

今夜，又是秋风秋雨。星星被云层屏蔽得没了踪影，更不晓得月亮躲到哪里去了！我忍不住对天发问：月亮！你为什么和成都过意不去？这是一座来了就不想离开的现代化古都啊！

庚子年中秋节

文武兼修的总参谋长

——读傅全有上将系列袖珍书

这篇文章，本来是为庆贺中央军委委员、总参谋长傅全有上将90华诞撰写的。因为他的15册系列袖珍书没有集全，我于去年写了一篇《傅全有传》读后感——《缺氧不缺精神的垂范》。文章发表后的反响出乎我的意料，有的读者被傅全有将军的事迹和精神感动得哽咽落泪。而我想写的这篇文章迟至今天才动手，尽管15册袖珍书到现在还没有集全，但时不我待，再等下去可能我的脑子更迟钝了。

去年5月1日，91岁的傅全有将军在他《笑一笑》的袖珍书前言中写道："旷达致乐，福寿全有。老年人要热爱生活，善于生活，自找乐趣，不寻烦恼，才能够愉悦身心，让生活充满情趣，在欢声笑语中度好晚年。"这之前他在《名人养生之道》中还写道："我已经是90高龄的人，还学习、整理这些东西，我感到是一个爱好和乐趣，对我的身心健康也有好处。"我以为傅总长的这两段话，是对他著书立说初心的最好诠释。

我把收集到的傅总长袖珍书归为四部分：读书感悟心得，穿越硝烟纪实，出国访问随感，延年益寿之道。

一个披坚执锐、穿越硝烟的老将军，解甲之后笔耕不辍，这是什么精神？这是活到老学到老写到老的精神！这也可能是 92 岁老将军身板笔挺、走路带风、声如洪钟的秘诀！

一、学而不厌

孔子说："仕而优则学，学而优则仕。"此话出自《论语·子张》，意思是工作之后有余力还要学习，不断提高自己；学习之余有时间还要实践，形成学习—实践—再学习—再实践的良性循环。

我颠倒孔子话的前后次序，并把其中的"仕"改为"将"，原因有三：其一，1946 年不满 16 岁的傅全有入伍时，连自己名字都不会写，他学的第一个字是指导员教他在手心里写的。"学而时习之，不亦乐乎！"不到 50 年，傅全有上将由文盲成为美军将领眼中"世界上最大的参谋长"。个中奥妙全在一个"学"字（见《傅全有传》）。此乃我所谓的"学而优则将"。其二，傅全有因为表现优秀，两次入军校深造，两次以全优学员毕业。此乃我所谓的"将而优则学"。其三，知行合一，长于总结，善于把感性认识上升到理性高度，从中发现事物的内在规律，并用来指导工作实际。此乃我所谓的学以致用。有此三点，足以著书立说，文以化人。在《我最喜欢的》一书中，有一节专门辑录了作者阅读我军将帅回忆录或传记的读书笔记，包括《陈再道回忆录》《耿飚回忆录》《秦基伟回忆录》《张宗逊回忆录》《杨勇传》《杨得志回忆录》《余秋里回忆录》《廖汉生回忆录》《李志民回忆录》《罗元发回忆录》《曾思玉》《徐光达传》《刘亚楼传》《杨尚昆红六军团征战记》《彭大将军》《张爱萍传》《张震回忆录》《迟浩田传》《李天佑将军传》《刘志丹传》《一代元戎（肖劲光）》等大量传记。同时还阅读了《雄关漫道》《史林智慧琐谈》《二十世纪的政治遗产》《快乐老年》等大量通鉴益智的书籍，而且每读一部都做笔记，或简或繁，都有反思和感悟。

学问悟行，必有所成。傅总长的《彭大将军》读后记写道："死者如果不能埋在人们心里，那他就真的死掉了。而活着时不被别人了解、信任和谅解，应该是最大的痛苦。"

读完《快乐老年》，傅总长摘记了其中的三段话："一是知识。知识是人从愚昧走向文明的老师，是社会由低级走向高级的阶梯，是世界由黑暗走向光明的灯塔。人发现和创造了知识，知识又哺育和造就了人。谁先登上知识的台阶，谁就能首先领略人生的美妙风采；谁在知识的台阶人铺垫得越厚实，谁就能在人生道路跋涉中越有力量。二是思考。如果说知识能使人变得聪慧，思考则能使人更加深邃。思考是攻克一切堡垒的武器。学会思考不仅意味着你变得成熟，而且意味着你将走向成功。人一旦登上了思考这个台阶，就能越过激流险滩，创造出一个又一个奇迹。三是自信。自信是成功的首要条件。他是人的意志、品质、胆识和才能的综合反应。人有了自信心，就会像全副武装的战士一样无所畏惧。人如果失去了自信心，就会像泄了气的皮球一样没有弹力。所以，无论对谁来说，登上自信的台阶都是十分重要的。"

这些摘记是 2011 年 6 月 2 日写下的，时年傅总长 81 岁。从退出工作岗位到这一年，傅总长几乎把上十个年头花在读书上。

"书山有路勤为径，学海无涯苦作舟。"傅总长由于在知识的海洋里不断钩沉探微，撒网捕捞，这才有了厚积薄发的丰硕成果，连续写了15册袖珍书，并且获得了广泛的好评。

二、坚持不懈

"不积跬步，无以至千里；不积小流，无以成江海。……锲而舍之，朽木不折；锲而不舍，金石可镂。"我以为荀子《劝学》这段话是傅总长为学为将的写照。

2011年10月，傅总长在《我喜欢的》一书前言中写道："把复杂的问题简单化，简单的问题具体化，抽象的问题形象化……都是在学习、工作、生活和战斗的实践中总结提炼出来的。"而这些富有很强哲理性和实用性的思维方式和思想方法，不只是因为他重视用马克思主义理论武装头脑，还因为他喜欢阅读古今中外的兵书，包括同时期我军高级将领的传记和回忆录，是知识储备由量变到质变的飞跃。

2016年10月，傅总长在《我喜欢的之二》一书前言中写道："我很喜欢读《孙子兵法》一类古今中外的兵书。特别是在师团工作岗位上时，《孙子兵法》等兵书随身携带，有空就看。《吴子》《司马法》《六韬》《尉缭子》《孙膑兵法》《曾胡治兵语录》《三十六计》《李卫公问计》，还有《三国演义》等看了好几遍，还要学点心理学。在学习期间，我把这些部分军事名将的姓名、特点、功绩及他们的战争观、战略思想、作战指导思想、治军思想等摘抄在笔记本上，经常翻阅，认真思考，从中学到了许多带兵、练兵、用兵打仗的真经，以及怎样做人、做事、做官的道理。"据我所知，迄今为止，傅总长没有一天不读书的。读书和写作，已经成为老将军生活中的一部分。

三、学以致用

在傅总长赠我的袖珍书中，有一本书名叫《我的绝招》，内容是介绍他1984年7月作为一军军长，奉命率领部队开赴老山前线作战。在这个小册子里，作者翔实生动地介绍了三次出击作战，三次出奇制胜的经过，看得人紧绷心弦，如临其境。

三次出击作战，傅全有军长制胜的绝招就是在"稳、准、狠、活、勇"五个字上。对这五个字的内涵，作者在书中逐一作了详细说明，读者似有跟着傅全有军长参加三次出击作战的感觉。老祖宗的兵法精要，毛泽东军事思想辩证的方法体系，傅全有军长在作战实践中运用得得心应手，出神入化。

写到这里，我想到傅总长在《我喜欢的之二》一书中引用戚继光说过的一段话："人与武器，人是主要的；练将与练兵，练将是主要的；练德与练才，练德是主要的；练胆与练艺，练胆是主要的。"傅全有上将的戎马生涯，确有不少传奇，有的内容《傅全有传》已有记载，有的内容敏感此处不宜赘述，敬请各位看官予以谅解。

缺氧不缺精神的垂范

——《傅全有传》读后

1982年9月，海拔5380米的神仙湾哨卡，被中央军委授予"喀喇昆仑钢铁哨卡"荣誉称号。

1984年秋天，乌鲁木齐军区末任司令员，68岁的开国少将肖全夫，作为登上神仙湾哨卡的第一位大军区司令员，在世界最高的边际哨卡留下永不磨灭的足迹。

1991年9月，61岁的兰州军区司令员傅全有，在新疆军区参谋长王恩庆、南疆军区司令员王立忠陪同下，也如愿登上了神仙湾哨卡。

神仙湾之行让傅全有真正经历了一次"缺氧不缺精神"的考验。因为高原反应特别厉害，他从山上下来持续高烧，在军区医院打了半个月吊针，尿了两次血。这次不惜以身体作代价的艰险经历，展现了一位战区司令员秉持初心的意志，也为傅全有的军旅生涯打下了不可磨灭的记忆。

"天上无飞鸟，地上不长草，六月雪花飘，四季穿棉袄，风吹石头跑，氧气吃不饱。"这首顺口溜是神仙湾哨卡1956年建站时留传下来的。

65 年过去了，恶劣的大环境依然如故，生存的小环境却有了改善。如今，这里建成了富氧训练室、蔬菜大棚、卫星电视接收系统。氧气接到床头，光缆铺上雪山，电脑走进哨卡，手机信号覆盖了营区。神仙湾哨卡不再是远离人间的生命孤岛，守卡军人也不再是世上最孤寂的人了。

几年前，当南疆军区的同志打电话告诉我这个喜讯时，我禁不住激动难遏，老泪潸然，高原官兵严重缺氧的一张张面孔又从我记忆深处浮现出来。

那段时间，我正在阅读王学东撰写的《傅全有传》。我相信傅总长得知这个喜讯也会高兴得不能自已，因为他一直惦记着这个连氧气都吃不饱的"喀喇昆仑钢铁哨卡"。

一

最近，因为看到神仙湾哨卡中士王向阳的一首诗，我又重读了《傅全有传》的第十九章、二十章。尘封的往事被再次掀开，心中的感触泛起阵阵涟漪，甚至萌生了重上一次神仙湾哨卡的冲动。

我与神仙湾哨卡的缘起，要追溯到 1972 年 8 月。那一次，为了给翌年的全国陆地边防会议作准备，总参作战部会同新疆军区司令部组成联合勘察组，专程前往喀喇昆仑山和阿里地区的边防部队调研。联合勘察组由新疆军区钟光国副参谋长带队，我作为秘书，主要任务是参与起草给军委的勘察报告。令人意外的是，我笑傲昆仑的雄心壮志，到阿里没几天就在严重的高原反应中坍塌了。先是在斯潘古尔患肺水肿差点成为李狄三的冥友；后来在麻札达坂翻车差点上了康西瓦烈士陵园的名单。那一年我28岁，而傅全有司令员登上神仙湾哨卡时已经是年过花甲的老人。不难想象，这位战将需要有多大的毅力支撑，才能在严重高原反应的伤害中屹立不倒呀！

因为长期看到高原边防部队的默默奉献，又有喀喇昆仑历险的亲身体验，我与世界屋脊结下生死情缘。几十年来有关那里的新闻报道、文学作品只要听说了，我总要找来看一看，但重上神仙湾的夙愿一直未能实现。

1973年春，我随新疆军区徐国贤副司令员参加全国陆地边防会议，开幕式在京西宾馆大礼堂举行。叶帅讲话时一开口就大声询问会场："神仙湾的同志来了没有？"

出席会议的6师师长蔚福恭站起来回答："报告首长，神仙湾的同志没有来，我是他们的师长蔚福恭。神仙湾哨卡现在由我们6师17团守防。"

蔚师长报告完毕，叶帅接着说："你回去代我向大家问好！神仙湾连氧气都吃不饱，战士们在那里守防很不容易啊！"

听了叶帅表扬神仙湾的话，我暗自激动。心想，看来去年两次在山上与"烈士"擦肩而过的无形价值，即将转化为看得见、摸得到的物质成果。

然而，我的热望被无情的现实冷却了。回过头看，在那个时候即使是叶帅讲话，高原边防部队的实际困难也得不到解决。神仙湾哨卡的官兵听到叶帅表扬后的兴奋和希望，在不知不觉中被时光消解了。

令他们没有想到的是 18 年之后，一位战区司令员却使哨卡官兵生存的小环境得到了大改善。这位战区司令员，就是后来的中央军委委员、中国人民解放军总参谋长傅全有上将。

二

半个世纪过去了。神仙湾哨卡官兵牢记着叶剑英元帅的关心；30 年过去了，神仙湾哨卡官兵牢记着傅全有司令员的嘱咐。他们以"宁可让生命透支，绝不让使命欠账"的意志，非但没有把神仙湾守小了，守丢了，反而在眷爱烈焰的炙烤中，不断剔除其中的杂质，把神仙湾哨卡淬炼成名副其实的"喀喇昆仑钢铁哨卡"。

建卡 65 年来，尽管"生命禁区"悄然无声地吞噬着官兵的青春年华乃至年轻生命，但他们始终热血沸腾，无怨无悔。因为那里有他们用脚印烙出的巡逻路线，有他们用胸膛暖热的冰冷哨位。

50 年前，我曾用这样的诗句歌颂神仙湾哨卡的官兵：

> 执勤，你是哨位上的貔貅；
>
> 巡逻，你是移动中的界碑。
>
> 你挑战生命极限的高度，
>
> 你创造人生价值的奇迹。
>
> 我的兄弟，
>
> 喀喇昆仑不能没有你。

50 年后，神仙湾哨卡的中士王向阳在他的诗中写道：

站在山下仰望，

有一个哨所挂在云端上。

我看到云朵缠住了钢枪，

整个哨所好像都在摇晃。

我看到雄鹰从头顶飞过，

就像战士在山巅上巡防。

上哨时我接过钢枪，

举手敬礼就能碰到太阳。

……

比照王向阳诗中炽热滚烫的诗句，我的诗大为逊色，但《傅全有传》中燃烧的激情，炽热滚烫，堪与王向阳的诗意媲美，而且老将军关爱神仙湾哨卡的情怀更为持久，更为深沉，更为厚重。

关注军队建设的人都知道，共和国健在的上将中，傅全有是参加过解放战争、抗美援朝、对越自卫反击战的上将；兰州军区历任司令员中，傅全有是第一个登上神仙湾的上将；解放军编制三个总部时期，傅全有是继黄克诚之后担任过两个总部主官的上将；历届中央军委委员、总参谋长中，傅全有是最早亲临神仙湾哨卡的上将。我作为他曾经的麾下，可谓与有荣焉！

2015年收到《傅全有传》后，我眼睛为之一亮。80多万字的文章，又嵌入了几十张真情实境的照片，可谓图文并茂，意蕴丰沛。传记覆盖了傅全有将军16年的青少年岁月和56年的军旅生涯。史料翔实，佐证确凿，是记录傅全有将军亲身经历的我军历史事件的一部真实信史。

重读《傅全有传》时我发现，抗美援朝期间，钟光国是七师师长兼教导营营长。傅全有是教导营正营职副营长，钟光国主要忙师里的工作，教导营的日常工作则由傅全有主持。在这之前，我并不了解两位首长历史上曾有过这么密切的交集，傅总长也不知道我为他的老师长钟光国将军当了6年秘书。后来钟光国将军的遗孀李瑞山向我提及这层关系时，傅司令员已经离开了兰州军区，但两位首长的过往交谊，却在我心底投下了一抹亮色。

没有比较就没有鉴别。我心目中的傅全有将军，是一位值得仰视的首长。因为在新疆军区、兰州军区、总政宣传部、成都军区任职期间，我都有机会当面聆听首长的指示，目睹首长的风采，《傅全有传》对我的吸引力是不言而喻的。

傅全有司令员同我第一次交谈要追溯到1991年。当时新疆军区由副大军区降格为正军级，我被任命为新疆军区政治部主任。军区领导班子调整时，总政于永波副主任和傅全有司令员分别代表总政治部和兰州军区同班子成员个别谈话。在同我谈话时，于副主任指示：编制等级降了，工作标准不能降，政治部要在保持稳定、顾全大局上做出好样子。傅司令员指示：政治部要主动同司令部、后勤部搞好协调，不能一人一把号，各吹各的调；拳头要比指头硬，拳头不硬指头硬的机关形不成合力。30年来这些指示言犹在耳，至今忆及倍感亲切。

《傅全有传》是学习军史党史的重要参考书，也是一部做人做事做官的教科书。收到传记后我边读边想，边想边读，差不多用了将近两年时间咀嚼消化，回顾反思。

阅读《傅全有传》的过程，如同傅总长同我促膝谈心。无论是战争年代与和平年代的对接，改造客观与改造主观的对接；还是基层建设与机关建设的对接，陌生环境与熟悉环境的对接，没有夸大其词的罔言虚语，都是通过或繁或简的事实记载和情景描摹完成的。读起来逼真生动，感同身受。传主经历的丰富多彩、跌宕起伏，使人时而惊心动魄，血脉偾张；时而百感交集，潸然泪下；时而击节赞叹，哑然失笑。

这次再读有关章节，我仿佛又感到神仙湾哨卡官兵的快速心跳，又看到傅全有司令员严重缺氧的高原反应。我的感动骤然升温，按捺不住地自言自语："视卒如婴儿，故可与之赴深溪；视卒为爱子，故可与之俱死。"古往今来，只有真知兵真爱兵的将帅才有这份真感情呀！

重读《傅全有传》，还使我想起1993年我与神仙湾哨卡官兵的深度接触。那一年新疆军区由正军级升格为副大军区级，我由军区政治部主任转任南疆军区政委。当时神仙湾的守卡任务由边防13团担负。开春后通往哨卡的冰路解冻，我到13团检查上山换防的准备工作。面对上山换防连队的高昂士气，我神情激动地说："喀喇昆仑山是生命禁区，也是精神高地；是考验意志的万年冻土，也是锻铸灵魂的高温熔炉。你们要发扬'进藏先遣连''艰苦不怕吃苦，缺氧不缺精神'的优良传统，用新的业绩告慰叶帅的在天之灵，让天下第一哨与日月同辉，与天地共存！"

任南疆军区政委期间，我专门查阅上级领导对南疆军区部队建设的重要指示，也看到兰州军区傅全有司令员两次视察南疆军区部队的讲话要点。遗憾的是首长视察红旗拉甫边防站和神仙湾哨卡的指示记录都是"要点"。因为太简要，无法了解讲话的主要内容。令人欣慰的是《傅全有传》弥补了我当年的遗憾。

在我重读的两个章节里，一个战区司令员对恶劣自然环境的真实感受，对高原官兵的深切关爱，对戍守"生命禁区"连队换防的几重设想……使我蓦然悟到，这位当时已过花甲之年的上将，不就是"缺氧不缺精神"的垂范吗！

先看看《傅全有传》对这位战区司令上红旗拉甫边防站之前的叙述：

听说司令员要上红旗拉甫，陪同的新疆军区领导劝阻说："首长上了年岁，就不要上去了吧。那里海拔高，将近5000米，上去身体容易出问题！"

傅全有微微一笑说："高，那好哇！站得高，看得远嘛！"

"那个高可不光是高啊！"新疆军区领导有些为难地说，"上边严重缺氧，空气含氧量只有平地的45%不到，紫外线高出平地50%还多。首长上去，只怕身体吃不消呀！"

傅全有摇摇头，神色严肃地说："战士们长年在山上守卡、巡逻，要与风雪严寒搏斗，还要战胜各种疾病，他们无怨无悔，默默奉献，精神难能可贵。我如果连上去看望一下他们的勇气都没有，还当什么司令员呢！……我作为司令员，来到南疆视察，如果不到最高、最苦的哨所去亲自尝一尝'梨子'的滋味，怎么能够体验到哨卡官兵的辛苦和艰难？又怎么能够获得发言权呢？

这是我为官的准则，不论在哪里任职，都必须到最苦的地方去视察，去体验。有了亲身体验，掌握了第一手资料，也就有了发言权！我在成都军区时，也曾上到5000多米的查果拉边防站和只有3个战士的'八七'维护岗，虽然吃了一些苦头，但收获很大。"

"就这样吧，上！"傅全有率领工作组和陪同的新疆两级军区领导，终于登上了海拔4887米的红旗拉甫口岸。

爬上塔什库尔干高原时，尽管傅全有行动困难，头昏脑涨，气喘吁吁，但他坚持看望了红旗拉甫边防站的官兵，又看望了其他边防连队，还勘察了边境对外通道的地形，视察了有关口岸，走一路慰问一路，满怀深情地嘘寒问暖，鼓舞士气，深得边防官兵的欢迎。

三

神仙湾哨卡是1956年6月，由南疆军区某部15名官兵奉命勘察设置的。由于日夜温差大，大家早晨起床后头发、眉毛、胡子上都会结满一层厚霜，白花花的，像极了神话中的仙翁。"神仙湾"的名字在官兵浪漫主义情怀中诞生了。1959年8月，经中央军委正式命名，神仙湾哨卡开始出现在中华人民共和国军事地图上。

对于这次神仙湾之行，《傅全有传》是这样记载的：

神仙湾是因哨所而命名的。该哨所坐落于喀喇昆仑山千年冻土之上，位于皮山县境内。海拔为5380米，年平均气温为零下18至23摄氏度，昼夜最大温差30多摄氏度，冬季长达6个月之久，一年到头 17 米 / 秒以上大风天占了一半，一到冬季千里冰封，万里雪飘。这种高寒、缺氧、低压的恶劣环境，会给人带来头疼、恶心、心跳加速、呼吸困难等高原反应。长年驻守在这里，还会出现各种高原性疾病。由此，科学家称这里为"生命禁区"，该哨所也有"天下第一哨"之美誉。

傅全有清楚，在海拔 3000 米以上的高寒地区，海拔每上升1000 米，空气中的含氧量会降低 10%。在海拔 5380 米的神仙湾哨卡，空气中的含氧量只有山下的 40% 左右。面对生命极限的挑战，傅全有还是老想法：我在这个战区工作，不去最高哨所看一看，就会留下一辈子的遗憾。

那时候谁也不会想到，傅全有司令员上神仙湾时作了两种思想准备：一是顺利回来，二是留在神仙湾永远守边防。新疆军区领导为傅全有司令员的精神所感动，再三劝阻无果，只得作了上山的安排。

傅全有执意而为，毫无后顾之忧地踏上了神仙湾这片"生命禁区"。哪知道脚一落地，立时感到了神仙湾的"厉害"。他脸色煞白，头疼欲裂，心脏几乎要跳出胸腔，身上像担负着千斤重石，每走一步都气喘吁吁……

到了哨所附近，傅全有突然听到有个战士在轻声哼唱：神仙湾啊神仙湾，谁能上来谁就是神仙……

他不由得精神一振，诙谐地对大家说："听到了吗？谁上得了神仙湾谁就是神仙。这歌词多生动，多形象，我们不再是凡人，都是神仙啦！"

走进哨所，傅全有靠在战士床铺上休息，战士们一个个过来与他握手，含着眼泪向他问候。

傅全有知道，这次神仙湾之行，绝不是一次寻常的视察，如果因环境恶劣半途而废，那影响可就大了。从某种意义上说，甚至他以后针对新疆、针对边防的任何言谈，其权威性都将大打折扣。

新疆军区领导见傅司令员高原反应这么厉害，都很焦急，再三劝他看一看就行了，催他赶快下山。傅司令员摇头拒绝，继续他的视察安排。虽然高原反应已经十分严重，浑身像散了架一样难受，但他努力克制着，尽量保持着微笑，以鼓舞哨卡官兵和随行人员。

上神仙湾之前，傅全有听团领导介绍过这里恶劣的自然环境，不禁为之吃惊。现在亲临其境，又得知哨卡官兵身患多种高原疾病，连指甲都瘪了，变形了，心情顿时感到很压抑。他说："建立神仙湾哨卡初期，官兵们靠着一顶帐篷度过寒冷的长夜，饿了吃压缩饼干，渴了用架在石头上的铁锅化雪水喝，硬是在被称为'生命禁区'的地方站住了脚，扎下了根，牢牢守卫着祖国西大门。"他指了指前方，"那边那座小小坟茔，你们都知道是神仙湾哨卡第一任指导员沈鹏生的墓。他生前因长年守卡，患脑瘤去世时留下遗言：'请把我埋在喀喇昆仑山上，我要陪战友继续站岗。'这种精神能说不高尚吗？……"傅全有看了看两级军区的领导，话锋一转说："正因为边防官兵在无私奉献，我们当领导的更应多关心他们，为他们的生活、身体着想，更应为他们的子孙后代着想。要尽快想办法解决他们的实际问题，否则我将无颜面对无私奉献的边防官兵……"

傅全有说："环境那样恶劣，战士们确实太苦了。当时我想在 3000 米高度的地方修一栋房子，连队常年住在那里，定期坐车上山巡逻，神仙湾哨所的哨位不变，但新疆军区不同意。那时候服役期限是三年，当时是两个连轮换上山。我决定不增加人数，把两个连编成三个连，这样当三年兵，在山上只待一年，在山下待两年。"

在今天看来，这项举措算不上什么大事，但他却关系到一代代官兵的身心健康，关系到官兵子女的身心健康。很显然，单是这项举重若轻的改革，没有亲临神仙湾经历的战区司令是想不到的。

实践是检验战斗力的标准。由两个连编成三个连，不仅没有削弱哨卡的战斗力，反而有效地降低了高原病对战士的伤害，大大增强了官兵的体能素质，激发了大家的戍边意志。那次我欢送上山换防的连队就在黑板报上写道："三个连，轮流转，越转红旗越鲜艳！今年轮到我们连，定让红旗更耀眼！"

既要完成守防任务又要关怀官兵身体的设想落实了，但很少有人知道傅司令员为此付出的身体代价。

回到军区后，傅全有司令员与曹芃生政委商榷并经军区常委会确定的"三个倾斜"（在经费、物资、装备、器材保障和干部政策上，军区应注意由东部向西部倾斜，由内地向边防倾斜，由机关向基层倾斜），从根本上端正了部队建设的重点指向。与此同时，傅全有和曹芃生还要求新疆军区要向驻地最高、最远、最苦、最险的单位倾斜，向执行重点任务的部队倾斜，向部署在主要方向的部队倾斜。

岁月在无声无息中流逝，记忆在人员接替中赓续。30年过去了，傅全有司令员的声音在一茬又一茬的守卡官兵耳畔回响。当年与我感同身受的南疆军区司令员林才文也认为，真朋友可遇不可求，好首长也是可遇不可求呀！老林哪里知道，我的感受比他更直接更强烈更深刻。

日历翻回1990年5月。就在我的军旅小舟即将被恶浪掀翻的时候，傅全有、曹芃生被分别任命为兰州军区司令员、政治委员。正是这两位首长的亲切关怀，我才有了"潮平两岸阔，风正一帆悬"的感觉。

后来我琢磨过"时来运转"这个词的深度含义，终于明白了其中蕴含的道理——人生的道路是否坎坷，不全在自身的素质，不全在路况的好差，不全在脚力的强弱，有时候还要看你的运气好不好。我的运气是遇到了傅全有、曹芃生两位好首长。

2021年8月1日

海内存知己　天涯若比邻

借助这篇文章开头，我得把傅全有总长在《我喜欢的》一书中"写在前面的话"告诉大家。傅总长是这样写的："这个小册子仅限于给我的家人、亲戚、朋友、身边工作人员和最亲近的战友赏阅并作留念。"我收到傅总长赠送的第一本小册子便爱不释手，当时就觉得应该给更多的同志分享。但小册子印数有限，我只能"管中窥豹"，就其中几册的内容加以概括，让大家了解离休后的傅全有总长，是如何秉持初心，用手中的笔打造了一片属于自己又惠及读者的夕阳红新天地。

傅总长给自己书的定位是"小册子"，我则认为这是傅总长独创的袖珍书系列。虽然开本只有巴掌大小，但内容涉及古今中外，言简意赅，鞭辟入里。

我手头这本《我的出访随感》，就是一册观察了解世界的导读书。该书写于 2017 年 3 月 15 日，傅总长于当年 9 月 6 日亲笔签名赠我。因为我有跟团带团出访的经历，这册书读来感同身受，特别亲切。

明人董其昌说过："读万卷书，行万里路。"这话说白了就是见多才能识广，远走才能博学。读傅总长的《随感》，更觉得"见多识广，远走博学"八个字含意深邃，厚味很重。

依据《随感》统计，傅总长从1987年作为大军区司令员第一次率团出访，到2002年最后一次出访，先后访问和过境的国家（地区）达76个之多，除南极洲外，足迹遍布六大洲。《随感》记录了其中的50个国家，内容新颖，妙语连珠，金句迭出，读来大快朵颐。

从《随感》中首先看到傅总长对军事外交的定位。他写在这本书前面的话中说："军事外交是国家总体外交的重要组成部分，一定要服从服务于国家外交工作大局的要求和需要。要站在战略高度，确立放眼世界的视野，信奉外事无小事的理念。军事外交政治性、政策性很强，说错一句话，办错一件事，就会直接影响国家的利益和形象。所以，一定要增强战略观念和大局意识，立足当前，着眼长远。"

"军事外交要做到五个字。一是大。大气，大方，展示大国形象，特别是遇到傲慢的外交对手时，一定要把大国的架子摆起来。二是高。站在战略的高度观察、分析、处理问题。三是活。就像打仗一样采取灵活机动的战略战术。既要做到有理、有利、有节，又要不卑不亢，刚柔相济，不失大国风范。四是实。说话办事都要实事求是，说实话，办实事，求实效。五是广。要利用各种机会、各种场合，广泛宣传我国的国防政策、外交政策，广交朋友，既要重视周边的'近邻'国家，又要重视拉美、非洲的'远亲'国家。对大国、小国、富国、穷国一视同仁，平等对待，广取别国的经验和长处。有一次出访我走了六个国家，学习总结了军事训练的'六化'回来，即训练内容规范化，训练方法模拟化，训练秩序正规化，训练场地基地化，训练保障节约化，训练质量标准化，这都符合实战要求。"接下来"六化"被贯穿于训练实践，全军的军事训练水平有了整体提升。

正是基于这样的军事外交理念，傅总长认为，军事代表团出访不只是军队形象的展示，还是民族精神的弘扬，更是国家形象的彰显。20次出访的效果说明，每次出访前傅总长都是做足了功课的。由于对国际形势、对我国外交政策、对受访国家的了解心中有数，即使遇到对方刁难，也能迎刃化解。

对外出访不是出国旅游，是个艰苦的差事。《随感》告诉读者，代表团出访一定要过好"三关"。一是国情关。尽可能熟悉到访国的情况，找到更多的共同语言，加深沟通，增进友谊。二是时差关。因为各国地域不同，有些国家与我国的昼夜是颠倒的，提高睡眠质量，保持精力旺盛始终是个不易解决的问题。三是饮食关。各国的饮食差异很大，多数受访国吃西餐。中国人吃外国饭，保证胃肠不出问题尤为重要。这些事说说容易，做起来不简单。仅就着装而言，一会儿着军装一会儿着便装，一会儿系领带一会儿不系领带，开始几天多数人是不大习惯的。傅总长在这些方面总结了五句话："紧跟不掉队，管好自己的胃，会谈时不要打瞌睡，休息时间抓紧睡，喝酒不要醉。"傅总长的归纳很生动，我冒昧地把它简化成顺口溜："跟紧队，管好胃，抓紧睡，别喊累，不喝醉。"这几条哪一条都不能出问题，否则，就会出国际洋相。

2002年9月，傅总长率团出访柬埔寨、韩国时，已经是72

岁的老将军了。然而,此时的傅总长依然精神矍铄,思维依然敏捷。

那个时期,美国和一些西方国家出于自身利益和遏制中国的需要,一方面公开向台湾出售武器,暗中蛊惑和支持"台独"分子;一方面在我国南海不断制造事端,在国际上大肆炒作"中国威胁论"。为了"西化""分化"我国,他们在我周边制造和诱发不稳定因素,破坏我国建设和发展的外部环境。因此,出访期间不光有鲜花和微笑,有掌声和美酒,有时候还会有挑衅和陷阱。出访的数据是枯燥的,数据背后却是傅总长自信、睿智、担当的情怀。面对不同国家的不同态度,傅总长都会区别对待,有的正面回答,有的当下揭穿,有的委婉化解。出于种种原因,有些事情不便本文重现,但出访中的小插曲还是蛮有意思的。在我看来,有五条经验值得借鉴。

一、投之以桃,报之以李

《随感》写道,在访问古巴期间,傅总长赞赏卡斯特罗是中国人民的老朋友、好朋友。卡斯特罗主席领导的古巴,是拉丁美洲第一个同中国建交的国家。40年来两国人民和军队在反抗外来侵略和建设社会主义事业中互相同情、互相支持、密切配合,结下了深厚的战斗友谊。在彼此尊重理解的友好气氛中,古巴革命武装力量部部长劳尔·卡斯特罗大将,同傅总长一行进行了亲切友好的交谈。洛佩斯总参谋长全程陪同,并亲自下海为代表团捞大龙虾。

拜会古巴革命委员会主席菲德尔·卡斯特罗时,卡斯特罗以赞赏的口吻说:"中国50周年国庆大阅兵的实况录像,我连续看了四遍，真是了不起呀！哪一个国家也搞不到这个样子！""古巴非常关注中国的发展，中国用占世界7%的耕地养活了占世界22%的人口，是个奇迹，是古巴学习的榜样。"

《随感》写道，会见进行了4个多小时，卡斯特罗给我提了大大小小50多个问题，内容很广泛，有个人的、国家的、军队的，还有国际的，大范围、深层次地交换了看法，在许多问题上达成了共识。卡斯特罗主席亲自设午宴招待我们代表团，边吃边谈，气氛非常热烈。一个国家的总参谋长出访，对方的国家元首接见4个多小时，直到最后挽着胳膊把客人送上车。这种情况是少见的，这充分说明中古之间有着特殊的关系。

在美国访问时，一位美国将军言不由衷地对傅总长说："将军，你是世界上最大的参谋长。"傅总长说："你说得很对！我们国家大，军队多，我当然是最大的参谋长。"对于友好的表示，傅总长同样报以友好。有个美国将军握住傅总长的手说："将军，你长得这么帅啊！"傅总长笑着说："我吃了面条长成线条！"在座的美国将军们哈哈大笑起来。

二、领导人什么都得会一点

这个看法是傅总长访问莫桑比克时得到的启示。他在《随感》中写道："（到访）第二天，莫桑比克召开万人大会，莫方做了一个大蛋糕，总统给来参加庆祝大会的35个代表团分发蛋糕，一个代表团给一块蛋糕，由代表团团长去领。分完蛋糕，总统发表讲话，大会议程进行完后，就开始跳舞。一个很漂亮的黑人姑娘来拽我的袖子（语言不通），武官说她要你跳舞。我想这个舞一定得跳，人家这么热情要求你，如果不跳，那就太不礼貌了。因为第一次跳交际舞，肯定跳不好，右手应搂腰，结果我把手搭在对方肩膀上，大家都笑了。"

《随感》还写了一件事："在乌克兰参观海军基地时，海军司令叶热烈突然提出：'傅将军有没有兴趣打台球？'我说：'可以！'海军司令说：'我们进一个球就算赢！'我说：'好！'因为我是客人让我先开球。他打第二杆就有进球的机会，他没有打进去。我打第三杆，球进了，还是进的中洞，比赛我赢了。海军司令一下把我抱得紧紧的，为我祝贺胜利。从此以后我们就成了好朋友，我们代表团在乌访问期间，叶热烈司令员三次设宴招待我们代表团。"

傅总长从这些小事中悟到，"看来领导人什么都得会一点，在关键的时候能拿得出手，免得出洋相"。

这种洋相我就出过一次。出访墨西哥时参观军事学院，墨方一位将军在闲聊中问我："将军的高尔夫球打多少杆？"我从来没去过高尔夫球场，当然也没碰过高尔夫球杆。但在电视上看到有人一两杆能把球打进洞。我认真回答："水平不高，就两三杆吧！"对方听完先是一惊，而后耸耸肩膀说："中国将军太幽默了！"代表团的同志当时怕我难堪没有纠正，回来后都说我吹牛皮还落了个幽默将军的好名声。

三、用生动比喻说明原则立场

有段时间，以美国为首的一些国家动用各种舆论工具，在国际上大肆渲染"中国威胁论"。傅总长每到一国，都要宣传中国改革开放、和平发展的立场，而且形象地用桌子腿作比喻。《随感》写道："我利用各种场合，着重提出反对霸权主义，世界是多极化的，一张桌子还要四条腿呢！一条腿是支撑不起一张桌子的。这么大的一个世界一家独霸是不行的。国家不分大小、贫富、强弱都是平等的，应和平相处，反对以大压小，以强凌弱，这是我国的一贯原则。"一张桌子四条腿的说法，是对世界多极化的生动比喻，受访的国家也容易接受。有个国家总想发展核武器。傅总长在会谈中建议对方多种山药蛋，不搞原子弹，搞了原子弹反而不安全。用风趣的语言表达我国的原则立场，既不伤和气，又达到了会谈的预期目的。

四、抓住特点，传递友谊

访问肯尼亚时，总统莫伊与代表团进行了亲切友好的交谈，傅总长说："通过这几天的参观访问，给我们留下了美好的印象，你们国家很美，不但人民生活得很幸福，就是动物也喜欢你们这个地方。"总统听了高兴得哈哈大笑。访问巴西时傅总长对陪同官员说："我发现你们的国家是红土地、绿草坪！"陪同官高兴地说："将军阁下，你真不简单！来了几天就把我们国家的特点认清了。"访问尼泊尔时，受到该国热情友好的接待。总参谋长拉纳上将把代表团请到家里做客。傅总长表示，希望两国两军的关系"像喜马拉雅山那么高，像雅鲁藏布江那样源远流长"。拉纳紧接着表示："中国和尼泊尔的安全是一个硬币的不同两面。""西藏的稳定同尼泊尔息息相关，希望两国密切合作，共同创造一条安全稳定的边界。"事实证明，外交场合恰当地运用生动比喻，能将抽象的交流形象化，更有利于彼此之间的沟通。

五、以幽默化解尴尬

《随感》写道，1989年，傅全有作为成都军区司令员率团庆祝莫桑比克建军25周年。代表团到达的当天晚上，莫方国防部长正同傅司令员进行友好交谈，突然电灯灭了，国防部长很不好意思，连着说了几句："敌人的破坏！敌人的破坏！"傅全有司令员说："电灯会亮的，没有灯，我们就瞎说吧！"逗得大家哈哈大笑。不一会儿电灯亮了，宾主接着继续会谈。

有一次出访某国，给代表团派的专机是运输机，里面铺块地毯，放了两个沙发，就成专机了。国防大臣接见代表团，一见面就说："将军，专机怎么样啊？"傅总长没有说它好不好，说它好不符合事实，说它不好又显得不礼貌，便笑了笑说："我这个将军是骑毛驴出身的，现在坐上飞机还有什么不好！飞机总比毛驴强吧！"说得他们哭笑不得，最后国防部长说了一句："将军真会讲话！"一场尴尬在幽默中化解了。

展望未来，随着我国国际影响力日益增强，军事外交活动亦将日益增多。面对新形势新情况，学习傅全有总长撰写的《我的出访随感》是大有裨益的。

耄耋犹忆老连长

　　《我的老连长》是傅全有上将回忆他第一个连长范进续的文章。全文15000余字，写于2016年5月1日，时年傅总长86岁。

　　一个功成名就、本该含饴弄孙的老将军，缘何要让思绪回到血光炙烤的战场，同70年前的连长在硝烟弥漫、生死难卜的枪林弹雨中出没？答案可以有若干个，依我看最核心的理由就是三个字：战友情！

　　看过一些战争题材的影视作品，也读过一些战争题材的文学作品，但都没有作者笔下的老连长有血有肉有灵魂，也没有作者笔下的范进续两头冒尖个性强。读完文章，一个活灵活现的"刺头"连长浮现在我眼前。我忽然觉得，这篇文章是一篇很不错的影视剧素材，若有文艺高人精心打磨，社会效益和经济效益一定是可观的。

　　范进续是1938年入伍的老八路，也是傅全有当兵后的第一个连长。傅全有是跟着范连长冲锋陷阵的，又是看着范连长起落沉浮的，其同情与扼腕的心情像两根铁轨上的火车，承载着傅全有的感情和思考，在70年前的时光隧道里推进。合上书本的恍惚中，我仿佛看到了飞驰的列车身影，听到了隆隆的碾压响声……

作者不知道他的老连长是否还在人世，但我相信逝者的灵魂可以接收到至爱亲友的信息。"身无彩凤双飞翼，心有灵犀一点通。"李商隐的这两句诗，我以为是写到人的灵魂里去了。

傅总长在回忆中写道，1953年，部队由青海开往抗美援朝前线时，范连长因年龄原因就地转业，自此以后再没见过。但范连长跌宕起伏的经历给作者留下了不尽的思考。1975年，傅全有向回部队办事的山西老兵打听范连长的情况，对方告诉："有一次，我在镇上赶集，看到范连长一个人穿着皮袄在街上走，其他什么情况就不了解了。"

一别江湖影渺茫。文章最后一句话写道："以后范进续连长的情况再也打听不到了！"这句断尾话，使人看到作者难以释怀的思念与惆怅，读起来难免泪目。如果说这篇回忆录塑造了范进续忠勇而又"刺头"的立体形象，作者应该是一个优秀的造型师。

这篇回忆录的最大亮点在于一个"真"字。这个"真"字像一台摄像机，从傅全有当兵第一天开始，就跟在他身后，摄下了傅全有眼中的老连长从带着他出生入死，到离开部队转业前的全部画面。

首先，是友情真挚。

作者在该书前面的话中写道："讲起我的老连长，思绪几度回到那戎马倥偬的烽火岁月。特别是这几年，我的眼前常常浮现出老连长的身影，挥之不去。我同老连长相处的时间虽然不算久，但他的崇高品德、务实作风、献身精神，给我留下了深刻印象。

细想一下，至今已经有 70 年了，我一直没忘掉他，年年月月都在怀念这位可爱的'二不愣'连长。这里谨以此文，怀念我的老连长，纪念那段珍贵的岁月。

"老连长是山西太谷人，抗战老兵，外号'二不愣'。他身材魁梧，没有文化，说话粗鲁，但是他能带兵，能打仗，能上能下，能屈能伸。打起仗来有一股猛打猛冲的虎劲，勇敢不怕死，带着连队打了很多恶仗、险仗和胜仗。他多次立功、受奖，满身都是伤疤。他的头部、胸部，被敌人的子弹打穿都没有死，我常感叹他是特殊材料制成的，很坚强。"

作者写到这里，范进续的形象已经立起来了。但这只是下级眼里的范连长，上级眼里的范连长又是如何呢？文章接下来写道："团长黄兴武很喜欢他，关键时候爱用他，别人啃不动的硬骨头，拔不掉的钉子，都要连长去完成，还破例为他配了一匹马，享受营长教导员的待遇。"后来老连长的马从山上掉下去摔死了，团长又让机关从通信连选了一匹马给老连长骑。足见范进续在团领导心目中的地位。战争是检验指挥员才干的试金石，胜负不是靠嘴巴说出来的。单凭团长破例为范进续两次配马这件事，说明范进续绝不是个等闲之辈。

当读者希望看到范连长的不同寻常时，作者却笔锋一转写道："不过，他也是个十足的'刺头'兵，两头冒尖，长处很长，短处也很短。他的战绩很辉煌，错误也很严重，当然功过相比还是功大于过。现在回首，毋庸置疑的是，老连长是一个忠于党的人，一个勇于献身的人，一个最可爱的人。" 接下来，作者用纪实文字写了他个人与老连长的友谊："我 16 岁刚当兵到晋绥军区独立 2 旅 21 团 2 营 4 连，就跟着连长打了几场硬仗，很快就被发现是个好苗子。老连长跟排长说：'傅全有这个兵是个好兵，打仗很勇敢，攻打孝义镇高家堡战斗中，他第一个冲上敌人阵地，同敌人拼杀。人也忠厚老实，是个好苗子。'在连长的关爱和认可下，我参军九个月就加入了中国共产党，一年三个月就由战士、副班长、班长，到干部副排长的职位上，为我一生的发展开了个好头，打下了一个好的基础。老连长既是我的正面老师，又是我的反面教员。正反两个方面的经验教训使我悟出了怎样做人、做事、做官的道理，终身受益，永远不忘。今天我怀着深厚的感情和怀念的心情，亲自挥笔，写我们老连长的故事，是为了缅怀革命先烈，继承革命传统，弘扬革命精神，教育后人，不忘过去，开创未来。"唐人白居易说："感人心者，莫先乎情，莫始乎言，莫切乎声，莫深乎义。"现在理解这段话，意思是能够感化人心的事物，没有超过情感的，没有不是从语言开始的，没有比声律更切合的，没有比道理更深入的。沧海桑田，人心不古。今天讲真情，既需要社会主义核心价值观引领，又需要中华民族传统美德滋养。唯有如此，亲情、友情、爱情才能高尚恒久，也才能铸就守望相助、天下同心的人间大爱。《我的老连长》通篇所贯穿的，正是这样的同志真情。

其次，是故事感人。

纪实文学包括新闻通讯、报告文学、回忆录之类的文章，与小说最大的不同之处，在于这类文章可以是大事不虚，小事不拘。

但具体到回忆真人真事真情节，就不能端起架子讲道理，更不能编造故事忽悠人。

《我的老连长》在这一点上尤其值得肯定。全篇文章没有故弄玄虚，没有华丽辞藻，完全是靠事实说话。比如，讲范进续入伍前情况时写道："范进续出生在一个贫苦农民家里，父母早逝，是爷爷奶奶带大的。爷爷奶奶种的地，打下的粮食只够半年食用，后半年的生活只能靠要饭维持。因为家境贫寒，缺衣少食，年少时的范进续过着衣不蔽体、食不果腹的日子。为了谋生，他小小年纪就给地主放羊，干农活。顶风雨，冒严寒，早出晚归，不管春夏秋冬，还是严寒酷暑，天天如此，吃尽了苦，受尽了罪。有一天出去放羊，一只羊被狼叼走了。回到家里主人发现少了一只羊就大发脾气，不光是骂，还用放羊的鞭子抽打他。范进续的腿被打破了，还流出了鲜血。左手的中指也被打断了，他一声也不敢哭，忍着疼痛照常干活。随着年龄增大，他逐步学会了干农活，样样会干，都干得很好，成为一个种庄稼的小把式。辛辛苦苦劳动了一年，到年底结算，地主老财的心黑得很呀！因为丢了一只羊，还扣了一部分工钱。范进续只有忍着气，一句话也不敢多说，把伤心眼泪都流在肚子里面了。但在他的心里打下一个深深的烙印，那就是增加了对地主阶级的仇恨。他开始懂得爱什么、恨什么、怎样做人做事的道理。贫穷、艰苦的生活，受压迫受剥削的经历，为他一生的生存和发展打下了坚实基础，是他成人成事最雄厚的资本。"

讲述范进续打仗时作者写道："当兵是个好兵，打仗勇敢，不怕死，有时候他一个人冲上敌人的阵地。轻伤不下火线，重伤不哭叫，很坚强。""1940年在山西岚县一次战斗中，他任班长的四连二班是突击队。他们巧妙地接近了敌人的碉堡，用自己手中的武器把敌人的电网打断，用炸药包把敌人的碉堡炸掉，消灭了敌人一个班，还抓了两个活的，受到上级的表彰。""1942年范进续任四连一排长，在山西纯县（今原平市）与宁武县交界的段家岭与敌人遭遇，战斗打得很激烈。四连一排在范进续的带领下冲在最前边，他们做到'三先'，先敌开火，先敌占领有利地形，先敌发起冲击，把敌人压在山沟里，居高临下，争取了主动。战斗持续了一个多小时，反复争夺数次，范进续左臂负伤，没有下火线，带伤指挥战斗。在二、三排的协同配合下，全歼了敌人，共打死打伤敌人50多人，我伤亡20余人。缴获了日本鬼子一门山炮。军区通令嘉奖四连，给范进续排长记大功一次，并提升为四连副连长。"

范进续班长、排长都当得呱呱叫，连长当得怎么样？作者没有直接回答，而是带着读者走进了打洛川西安民战斗的残酷场景。洛川的战略地位十分重要，是关中平原的门户。敌人要死守硬拼保洛川。这里地形险要，悬崖峭壁多，敌人构筑了坚固的防御阵地，明暗火力点多，设置了多道障碍，阵地周围布满了地雷，易守难攻，打的是恶仗。介绍完战场的情况，作者的笔触进入到一场惊心动魄的恶战中："我们四连的任务是围攻西安民，西安民是洛川城外一个核心阵地，有一个排防守，阵地周围都是悬崖绝壁，只有一条通路，构筑有地下工事，交叉火力，明暗结合，防御得很严密，是敌人的死守阵地。攻打西安民的任务很艰巨，打的是攻坚战，打了三次才打下来。进攻路线只有一条通道，敌人利用轻重机枪封锁得很严密，进攻部队上一个倒一个，从一班长到九班长，从一排长到三排长，副连长、副指导员都牺牲在一个地方。"（作者因为打宜川受伤住院，未参加这次战斗）"打了两次没有打下来，团长命令四连撤出战斗，我们范进续连长坚决不下去，'只要我在，我还有一口气，我就要坚决把它攻下来！'接着他又重新发起第三次攻击。第三次攻击改变了战法，学老鼠打洞的办法，用挖地道的战法，挖到敌人阵地的正下方，装上炸药爆破，炸得地动山摇，把敌人的阵地都炸飞了，攻克了西安民。在我的记忆中，我们连在解放战争中打了那么多仗，西安民是最残酷的一次战斗，我们连的骨干全都牺牲了。我们连长的眼睛都打红了，看到自己的战友都牺牲了，连长心里很难过，眼泪都流出来了，增强了对敌人的仇恨。"

范进续铁汉柔情，不光打仗勇猛，还特别爱兵，当战士时他行军不掉队，还帮助体弱的战士扛枪、背背包。后来他当班长带出了一个先进班。战士们夸他："好班长，好班长，我们睡觉他站岗，我们吃肉他喝汤，我们休息他擦枪。"当连长后他经常交代司务长改善连队伙食，还同战士一起参加文体活动，是全连的摔跤冠军，三个战士也摔不过他一个人。

第三，优劣都讲。

这是《我的老连长》最让人不忍释卷的长处。人，都会有缺点。哪棵树上没有疤，哪阵风里没有沙！如果作品不写或者轻描淡写老连长的缺点错误，那范进续的血肉就不丰满了。当然，作品并没有褒扬老连长的短处，而是以客观冷峻的事实和十分惋惜的态度为范进续懊悔。比如，范进续有军阀习气，单纯的军事观点，不讲政治，发生过把上到老乡房顶看戏的三营一个通信员从房上摔下去等问题。团里想任命范进续为二营副营长、代理营长，一、三营的领导坚决反对，范进续只得继续当他的连长。又如，西安战斗打得十分残酷，连队的骨干都牺牲了，战斗结束后，他一气之下把俘虏枪毙了，这当然是违背俘虏政策的做法。再如，因失误打死了一个乱打枪乱投手榴弹的民兵，受到撤职当炊事员的处分，在全团排以上干部大会上做了深刻检讨，炊事员也干得一丝不苟。重新恢复干部职务后到特务连当排长，连指导员是他当连长时的通信员，但他到连部开会，不喊报告不进去……这些伴随着他的长处的短处，像强光下的阴影，确实影响了老连长的进步，直到他挂着副营长职务就地转业到工厂工作。

2022 年 6 月 7 日

岁月的洗礼

——我读白曙的《岁月如歌》

读完白曙大姐的《岁月如歌》，我沉思良久。

一

人的外表，皮囊而已，皮囊终会老去，所有的光鲜都会被褶皱吞噬，而灵魂不会。我相信 100 年后，你也能在 70 年前徒步进藏的 1100 多名女兵中找到她的身影。她同那些把青春乃至生命献给雪域高原人的灵魂，早已被世界屋脊高高擎起。

她叫白曙，跨入 93 岁，是开国将军刘振国的遗孀。与她同庚的王帆云是廖步云将军的遗孀。她俩同跨入 94 岁的马秉臣将军，被我戏称为干休所的"金童玉女"，大家深以为然。

从 1948 年加入解放军行列那天起，她一路转战河南、安徽、浙江、江西、湖南、贵州、四川等地，穿布鞋，穿草鞋，不穿鞋，把脚底磨成鞋底，用滴血的脚印、结茧的脚板，书写出一位年轻女性为建立新中国而百折不挠的努力。

白曙是位不平凡的老人。18 岁那年她背着父母放弃学业，在枪炮声中穿上了解放军的军装；20 岁那年她因劝开小差的战士归队，第二次荣立三等功；21 岁那年她听从组织安排，同大她 14 岁的丈夫结为夫妻；同一年她在高寒缺氧中爬冰卧雪，徒步从四川乐山走进西藏拉萨；25 岁那年她随同丈夫率领的边疆观礼团，在五一节那天先上天安门观礼台观礼，后在怀仁堂近距离同毛主席、朱老总、周总理坐在一起，观看舞蹈家戴爱莲的汇报演出；30 岁那年她随同身体不支的丈夫离开雪域高原，到贵州省军区工作；31 岁那年周总理在贵阳当面嘱托白曙"你们搞文艺工作的要着重发展地方戏曲"，她定下了为发展黔剧作贡献的决心；37 岁那年刘振国将军让贤离休，她随同丈夫到湖北武汉元宝山干休所安家；42 岁那年因紧急战备，她随丈夫先被疏散到湖北恩施，后又迁徙到河南新乡；44 岁那年，他们一家在周总理关怀下又回到武汉元宝山干休所；直到 51 岁那年他们才回到魂牵梦萦的成都军区干休所定居。在白曙看来，四川是她参加第二次长征（刘伯承：进军西藏是第二次长征）的起点，也应当是她生命的归宿。

我跟着白曙的足迹亦步亦趋，穿越时空隧道，走进她的如歌岁月。抚摸书稿时我想起《岁月如歌》中的一句话："革命人永远是年轻。"白曙似乎没有老过，90 岁时她还回到当年战斗的地方河南太康，祭英烈，访老区，同群众载歌载舞，为城乡翻天覆地的新面貌而欣喜不已。

《岁月如歌》是白曙八十大寿时献给新中国六十华诞的礼物。该书分随笔散文、诗歌、书信日记、友人 4 个篇章，展现了一位女战士的风雨历程，讴歌了战友们的风采流韵，记录了夫妻间的脉脉温情。阅读这部作品，如同站在历史的回音壁前，聆听流逝岁月的足音。这声音远在天涯，近在咫尺。可是在过往的岁月中，却鲜有媒体关注过这些巾帼老兵。她似乎被刘振国将军的光影遮住了，随着将军魂归大夜，白曙的年华也被时光慢慢吞噬，渐渐成为一抹淡淡的余晖。一段时间来个别媒体虚无革命历史，贬损革命英烈，忽略宣传巾帼战士，严重损害了党和军队的形象，误导了社会的认知，这是价值观的扭曲。社会迈进了新时代，我们应该还巾帼英烈们应有的历史地位，让人们知道祖国母亲的深邃内涵。

作为女儿、战士、母亲，白曙是名副其实的。她1929年9月出生于一户衣食无忧的中医世家。开明的父母对于子女赓续家业、拓宽门楣寄予厚望，从小被送进学堂识文断字。白曙在新乡读完初中，1947年转入开封师范继续求学。然而父母的愿望经不住子女激情的冲击。在解放战争的炮声轰鸣中，白曙像《青春之歌》中的林道静一样走出困境，于1948年中断学业，踏进革命队伍，成为豫皖苏军区一分区文工队的一位女兵，开始了她真正意义上的革命苦旅。

白曙的名字，我是在老年大学诗刊上看到的。当时觉得这名字浪漫而富有诗意，肯定是个有故事的人。她从西较场干休所搬到北较场208号院后，彼此渐渐熟悉。我对其以大姐敬称，有时遇到也会嘘寒问暖，叮嘱她保重身体，说些寿齐五岳之类的祝福话。真正了解她人生承受之重而又活得云淡风轻，是在读了她的《岁月如歌》之后。

蒙田说过："生命的价值不在于能活多久，而在于我们如何利用人生。"岁月是人类生命的记录，岁月不居，韶华易逝。个体岁月的质量，不在于年龄职务财富，而在于对事业对社会对历史的回报。就算纸醉金迷的土豪能活 100 岁，他的岁月也只是行尸走肉，因为享受是他的全部。而抗美援朝长津湖战役中冻成冰雕的志愿军烈士，最小的只有十五六岁，却成为中华民族的星座，成为彪炳历史的永恒。白曙虽然没有创造出惊天动地的伟业，但她生命的底色一直是鲜红的，这底色是她生命质量的标记。

二

日历翻回解放战争那几年。三大战役摧枯拉朽，所向披靡；蒋家王朝风雨飘摇，四面落荒。当时向往革命的青年知识分子，心里都升腾着光明的火焰。白曙也不例外，她同加入 18 军的校友，就是在"虎踞龙盘今胜昔，天翻地覆慨而慷"的号角声中，向着大西南挺进的。

1950 年 1 月，当白曙和战友们还陶醉在新中国成立的欢乐中时，1 月 24 日，西藏工作委员会成立，进军西藏、经营西藏的任务，历史性地落在了由张国华、谭冠三将军率领的 18 军 3 万将士肩上。

注重友谊、处事缜密的张国华、谭冠三商量，进藏之前必须为政治部主任刘振国找到如意伴侣，不能让这位老红军身边无人照料，独身向西藏挺进。

1916 年 1 月 16 日出生的刘振国，是湖北孝感小悟乡刘家河村人。7 岁丧母，12 岁为富人放过鸭子，卖过柴火，后来又在杂货铺当过学徒，从小没吃过几口饱饭，没穿过几件新衣，一直在饥寒交加中挣扎。1930年，他在徐向前所部影响下参加红军。1951年，已经是34岁大龄青年的刘振国还是没工夫找对象，一心扑在大军进藏的准备工作上。刘振国为什么不找对象？我们无法揣度，也许命运早已为他作了安排，让他耐住寂寞，耐心等待，等待她的到来。

白曙虽然是18军文工团团员，也认识政治部主任刘振国，但两人从未单独接触过。冷不丁听说军首长要为她架鹊桥，当月老，希望她做刘主任的夫人，脑子一时转不过弯子。就信仰讲，她崇尚自由恋爱，婚姻自主；就年龄讲，他比她大14岁；就资格讲，他是老红军，她是学生兵；就职务讲，他是她上级的上级，她是他下级的下级，这桩婚姻吉利不吉利？上算不上算？接纳不接纳？一连串的问号让白曙一时拿不定主意。但她有个主心骨——相信组织。在白曙心里，组织是她前进的路标，是她人生的导师，面临既难抉择又不得不抉择的抉择，她决定还是听从组织安排。那时候组织在白曙心里正确得近乎神圣，组织可以统领千军万马打胜仗；组织可以解放旧中国建立新中国；组织可以使自己从幼稚学生转变为革命战士；组织也一定能帮自己作出正确选择。想想这些，白曙释然了。

进藏前夕，她同刘振国于3月8日在四川乐山结为伉俪。理性不是爱情的对手，年龄更不是爱情的挡板。当男女心灵碰撞出爱情火花时，什么职务的差距，资历的差距，年龄的差距，统统被炽热熔成一团熊熊燃烧的烈火。结婚之后刘振国找到了人生的驿站，白曙找到了感情的港湾。两人相濡以沫，砥砺前行，把婚后的幸福打进背包，准备触摸布达拉宫上空的苍穹，披上纤云做成的哈达，把新中国的光辉洒满古老的雪域高原。

佛家认为，婚姻是缘，有缘千里来相会，无缘对面不相逢。老话认为，百年修得同船渡，千年修得共枕眠。两者意思大同小异。白曙是认同这个"缘"这个"修"的。她在《风雨相伴46春》一文中深情地写道："回顾过去，我与振国共同经历的进军西藏、建设西藏的战斗与生活，不禁思绪万千，感慨万分，使我更加怀念我的亲密战友……他从当上红军起，在革命的大熔炉中锻炼成长。从坚持鄂豫皖苏区、大别山的残酷斗争，到转战陕北和中央红军会师，驰骋冀鲁豫，消灭日顽伪，又参加了淮海、渡江、解放大西南的战役。他战斗勇敢，指挥若定，工作负责，在困难环境中从不叫苦怕难，对党领导的革命事业忠心耿耿。"从这段几乎没有修饰辞藻的文字中可以看出，白曙对刘振国的接纳是感情的选择，更是志向的选择。他们志同道合，心心相印，在18军进藏前夕上演了一幕令人艳羡的喜剧。

莎士比亚说："恋爱是一种偶然的相遇。"我倒觉得白曙与刘振国的结合是必然的相遇。因为必然性是客观事物发展中不可避免的、一定如此的趋向。人生可遇不可求的事情就是必然性的反映。当然，这样的看法并不否认莎翁名言中包含的真理，因为必然性寓于偶然性，偶然性背后隐藏着必然性。

放下抽象的议论，继续阅读《岁月如歌》："新婚不久，振国和张国华军长、谭冠三政委先赴甘孜，筹备部署昌都战役和进藏工作。此时我在新津患了严重疾病，神志不清。组织派徐灿霞等人送我到成都医院诊治，病情仍然日趋严重，奄奄一息。生死关头多亏樊近真大姐（张国华夫人）来医院看我，将我的病情急报军首长。又派陈曼石、宋慧玲将我转送到甘孜7号处（刘振国职务代号）。组织的关怀，医护人员的精心医治，7号的精心呵护，我的神志得以清醒复苏，认出了7号，也知道是他经常喂我吃东西。这时他歉疚地说：'听说你报病危，我难过极了！因进藏任务繁重，不能分身去成都医院看你，我在这里天天祝愿你转危为安！'患难见真情，7号使我深受感动。"这让我相信，神圣的爱情可以驱除邪恶的病魔。接下来白曙写道："部队进藏途中，振国很少骑马。过河时他的马总要带上一个女同志，或者他先骑马过河，然后将马赶回来，再接军直属队的女同志过河。他总是考虑女同志的生理特点，不宜泡在冰冷的河水中，应尽量减轻她们的一些困难。"进军西藏虽然不像长征那样艰辛，但困难还是接踵而至。3万多人撒在1500多公里的川藏线上，大多数地段是高寒缺氧的无人区，藏族群众又极端贫困，部队吃住都有困难。白曙回忆："我们一路上爬冰卧雪，翻山越岭，蹚水过河，那真叫苦啊！晚上休息，能找到老百姓的门板是最幸运的，没有门板只能地做床天做被。走到有农户的地方，就给他们磨面、挑水、打扫院坝，以换取能让女同志进屋住一晚上。包括我在内的两个女病号，体力不支，组织照顾我俩可以坐在鸡窝旁边的石头上，其他人只能站着等待出发命令。""过冷拉山的头天晚上，振国严肃地对我说：'干革命就是要有牺牲的精神，准备随时为党的事业献身。冷拉山海拔6300公尺，严重缺氧，考验我们的时候到了，一定要做好充分的思想准备，万一牺牲了也是值得的！'次日，我们行军接近冷拉山顶一个隘口时，天色已晚。振国怕后来的部队走错路，让我和大家先走，他站在隘口迎着寒风指挥部队过完了才回到营地。后来得知那天在雪山上行军，有5位同志为革命献出了年轻的生命。"白曙的回忆令我怦然心动。我在西藏阿里斯潘古尔哨卡患过肺水肿，那里海拔不到4500米。因为空气稀薄，我被北京医疗队救活后连舌头都僵了。白曙和她的战友们居然能够从6300米的冷拉山翻过去，我在心里向他们致敬！这神话一般的奇迹，只有中国人民解放军才能创造出来。

要奋斗总会有牺牲，前人牺牲了后人还要再奋斗。前赴后继，一往无前。70年过去了，很多人不知道，在进军西藏的艰辛跋涉中，第一个牺牲的不是战士，不是干部，而是18军军长张国华将军的大女儿。因为只有4岁，行军途中严重缺氧，高原反应又无良药可救，高烧不退的小姑娘最终没能抢救过来。4岁的孩子呀！稚气未脱，还没来得及看清人间，却永远从人间消失了！作家张林说："当我们除了坚强什么都没有的时候，我们只能更加坚强。"白曙也认为，如果没有意志作支撑，爬雪山，翻达坂，过冰河，随时都可能有人倒在途中起不来。

白曙在西藏工作了9年，当过军区政治部文化科干事，当过图书馆管理员，转业后还当过音乐教员、文化馆干部、黔剧团团长。刘振国将军的工作调动和离休地点的变化，使得白曙的艺术才华没有得到充分展现，但她不离不弃，无怨无悔。那种朝夕相处的感觉，那种惺惺相惜的拥有，不是外人能够完全理解的。

1996 年 6 月 22 日，白曙眼睁睁看着风雨相伴 46 年的丈夫离开了她和孩子，一度悲痛欲绝。她在《生离死别》一文中写道："亲人永远走了，我们顿感天塌地陷一般，有一种日暮途穷的悲凉袭上心头。"令人庆幸的是白曙没有被生离死别的凄冷击倒，她走出失去丈夫的阴影，继续向前走去！25 年过去了，冥冥之中的刘振国将军，依然能听到爱妻倾诉衷肠，一吐心声。他们融为一体的灵魂，被白曙紧紧地拥抱着，直到永远！

三

刘振国将军走了，把无尽的思念留给白曙。尽管白曙明白，人死不能复生，但她就是放不下他，她在感情的旋涡中苦苦挣扎着。经过一段时间的煎熬，白曙终于明白，宇宙有昼夜，太极有阴阳。逝者已逝，生者如斯。为了孩子为了家，她得坚强起来，挺起胸膛朝前走。

人性的坚韧是被生活的真实淬火的。既然生活不能回到过去，那就得重新安排现在。冬将尽，冰雪消；秋将尽，草木凋。白曙像哲人一样反思，要想改变生活，先得改变自己。从此，她为自己设计新的生活模式，继续努力做好母亲，其余时间做好自己，把主要精力和时间用在书写往事的回忆和吟诗作赋写文章上。回忆是咀嚼，在咀嚼中体味过往；诗词是抒怀，在抒怀中展望未来。回忆文章与诗词内容主要以她亲身经历的文艺生活为主。这才有了我案前的《岁月如歌》。

白曙的回忆不完全是对过往生活的复制，没有矫情做作，没有故作深沉，但却不时地迸发出火星。有的散文读来诗情画意，有的随笔读来荡气回肠，其中《念母亲》《春风终被她唤回》《俺叔》等3篇散文，分别获得2004年、2005年、2008年中华老人诗文书画集大赛金奖银奖。这些原来只在朋友圈被欣赏的零星文章，被《岁月如歌》集锦印刷，一时引起轰动——啊！能歌善舞的白曙，原来还是个笔下生花的白曙！

人们从《岁月如歌》中发现，白曙天赋异禀，自小就有艺术细胞。在开封师范读书的熏陶，为她打下了展现艺术天赋的基础；在豫皖苏军区一分区文工队和18军文工团的演出实践，使她的艺术修养得到了新的升华。20世纪50年代初刘振国入读解放军政治学院，白曙被总政宣传部部长陈沂介绍到北京艺术师范学院进修，她的艺术学养有了新的跃升。在这之前白曙主要以演戏唱歌为主，先后出演过《白毛女》《钢铁战士》《血泪仇》《李闯王》等10多部大小戏剧。定居成都以后，她则把主要精力放在省市老干部合唱团和成都军区后勤部老干部合唱团的工作上。80年代迪斯科热风靡成都时，白曙当即投入其中，热情动员和组织军地领导干部学跳迪斯科，跟上时代。如果不是《老将军与迪斯科》的鲜活记载，后人可能想象不到，戎马倥偬的将军们也有欣赏风花雪月的浪漫，也有能歌善舞的风采。

在《岁月如歌》中，白曙生动地描述了《将军与迪斯科》《将军起舞迎龙年》的实情实景，读来赏心悦目。其中前一篇为1988年《新中国一日》所收录，有的报纸也作了报道。在这篇文章里，作者向我们展现出舞厅的盛况："1000多平方米的大厅内，足有

200多人，男宾多是西装革履，女宾五彩缤纷。他们笑声朗朗，舞姿翩翩，在悠扬悦耳的音乐中双双对对，飞快旋转。看他们愉悦的表情，矫健的舞姿，你怎么能相信他们是五六十岁的老人呢？"白曙回忆，有一天她看到成都军区原副司令员李文清戴一副金丝眼镜，着雪白衬衫，穿米黄色裤子，黑皮鞋擦得锃亮，在夫人、女儿的陪同下一起跳了几曲交谊舞，又在迪斯科音乐的伴奏下，跳着登山步、后撤步、十六步、阿细跳月步……跳得精神抖擞，神采奕奕，汗水在脸上放射出红光。1910年出生的开国将军李文清，长征途中已经是红2军团独立团的团长。以耄耋之年翩翩起舞，恐怕是他九十高寿的秘籍。

白曙多次在文章中写道，跳舞使老将军身心健康，人也变得开朗舒心。她以自己的老伴为例："刘振国原来愁眉苦脸，不多言语……自从学跳迪斯科后判若两人，性格也开朗了，他不仅自己跳，还逢人就说跳迪斯科的好处。老伴和他的战友都是身经百战的将军，虽已进入耄耋之年，却开始学起最新潮的舞蹈了。将军与迪斯科连在一起，这是以往不敢想象的，今天居然成为现实，这就是时代前进的步伐吧！"白曙笔下流淌的文字，都是生活中绽放的浪花，丝毫看不见悲情的痕迹。

在《将军起舞迎龙年》一文中，白曙写陈明义等一众将军偕夫人跳舞的场景更加活灵活现："陈明义、杨以山、王焕如、刘振国几位将军和舞伴，跳着轻盈潇洒的中四步，不断变换着花样，右侧步，前后交错步，个个矫健灵活。"同男宾相比，女宾的服饰更是一道亮丽的风景线："女士有的穿西式套裙，有的穿古典高雅的丝袍裙，还有的穿民族特色的丝绸旗袍……服饰的颜色有白色、黑色、玫瑰红、苹果绿……绚丽多姿。"各种不同的发型，各种款式的项链，看得人眼花缭乱，目不暇接。这种富有魅力的场景，如同一幅"莫道桑榆晚，为霞尚满天"的写意画。

看到过这样几句话：人不必太纠结于当下，也不必太忧虑未来，人生没有无用的经历，当你经历过一些事情后，眼前的风景已经和从前不一样了。白曙较早地明白了其中的道理，放怀自然，寄情山水，成为她的精神追求。她在《成都！我的第二故乡》中写道："晚饭后我们6个人漫步浣花溪，谈古论今，吟诗高歌。看墨绿阡陌纵横，赏橘红落日霞辉，流水潺潺鸟语花香，茅舍竹林鱼鸭满塘，一派田园风光，美哉成都！我被眼前美如画的景象陶醉了。"在这里，作者把人与景、动与静、远与近置于一个画面中，让读者跟着作者欣赏成都的美景，抒发诗意的情怀，也看到了白曙豁达的心胸。

《岁月如歌》收入白曙诗作近70首，既有对开国领袖的赞颂，也有对亲友的追思，还有对山水的感怀。这里仅列三首。

一、在陈明义、刘振国将军阔别多年相会于杜甫草堂时，白曙写道：

> 重逢正值赏春时，
> 相伴草堂歌杜诗。
> 战友情浓言不尽，
> 深心常驻浣花溪。

二、在悼念战友安一林同志的诗中，白曙写道：

忆君杞地夜三更，
跌宕琴声战士情。
磅礴宫商催奋进，
至今犹忆光明行。

三、在《咏芙蓉》中，白曙写道：

绰约风姿展玉容，
清香幽漫百花丛。
任它蜂蝶蹁跹舞，
不减谦谦君子风。

诗言志，歌永言。白曙的诗词虽然可能被专家挑剔出瑕疵，但并不妨碍她抒发情感、传递正气的精神。我以为是应该给予充分肯定的。苏轼在《水调歌头·明月几时有》的结尾写道："但愿人长久，千里共婵娟。"我借古喻今，将苏轼的名句敬奉白曙与王帆云大姐，祈愿她们寿齐五岳，福纳四海，把我们干休所的女子长寿冠军杯高举！高举！再高举！

2021 年 11 月 10 日

心血凝聚的工具书

——解读白多宁编著的《军事地形学训战实用词典》

摆在我面前的这部 3 卷本、125 万字的词典，是新疆塔城军分区退休参谋长白多宁花了十多年业余时间编著的。我有乌鲁木齐军区司令部工作的 10 年经历，又认真拜读了这部词典，相信这样一部工具书，一定会成为军人特别是各级指挥员案头的必备书。它不仅是我国军事地形学专著的新突破，也为我军训练与作战拓展了新视野。

军事地形学，是从军事需要出发，研究如何识别和利用地形的一门应用学科。古今中外的战争都离不开天时、地利、人和这三大要素。即使是形态不断演变的现代高科技战争，要素组合发生了日新月异的变化，同样离不开"地利"这个客观环境。

地形是战场的自然结构，是战争的载体，是战争话剧的舞台。所以，古今中外的军事家十分重视军事地形学的理论与实践。

中国的兵圣孙武说："夫地形者，兵之助也。料敌制胜，计险隘远近，上将之道也。知此而用战者必胜，不知此而用战者必败。"

西方兵圣克劳塞维茨在《战争论》中，则把地理因素列为战略的五个要素之一，对地形条件影响战略战术，以及与战争结局的关系等，都有缜密的论述。

旷世无匹的军事家毛泽东在他的著作中，不仅精辟地论述了作战与地形的关系，并将其成功地运用于运动战、游击战、阵地战等军事实践中。他在实践中形成的一系列独具特色的观点，是其军事思想的重要组成部分。其中，地形是一切军事活动的重要客观物质条件，对军事活动有重要影响；武器装备处于劣势的军队，尤其要重视创造与发挥地形条件的优势；判断地形因素忌带主观性和片面性；作战中能否成功地运用地形条件，取决于指挥员的重视程度和对地形研究的深入程度以及军队的素质等，是我军研究和实践军事地形学的圭臬。中国革命战争的胜利，即是毛泽东军事地形学说最成功的伟大实践。

《军事地形学训战实用词典》的问世，是对上述精神的具体化和工具化，具有很强的历史性、时代性和可操作性。其主要特点如下。

覆盖广泛。这部词典选编了将近2000个条目，涉及陆军、海军、空军、火箭军、武警部队、战略支援部队、后勤保障部队的战略地形、战役地形和战术地形。对防御战斗、进攻战斗及攻防转换中把握地形内在控制规律和地形图表应用方法，做了详细的分解。同时又列举了世界军事大国的地形图表的相关知识。这对于拓展指挥员军事地形学的全球视野增加了新的维度。

层次清晰。战争的战略全局是由内在联系、相互交融的战役组成的；战役的全局则是由内在联系、相互交融的战术组成的。因而把握战略决策中的宏观军事地形，注重战役战术实施中的中观、微观军事地形，是不同职级指挥员相应的侧重点。这部词典正是以此为纲，以单兵单炮单机单舰为目，区分层次，加以细化，使之便于操作。例如，指挥员在阵地编成中最难定下的决心是要点选定。作者为此提供了33个具体方法以资借鉴。这些从古今中外战例中筛选出来的方法，其普适性是无可置疑的。

传承创新。在地形相对稳定的客观环境下，根据作战需要，对地形内在潜力发掘的深度，主要取决于人的主观能动性。国内战争、抗日战争、抗美援朝战争，我军创造了许多利用地形克敌制胜的有效方法。这部词典对行之有效的传统方法进行了系统的梳理和充实。以步兵班组地形利用法的条目为例，作者本着仗怎么打、兵怎么练的原则，列出了50种利用地形地物的方法。同时又大量补充了高新科技含量的军事地形学知识。特别是对遥感地图、数字地图、电子地图的识别和应用作了明确的介绍。熟练掌握这些知识和方法，即使是新兵，也能有效地保护自己，消灭敌人。

图文互补。词典条目的释义不仅直白简明，而且选用大量地图和表格作为辅助和注解。读者可以看图释义，看表解难，使释义与图表互为补充，相得益彰。同时每个大的章节后面还附有复习题目，增加了掌握词典内容的方法和力度。

中外兼收。应该承认，中华民族是世界上最早使用军事地形图的民族之一。相传黄帝与蚩尤的涿鹿之战，已对地形和天候条件有较为自觉的利用，并有"史皇作图"供黄帝指挥作战的传说。但近代以来，随着西方国家科学技术的发展，特别是卫星导航和计算机技术在地形学上的应用，自然因素更多地被数据化处理，变得直观精准。词典作者没有抱残守缺，而是以前瞻性的眼光，介绍了美、俄、日、英、法、印等军事大国的地图特点，为研究外军提供了新的视角。

如果我们把军事地形学分为战略军事地形学、战役军事地形学和战术军事地形学三个层次，那么从将军到士兵，都应该具备与自己作战任务相适应的军事地形学修养。《军事地形学训战实用词典》是具备这种功能的。

编著这样一部词典，不仅要有丰富的理论修养，还要有扎实的实践基础。白多宁是1973年入伍、1983年毕业于军事学院第一期参谋队的高才生。从任职乌鲁木齐军区司令部作战参谋到任职新疆塔城军分区参谋长，在两级军区和师级单位司令部工作了30年。为了提高编著质量，他几乎搜集参考了古今中外有关军事地形学的主要著述，仅78部中外参考文献即达上千万字。足见其用心之尽，用功之深。

"涉浅水者得鱼虾，涉深水者得蛟龙。"编著词典是一种艰辛的脑力劳动，不光耗费精力，还得有时间保证。节假日不休息，三更灯火五更鸡，这是需要定力和毅力的。十多年来，白多宁的编著工作始终是在做好本职工作的前提下，利用这些本该属于自己和家人在一起的时间完成的。没有心思同领导"勾兑"的这位专家型的军分区参谋长，尽管每次考核都上了优秀干部的名单，最终却没有登上正师职的等高线，在任满副师职10年时走进了退休干部的行列。但他无怨无悔，他的贡献远远超过了职务的界限。

2021年2月16日

老夫喜作黄昏颂　满目青山夕照明
——郑世骥两部大作读后

今年上半年，郑世骥同志赠我两部大作：《雪山大漠守边关》与《蘑菇云下练精兵》，合计约 70 万字，希望我写点什么。因为字体太小，我又眼患沉疴，目注十分吃力，只得借助放大镜勉强读完。其间苦衷不足为道，所获教益余生可鉴。

读完掩卷，不禁想到叶剑英元帅的诗句："老夫喜作黄昏颂，满目青山夕照明。"这是叶帅《八十抒怀》中的名句，全诗抒发了叶帅对革命事业未来充满的坚定信念，体现了诗人严谨自励谦虚质朴的品质，袒露出耄耋老人革命到底奋斗终生的壮烈情怀，激励后来人接棒长征，前仆后继，将革命事业不断推向前进。我以为郑世骥同志就是叶帅激励的成千上万个后来人中的有志青年。

1962 年夏季，西线狼烟报警，烽燧险峻巍峨，国民为之愤慨。古人云："明犯强汉者，虽远必诛。"被英国殖民达 300 年之久的邻邦，忽然脑残心野，在大国的背后怂恿下，竟然把吞并小国的爪子伸向我西部巍巍昆仑，莽莽雪域。已经是西安市自强路小学正式教师的郑世骥，毅然放下教鞭，舍弃工资，与两千名关中健儿，在绿皮闷罐火车与苫布盖顶卡车的交替输送中，到达喀喇昆仑山和帕米尔高原下的塔里木盆地边缘，开始了雪山大漠守边关的军旅生涯。虽然报国热血没有洒在昆仑之巅的皑皑白雪上，戍边情怀没有注入硝烟纷飞的南疆战场上，但他仍然不失为军营熔炉炼成的精钢，不失为砥砺前行的战士。

"艰难困苦，玉汝于成。"郑世骥经历了我们这一代戍疆军人经历的所有磨炼，完成了由小学教员向合格军人的转变，实现了由共青团员向共产党员的跨越，成为同龄人中的佼佼者。当师作科参谋时，就被遴选到宋时轮将军麾下一个专门委员会，为我军的训练转型升级出谋划策。这期间他的触角延伸到军队的中枢机关，足迹遍布海岛边防部队，在全军各大单位调研中开了眼界，长了见识。在《雪山大漠守边关》中，作者对这一高光时期记述翔实，感触良多，读后不胜唏嘘，说明军队改革的每一步都是在摸索中前进的。这对于今天仍在进行改革的军队无疑是一面镜子。

困难是意志的磨刀石，也是检验指挥员能力的试金石。和平环境下的抢险救灾，虽然没有敌情，没有硝烟，但人民群众生命财产受到的威胁和救灾官兵的自身安全，都会检验现场指挥员的智商情商，识别其处惊应变的能力。

作者在书中回忆，刚任野战师副师长不久，"一场百年不遇的特大暴雨，一夜之间洗劫了西安市蓝田县南部山区的葛牌、红门寺、玉川、草坪、辋川等地，山区六个乡镇数千平方公里范围内道路桥梁被冲毁，通信线路被冲断，近千间民房被冲垮。三千多名群众无家可归，被迫栖身于荒山野林之中，饥无食，寒缺衣，情况万分危急"。灾情的严重甚至动用了飞机，"兰州军区空军在连日阴雨连绵的不良天气条件下，抓住稍纵即逝的难得好天气，多次派飞机到葛牌、辋川等地上空侦察灾情，空投食品物资"。郑世骥同志临危受命，带领该师部队火速赶往蓝田抢险救灾。当他带领部队进至蓝田县董家崖地域时，"看到的是一片房倒屋塌的破败景象。通往山区的那条唯一公路已被洪水彻底冲毁，数十辆运送人员和救灾物资的汽车被堵塞在这座小山村，已经运到这里的几十万斤粮食和各种救灾物资，像小山似的堆放在村外那片狭小的空地上。我当即决定在董家崖开设临时转运站，将官兵的背包和生活用品留下，组织部队徒步背送粮食和救灾物资进山。受灾地区一时无路可走，大家就翻山越岭，攀爬峭壁，从荆棘丛生的半山腰硬是踏出一条羊肠小道来，终于在当天晚上把第一批救灾物资送到数十公里外的草坪乡"。

　　书中记载："部队在受灾地区的生活十分艰苦，有时没有粮食吃，常常没有干衣服换。受灾地区干部和群众看在眼里，急在心上，主动在沿途准备了稀饭、饼干和咸菜，有的还摆着香烟。但同志们都自觉做到不吃一口招待饭，不吸一支招待烟，不食用救灾食品，不丢损救灾物资，不在受灾地区买东西。受灾地区群众看到这些秋毫无犯的感人场面，无不啧啧称赞。""部队完成抢险救灾任务，就要班师回营了。听到这个消息，沿途村民男男女女、老老少少都从远山近岭的沟沟岔岔里汇集到道路两边，依依不舍地欢送子弟兵下山。部队到达蓝田县城时，街道两边早就站满了夹道欢送的人群，像过盛大节日一样，真是热闹极了。"读到这里我不禁掩卷遐思，如果这场指挥若定的布阵用兵不是抢险救灾而是真枪实弹的打仗,郑世骥能胜任吗? 回答是肯定的。"宰相必起于州部,猛将必发于卒伍。"这是古代国家选拔文臣武将的经验。特别是选拔高层的官员和将领,一定要从有基层实际工作经验的人中选拔。我军的干部选拔工作更有一套完整的程序,只要是德才兼备的人才,最终都能找到自己的战位。郑世骥从列兵一路走来,在班排连营团师不同岗位上摸爬滚打,应该是具备这些条件的。遗憾的是他的身体健康每况愈下,最后没能迈上大家希望他应该迈上的台阶。古人云:"祸兮福之所倚,福兮祸之所伏。"身体是革命的本钱,身体跟不上部队工作强度,急流勇退不失为一种明智的选择。身体给郑世骥留下了遗憾,却给他后来著书立说留下了机会。

"失之东隅,收之桑榆。"军队少了一个将军人,国家多了一个作家。孰轻孰重,何以权衡。

转眼间60年过去了,当年2000名八百里秦川子弟,有的埋骨西陲边域,有的积劳成疾,有的因病早逝。迄今散落在祖国四面八方的幸存者不到五分之一。尽管这些曾经的戍边卫士都是驻疆部队的各级骨干,都在承前启后、继往开来的历史进程中,为保卫边疆建设边疆发挥了非常重要的作用。然而,时移世易,时过境迁。今天,还有多少人能记得当年关中子弟是抱着"生当作人杰,死亦为鬼雄"的誓愿爬冰卧雪、枕戈待旦呢? 从这个意义上讲,郑世骥的散文是西线戍边将士军旅生涯的真实记录,是他们"金戈铁马,气吞万里如虎"的生动写照。仅凭这一点,尚在执戈的军人或安享升平的公民都应该读读郑世骥这两本书。

列夫·托尔斯泰的《安娜·卡列尼娜》第一章第一句话说："幸福的家庭都是相似的，不幸的家庭各有各的不幸。"退休后的郑世骥本该有一个美满和谐的家庭，享受含饴弄孙、颐养身心之乐。然而胃癌的打击却使他在鬼门关前打了一个转转。经过全胃切除的大手术，他挣脱死神的束缚，没有气馁颓废，而是继续笔耕不辍，活出了精彩的新人生，将大写的"奋斗"托举到极致高峰。

《蘑菇云下练精兵》一书记述的内容，是1976年我军在核爆条件下的首次重要演习。参演部队主力是新疆驻军某师。我随新疆军区司令部办公室秘书科长吴世琨，作为杨勇司令员的随从班子成员，负责接待来自总部和全军各大单位参观的军以上干部。在李达副总参谋长和杨勇司令员指挥下，保证总部和全军参观人员顺利完成了观看核爆炸的任务。当我身穿防护服通过核爆中心，参观事前设置的各种试验场景和动物时，我激情澎湃，心中也腾起自豪的热浪。

1976年的秋天是跌宕起伏的。先是在罗布泊为毛主席逝世而深怀悲痛；后是为核爆炸成功而加倍兴奋；而我又是从参演主力师走出来的士兵，要说的话当然不会比《蘑菇云下练精兵》的作者少。但是，由于不清楚那次演习的具体情况，对该书妄加评论显然是不妥的。

那次具有重大意义的核爆和演习已经成为过往。相信后人在解读历史中会受到启示：建设中国特色社会主义现代化，是一场若干代人的接力赛，踔厉跑好属于自己的那一棒，那一程，才无愧初心，无愧使命！

受郑世骥同志盛邀，在该书出版前梳理一下读后感想，这是我深入了解作者并向作者学习的际遇，也许会给读者在阅读《雪山大漠守边关》《蘑菇云下练精兵》时提供一些粗浅的参考，进而加深对作者思想境界的认识。

　　　　　　　　　　　　　　　　　　　　2021 年 11 月 1 日

希望之光
——清华大学李希光教授和他的"大篷车课堂"叙事剪辑

我把在亚洲边地的"大篷车课堂"教学当成自己的生命。

——李希光

纵观中国上下 5000 多年，一位老师带领一众学生，以"大篷车课堂"的方式，在亚洲边地行记，迄今只有李希光教授一人。由他主编的 200 多万文字、200 多张照片的《写在亚洲边地》的巨著，可能后人也难以企及。

李希光 1982 年获南京大学外文学院文学系学士学位；1982年至 1985 年任中国科学院理论物理研究所实习研究员；1988 年获中国社科院英语新闻采编专业法学硕士学位；20 世纪 90 年代先后担任新华社记者、主任记者、高级记者，联合国教科文组织丝绸之路青年学者，华盛顿邮报科学记者，哈佛大学新闻政治与公共政策中心研究员。1999 年以来，先后任清华大学国际传播研究中心主任、新闻与传播学院常务副院长、教授、博士生导师，外交部公共外交咨询委员会委员，联合国教科文组织媒介素养与文明对话教席负责人。

李希光有关亚洲边地的作品有《梦幻尼雅》《找回中国昨日辉煌》《对话西藏：神话与现实》《写在亚洲边地》等，因对丝绸之路文化交流的贡献，获巴基斯坦总统奖。他开设的以"大篷车课堂"为品牌的"新闻采访写作"获教育部国家精品课。任联合国教科文组织丝绸之路青年学者期间，曾出访过欧洲和亚洲几十个国家和地区。

客观世界变动不居，主观认识千差万别。时移世易，即使"大篷车课堂"去过的地方，若干年后有人再去，目光所及也未必会一成不变。即使同一场景，后人与李希光和他的学生也不可能写出同样的行记。就像法显《佛国记》、玄奘《大唐西域记》记载的许多人文景观，李希光和他的学生看到的，同两大高僧的记载迥然不同。

从这个意义上说，李希光的"大篷车课堂"和《写在亚洲边地》巨著，其意义是记录现实的，又是超越现实的，是对中国及周边国家乃至人类文明的历史性贡献。

一个学富五车、功成名就、蜚声中外的学者，何以开办苦行僧式的"大篷车课堂"？而且"把'大篷车课堂'教学当成自己的生命"，答案主要有两个：一是希望为建设中国特色社会主义现代化培养高素质的新闻人才；二是让新闻回归行记，使记者学会发现，掌握"走在路上的叙事艺术"。

"大篷车课堂"如同一把火炬，照亮了学生在亚洲边地行记的道路，也将照亮他们人生踔厉奋进的道路。

深谋远虑

历史进程表明，任何一个国家的未来，都掌握在年轻人手中。"一带一路"之于中国乃至世界，其意义是超越历史的。使"一带一路"成为跨国界、跨民族、跨文化的福祉桥梁，同样需要年轻人担当，而担当的意识和能力不能坐而论道，应当时不我待，从现在抓起，从能做的事情开始。于是，清华大学李希光教授和他创建的"大篷车课堂"，在激情燃烧中上路了。

"大篷车课堂"的行记路线，是按照近代中国通往世界的商道、香道和军事路线设计的，不是按照国家设计的（因为很多国家是现代才出现的）。李希光的行走书院开设的"大篷车课堂"，按照两条路线设计上课地点：一条是周边国家；一条是从喜马拉雅到古丝绸之路途经的国家和地区。总行程（含飞行距离）估计约在20万公里。

在过去23年里，"大篷车课堂"已经完成了喜马拉雅山脉从西往东、从北往南和从南往北跨越喜马拉雅山西段、中段和东端的考察和教学。

李希光的教学和科研立足于中国周边五大山脉的跨文化走廊研究——喜马拉雅山走廊、喀喇昆仑山走廊、兴都库什山走廊、天山走廊和阿尔泰山走廊。

23年来，先后有900多名学生跟着李希光的"写在路上"的"大篷车课堂""喜马拉雅跨文化研究初探"等课程，在丝绸之路上的文化廊道去研究和写作。

从 2007 年到 2019 年的 13 年间，李希光 10 次带领学生去西伯利亚的苔原和桦树林带上课，如堪察加、北极圈等地。他利用暑期带学生对东北亚丝绸之路外圈的六条走廊进行了考察。这六条路线分别是：西伯利亚大铁路路线——北京—满洲里—外贝加尔湖—乌兰乌德—伊尔库斯克；北方草原路线——北京—张家口—二连浩特—乌兰巴托—恰克图（买卖城）—乌兰乌德—伊尔库斯克；北方茶叶皮毛路线——克拉斯诺亚斯克—萨彦岭—图瓦（唐努乌梁海）；俄罗斯远东路线——北京—海参崴—库页岛；东西伯利亚路线——北京—黑龙江—抚远—伯力—堪察加；勒纳河路线——雅库茨克—季科西。沿线考察了西伯利亚五大河流域的交通枢纽和西伯利亚大铁路沿线四大城市。西伯利亚大铁路沿线四座大城市是：新西伯利亚、伊尔库茨克、克拉斯诺亚尔斯克和海参崴。西伯利亚五大河沿线的交通枢纽是：额比河的比斯科和新西伯利亚；叶尼塞流域的克孜勒、萨彦、克拉斯诺亚斯克；黑龙江和乌苏里江汇合处的伯力；勒纳河的雅库茨克和季科西。

　　近年来，除了完成或正在完成的《文明互鉴与包合》《终生受用的课堂——清华大学挑战性学习课程"大篷车课堂"》《走在喜马拉雅夹缝里》和《走在北亚的山林里》等四本书的写作外。李希光还应邀作了多次关乎国家和民族前途命运的主题讲座，为"一带一路"的发展繁荣助力，为民族复兴的目标添油加薪。

　　"大篷车课堂"自 1999 年创建以来，受疫情影响，2020、2021 两年未能成行。其余时间累计 22 次，李希光带领以清华大学为主的中外学生，大力倡导并推进"学在路上"的新闻教育理念，用自己的双脚、双眼寻找真相，并用自己的思维去解构当代媒体和学界关于生活在亚洲边地上的人的"神话"。

李希光在《写在亚洲边地》的前言中说：在这个充斥着大众媒体和社交媒体的社会，学生正在成为信息的被动接受者。他创立的"大篷车课堂"，旨在将学生的头脑当成身体上的肌肉一样进行锻炼。训练学生用更理性的分析方式看待不同的文化与人类，用自己的双眼去观察生活在不同环境下的人们，摆脱大众媒体刻板成见的束缚去搜寻异国他乡的故事。

当今的大学生，正在经受各种思潮的冲击。李希光和他的"大篷车课堂"，引导学生在激浊扬清中确立理想追求、价值观念、视野境界。他的学识魅力、人格魅力、行为魅力，激发了学生的好奇心，为他们打开了观察世界的全新视角。

清华大学前校长陈吉宁在《写在亚洲边地》的序言中说："近代以来，有关中国周边地区的写作，先是基督教传教士到他们认为异教徒的野蛮王国去传教，比如西藏、新疆和西伯利亚，写了有关这个地区的旅行记。后来英俄法德意政府为了征服这些被视为野蛮的异教土地和人民，资助学界的探险家居高临下写作西藏、新疆和中国周边地区这些被西方人视为野蛮人的边地。这些殖民主义作者的作品成了今天人类学、民族学的经典著作。'大篷车课堂'独辟蹊径，走了一条中国古人的道路，学习法显和玄奘开拓的众生平等的行记写作，鼓励新一代大学生复兴中国古代学者严谨的学风，走入边陲，迈进域外周边大山去写作。"

陈吉宁先生的见解表明，"大篷车课堂"的开设与行记，还是对近代以来被西方视为野蛮人的殖民主义作者作品的溯本清源，拨乱反正。

学识渊博

"大篷车课堂"20多年来何以经久不衰，守正弥新，有深谋远虑的目标吸引，有教学模式创新的原因，更有李希光传道授业解惑的魅力。

如果说"大篷车课堂"是承载知识跋山涉水的"人力车"，李希光则是这辆车的"车夫"。支撑他攻坚克难、一往无前的，是建设中国特色社会主义现代化的精神支柱，是"一带一路"的未来辉煌，是他释放亚洲边地知识积蓄能量的激情，当然也有学生求知求新求实欲望的驱动。

2021年5月19日，清华文科公众号在推介李希光教授的新书《终生受用的课堂——清华大学挑战性学习课程"大篷车课堂"》时，有一段文字可视为李希光教授做学问的窗口。

这部书的题记是："把新闻写在没有网络的大地上。"文章在引用了《西游记》主题歌后写道：30年前，86版古装电视神话剧《西游记》一经播出，立时轰动全国，成为一部无法逾越的经典。玄奘法师一路向西，沿溯着丝绸之路的漫漫黄沙，历经磨难矢志不渝的执着照亮了历史的天空。

李希光说："历史是新闻的背景，新闻是明天的历史。"基于这样的知觉，30年来李希光教授一直在"一带一路"上行走，如同当年的"唐僧"一样，携弟子，跨荒漠，渡大海，越雪山，穿都市，过荒芜，数十次继汉唐遗风行走在丝绸故道上，知一草一木，识一砖一瓦，走得比古人更远，看得比古人更广。

李希光和他的学生确实比玄奘走得更远，连法显在狮子国学佛悟道的无畏山寺，"大篷车课堂"的师生也有缘前往瞻仰膜拜。

共青团中央在其微信《青课》栏目中介绍，早在20世纪90年代，李希光教授就作为一名年轻的中国记者，独自参加联合国的丝绸之路考察项目。他从反驳西方媒体"妖魔化"中国到努力构建"一带一路"命运共同体，出昆仑越葱岭，追索于山川之中；倡对话求共存，漫游在文明之间；为各国政府提供咨政，助百姓人民相互了解，是博古通今、广结善缘的"一带一路"学者。

曾数十次重走丝绸故道的李希光对于"一带一路"自然有着不同于常人的理解。但是，他的思考绝非仅限于对历史的缅怀，也不仅是重现古丝路的沧桑岁月，而是发掘"一带一路"在共建人类命运共同体中的潜力和能量。

习近平总书记2013年首倡"一带一路"构想以来，"一带一路"的概念已成中外学术圈与媒体界的热点。李希光认为，"一带一路"倡议是目前中国最高的国家级顶层倡议，也是中国在21世纪发展与崛起的必由之路。为"一带一路"重现辉煌，是中国学者应有的责任和担当。

为了保证教学质量，每次"大篷车课堂"出发前，李希光都会开列一批书目，要求离不开手机的学生必须阅读，为实地旅行考察储备知识。仅去图瓦（唐努乌梁海）之前，李希光开出的书目就有八九部，而且多数是英文撰写的。李希光认为，把这些书读懂了不仅能提高外语水平，更重要的是有利于学生纠正西方学者对亚洲族群的无知、误解和偏见。

李希光的学识涉及教育、新闻、政治、经济、军事、民族、历史、地理、宗教、艺术、风俗、环保等多个领域，并且使之融为一体，形成卓尔不群、料远若近的见解。他曾经撰写过数百万字的中英文相关著作，对"一带一路"拥有极其深厚的历史渊源和鲜明的时代烙印。

李希光为"新丝绸之路文化圈"与"一带一路"命运共同体的构想殚精竭虑，出谋划策；同时作为国内少有的横跨中西文化的顶尖研究媒体人与传播学者，对于国际媒体的宣传与大国间的战略博弈有着精深的分析。

"好雨知时节"，"润物细无声"。"大篷车课堂"的学生在老师指导下就当地的文化、人民、环境和食物进行交流和接触，对其产生了巨大的影响。《人民日报》资深记者、"大篷车课堂"曾经的学生陆娅楠说："背着背包，行走在路上，泥土、沙尘、阳光和风雨让我们掌握了生活中最重要的技巧，也帮我在以后的人生中更胜一筹。"可以想象，"大篷车课堂"曾经的学生，清华大学新闻与传播学院现任院长周庆安教授的感悟，一定不会比他的学友陆娅楠少。

《史记·孔子世家》记载："孔门弟子三千，贤人七十有二。"毋庸置疑，李希光"大篷车课堂"的弟子和贤人，肯定是孔老夫子难以比肩的。

知识，是探索历史隧道深处宝藏的密钥。李希光以"大篷车课堂"承载的知识，让900多名学生明白了老师的苦心孤诣，在"一带一路"的跋涉中，向着建设人类命运共同体的目标踔厉奋发，勇毅前行。

视野开阔

中国有句格言：见多识广。李希光视野开阔，不只是因为他学贯中西，铄古震今，还因为他有长期在海外学习工作的经历。这些经历，有许多是别人无法复制的。

1990年夏天，李希光作为联合国教科文组织的青年学者，参加了UNESCO为期两年的丝绸之路考察。在世界著名的考古学家与历史学家艾哈迈德·哈桑·丹尼教授的带领下，考察了四条古丝绸之路：穿越中国西部的沙漠之路，从威尼斯到大阪的海上之路，位于苏联的草原之路，以及位于蒙古的阿尔泰山之路。后来的《华盛顿邮报》记者经历、哈佛大学研究员经历、新华社记者经历，让他具备了用中国眼光观察世界、用世界眼光观察中国的能力。

李希光借用古代商人和朝圣者的"大篷车"概念，通过带学生去亚洲边地旅行，阅读并撰写其风土人情，旨在鼓励跨文化对话。这种由好奇心驱使的开阔眼界的旅行，其目的在于拓展学生的视野并提高其写作能力。

每到一地，李希光都会现身说法，既引导学生横向观察事物，增加认识的广度；又引导学生纵向观察事物，增加认识的深度；还引导学生仰望星空，增加认识事物的高度。在李希光眼里，法显、玄奘法师都是高悬历史苍穹的星座。

李希光在《写在亚洲边地》一书前言中讲了一个行记中的故事："我们到达塔克西拉时正在下雨，古寺庙遗址坐落的山头看不到任何佛教徒和游客。塔克西拉的佛教古城一片寂静。亚历山大大帝以及中国的佛教徒法显和玄奘都曾来过这里。蒙蒙细雨中，我点燃一支蜡烛，放在 26 号房间墙上的一个小祭坛上，这间房间经巴基斯坦考古学家丹尼教授证实，是中国和尚玄奘 7 世纪在塔克西拉学习佛经的两年中居住的地方。塔克西拉宏伟的寺庙和佛塔在小说《西游记》中被誉为'西天'。'西天取经'在中国是一个家喻户晓的词语，但我的大多数学生在来到塔克西拉之前并不知道西天到底在哪里。望着摇曳的烛光，30 名中国学生缓缓跪下，向中国最早的留学生表示敬意。我将学生们领到一个宽敞的佛殿内，那里曾经是玄奘和他的同学的讲经堂。环坐在我周围的石板地上，学生们开始谈论他们对玄奘《大唐西域记》的感想。"读完这段行记让人看到，玄奘仿佛穿越时空，就在"大篷车课堂"现场，同李希光师生切磋佛教典籍，合奏"一带一路"的文明乐章。

在"大篷车课堂"教学中，李希光不光引导学生增强认识事物的广度、深度、高度的能力，还要求学生增强认识事物精度的能力。他在《写在亚洲边地》前言第二篇中说："为了确保自己的记录精确，玄奘用他的步长来测量距离。在他 17 年跨越 138 个国家的旅行中。他测量的误差小于 1 英里（约 1.61 千米）。"仅此一例，就使学生们感佩不已，明白了新闻写作的视觉和思维不是平面的，是多维度的。这样的教学理念，为学生接下来的行记瞄准"十环"打下了基础。

李希光要求学生在行记中精准观察对象，自己做学问更是一丝不苟。前天看到李希光发在朋友圈的一条微信写道："一周前，朋友把那位意大利口音浓重的考古学家的谈话录音发了我，让我听听他在兴都库什山挖掘几十年，到底找出了什么宝贝。录音虽然只有十几分钟，但是我花了整整一个星期，仔细查阅并比对了《青史》《乌坚巴行记》《根敦群培行记》《洛阳伽蓝记》和《大唐西域记》后，才百分之百地确信：我们那位考古学家发现的东西，真的是中国人最感兴趣的大发现！唐朝册封的乌仗那因陀罗菩提国王的王宫，也是他的儿子莲花生大师在这里居住成长和跟父亲学习密宗的地方。这里就是藏文、梵文和希腊文文献提到的'vajrathana'（金刚城）。"

为了考证朋友发掘的遗址是"金刚城"，李希光在中外文字故纸堆里翻腾了一个星期。这样的"求是"精神，无疑为"大篷车课堂"注入了持续的活力和动力。

李希光教授开设的"大篷车课堂"，是立足现实、面向未来的课堂，是让学生沐浴希望之光并在希望之光中塑造灵魂的课堂。基于这个目的，"大篷车课堂"不光在实践中矫正学生的世界观，还在行记中让学生掌握科学的方法论。《写在亚洲边地》收入的300多名学生写的文章，都能反映出苦行僧式的"大篷车课堂"在学生心灵上打下的烙印。

随第一次"大篷车课堂"去楼兰的包丽敏，现在是《青年参考》总编辑，她在《跟我去楼兰》一书中说道："十多天的行程结束了，很留恋。我知道，我又重新回到了人世，回到了复杂的人世。我想将这两周来的日日夜夜仔细地存放到心中，滤去浮华，留下最纯净、最动人、最真实的东西供我一生怀念。"不难想象，总编辑有这样的感悟，《青年参考》的内容，一定会打下"大篷车课堂"的印记。

"大篷车课堂"当年的学生郭晓科教授说："我从亚洲边地的"大篷车课堂"学到的是，好的新闻应该是路上看得越来越深，听得越来越深，读得越来越深，想得越来越深，描述得越来越深刻，批评得越来越到位，怀疑得越来越准确。"郭晓科现在是中国传媒大学的著名教授。他的感悟是实践的升华，是"大篷车课堂"打下的基础。

道德垂范

孟子曰："天将降大任于斯人也，必先苦其心志，劳其筋骨，饿其体肤，空乏其身，行拂乱其所为，所以动心忍性，曾益其所不能。"

孟子这段话，历来被视为励志雄文，它揭示了历史反复检验的真理：多难兴邦，磨难成才。实践出真知，磨砺强意志，挫折增智慧。如果是一块好钢，磨去的是渣滓，留下的是纯钢；如果是一块烂铁，必然会磨成粉末。一个有志向的人是不怕磨难的。只有敢于面对风风雨雨、接受命运挑战、百折不挠的人，才会获得成功，增长才干，绽放出生命的光彩。

20多年来，李希光和他的"大篷车课堂"，就是在经历千辛万苦中走过来的。在《写在亚洲边地》前言第十二篇中有几段描述"大篷车课堂"学习生活的情况。

先看学习环境。"到达蒙古后的第一个晚上，晴朗的星空星星明亮地闪着，仿佛是悬挂在草原上的烛光。寒风中，我和孔庆东坐在哈拉和林山头大蒙古国纪念碑处的台阶上，学生围坐在台阶下听我们讲课。入夜，寒风刺骨。大家摸着黑，相互搀扶着走下山。"

再看住宿条件。"傍晚，下起了小雨。密林深处车子开不进去，大家拖着自己的行李，踩着湿漉漉的积了厚厚的桦树叶和松针的小石子路走到宿营地。……每两个同学合住一间小木屋。小木屋内湿冷，没有炉火，窄小的木板床上没有被子，只有一个床单。枕头套上一层脏兮兮的印迹。小木屋的门关不上，好像好久没人住过。树林里的虫子不停地冲撞门窗，试图飞进小屋。宿营地只有一个在地上挖了一个深坑，上面架了两条木板的简易厕所，男女不分。厕所里没有电灯。其木格说，大家可以在树林里的空地处解手。"在科尔沁草原，"毡房里没有床，我们在厚厚的草席上肩挨着肩挤在一起睡觉。早上，学生们在一个漆色鲜亮的木洗手池前排成一队，轮流洗脸刷牙。"

即使遇到这样差甚至比这还要差的食宿条件时，"大篷车课堂"也没有止步，更没有退缩。李希光也没有缺席过一次。他和学生行在一起，学在一起，吃在一起，住在一起。寒暑饥渴，共苦同甘。在楼兰遗址旅行学习时，李希光不光现地授课，还与同学生们捡了一百多年来留在那里的两吨多垃圾。

如果说，2019年以前的屡次"大篷车课堂"是在克服困难中跋涉的，那么今年暑假的"大篷车课堂"则遇到了无法克服的困难。

任凭你想象力长上翅膀，也不会想到李希光同他的 25 个"大篷车课堂"学子，今年 8 月被困在喜马拉雅山和冈底斯山之间的萨迦县吉定乡的村子里。他们等待抗击疫情捷报后，按照预定目标继续前进，完成行记的其余课目。

在萨迦县吉定村的几天，李希光发的微信朋友圈写道：

"由于西藏突发疫情，清华大学西喜马拉雅山"大篷车课堂"旅行教学计划，2022 年 8 月 7 日夜里在海拔 4900 多米的桑桑大草原遇阻。清华师生按照当地的防控要求，连夜后撤，经昂仁县、拉孜县，翻过五座近 5000 米的山口后，8 月 8 日夜里撤到了萨迦县的一个乡里。"

"8 月 10 日，清华大学新闻学院院长周庆安教授特别安排困在海拔近 4000 米喜马拉雅山上的 25 名清华大学学生，参加了'国际主义与人类命运共同体论坛'。周庆安说，这群学生虽然被西藏严重的疫情封闭在喜马拉雅山高海拔的山乡里，但是他们每天都在山中封闭的密室里利用各种形式读书、上课和写作。他们把清华大学和中国外文局联合举办的这个论坛作为喜马拉雅山'大篷车课堂'的重要一课。学生们站在喜马拉雅山上听国际知名学者谈人类命运共同体，是真正地把理论和实践紧密地联系起来了。"

李希光在微信朋友圈中还写道："我们在喜马拉雅旅行已经一周了。我先后在拉萨做了两次核酸，在海拔 4000 多米的昂仁县和萨迦县各做了一次。由于大山里乡村实行静默管理，学生们目前无法做志愿者。但是，我已经安排了静默管理下的云端'大篷车课堂'。每个学生封闭在自己的房间里，在收看网络直播陈晋同志讲解毛主席的《念奴娇·昆仑》，鼓励同学们在极端苦难的条件下，能像伟人站在昆仑山上那样，更加满怀豪情。我希望学生们也能站在喜马拉雅云端之上，用世界眼光看到光明的前景和未来。陈晋同志的讲座极大地增强了同学们的乐观主义精神，鼓舞了大家在艰苦的生存条件下，坚持读书、听课和写作。"

李希光在同一条微信朋友圈中还写道："同学们首先对人类命运共同体的概念进行了思考。"博士生王清华说："新冠疫情对人类命运共同体产生了深远的影响，人类从未像如今这样成为一个休戚相关的命运共同体——因为疫情的可传染性，使得'我的健康与你相关，你的健康与我相关'，即便是在人迹罕至的喜马拉雅山也不例外。"

李希光在另一条微信朋友圈中写道："此次喜马拉雅山'大篷车课堂'虽然被疫情困在高海拔的山村里，其艰辛恐怕是这群学生的父母都没有经历过的。同学们认为，这次在喜马拉雅山经历的大磨难将是他们一生最大的精神财富和人生力量。"

李希光在微信朋友圈中还写道："在吉定村期间，新闻学院硕士生陈洪钰采访了杨建书记，杨书记是36岁的四川年轻小伙，脸上已经晒出了口罩的痕迹。据杨书记介绍，他13年来亲历了萨迦县的变化，当地基础设施和生活水平有了大幅提升。"在萨迦县检查站前等待核酸结果时，新雅书院本科生金思宇采访了同样滞留在旅途中的游客，这家藏族人来自四川，以种植青稞和放牧为生，他们说近年来日子越过越好，攒了些小钱，才有能力第一次去冈仁波齐朝圣。尽管遭遇了疫情，他们也很乐观地当作一次考验。

李希光在微信朋友圈中介绍了学生们的求学精神："根据防疫政策要求，清华大学师生一行将继续在喜马拉雅山里的小旅馆的密室隔离。我们师徒将在这个幽静的环境里闭关读书写作，这是在真实地体验法显的跨喜马拉雅山的求法精神。"

李希光对藏族同胞给予"大篷车课堂"师生的关爱在微信朋友圈中表示衷心的感谢："今天早餐，喜马拉雅的乡亲们为我准备了酥油茶、藏鸡蛋、烙饼和乌江榨菜。乡里现在的藏鸡蛋存储够师生每人每天一个，乡领导说：'您可以吃两个。'我不好意思跟学生争食。"

李希光在他的微信朋友圈中说："我同25个学生在这个藏地小村很充实。疫情的突发，藏民的关怀，无疑给'大篷车课堂'教学输入了新的内容。"李希光写道："作为对乡亲们的回报，从今天开始，每天饭后在吉定村乡食堂塑料大棚下的餐桌前，我这位来自清华的爷爷给8岁的藏族小姑娘白玛央宗开设语文课。今天是第一课，我教她写中国、西藏、北京、拉萨、哥哥、姐姐。她教我相应的藏语文字……"

我把李希光与8岁藏族儿童互为师生的内容，转发到我的朋友圈，感动了很多朋友。同时让我想到"学而后知不足，教而后知困"的老话。这说明，越是道德文章厚重的人，越是虚怀若谷，越是学而不厌。即使像李希光这样的学问大家，也珍惜光阴，不耻下问，随时汲取知识丰富自己。

李希光8月14日在微信朋友圈发了一条令朋友振奋的消息："粮食来了！蔬菜来了！鸡蛋来了！肉来了！今天下午萨迦县给

我们所在的乡送来了急需的粮食。乡里的干部和我的七个男女学生有生以来第一次扛起或抱起上百斤的米面和蔬菜鸡蛋。县里疫情期间每三天给乡里送一次救援物质。今天午餐时，镇书记还给我和学生送来一大盘酱牦牛肉，我们没舍得吃，想留在晚餐和明天吃。不幸的是，一只狗趁我们不注意，把牦牛肉偷吃了。"

从这几条微信朋友圈消息里，人们看到的不是疫情下"大篷车课堂"师生的消极情绪，而是逆势而为的治学态度、关注天下的环球视野和不怕困难的乐观精神。

快两个月了，李希光教授和他的学生早已回到北京，我知道他很忙，没有打扰他。

10月12日，看到李希光教授发来一条微信，他在北京西山为学生讲授了喜马拉雅"大篷车课堂"没有讲完的课程：藏传佛教是如何由乌仗那传到桑耶寺的。

我为之一惊：10月13日是李希光教授63岁生日，生日前夕还要补上喜马拉雅"大篷车课堂"被疫情耽误的课程，这种诲人不倦的精神，蕴含着一位花甲教授对学生未来的多大希望啊！

20多年来，李希光教授从没有抽空认真总结过自己的经历。他说："我只是年复一年地带一届又一届的学生在古道上往前奔，没有想过停下来。我把在亚洲边地的'大篷车课堂'教学当成自己的生命！"

这，就是我了解的李希光——希望之光！

2022 年 10 月 16 日

悬胆管浸汗 古稀墨溢香
——读卢中南书法新作集《作楷》

辛丑冬月，疫情跌宕，薄寒有加，整日郁郁寡欢。无聊倦旅之际，忽然收到友人卢中南自京惠赠的翰墨新作——《作楷》，欣喜难禁，惊讶不已。

《作楷》荟萃了中南近年来未曾面世的多幅佳作。书名由门师欧阳中石题写，扉页有欧阳先生"卢中南作楷，中南悉心求正诚挚之极"的行书题词。目录背面有一方镌有"欧阳门下"的印章。寥寥 15 字，小小一方印，道出了欧阳先生谦诚温厚的人品格局与中南精湛求进的作书态度。其辞其意，睹之妙造自然，润目安神；思之格物致知，吞吐大荒。

中南幼承家学，其父尊崇欧阳询楷书巅峰之作《九成宫醴泉铭》，携中南自五六岁始描红欧体至上学不辍。入中学后老师亦授欧体书法，中南一以贯之，矢志不渝，终与楷书结下不解之缘。

在将近六十个春秋的翰墨生涯中，中南多年抱朴守真，穷经溯流，反复临摹古代经典楷书碑帖。举凡能找到的唐代欧阳询的楷书字帖遍临不舍，魏晋"二王"小楷、北魏墓志、虞世南、唐人写经、颜真卿、柳公权、裴休等经典圭臬也有所涉猎。同时亦不放过临摹"二王"、孙过庭《书谱》《怀仁集王羲之圣教序》等行草名帖。虽然只是延伸触角，丰富认知，但对其青出于蓝而胜于蓝的楷书出新注入了生机活力。

未至而立，中南调入军事博物馆，栉风沐雨，如鱼得水，开始了从展览说明文字书写员到研究馆员、设计处长的军旅书法艺术生涯。

40多年来，中南不仅兢兢业业做好本职工作，为军事博物馆屡次重大展览的圆满成功做出了自己的奉献，被推荐为第十届、十一届、十二届全国政协委员，享受国务院政府特殊津贴；更是夜以继日，殚精竭虑，悬胆创作，逐渐登上了当代楷书作品的艺术高峰。2001年，中南与启功、欧阳中石、李铎、沈鹏、刘炳森等老一辈书法家同时受到江泽民主席接见。其作品多次入选全国书法篆刻作品展，成为当代中国楷书的领军人物，至今未见出其右者。

中南楷书师百家而出百家，是故，方有推陈出新、独树一帜之成就。若以造诣深厚而论，中南的楷书成就荣登中国楷书历史名人榜实至名归。

中南的书法作品数以千计，大中小楷如锥画沙，墨饱笔酣；时有榜书问世，积健沉雄，气象不凡。粗略统计，其书法（论著另述）主要成就有：

1982年，应邀为叶剑英传记编写组书写小楷《叶剑英诗词选集》，同年受到叶剑英元帅接见。

1999年，应邀为中南海怀仁堂创作书法作品。

2001年，应邀为朱镕基总理办公室创作书法作品。

2007年至2018年，多次应邀为国家领导人出访创作书法作品，作为礼物赠送给美国、朝鲜、韩国、日本、蒙古等多国领导人及政要。中国驻美国前大使崔天凯办公室悬挂的一幅六尺《望岳》，即为中南手书。杜甫"会当凌绝顶，一览众山小"的诗意透过中南的书法，展现了中国政府的旷达与远见，传递出中华民族的包容胸怀和中华文化的艺术魅力。

1983年至2019年，中南书写出版小楷《叶剑英诗词选集》《启功藏清人楹联集韵》《唐诗三百首》《宋词三百首》，中楷《欧阳询楷书全集临本》《道德经》《范仲淹·岳阳楼记》《王勃·滕王阁序》《千字文》《诸葛亮·前后出师表》《王羲之·兰亭序》《白居易·长恨歌》《白居易·琵琶行》《柳宗元·永州八记》《毛泽东诗词》，大楷《心经》等数十种书法作品。

随着中南楷书声名远播，军内外各层各界人士登门造访、托人求字者不计其数。仅2010年至2015年，中南每年的作品都在四五百幅。

今年9月出版的《卢中南作楷》，收入其不同规格的楷书精品160余幅。品读《作楷》韵涵，咀嚼铄古熔今，我以为研究中南的楷书艺术，需要回顾楷书的演变简史。

楷书，也叫楷体、正楷、真书、正书。由隶书逐渐演变而来，更趋简化，横平竖直。《辞海》解释楷书"形体方正，笔画平直，可作楷模"。《艺术词典》记载：西汉之末，隶字石刻间杂交为正书，降至三国钟繇，乃有《贺剋捷表》，备尽法度，为正书之祖。

晋王羲之作《乐毅论》《黄庭经》一出于世，遂为今昔不赀之宝。楷书始于汉末，为魏晋通用至今。经过长期试用，证明它是实用性和艺术性结合得较好、用作官方正式字体最合适的字体。近两千年来一直保持着它的"正统"地位，成为汉字字体的"大宗"。

楷书的标志性人物钟繇真迹早佚，存世摹刻有《宣示表》《贺剋捷表》《荐季直表》。后人称赞他的书法刚柔兼备，幽深无际，古雅有余。王羲之作为一代书圣，主要贡献在于继往开来，完善了楷书和今草两个方面的书体。初唐以降，追古冠今的楷书大师欧阳询、虞世南、褚遂良、薛稷、颜真卿、柳公权等高人横空出世，楷书从笔画、结体、行气到布白，建立起规整的法度，树立了永恒的楷模。时至今日，由"欧虞颜柳"唐楷四大家化境的"楷模"一词，仍是榜样不可替代的词。

中南在楷书学习上的努力主要有三个方面。

其一，书体出新。

书体即用笔、结体、章法的融合聚集，是评判书法作品优劣的主要标志之一。中南之所以对欧体情有独钟，早年有家传师承的原因。及至年长发现，欧阳询沿袭王羲之书路后即加以变化。王羲之书法不同常人的神采和魅力，在于他体现了时代和个人的精神风韵，创造了意语深邃的艺术境界。但流传下来的王羲之书法渺无真迹，多是传世的临本和摹本，且小楷体、行草书遗迹较多。中南在研习中渐渐发现，脱胎于"二王"的欧阳询楷书取法汉隶、南北碑版风骨，后来形成了登峰造极的"欧体"。其用笔力求险劲，结体谨严方整，法度森严，风格高峻的特点，使得中南在孕育自己的书体风格探索上注入了新的启示和目标。

1985年至1987年，中南在原北京师范学院（即今首都师范大学）书法大专班脱产学习，师承欧阳中石先生。在古今两欧阳的书法熏陶和翰墨实践中，中南对欧体书法的感性认识升华到理性高度。在反复临摹欧阳询《化度寺邕禅师塔铭》《九成宫醴泉铭》等丰碑巨制的同时，对欧氏传世的行书墨迹《张翰帖》《梦奠帖》《行书千字文》亦未辍临。他穷究《九成宫醴泉铭》碑的书体发现，欧书法度森严的艺术风格，已经不再是王书原来的面貌，变得谨严而险峻。以规范的笔画、瘦硬的行笔显示了欧风的艺术范。传世的《梦奠帖》为欧阳询晚年所书，反映了欧阳询行草的书法风格。笔法老辣，深得王羲之《兰亭序》笔意，而又不失欧风的面貌，被后人评为欧氏行书第一。《作楷》中不多见的行草书大都是题跋落款之类的小字，但欧风行草的笔意、"二王"诸帖神韵依旧跃然纸上。推陈出新，变不离宗，是中南书法艺术实践中求变求新的基本原则。《兰亭序》是《作楷》中的一幅精品。我逐字分解整合，发现总体风格虽立足欧体，但笔画中依稀有"颜筋柳骨"的蛛丝马迹，个别字甚至融入了赵孟頫的笔意。

中南在临习欧体楷书过程中，牢牢抓住结构"中心紧凑，四周伸展"的原点，充分吸收"二王"法帖、诸体行草的笔意，把求变求新的重点放在用笔多变上。具体做法是碑意帖韵互相借鉴，起笔、收笔不拘一格，隶书、行书笔意兼而有之。线条流畅肯定，行笔注重韵律，活脱而恪守法度，温润而不露圭角，劲健而内含骨力。总体来说，他的楷书法古不泥古，出新见己意，虽然一纸唐风，却含潇洒晋韵，既有"二王"身影，又融北碑豪气。欧阳询正中求险的风骨，虞世南从容不迫的雍容，唐人写经的灵动多变，颜真卿的宽博厚重，在他的榜书、中楷以及小楷里都可以窥见一斑。中南深知"学习楷书不能只写楷书"，努力践行着"转益多师是吾师""学不纯师"的古训，力争使自己对楷书的学习触角伸得越广越好。

中南在求变求新的书法艺术探索中，固守一家之根基，博采百家之长处，是他的楷书得以独立潮头的重要原因。仅从其发表于《中国书法·翰墨天下》2015年第4期的文章《我学欧体楷书那些事》中，即可看到他接受的名师指导至少在10人以上。最近看到网上的一篇文章，标题是《卢中南老师的小楷作品，堪称书坛"天花板"》，文中说道："不少朋友看到他的小楷作品，都这样惊呼，不仅有'大王'《黄庭经》的笔意，而且还有文徵明的那种老辣稳重，同时还有赵孟頫小楷的精髓，兼容并蓄，写出了一番崭新的气象，让人一上眼就喜欢。这小楷水平，真是精绝，难怪朋友们都赞叹不已，这绝对是实力所致。"我赞成作者慧眼识珠的文章。清人刘熙载说得好："正书居静以制动，草书居动以制静。"通览《作楷》的多幅小楷，无不给人以"居正制动"的效果。

其二，书道融通。

常言道，"书画同源"。我以为还可用"书道通脉"比喻书法与人品的关系。这里的"道"非常"道"，指人的道德修养，亦即现在常说的价值观。这里的"脉"非"血脉"，指书者的心理，亦即书法是书者心理的外在表现，书与道一脉相通。所不同的是书重形，道重意，两者都属于精神层面，都属于文化范畴，都会影响到人的价值取向。形意相通，书法的内在魅力才能得以升华和彰显。孔子曰："道不同不相为谋，亦各从其志也。"中南对书法的态度同样反映了他的价值取向。在他看来，坚持文化自信，不能搞历史虚无主义，更不能在书法文化领域妄自菲薄。文化自信要具体化，不能说大话。不敬畏汉字，不敬畏书法，就是不敬畏先祖，不敬畏历史，不敬畏中华民族的优秀文化。这个观念贯穿于中南书法艺术实践的全过程。

我最早看到中南书写的鸿篇巨制《道德经》，是根据三国曹魏人王弼所注的通行本写成的宣纸线装本，合计5162字。2004年由湖南人民出版社出版，一经面世便引起轰动。这部已经载入史册的楷书经典，笔墨无一字错讹，结体无一处不当，章法无一处偏势，真是笔墨飞韵，酣畅淋漓。我曾询问中南："这么大篇幅的楷书，你能汪洋恣肆，挥洒自如，不松不紧，这需要多大的定力啊？"中南笑答："合抱之木，生于毫末；九层之台，起于累土；千里之行，始于足下。"一旦进入《道德经》的意境，就得把《道德经》的要求注入毫端。近年来他又告诉我："沉迷于书法，这也可能与我的个性有关，我愿意把自己关在书房里全神贯注地写字、看书，喜欢独自在展厅或殿堂里安安静静地欣赏古人书作，用眼神捕捉线条之美，用心灵感悟文字之美，不用去解释什么观念，批判什么流派，用书法艺术表现时代精神，增强文化自信。"如果说烈士暮年，壮心不已，我以为这就是古稀之年中南的壮心。

书法艺术以文字为媒介，具有时间与空间审美的二重性。文辞优美是书法的立身基础，高层次的书法艺术，只有选择规范的书体与典雅的文辞进行创作，书法才能把文辞的文化内涵充分发挥出来，使得优美的文辞具备了震撼人心的精神感染力。所以说书法中有人格的显现，有人性的光辉，有生命的气息，有社会的理想，它集中展现了中华民族的审美境界。

我们所说的书法艺术，是指处于健康文化生态中的书法。文辞的选择能反映作者的文化底蕴和取向；书体的选择则反映作者的艺术功力和取向。收入《作楷》的作品，从孔夫子到毛泽东；从《诗经》《楚辞》到唐诗宋词；从报国英雄到文人骚客，都有名篇名句入选。开卷首篇的前贤集句联云："苏子书工曰意造，柳公管正谓心直。"其上联引自苏轼《石苍舒醉墨堂》诗意，下联引自《旧唐书·柳公权传》辞章。管中窥豹，仅从此联当可想象作者对书法的仰视。第151页还有一副自撰联云："严于己宽于人学会舍才有得境由心造；沉下来黜出去管住嘴放开腿事在人为。"这副楹联无论韵脚、寓意与书法都属上乘之作，读来获益匪浅。

王羲之四世族孙王僧虔说："书之妙道，神采为上，形质次之，兼之者方可绍于古人。"书法能反映一个人的学识修养、艺术才情与精神世界。透过《作楷》的选辞、集句、撰联倾向，我发现作者不只是向读者展示了文笔修养同书法与时俱进的风采，还在以晋、唐、宋人的文辞进行楷书创作，着力表达"晋人尚韵、唐人尚法、宋人尚意"的时代书风，这在当今书坛是难得一见的。

其三，书论守正。

在当今书坛，既能创作书法，又能赋诗作文，还能著书育人的书法大家凤毛麟角，难得几人，而中南却三者皆备。自20世纪90年代迄今，他陆续编写出版了《楷书基础入门》《魏碑基础入门》《欧阳询楷书》《硬笔书法》《楷书教程》《楷书章法举要》《楷书研究》等书法教材和著作，不但早已进入大中小学的教室，有些还被选编成描红本供初学者临摹。

为了普及传播楷书艺术，北京有线电视台专邀中南录制了《楷书技法讲座》。2012年，他应邀为中央数字电视书画频道录制的《欧体楷书讲座》和名家点评节目，也受到观众的广泛好评。不久前他书写的《虞世南·孔子庙堂碑临本》和录制的演示视频也即将面世。在多次应邀参加全国书法篆刻展览作品评选中，中南以其谦虚严谨的治学态度、令人叹服的创作经验和丰富扎实的书法理论，赢得了参评作品作者的尊重。

在编写各类书法教材中，中南着重指出，书法是以汉字为载体的书写艺术，是世界上中华民族独有的艺术形式。认识和学习书法艺术对了解中国文化具有基础性的意义。由于它与绘画的关系密不可分，修习国画更离不开对书法的修习。它对中国画的影响是本源性的，对外来及外在文化的影响则是开放性的。中南不仅强调书法的实用价值、文化价值和审美价值，还强调修习书法必须加强文化修养。他认为书法是书者内在文化积淀的外在表现，在中国书法史上，书法家无一不是具有文化品格的人。中南认为，钟繇"每见万物皆书象之"说法中的"象"，不是事物外在的形象，而是经过人文陶冶形成的书法之"象"，是"字如其人"的"象"。当下一些不被观众接受认可的书法所以还有市场，也从一个方面反映出社会的人文生态和低俗的审美取向。因此，中南对钟、王以降历代书法大家的人品多有点评。他认为颜真卿的《祭侄文稿》既体现了他的高洁人格与报国忠心，又有其个人情感的真实流露，而这些是精湛的书法技艺不可或缺的文化铺垫。从这幅珍贵遗存中可以看到，作者的情感起伏，正是随着笔画的节奏、笔力的强弱、墨色的枯润予以体现的。这样的书法解析，不光把理性的笔意感性化，还为修习书法的人开启了欣赏书法艺术的通道。

中南编写的书法教材另一个特点是举一反三，触类旁通。编写《魏碑基础入门》《欧阳询楷书》《楷书教程》等教材中，其初衷是关注初学群体，从普及入手，侧重技法实践，兼顾史论的介绍。对初学魏碑、唐楷的临习范本进行了推荐，对不同风格的魏碑、唐碑代表作品如《张猛龙碑》《张玄墓志》《九成宫醴泉铭》《多宝塔感应碑》，抓住其笔法、偏旁、结构、布势、章法的重点要领，分别做了分析对比，都有独到的见解，能使习书者一开茅塞。

为使修习楷书的学生系统掌握楷书各大门派的精要，进而兼收并蓄、博采众长，中南以唐楷欧虞颜柳为重点，上溯魏晋钟、王，下抵宋元苏、赵，都加以剖析。使修习者领略到历代书法名家的健笔洒落、用意新奇的文人风骨。

最近，我又重温了中南撰写的《我愿写楷书不怕不讨好》《书法是文化是学问》《学别人写自己》《唐楷怎么啦》等多篇文章，从中感受到一位书法人为了增强书法界的国家认同和文化认同呕心沥血的努力！

充分肯定中南的书法艺术成就，并非看不到他"人字俱老"的发展空间。若说他的书法有什么不足，我以为他距魏晋钟、王和"唐宋书法八大家"在行草书创作上还有不小的距离。迄今为止，我们还没有看到他创作的行草书作品问世。书法圈内的人都知道，只写楷书的人，行草书似乎是其"软肋"。楷书虽然是他的强项，其弱项也是显而易见的。

光阴荏苒，岁月不居。屈指算来，我认识中南已近30个年头。1993年3月，我参加八届全国人大一次会议，在京西宾馆对面的军事博物馆，经程允贤先生介绍与中南见过一面，知道他是书法界的后起之秀。1995年2月我调入总政宣传部工作，与中南日渐熟悉，对其书法与人品有了较为深入的了解。今天，我把12月20日三读《作楷》的感怀置于此处，作为本文的结尾：

读《作楷》感怀

怀德怀远怀天下，
书古书今书人心。
翰墨文章两荟萃，
河清海晏长精神。

2021年12月25日

跨越时空的光华

——再读南远景新作《我的知青生涯》

"知青"或"知识青年"，是城市下乡知识青年和农村回乡知识青年的简称。据有关资料显示，从 20 世纪 50 年代到 70 年代末，全国上山下乡的知识青年总数在 1200 万至 1800 万。

作为下乡知青的南远景，离开接受再教育的陕西乾县阳洪西村已经 45 年。但他的自传体纪实文学《我的知青生涯》依然闪烁着与那个时代那些知青那群农民水乳交融的光华。

恩格斯在《自然辩证法》中讲过："人离开狭义的动物愈远，就愈是有意识地自己创造自己的历史。"南远景和千百万下乡知青的经历表明，农村是一个广阔的天地，离开"狭义"人群的城市，在农村创造自己的历史是大有作为的。

该书初次在云卜堂公众号连载时，我曾看过一些章节，觉得作者如果连贯写完，一定会产生积极的社会效应。

最近，我读了结集出版并有著名画家刘学伦先生配画的《我的知青生涯》，又查阅了相关信息资料，对于这部著作蕴含的价值有了新的感悟。

一、知青上山下乡的战略决策，是依据当时的国情作出的

当时的中国是一个落后的农业大国，知识分子与工农兵相结合，是中国共产党创立和建设的一大法宝。一百年来中国共产党领导集体中最优秀的核心成员，都是在与工农大众结合中成长成熟的。这是因为中国革命走的是农村包围城市的道路，中国革命根据地是在广大农村建立起来的，中国共产党在战争年代的主体成分是拥护党领导的贫苦农民，中国革命武装的主要成分是盼翻身求解放的农民。从这个意义上来说，占中国人口90%以上的农民，是新中国的根基。然而，这个根基与农业现代化建设的目标是不适应的。提高农民的科学文化素质，改变农村的人才结构，成为一项刻不容缓的重大课题。

新中国成立后，通过土地改革、农业合作化，农村的生产关系发生了根本变化，生产力有了显著提高，但90%的农民是文盲半文盲，而农民又占国家总人口的约五分之四。这使一生希望农民生活富裕的毛泽东强烈意识到，农民问题是中国现代化进程中的根本问题。为此，在毛泽东向文化进军的号召下，全国开展扫盲运动，农民的文化程度有了明显提高。为了加快改善农民的素质结构，1953年《人民日报》发表《组织高校毕业生参加农业生产劳动》的社论。1955年毛主席提出："农村是一个广阔的天地，在那里是可以大有作为的。"毛主席的号召成为广大知识青年上山下乡的励志誓言和行动纲领。

在这方面毛主席率先垂范，身体力行，更是全党全国的楷模。

1946 年 1 月，毛泽东送毛岸英到吴家枣园上"劳动大学"，拜农民吴满有为老师，就是生动的例证。《我的知青生涯》中称毛岸英"是中国共产党历史上第一位下乡知识青年"，可谓醒世恒言，无可争议。

追溯新中国成立之后知青上山下乡的历史，大体可分为"文化大革命"之前和之后两个阶段。

"文化大革命"之前影响比较大的有：1955 年 9 月 8 日，第一支北京志愿垦荒队 248 人（最小的 14 岁）赴北大荒萝北县，建立"北京庄"，融入那里的农民群落。1955 年 10 月 15 日，第一支 98 名（最小的 15 岁）热血青年组成的"上海志愿垦荒队"在江西省德安县九仙岭落户。之后团中央在全国 10 多个省市组织远征垦荒队，动员城市知识青年奔赴农村。先后被毛主席、周总理接见过的山东青年徐建春，天津青年邢燕子、侯隽，江苏青年董加耕等人，就是 20 世纪五六十年代下乡知青的先进代表。1966 年 5 月 17 日，13000 多名上海青年在文化广场聚会，响应市委号召，加入新疆生产建设兵团，成为建设和保卫边疆的生力军。其壮举影响之大，堪称空前绝后。

"文化大革命"以后的知青上山下乡，从 1968 年到 1978 年持续了 10 年。1968 年 12 月《人民日报》在一篇报道中引述了毛主席的指示："知识青年到农村去，接受贫下中农的再教育，很有必要。要说服城里干部和其他人，把自己初中、高中、大学毕业的子女，送到乡下去，来一个动员。各地农村的同志应当欢迎他们去。"当时全国 66、67、68 三届初高中生即"老三届"，因停课闹革命，无学可上，400多万人积于学校内外，就业危机严峻，影响社会稳定的消极因素日甚一日。与此同时，一批新建的国营农场（含生产建设兵团）又缺乏年轻力壮的劳动力，大量可耕土地闲置荒芜。于是"老三届"的绝大多数被送往国营农场或生产建设兵团，一部分人由集体组织上山下乡改为插队农村，接受贫下中农的再教育。南远景与西安三个同时在阳洪西村接受再教育的女青年应当属于插队青年，这使得他们更有条件同农民打交道，学农活，理解农民的喜怒哀乐，加深与农民的沟通交流。

1968年之后，党的知青政策有所调整。一部分优秀知青被群众推荐当兵、招工、上大学，留在农村的知青继续接受贫下中农再教育。知青的群体数量由此逐年下降。

1970年中小学复课闹革命，1977年恢复高考，知青上山下乡的声音日趋式微。

尽管绝大部分知青后来陆续回到城市安置就业，但作为中国共产党执政以来的大手笔，上山下乡知识青年在共和国历史丰碑上镌刻的华章，将会随着岁月的推移而熠熠生辉。

二、知青上山下乡的社会实践，为接班人的成长奠定了基础

毛泽东是马克思主义实践论的大师，《实践论》是他最重要哲学论著之一。毛泽东关于"实践、认识、再实践、再认识"的论述，从本质上揭示了实践与认识的辩证统一规律。号召广大知识青年上山下乡，接受贫下中农再教育，是毛泽东的实践论在社会主义建设时期的具体运用，是我党千百万接班人在社会实践中经风雨

见世面的有效途径。

毛泽东的号召启示全党，如果说农村这个广阔天地是一座宝库，打开这座宝库的钥匙就掌握在下乡知青手里。因为他们的实践活动在广阔天地，实践活动成效受广阔天地的检验。而经得起实践检验的认识，必然会高于实践，指导实践，从而使知青们具备确立正确世界观的坚实基础

《我的知青生涯》以令人信服的生动事实，向读者展示了南远景和他的知青伙伴在实践中了解农村、熟悉农民、改造自我；在实践中开阔视野、丰富阅历、走出迷茫；在实践中学会种庄稼、务棉花、喂牲口。实践使他们在两年多的时间里不仅学会了一个农民应该掌握的"十八般武艺"，成为种庄稼的行家里手，而且与农民的感情结下了不解之缘，成为农民利益的维护者和农民尊严的捍卫者。

《我的知青生涯》第十八章结尾一段，作者连发叩击灵魂的八个问题：在那个依靠农业积累支持国家发展和国防稳固的年代，中国的农民付出了多少血汗？他们以怎样的无私劳动和奉献精神支撑着整个国家以及工业、国防和城市建设的大厦？他们以怎样的无私劳动对外提供无私的支援？如今，国家富强了，站在繁花似锦、风光无限的大厦顶端，你能否感知大厦基础承受的压力和作出的贡献？过上今天的好日子你是否嘲笑农民的艰苦奋斗是没出息？或者嘲讽那时呕心沥血组织人民打基础的领袖们领导得不好？那几个我们曾经无私支援的"同志加兄弟"会不会记得当年的中国农民？如今有的城里人对农民工坑蒙拐骗，有的

企业主有意拖欠他们的血汗钱，是否也应该拷问一下自己的良心和作为人的基本道德底线？尽管我这里没有引用原作全文，但就凭这八个问号，已足以使人惊心动魄，已足以使人对农民和下乡知识青年肃然起敬。

八个直击灵魂的叩问说明，实践出真知，实践见真情，实践是检验真理的唯一标准。这样的实践价值有助于实践主体对实践本质的认知，增强主观在认识世界的基础上改造世界的能动性。显而易见，没有当年的劳动实践，没有对农民生活不易的深刻体验，作者不可能这样痛心疾首地发问。

中国知青的历史，是研究当代中国历史的一面镜子，以史为镜，可以知兴替。20 世纪五六十年代广大知青的社会实践，是全中国社会实践的缩影。这样的实践不仅改善了农民阶层的人员结构、认知结构、人际关系结构；更为重要的是缩小了农民与市民在心理上的差距，触动了亘古不变的城乡关系；动摇了农耕文明留给农村和农民的陈旧观念和自卑心态，使农民懂得知识能创造财富，科技能增产增收；知青们则懂得了农业是国民经济的命脉，农民是他们的衣食父母。这为后来他们在不同岗位上担当使命，履职尽责，关心和解决"三农"问题奠定了扎实的家国情怀。正是这种情怀的不断强化升华，中国农民终于摘掉了贫困帽子，迈上了小康生活的台阶。

然而，把知青上山下乡这一战略决策的伟大历史意义仅仅局限于农村是远远不够的。只有对这一决策的辩证回顾与科学前瞻，才能从更加广阔的视野中贯通过去实践与未来发展的关系。

知青上山下乡的国内动因众所周知，但比国内动因更深刻更严重的国际动因现在却鲜有提及。而毛泽东在这个问题上的高瞻远瞩、深谋远虑，同样展现出他作为政治家、战略家的风采。

　　20世纪50年代中期，美国国务卿杜勒斯开始大力兜售"和平演变"战略，企图使社会主义国家政权从内部演变，从而达到颠覆社会主义制度的目的（见1989年11月7日《解放军报》拙文《国际敌对势力推行"和平演变"战略是社会主义国家面临的主要威胁》；拙作《和平演变战略及其对策》，知识出版社，1990年7月）。

　　研究当时国际范围内敌我双方的斗争态势就会发现，帝国主义从朝鲜战争失败之后就开始转变对我国斗争的战略手段，企图通过实施"和平演变"解构中国的社会制度，使中国成为他们的附庸。令人庆幸的是，他们的图谋出笼伊始，立即被毛主席洞察其奸，引起他的高度警觉，从而在国际共产主义运动中最早举起反对和防止"和平演变"的旗帜。

　　从这时起，毛泽东把七届二中全会确定的"反腐蚀"方针同反对"和平演变"的斗争紧密地结合起来。

　　针对西方把"和平演变"的希望寄托在我国第三代、第四代的计划，毛泽东提出要培养千百万无产阶级革命事业接班人的任务；强调领导人很重要，领导人变了，整个国家就会改变颜色；强调领导权要掌握在马克思主义者手里，防止干部在"懒、馋、占、贪、变"中蜕化变质，永远保持人民公仆的本色。毛泽东特别指明，革命时期大规模的急风暴雨式的群众阶级斗争已经基本结束，但由于国内外种种原因，社会主义国家还存在被敌对势力演变的社会基础。毛泽东晚年发动"四清""文化大革命"，号召知识青年上山下乡，其出发点都是希望亿万年轻人得到锻炼，增强识别真假马克思主义的能力，防止人民江山在第三代、第四代改变颜色。

毋庸置疑，在探索防止"和平演变"的道路上，我们党和毛泽东经历了曲折的弯路，发生过失误和错误。但他提出的一系列具有深远意义的防止"和平演变"的战略设想，永远是党和人民宝贵的精神财富。

殷鉴不远，殷忧启圣。今天回顾知识青年上山下乡的历史，是为了找到那个历史时期的发展规律，从而受到启示，看清未来发展的道路。这段历史让我们看到，正是由于毛主席的远见卓识和力挽狂澜，国内外敌对势力妄图"和平演变"中国第三代、第四代的险恶图谋才化为泡影。而我们曾经的老大哥苏联，却被"和平演变"为由一个国家分裂成15个国家。1997年6月我随团出访俄罗斯，目睹其情其景，颇有"国破山河在，城春草木深"的感触。

比较东欧国家政权被"和平演变"在兵不血刃中轰然崩塌，毛主席在培养接班人的问题上下了一盘旷世未有的大棋。千百万知青的成长成才，使我党凝聚了粉碎"和平演变"战略的巨大能量。

当然，我们的敌对势力也在棋局中以变应变。六七十年来他们不惜代价，不择手段，在我们内部寻找与党离心离德的动摇分子，培植与他们内外呼应的代言人物。改革开放以来，他们趁机而入，进一步加大了对我"和平演变"的强度，而且一些人已经成为他们的附庸和内应。对此，我们当然要高度警觉。但是，敌对势力这盘棋早已被毛主席生前釜底抽薪。在毛泽东思想培育下的中国第三代、第四代接班人，正驾驭着中华民族的复兴号巨轮，在实现中国梦的航道上扬帆破浪，一往无前。

写到这里我不由得赞叹：20 世纪六七十年代上山下乡的知识青年中，很多人已经成为各级领导集体的中坚力量。这是中国特色社会主义新时代的人文基础；是中国成功实现了第一个百年目标的组织基础。

《我的知青生涯》的贡献之一，就在于作者通过描述自己的个体实践和心路历程，为我们提供了解读"两个基础"的密钥。

三、知青上山下乡的奋斗精神，弘扬了中华民族的优良传统

《我的知青生涯》的另一重要价值，在于作者没有絮絮叨叨的道德说教，而是在不事张扬的直白叙事中，贯穿了厚重的艰苦奋斗精神。读者在阅读愉悦中不仅看到了知青多彩人生的故事，也感受到了他们艰苦奋斗的人生底色。

从那个时代过来的人都清楚，以"老三届"为主体的前几批知青，大都出生在 20 世纪 50 年代，被称为"生在新中国，长在红旗下"的共产主义接班人。在这三四百万城市知青中，很多人把未来的蓝图想象成"吃肉不发愁，住房有高楼，照明不用油，耕地不靠牛"。其中一些心智还没有走出"断奶期"的小青年，对未来的幸福生活更是充满了期待。

"文化大革命"开始后，他们在防止资本主义复辟的大风大

浪中"破四旧""斗批改"，以变态的狂热捍卫他们心中的理想，表达他们对未来的诉求与憧憬。

然而，风雨过后却未见彩虹出现。"四大"消声后的青少年因停课闹革命而无学可上，其青春期的逆反心理与日俱增。一些青年甚至对人生产生迷茫和困惑，不知道自己的未来在哪里。

"艰难困苦，玉汝于成。"正在这些城市青年踌躇不前的时候，毛主席号召他们到农村去，在那个广阔天地接受贫下中农的再教育。中断学业的"老三届"仿佛鱼儿看到了大海，义无反顾地走进农村，踏上土地，或成为人民公社的社员，或成为农场林场牧场的职工。

理想丰满，现实骨感。广阔天地虽然有高山流水，有朝霞夕晖，却没有诗和远方。艰辛的体力劳动，枯燥的精神生活，夹生不熟的饭菜……使得他们渐渐体味到人生的酸甜苦辣。

《我的知青生涯》一书中，作者没有展现繁重的劳动场面，只是把挤在一方土炕上的三个西安女青年不会生火做饭、不会发面蒸馍、不会使用铁锨锄头的场景呈现给读者，让人禁不住生出些许怜惜。更为可贵的是女青年做饭时因柴草潮湿厨房浓烟弥漫，熏得双眼流泪，但也没有谁对接受再教育发一句牢骚。也许她们当时认为上山下乡是宿命，而读者却从中看到了那一代人的觉悟。这种觉悟潜藏的能量将使他们终生获益。一个曾经在云南林场奋斗了八年，后来考入大学的研究员对我说，"曾经沧海难为水，除却巫山不是云"，现在回忆那个年代的艰苦经历似乎不可思议，但蕴含其中的精神却历久弥新，为我的科研提供了锲而不舍的动力。

20世纪六七十年代的农业生产，几乎没有机械作业，各种农活主要靠人力完成。知青能不能得到农民的认可，关键是看你干活卖不卖力气。作者在第十一章写道："我从农民的眼神和说话的口吻上感觉到，他们对我并不放心。""那些天我带领社员下地劳动，干每项活都走在前面。""用架子车往地里拉土拉粪，社员都是一人拉一辆车，我是一个人拉两辆，前面推一辆后面拉一辆，上坡时先拉一辆上去，回头再拉另一辆；用铁锨拆土拆粪，稍一用力锨把就断了；平地推架子车'倒槽子'，经常把车辕翻过颠成两截。干活的猛劲群众多少年没有见过，一下就对我刮目相看。"作者的这些经历说明，有奋斗才能有威信，有奋斗农民才会认可你。

　　作者后来能脱颖而出，被推举为县地省的优秀知青，是因为他担任队长的第二生产队，1976年的小麦亩产近500斤，完成公购粮任务后，社员平均分配小麦400多斤，是20世纪50年代建立初级农业合作社以来最高的，也是人民公社时期最高的。作者以带领群众不懈奋斗的成果回馈了广阔天地，广阔天地以博大的情怀丰富了作者的经历。

　　孟子说："天将降大任于斯人也，必先苦其心志，劳其筋骨，饿其体肤，空乏其身，行拂乱其所为，所以动心忍性，增益其所不能。"每次想到孟老夫子这段话，我都会联想到我在新疆石河子、塔里木耳闻目睹上海支边青年艰苦奋斗的感人事迹。

　　《我的知青生涯》像一滴折射太阳的露珠，又使我想到当年奋斗在塔里木的上海支边青年。开垦塔里木广袤无垠荒地的农一师，前身是南泥湾大生产的 359 旅。1968 年 8 月，我去垦区采访时，有些上海支边青年的宿舍还是干打垒的地窝子，开荒使用的工具也是原始的铁锹砍土曼，有人手掌里的老茧能把核桃壳拍碎。有的团场为了抢季节，拖拉机不够用时还得人拉铧犁。但即使这样也没有人当逃兵、开小差。如果不是别人介绍，你根本想不到接受采访的农垦战士，就是几年以前上海的白面书生、千金小姐。蜚声海内外的阿拉尔新城，就是这些支边青年同 359 旅的老战士用他们双手建起来的。

今天，六七十年代上山下乡的知青多数已是老人，但他们传承的艰苦奋斗精神，正在被后来人一茬接一茬地传承下去。

数以千万计的知青用将近 20 年的实践启示后来人，"忧劳兴国，逸豫亡身"。艰苦奋斗是中华民族最宝贵的优良传统。没有艰苦奋斗精神作支撑的民族，是难以自立自强的；没有艰苦奋斗精神作支撑的国家，是难以发展进步的；没有艰苦奋斗精神作支撑的政党，是难以兴旺发达的。

四、上山下乡，增强了知青与农民的人性互补

人性或人性价值，是人文价值的主体，是以尊重人性为本的价值理念。人文价值是知识青年上山下乡的重要价值。对知青本身乃至整个中国都具有深远的历史意义。

《我的知青生涯》以关中农村原生态文化为土壤，以"我"为主干，以同时下乡回乡的其他知青为枝蔓，为读者种植了一棵果实累累的人文大树。

回望这株大树，你会发现知青与农民在互动互补中加深了彼此的了解。自古以来，尽管农民在改朝换代中发挥了摧枯拉朽的作用，但政权更替一旦完成，农民又成为被边缘化的弱势群体，在横征暴敛中承受贫穷。

新中国成立后，陈毅将军那句"淮海战役的胜利，是人民群众用小车推出来的"话，虽然令国人振聋发聩，但历史遗留下来的城乡差别、工农差别、脑力劳动与体力劳动的差别远远没有消除。农民翻身解放，有了自己的土地，成为国家的主人，但弱势群体的命运并没有完全改变。有的城里人住着农民盖的房，吃着农民种的粮，穿着农民采的棉，却总是看低农民的身份，不知道农民才是市民真正的衣食父母。

当年我在塔里木垦区采访上海支边青年，强烈地感受到，这些在上海滩连麦子和韭菜都分辨不清楚的年轻人，对农民的认知却发生了质的变化。他们讲得最多的话是："农民贡献太大了！""农民劳动太苦了！""农民收入太少了！"设想一下：如果不是上山下乡，不是穿上农装，不是种田插秧，上海知青何以有这么深刻的感悟？这是身份认同的感悟，更是血脉相通的感悟。这种感悟的基因已经转化为中国特色社会主义新时代对"三农"问题的新关注，而且这样的关注会一代一代遗传下去，书写出"三农"成就的新辉煌。

知青上山下乡满打满算不到20年，时间虽然不长，却改变了农村几代人对"城里人""文化人""臭老九"的认知态度。即使有着厚重文化底蕴的八百里秦川，20世纪60年代的关中农民眼里，对脚蹬皮鞋、身穿制服、爱说跑调官话的"文化人"也是不待见的。他们会以自己独特的眼光和方式观察你、辨别你，区别你是不是当农民的料子。

常言道，农以地为本，民以食为天。手中有粮，心里不慌。农民选人用人不在意你本人是否能说会道，不在意你家人是否官高位显；只在意你能不能塌下心来当农民，能不能全心全意领着社员把庄稼种好。

《我的知青生涯》的作者同样接受过农民的鉴别。他去第七生产队没几天，就被队长马生禄分配到技术含量高的植棉小组。到植棉小组又被负责人省劳模严会霞指定为"技术员"，这个职务与其说是发挥"不知道棉花长啥样"的知青的文化优长，也不排除对这个知青下一步使用的考察。因为对于种庄稼的大学问，这个知青毕竟还是门外汉。

尺有所短，寸有所长。如此识人用人不是盲目挑剔，而是农民在实践中修炼的屡试不爽的独特眼光和有效模式。

实践检验真理，实践检验人才。"疑人不用，用人不疑。"被农民慧眼锁定的植棉技术员不辱使命，在出色完成本职工作以后，又被指派到技术含量高的饲养室、磷肥厂协助工作。生产大队党支部几经考验，终于把这个"嘴巴没毛，办事不牢"的18岁知青，任命为40多户、240多人、500多亩耕地的第二生产队队长，选为党小组长。也就是说把240多口人的饭碗交到作者手里。而第二生产队的综合情况在全大队七个生产队中名列下游，一个劳动日价值一毛钱，集体账户上只有七毛多钱的余额。贫穷得像诸葛亮吊孝，想哭都挤不出眼泪。

后来的事实告诉读者，党支部和大队干部对这个知青没有看走眼。在他的带领下，经过大家不到两年的努力，二队社员家庭丰衣足食，队长自己也被陕西省委评为"下乡知识青年农业学大寨先进个人"。

当然，这个知青也很争气。从家庭背景看，队干部应当知道他的父亲是大学教授，母亲是县卫生局局长。但该干的重活照样派他去干，即使他用身体堵住决堤的口子，也没人为他邀功请赏。父亲吃两牙西瓜他还得照样付钱。乾县县委董书记凌晨五点骑着自行车下乡检查"三夏"工作，在书中虽是一句话带过，但对作者还是有震撼的：这么大的领导尚且如此，你知青作为共产党员、生产队长，哪有不带头的道理！当然，董书记也应该反省：一个年轻优秀的知青几乎被他麾下那位权力扭曲灵魂的局长毁掉了，原因何在？教训何在？

如果说知青与农民在生产实践和生活环境中增强了真善美的人性互补，那么民风习俗和乡土文化则是这种互补的增效剂。秦腔、眉户、高腔、乱弹、社火、秧歌、庙会、"叫魂"、"祈雨"等诸多民俗文化，有的虽然杂有迷信色彩，但其高古的传承性、庄重的仪式性、浸淫的广泛性、通俗的娱乐性，不但是关中文化的底色，也是中华民族传统文化的祖音祖迹。这些非物质文化遗产虽然不全是文明的"化石"，但有些在我国民族文化史上的地位是不可动摇的，有些甚至是农民与知青联系的纽带。仅以秦腔为例，20世纪五六十年代，在中老年陕西人中流传着两句话："活着一口气，死了一折戏。"这个"戏"不是京剧，不是豫剧，更不是黄梅戏，而是秦腔，正宗的秦腔。逝者生前喜欢看哪出戏，死后还得唱那出戏。有钱人请"三易社""易俗社"在村里唱大戏；穷人家请几个吹鼓手，在家门口搭棚子干吼，都是为了让逝者安息。六七十年代我回西安探亲时，听说有个外省籍知青不了解这个习俗，说了些对秦腔不恭的话，以致与农民产生隔阂。后来她专攻秦腔刀马旦，成为"戏神"严德山式的人物，在方圆几十里红得发紫，其影响流芳至今犹存。

知识青年上山下乡的人文价值还在于为民间习俗的传承留下了文字记载。从社会学和民俗学的角度看，二十八章所写的"喜丧"不仅有风俗价值，还有史料价值。这么详尽的研究和记录"喜丧"的十五道程序，没有对乡土文化的热爱是挖掘不出来的。

作为一部传记文学，该书以时间作顺轴，以事件作纬线，艺术而真实地还原了一个下乡知青的经历。经历虽然坎坷不多，场景不大，但故事跌宕，画面清晰，文字酣畅，不失幽默，思辨亦有哲理，是反映知青上山下乡题材中一部能使人一口气读完的作品。

2021 年 7 月 26 日

学问悟行　必有所成

——序屈钧画马图集

己丑开春，红梅吐艳。屈钧先生出版画册的喜讯，有如一缕春风，为绚烂多姿的画苑，涂下了令人期盼的色彩。

光阴荏苒，岁月如梭。始知屈钧习画，时在新中国成立之初，是年钧乃六龄蒙童。岂料半百之后，屈钧已登上长安画坛，成为画马名家。其等身之高的画品中，既有"万马蹄如骤雨来"的壮观阵势，亦有"铁马冰河入梦来"的高远意境，这不能不使我这个解甲老兵发出感慨。

人尚其节，画尚其品。得知屈钧此前不出画册，非不能也，是不为也，足见其鞭策自己攀登更高画境的进取精神。现在，一个潜心画马几十春秋，人生已望古稀之年的画家，终于决定将心血染成的纸上骐骥汇于一牍，付梓面世，实在可喜可贺！

长安画坛，百家擅长；各派传承，自有其妙。继石鲁、赵望云之后的长安画派中，丹青高手林林总总。虽比肩前贤、雄踞九州的画坛大师尚待推崇，但皓首穷经、大音希声的画家却不乏其人，屈钧便是其中之一。

"桃李不言，下自成蹊。"屈钧既非长发飘飘的科班画郎，也非传媒追逐的焦点画家，更非独步古今的画林奇才。然而其长于画马的声名却远播大江南北，其纵横毫端的骏马却驰骋长城内外。究其原因，我认为"学问悟行，必有所成"可以作答。

屈钧世居浐灞之上的狄寨原，历代躬耕，父辈以上不通书画。六七岁时，受长兄之染，始临《芥子园画谱》，假以时日，笔下的人物、花鸟、鱼虫、山水已见雏形。然究其所好，则以画马为最。启蒙之后，更与画马结下不解之缘。

艺术结晶源于生活积累。任何画家不能超越他的生命阅历和文化阅历，在形成艺术观念和价值取向的过程中，总有人生经历和文化积淀发挥作用。屈钧亦无例外。他以石鲁"一手伸向生活，一手伸向传统"的话语为座右铭，在写生、临摹、笔法上苦苦探求；在熔古、铄今、取舍中凝练画笔，终于形成独具特色的画马意境和用笔技法。其气势恢宏旷远、彩墨酣畅淋漓的《八骏图》《百骏图》就是最好的佐证。

画之功力在于写生。大凡在写生上造诣深厚的画家，必能厚积薄发，成就大作。屈钧居家农舍，自幼与马结伴。为把握马的形体、动态、性格和神情，常常出没马厩，追逐马车，方圆十里内各色马匹，无论长幼，务必亲睹方休，年届弱冠，已有千马图形纳入其胸。为进一步打牢写生功底，屈钧遵从徐悲鸿"素描是一切造型艺术的基础"和"以马为师"的主张，远走新疆，深入内蒙古，踏访甘肃，在广袤无垠的昭苏马场、关山马场、山丹马场等大草原上，留下了深深的足迹。他目睹马的千姿百态，体味马的喜怒哀怨，感受马的生离死别，参观马的骨骼标本，收集马的传奇故事。

从马的整体结构到局部肢体，从马的皮毛色泽到肌肉排列，都逐一细察，不使漏笔。经年累月的写生，使屈钧对顿河种马的高大，大宛天马的雄健，山丹军马的刚劲，蒙古烈马的狂野，有了质的感觉和认知，在他的脑海中，常年浮现着"马蹄踏水乱晚霞""马嘶落日青山暮"的画卷。即使年届花甲，屈钧亦未放弃写生，数以千万计的写生画稿，记录了屈钧画马的艰辛，也蕴含着屈钧画马的慰藉。

在继承中创新，在创新中继承，是艺术创作的辩证规律，也是屈钧的画马之路的经历。为了学习传统技法，他深居简出，用半年时间一丝不苟地临摹李公麟的千骏长卷——《临韦偃放牧图》，用三个月时间临摹朗世宁的工笔长卷《百骏图》。究其半生，从曹霸、张萱、韩干、李公麟到赵孟頫等画马名家的论说，从《虢国夫人游春图》《牧马图》《照夜白图》《五马图》到《浴马图》等彪炳画史的名画，只要力所能及，屈钧都设法觅览。在延安革命纪念馆工作期间，屈钧有幸结识来自全国各地的画家，屡经点拨，茅塞顿开，进一步懂得了"画蛇不能添足"与"画龙可以点睛"的造型原理与精神实质。从而使屈钧的画路不但摆脱了观念与实体的约束，还使其对观念的形象与实体的造型的辩证关系有了深入一步的理解，找到了"形似"与"神似"的内在联系，升华了画作的底蕴和张力。

"他山之石，可以攻玉。"如果说扎实的写生功力、名家的画马技法，使屈钧在画马上成熟了自我，那么徐悲鸿的画论与画作，则让屈钧在画马上超越了自我，从而使其画艺实现了质的飞跃。

徐悲鸿是一位写实主义大师，他笔下的骏马，既有西方绘画中的造型，又有传统国画中的写意，熔中西绘画之长于一炉，笔墨酣畅，形神俱足。从20世纪60年代初开始，屈钧即视徐悲鸿为心传之师，对徐悲鸿的画马技法朝暮研读，千临百摹，如醉如痴。在延安窑洞期间，屈钧更是昧旦晨兴，以孙康映雪的精神，临写徐画达半年之久。徐悲鸿的《奔马图》《九方皋》等作品，屈钧随身必备，得空即临，时至今日，亦未见辍。及至中年，连廖静文女士也赞赏屈钧画马，有悲鸿之遗风，并赠书留念。

子曰：发愤忘食，乐以忘忧，不知老之将至。步入天命之年，屈钧的画艺更上层楼，从"存形""状物"，到"以形传神"，再到"形神兼备"，其技巧日趋精致，意境日臻深远，法度日渐成熟。以《八骏图》《百骏图》见著于世的画作，无论齐壁大画、还是盈尺小品，都潜心立意，注重布局，追求形神兼备，给人从视觉到心灵以强烈冲击。在技法上，屈钧坚持以形求神，形神兼备。他运用深厚的线描功力，把"曹衣出水""高古游丝""吴带当风"等传统的线描技巧，化为笔简意周、疾缓自如、抑扬顿挫、行云流水般的彩墨韵律。他的画笔如同一把犀利的解剖刀，无论是勾描提按，还是浓淡粗细，常常几笔便能使马的"意势"和"情致"跃然纸上。无论从马的任何部位起笔，都能使笔下骏马结构严谨、栩栩如生。近些年来，屈钧参照典籍记述，借鉴秦陵陶马，以传说中的西周穆王的"八骏"、秦始皇的"七骏"、西汉的"九逸"，以及唐太宗的"昭陵六骏"和"十骥"等名马进行创新构想，为其《八骏图》《百骏图》融入了新的图形元素。细察屈钧饮誉各界的画品，虽无大写意的泼墨恣肆，但却有写实中的适度夸张，达到了"奔放处不离法度，精微处照顾气魄"的效果，使马的形态、动态和神态更为生动通灵。

屈钧长于画马，虽蛰居画室不事张扬，但人气之旺异于寻常，这得益于他的忠厚为人。多年来，凡求其作画者，尽力满足；凡求其学画者，悉心传授；凡褒其画者，不以为喜；凡短其画者，不以为念。有时应邀现场作画，亦能使牛、羊、驴、犬跃然纸上，即使信笔画像，亦不失真。

绘画是源于人生而直面人生的文化载体。它需要画家有纯净的心灵、敏锐的视觉和锲而不舍的精神，更需要画家有"读万卷书，行万里路"的丰富学养和深厚修养。唯其如此，画家才能汲取精神，托物抒怀，以马喻人，使其画作达到"天人合一""物我两忘"的境界。屈钧虽为好学之士，早年发表过多篇通讯、故事和短篇小说，并有18万册的《南泥湾的故事》在全国发行，但他并未就此止步，迄今仍手不释卷，孜孜以求，这使他的画作在不经意中透出书卷气质和洒脱气度，也为他步入更高的画境奠定了文化和学理基础。

戊子仲夏，屈钧先生作《八骏图》赠我，观之触发诗兴，遂成七绝一首，现录于后，是为序尾。

题屈钧《八骏图》

紫烟缭绕天门外，

八骏腾云驾雾来。

倘遇将军识赤骥^①，

不教筋骨老苍台。

二〇〇九年春

庚子除夕

---

① 赤骥：马名，西周穆王"八骏"之首。

胸中梅花迎春开

我眼前这幅梅花飞雪图，与其说是画中珍品，不如视为胸中神品。作画者，乃琴棋诗书画兼修且精者，皖人吴氏振西先生也。

时值辛丑腊月初五。上午十点钟，我同妻子孙兰与友人南远景应邀赴吴振西先生画室参观，聆听先生点评他馈赠我的那幅雪飞梅放的写意画。

我们品茶赏画，纵论古今，正好应了"岁寒三友"这个文人雅词。

古人有言：人之相识，贵在相知；人之相知，贵在知心。屈指算来，我与吴振西先生由相识相知到知心，已经历了十二个生肖。庄子云："相濡以沫，不如相忘于江湖。"大概是军旅生涯共性熏陶磨炼的原因，十二年前未能相濡以沫的我们，邂逅时却相见恨晚，友情更是与日俱增。

吴先生是名副其实的跨界艺术家，学养丰厚且文武兼资，既有穿越硝烟的经历，又有弄弦邀鹤的擅长，是当今名噪画坛的丹青高人。南远景作为艺术评论家，对吴先生的诗书画涉猎颇深。我虽比他俩多穿了几套军装，但于书画艺术却不甚了了。所以，对吴先生的书画作品及其精妙论说总是高山仰止。

前几年，我曾在《向往梅花》一文中谈到梅花的品格与我对梅花的喜好，还写了几首咏梅诗抒怀。去年12月中旬，吴先生告诉我，他打算以我的咏梅诗意作一幅红梅傲雪图，嘱我发几首咏梅诗给他。先生辛丑春节曾赠我一副佳联，上联云：听花说什。下联云：问鸟笑谁。横批：枕云待归。对联篆书，精裱加框，文辞通古，笔墨酣畅，喜庆而高雅。今年又将作梅相赠，我翘首以盼。

果不其然，12月31日，南远景受吴先生之托，将一幅漫天飞雪红梅画送来让我观赏。这幅四尺三开的写意梅花已经裱好，红木装框，典雅脱俗。画面上暮色苍茫，漫天飞雪。一株老梅铁骨铮铮，傲寒怒放，让人感觉疏枝横影中暗香浮动，冷艳逼人。右上角的题跋写道：

全绳先生咏梅诗意图

老干红梅未自衰，

纤尘不染傲寒开。

浮香暗动凝风韵，

岁岁铮铮伴雪来。

时在壬辰虎年伊始振西画。

仔细端详这幅雪梅诗意图，我深为感动，许久无语。董寿平、关山月、张辛稼等画梅大师的作品瞬间在脑中浮现。此画立意高远，构图严谨，技法娴熟，与大师们的写意梅花堪有一比。

梅花作为"四君子"之首，一直是文人画的重要表现题材，更是中华民族与中国精神的象征。梅花坚韧不拔、不屈不挠、奋勇当先、自强不息的精神品质；迎雪吐艳、凌寒飘香、铁骨冰心的坚贞气节，对中华民族有着广泛而持久的影响力。古往今来，不知有多少文人骚客以梅咏怀，或讴歌名士的高风亮节，或吟咏先贤的高洁情怀。连我也附庸风雅，于前天观赏梅花中吟成一首小诗：

傲雪凌霜又绽苞，

暗香疏影守寂寥。

放翁何不来把盏，

剑舞风旋撩战袍。

吟罢寻思：吴先生这幅《全绳先生诗意梅花图》的立意和布局又是如何考虑的？觉得有必要亲闻作者的真知灼见，于是就有了今天上午的冒寒走访。

见面后没有寒暄铺垫，吴先生直言相告："勾画草图时，我想到两首歌，一首是《塞北的雪》，一首是《红梅赞》，还有一首是毛主席的《卜算子·咏梅》。我把画面置于夜幕降临后的朦胧意象之中，但没画月亮，月光中不会飞雪。《塞北的雪》那首歌词写道：

我爱你塞北的雪，飘飘散散漫天遍野。

你的舞姿是那样的轻盈，

你的心地是那样的纯洁。

……

吴先生被歌词感动得轻声吟唱了几句，被《塞北的雪》营造的艺术氛围激动得满面红光。

他呷了一口浓茶，从里屋拿出一幅装裱好的四尺三开红梅图说："这是我自己喜欢的一幅作品，在技法上作过探讨。前几天画你的诗意梅花时，我首先想到阎肃先生写的《红梅赞》，这是《江姐》的主题歌。歌曲通过对红梅的深情赞颂，表现了江姐的壮怀激烈，不屈气节，听起来十分感人。"

"毛主席的《卜算子·咏梅》与陆放翁的《卜算子·咏梅》比较，两者各有千秋。陆词写道：

驿外断桥边，寂寞开无主。

已是黄昏独自愁，更著风和雨。

无意苦争春，一任群芳妒。

零落成泥碾作尘，只有香如故。

"陆词以物喻人，托物言志，巧借饱受摧残、花粉犹香的梅花，比喻自己虽终生坎坷，但绝不媚俗的忠贞，以他饱满的爱国热情，谱写了一曲曲爱国主义诗篇，真可谓'双鬓多年作雪，寸心至死如丹'”。

吴先生继续解读说：“毛词写道：

> 风雨送春归，飞雪迎春到。
>
> 已是悬崖百丈冰，犹有花枝俏。
>
> 俏也不争春，只把春来报。
>
> 待到山花烂漫时，她在丛中笑。

“这是毛泽东在品读了陆词后，反用陆词原本寓意而写的。这首词塑造了梅花俊美而坚韧不拔的形象，鼓励人们要有威武不屈的精神和革命到底的决心。对于鼓舞激励当时的中国人民发挥了极大的作用！”

吴先生还用通俗的语言，就梅花的构图，枝干的长短，枝条的多少、纵横、粗细，梅花的姿态，设色的轻重等技法向我们作了介绍，使我等大开眼界。

回到家里，对照吴先生赠给我的《诗意梅花图》，我对毛主席《卜算子·咏梅》似乎有了新的感悟。毛词的上阕主要写梅花傲寒开放的美好身姿，描绘梅花的美丽、积极与坚贞；下阕主要写梅花的精神风貌，表现了梅花坚强不屈、不畏寒冷，对春天充满信心和谦虚的风格。全词运用逆向思维来立意，融合象征、拟人、衬托、夸张、对仗等手法，较完美地实现了托物言志的目的。

据百度介绍，毛主席写这首词的时间是 1961 年 12 月。当时，他在广州为即将召开的中共中央扩大会议做准备。他读了陆游的

《卜算子·咏梅》，感到文辞好，但意志消沉，只可借其形，不可用其义。于是写下了这首与陆词含义与风格不同的咏梅词，目的是鼓励中国人民敢于蔑视困难，敢于战胜困难。毛主席这首咏梅词冠盖古今，独树一帜，誉其为中国咏梅词的翘楚当之无愧。

　　吴振西先生笔下的红梅傲雪图，表现的是梅雪造型，内含的是人文精神。这幅难得的写意梅花，彰显出梅花不屑薄暮的大气，凌寒坚贞的骨气，清新脱俗的雅气，敢于报春的豪气，不愧为二十四番花信风之首！

2022年1月8日

发人深省的一副对联

衡山，又名南岳、寿岳、南山，为中国"五岳"之一。

衡山不仅是儒家文化、释家文化、道家文化的荟萃之地，还是书院文化、福寿文化、抗战文化的彰显之地，说衡山是一座文化山可谓实至名归。衡山文化不仅有高山仰止的圣经贤传，还有点石成金的俗言奥义。

2005 年 5 月 21 日，衡山大庙戏楼口的一副对联，曾使我同国防科技大学的同班同学流连忘返，受益匪浅。

对联全文如下：

上联：凡事莫当前，看戏不如听戏乐

下联：为人须顾后，上台总有下台时

横批：古往今来

戏楼坐北面南，土木结构，对联镌刻在戏楼台口两侧柱子上。因为风雨剥蚀，字迹几近模糊。仔细辨认，对联乃隶体书法，虽然不得程邈一脉真传，但风格不失端庄厚重。

揣度这副对联，平仄合格，对偶无瑕，是名副其实的工对，更重要的是寓意深刻，充满哲理，反思做人做事做官的道理，令人一开茅塞。

先看上联："凡事莫当前，看戏不如听戏乐。"乍一看，"凡事莫当前"似乎有些消极片面。若据此而论，两军对垒难道不需要冲锋陷阵？抢险救灾难道不需要争分夺秒？其实不然。如果把"莫当前"视为"莫争先"则更易理解，即为人处世不要争过头，过犹不及，而"凡事"似应解读为"遇事"，也就是说遇事要不要当前，得看值得不值得，亦即有所当前有所不当前，有所为有所不为。比照刘备"勿以善小而不为，勿以恶小而为之"的遗诏，比照范仲淹"先天下之忧而忧，后天下之乐而乐"的名句，当前与不当前、有为与不为也就圆融通释了。

"当前"具体到看戏则更有指向性。剧场就那么大，观众争先恐后朝前挤，岂不乱了秩序。小时候听大人说，有的村子唱大戏，因为观众想一睹名角风采，连临时搭建的戏台都拥塌了。所以说，此联开头的"凡事"，既是实指，又是虚指；既是狭指，又是泛指，可谓实中藏虚，浅中见深。

至于"看戏不如听戏乐"这句话，应该是指"莫当前"的效果。老票友都知道，在中国传统戏剧的"唱念做打"中，"唱念"是排在前头的。蕴含深刻的文戏，若演员"唱念"功夫扎实，观众更能从"听戏"中受益。自古以来，"听戏听味道，看戏看热闹"的说法，即是对上联最好的诠释。时下"听戏""听歌""听音乐"的说法，在民间仍然习以为常。

从传统文化的角度看，"凡事莫当前"，又体现了儒家的中庸之道，即遇事要中正平和，防止过犹不及。这里强调中庸之道，不是消极的保守畏缩，不是与共产党员的先进性对立，而是要把握好"当前"的度，通过"当前"突破一般，这样的"当前"显然是带领群众而不是脱离群众。

如果把上联解读为论事说理，下联"为人须顾后，上台总有下台时"则可视为论人说理。在这里"为人须顾后"是虚指，是广义上的"为人""顾后"，而"上台总有下台时"则是实指，是狭义上的"为人""顾后"，是指戏台上的演员要知道"顾后"的道理——戏演得好得下台，演得不好也得下台。剧场是如此，职场、官场又何尝不是呢？常言道，"铁打的衙门流水的官"，正是对"上台总有下台时"的通俗表述。可见文学作品中"人生如戏"的说法，也不是没有道理的。如果把人生比作舞台，生即是"上台"，死便是"下台"，即使你活到两百岁，也有谢幕的那一天。从这个意义上讲，生老病死的人生过程，就是上台下台的过程。这是不可抗拒的自然规律。

常言道，人无远虑，必有近忧。以做官而论，如果干部有家国情怀的赤子之心，上台能想到下台时，就会竭尽全力，夙夜在公；为官一任，造福一方。不至于离职时有失落感，更不会以权谋私，贪污腐败，为人民群众所不齿。

这副对联的横批更是神来之笔。"古往今来"四个字是对联的"文眼"，也是上下联的"脐带"。横批使上下联互为补充，相得益彰。它提醒人们，对联所表达的基本内容，是贯穿过去、说明现在和揭示未来的规律，是亘古不变的，是违背不了的。

不过也有人认为，这副对联内涵消极，是借戏谏言，教人处世圆滑世故，明哲保身；做事瞻前顾后，进退自如。仁者见仁，智者见智。如此解读不足为怪，但从正面理解，这副名联似乎更有意义。

2020 年 7 月 28 日

《民国人物在台湾》一书引发的思考

徐志摩说过："如果真相是种伤害，请选择谎言。如果谎言是一种伤害，请选择沉默。如果沉默是一种伤害，请选择离开。"可悲的是《民国人物在台湾》一书涉及的 10 个人只能在沉默中舔伤口，却不能选择离开——这种沉默到灵魂的伤口，即使到了天堂也愈合不了。我以为《民国人物在台湾》中的大佬们，就是灵魂伤口不能愈合的人。

《民国人物在台湾》是大陆作家张林与台湾作家丁雯静合著的一部纪实文学。2017 年 8 月由中国出版集团现代出版社出版发行。

书中呼之欲出的 10 位人物，有号称国民党"四大元老"之一的吴稚晖，有至死冀望回归故乡而抱憾逆愿的于右任，有国民党一级上将阎锡山、何应钦、白崇禧、陈诚、胡宗南，还有称蒋介石为"三叔"的陈立夫、孙中山的独子孙科和次生代的第五任民国"总统"严家淦。

怀着对历史负责的良心，作者两度深入台湾，采访相关人士，发掘真实史料，追寻故人踪迹，倾听远逝的诉说，简繁恰当地介绍了 10 位在中国近现代历史上影响深远的人物的命运，尤其是他们跟随蒋介石败退台湾后浮沉不定和勉为其难的不堪境遇。

以前读过一些写民国大佬的文章或书籍，对他们跌宕起伏的生涯并不陌生。但阅读此书，仍然难以释卷，而且在阅读中常常引发思索，仿佛看到他们晚年心头萦绕的如丝如缕的阴影。踏着10位大佬的生命轨迹，我突然想到陆放翁那首《卜算子·咏梅》："驿外断桥边，寂寞开无主。已是黄昏独自愁，更着风和雨。"其实，他们不像陆游那样孤独和孤傲，更多的是落魄后的孤寂和惆怅。拜读《民国人物在台湾》有一些感悟，如鲠在喉，不吐不快。

蓦然间发现，"落架的凤凰不如鸡"这句俚语，好像是为蜗居台湾的民国大佬们定制的。失去政权拐杖的他们，一旦被踢到台下，流落民间，双腿像瘸了一般，根本迈不开步子。

《民国人物在台湾》的作者，从多维度观察10位民国人物，既写他们的共性，又写他们的个性；既写他们在台湾的官场窘迫，又写他们流落海外的穷困潦倒；既写他们在老蒋麾下如履薄冰，又写他们回归家庭的天伦之乐，读来感同身受，如临其境，丝毫不觉得枯燥。

"半生为王"的阎锡山没有料到，到台湾后"因为心里没有风景，看山不是山，看水不是水"；有"袖珍版"蒋介石之称的陈诚，与蒋氏父子的关系日益复杂微妙，由"伴君如伴虎"的感觉，发展到剑拔弩张的地步；称老蒋为"三叔"、在大陆权倾一时的"CC派"头子陈立夫被迫远走美国，夫妇以养鸡、制作家乡小吃出售的微薄收入勉强糊口；被称为"小诸葛"的白崇禧在备受凌辱中回归宗教，没想到自己的人头一直悬在别人点头和摇头之间，只消扳机轻轻一扣；统领 60 万大军，号称"西北王"的胡宗南走投无路时，甚至在海边萌生过自杀的念头；国民政府第一次授予的八大一级上将之一"受降将军"何应钦，连乡愁也成了"想说而不能说"的话题，只能寄情于贵州带去的花花草草，在美国寄人篱下操持全家卫生；靠儿女接济过日子的孙科，不得不通过媒体乞求蒋介石恩准，"很想回台湾看看"；就连"饭桌上一直保持着家乡的温度"，被誉为"新台币之父"的"总统"严家淦就任当天，在老蒋已经过世的情况下还特别要求钱复不要宣传自己，"让国际间多了解经国兄"。

让这些叱咤风云的民国名流走出层层历史迷雾，剥去曾经光鲜的外衣，他们同台湾小饭馆里囊中羞涩的普通老翁是没有太大差别的。

毫无疑问，这些人大概除了醉心于书法诗词的于右任之外，骨子里都是反共的。但作者没有把笔墨花在叙述政治立场上，而是把他们自欺欺人，在"反攻大陆"的沉梦中了却残生的悲剧展示给读者。

没有审时度势的大智和以身报国的大勇。民国大佬虽然自诩"心怀天下，报效国家"的忠肝义胆，实际上把个人面子看得比"国家"面子还重。寄居香港的孙科，收到邓小平传话的陈立夫，带着"龙"剧在欧美巡演的何应钦，都有重回大陆的机会，但却没有像李宗仁、卫立煌等人那样，让历史打上顺应时代洪流的烙印，反而以悲剧角色走进历史的尘埃。

这些人曾经被蒋介石捧为"党国中坚"，但没有程潜、李济深、张治中、傅作义等人的家国情怀，没有在间不容发之际，选择民族复兴和国家开泰的目标，从而投入人民的怀抱，也让自己成为人民中的一分子。

思想观念和文化认同与日本右翼势力有着千丝万缕的联系，是这些人走上不归路的价值观原因。《民国人物在台湾》的10个人，是孙中山同盟会衍生的两代人，而同盟会是在日本"怀胎"出生的，难免沾染日本文化的雨露。老一辈同盟会会员的血液中或多或少都有日本文化的DNA。10个在台湾的大佬中，6个留学日本或到日本做过考察。联想阎锡山抗战胜利后雇用日本官兵抗击解放军；陈仪任台湾省长后留用八千日本技术人员治理台湾；蒋介石困守台湾后让大战犯冈村宁次遴选日本军官训练部队等，足以看出"台独"势力与日本右翼势力勾肩搭背是不足为怪的。

最好的接班人是在无声的观察与考察、反复的磨炼与冷漠中筛选认定的。这不失为一条资治通鉴的经验。从作者介绍的事实可以看出，子承父业的传位思想，是蒋介石龟缩台湾后一以贯之的终极目标。亲疏不定、分而治之、卸磨杀驴的驭人权术和用人手段，都是为蒋经国接班而精心设计的。他本人没有因违背孙中山先生的"三民主义"遗愿而忏悔，更没有正确反思丢掉大陆的教训（他也没有正确反思的世界观和方法论），所有的人事安排都是精心设计、锱铢必较，以蒋经国接任"总统"为终极目标的。家天下世袭制的封建思想，模糊了蒋介石的选人用人视野，束缚了台湾本岛和海外人才展现才华的手脚。

使人不得不刮目相看的是，蒋介石经过十多年的精心考察，选严家淦为接班人这步棋是走对了。严家淦的存在，改写了蒋介石直接传位于子的尴尬；严家淦顺势而为向蒋经国交班，则是其得以善终的聪明选择。

严家淦是公子——出身于一方望族富贾，18 岁就读上海圣约翰大学时就拥有了自己的汽车，由上海回苏州都是家里的小游艇接送。但公子没有玩世不恭，而是走出十里洋行，投身穷乡僻壤实业救国。

严家淦是才子——由圣约翰大学的中英文校刊总编，主攻化学、辅涉数学的学霸，转而研究经济和政治、历史和现实，主持实行田赋改革与币制改革，拓展台湾的国际生存空间，为台湾的经济和社会发展打下了基础。

严家淦是君子，一诺千金，在蒋介石死后如期平稳地将权力移交给蒋经国。一生奉行"退一步想，易地而处"的处世哲学，低调内敛，不与人明争暗夺。蒋介石生前他是默默无闻的"副总统"，蒋介石死后他成了名实不符的"总统"。他小心谨慎地充当"过渡总统"的角色。在接下来的三年里，名在严家淦，权在蒋经国，身在权力巅峰，心在不触"底线"。这种"严蒋体制"如影随形，使无为和有为得到了绝妙的结合。

接班人关乎国家和民族的兴衰荣枯，于国于家、于公于私都是万万不可大意的，难道古今中外的教训还少吗？

是耶？非耶？《民国人物在台湾》一书中的 10 个人，给后人留下了深刻的思考。

2021 年 1 月 14 日

小小说　大格局

——品读聂鑫森的小小说《锁爷》

之所以在副标题前加了个"品"字，因为这篇小说如同一份佳肴，囫囵吞下不谙其味，实在可惜。

结缘《小小说选刊》，源于《解放军报》原副总编辑、作家李鑫将军向我推介的该刊责任编辑、作家田双伶女士。田双伶的作品我只读过几篇，直觉典雅清新，有一种脱俗气质。大概是爱屋及乌的缘故，她寄给我的《小小说选刊》在我的书柜中占了一席之地。

前天收到今年的《小小说选刊》第 11 期，我的眼睛被开卷首篇《锁爷》锁定了。这是一篇惜字如金的小说，全文不到 2000 字，却反映了一个重大的社会问题。在我眼里他至少具有一部中篇小说的内涵。

从第一句话开始，小说就以极其洗练的白描手法，叙述了"锁爷"的政治面貌、职业专长、群众关系和退休后所从事的修锁配钥匙兼带开锁的自由职业。开头的 250 个字是这样写的：

解天键已经七十岁了。身板直，手臂粗，只是白了一头毛发。

芙蓉巷的老老少少，都亲切地称他为"锁爷"。

退休前，他是古城湘潭平安锁厂的高级技工。退休后，怕闲坏了身子，就成了一个修锁配钥匙兼带开锁的自由职业者，这样既可消磨时光，又不丢技艺，还可赚些合理合法的收费，足够他抽烟、喝酒了，几多快活。不过开锁这个活计有规定，得去派出所登记备案，以防心术不正的人干违法的事。派出所所长丁一对他说："锁爷是老党员、老工人，为人开锁解难，我们放心。"

"谢谢！"

"这天下就没有锁爷打不开的锁！《说文解字》说：'铁锁。门键也。'你叫解天键，天门有锁，你也可以解开。"

"丁所长读书多，你是儒警啊。"

两人忍不住哈哈大笑。

仅此寥寥几笔，"锁爷"和派出所丁一所长便跃然纸上，栩栩如生。连两个人的对话也吐古纳今，溢出智慧。丁一对"锁爷"老党员、老工人的肯定，引用《说文解字》对"锁爷"名字解天键的破解；"锁爷"对丁一"书读得多，是儒警"的褒奖，都给人以古意盎然、又不失时尚的印象，可谓雅俗兼容，古今通融。

接下来作者以1500多字的篇幅，先是虚写"锁爷"儿子的大学背景、孝敬品德；而后以主要篇幅实写"锁爷"听音开锁、蒙眼开锁、闻味辨别物品性质的专业造诣和诚信守法的职业道德，包括最后与丁一联手，端掉了一个盗墓团伙，完成了一个优秀老党员、老工人退休后的形象塑造。

时下社会，退休人员是一个庞大群体，其中不乏"锁爷"这样的能工巧匠。而给这类人员发挥特长的空间和机会，不只是关系到他们个人的退休生活质量，也关系到退休人员的家庭和谐和社会稳定。一些身怀一技之长的退休人员，因为把手头零钱和大把时间花在打麻将、打双扣上，不光身体每况愈下，家庭矛盾也时有发生。从这个意义上讲，《锁爷》写的是修锁开锁配钥匙，实际回答了如何使广大有一技之长的退休人员释放余热，服务社会的大问题。

党的十八大以来，在高压反腐的威慑下，公检法系统揭露出来的腐败问题触目惊心，有些人甚至堕落成黑恶势力的保护伞，严重损害了国家专政机关在人民群众中的威信。

《锁爷》中的派出所丁一所长，则为读者树立了一个尽职、自律、亲民的良好形象。虽然丁一前后只出现过两次，用于描述丁一的文字没有过百，但通过锁爷夸奖"丁所长读书多，是个儒警啊"。和小说末尾丁所长感谢"锁爷"的两句话，足以看出警民关系的热络程度。派出所是国家专政机关在群众眼睛里的窗口，如果我们的派出所绝大多数所长都是丁一这样的同志，党和政府在人民群众中的威信和感召力是任何敌对势力也动摇不了的。

解天键是个退休的自由职业者，但他作为老党员退休不降低党性标准，作为老工人退休不降低技术标准，有着严格的职业操守和自律要求。对群众他收费宁降不升，对坏人他绝不姑息。当他蒙眼打开大刘的保险柜，凭着扑面而来的泥土味、古铜的锈味，即判断触碰的物品可能是出土文物时，回家后马上向丁所长报案，一个内卷的盗墓团伙在他的聪明才智中落网了。

《锁爷》全文只出现了三个人物——解天键、丁一和盗墓人大刘，三个人的身份展示、社会活动和对话特色，使我联想到汪曾祺的小说《陈小手》中的产妇、医生和团长。汪文的结尾是这样的：

> 陈小手出了天王庙，跨上马。团长掏出枪来，从后面，一枪就把他打下来了。
>
> 团长说："我的女人，怎么能让他摸来摸去！她身上，除了我，任何男人都不许碰！这小子，太欺负人了！日他奶奶！"
>
> 团长觉得怪委屈。

两篇小说的白描手法有异曲同工之妙，都用简练的笔墨，不加烘托，刻画出鲜明生动的形象。我以为，这也是《锁爷》成功的原因之一。

2022 年 7 月 16 日

不忘初心，方得始终

——浅说电视剧《重耳传奇》

　　《重耳传奇》是一部塑造东周诸侯中的晋文公重耳不忘强国富民初心，方得成就晋国霸业的大型电视剧。在春秋240多年的诸侯纷争中，晋文公重耳是继齐桓公小白称霸之后的又一个霸主。重耳在位虽然只有9年，但他承前启后开创的霸业却时断时续地维系了百年之久。他深谋远虑与雄才大略绽放的光辉，像彪炳岁月苍穹的一颗星辰不曾坠落。

　　电视剧《重耳传奇》把观众带进历史纵深，还原春秋风貌，展现东周时期的社会动荡，塑造了晋文公重耳力挽狂澜的宏图大略和审时度势的政治智慧，具有丰富的文化内涵、高尚的审美品位和深刻的现实意义。

　　用影视体裁为历史上建树卓越的政治家重耳树碑立传，是用艺术张扬中华民族家国情怀的又一次有益尝试。

　　《重耳传奇》依据《左传》《史记》等典籍史实作底色，吸收民间传说的优质元素作点缀，穿越时空隧道，再现历史风云，以重耳治国理政的理想与实践作为主线贯穿全剧，生动地展示出重耳跌宕坎坷的人生命运、励精更始的治国抱负和礼信诸侯的外交风采。作品所蕴含的励志精神和家国情怀，像中华民族强国梦历史长廊深处一把还在燃烧的火炬，仍然折射信仰的力量，绽放理想的光芒，表现人性的追求，让今天的观众眼睛为之一亮。

《重耳传奇》的成功焦点，在于它用历史杰出人物的社会实践解读"识时务者为俊杰，通机变者为英豪"的千古名言。它打通历史与现实的内在血脉联系，努力凸显顺应还是背离历史发展总要求是决定历史人物和历史事件命运的终极原因。作品以"沧海横流，方显英雄本色"的唯物史观梳理史实，结构剧情，塑造人物，跳出"朝廷争权与后宫争宠"的历史剧俗套，把重耳跌宕起伏的人生轨迹和矢志不渝的报国信念呈现在观众面前，对其内心世界"仁、义、礼、智、信"的传统观念与现实人性的剧烈冲突做出了颇有深度地揭示。从而在文化层面上掀开了被历史尘封的旧形象，展示出一代明君的大情怀，让观众一览重耳顺应时代潮流，抓住历史机遇，凝聚天下人心的政治家风采。

《重耳传奇》的成功之处，还在于作品围绕重耳强国富民的理想信仰与坎坷实践进行跟踪式的编排。重耳登上政治舞台的历史时期，东周宗室衰微，诸侯兼并不断，晋国传承内讧，但这并没有动摇重耳的理想信仰。睿智过人的重耳在谋士狐偃等人的引导下，从年轻时期就抱着韬光养晦、等待时机、顺势而为的处世态度，没有使自己陷于公室权力争夺的矛盾旋涡之中，避免了飞蛾扑火式的悲剧结局。随着年龄的增长，重耳在血光之灾随时可能降临的威胁中，以物质、安乐、闲适编织面具，掩盖心底的隐忍与抗争，给人以苟且偷安的假象，耐心等待属于自己担当天下的机会。当时宗室诸侯的传承规矩是"立嫡以长不以贤，立子以贵不以长"。

晋献公在位时，为使权力集中于公室，惩强宗之危害，不仅消灭国内同姓宗族，而且宠信骊姬，废嫡立庶，迫使太子申生自杀，将儿子重耳、夷吾放逐国外。重耳机警应变，对此逆来顺受，唯命是从。当晋献公派兵攻打分给重耳的封地蒲城时，重耳竟以"儿子不能跟老子打"为由翻墙逃往狄国。之后亡命天涯，在七八个诸侯国流离颠沛长达19年之久。

重耳在矛盾冲突中回国继位，是《重耳传奇》的精彩华章，也是展示重耳不忘初心，以身许国的精神支柱。剧情把这一段波澜起伏的故事表现得淋漓尽致，荡气回肠。先是太子奚齐及其同父异母胞弟卓子被杀，里克派狐毛赴狄国迎重耳返晋。尽管重耳有回国重整山河的强烈愿望，但他谋定而后动。在与随从权衡利弊之后，觉得晋国内讧未了，难免还有事变，归晋不但难圆救国之梦，还可能招来杀身之祸，于是仍然冷眼观察。之后秦穆公也想助重耳返晋，但重耳知道夷吾不仅有主晋之心，而且绝不会让他在晋国立足，于是又一次放弃了做晋献公继承人的机会。

"以史为镜，可以知兴替。"同室操戈的严酷斗争是人性的炼狱。重耳虽未置身其中，但却有了旁观者清的丰富阅历，这些阅历成为其后来执政时自我反省的一面镜子。

历史有其自身的发展轨迹，不以人的意志为转移。现在有些阐释把重耳说成德才平庸、贪图安逸、假仁假义的伪君子显然有失公允。若此种论说成立，重耳振兴晋国、称霸诸侯便只能是痴人说梦。

唯物史观认为，英雄是时势造就的，机遇是对高素质人才的馈赠。重耳能在晋国公室中胜出，能在诸侯争雄中称霸，只能说明这是晋国民心的选择、历史的选择，也是重耳驾驭时局能力的必然结果。《重耳传奇》在这个问题上所秉承的唯物史观是鲜明的。唯物辩证法认为，必然性寓于偶然性之中。重耳被晋献公逐出国门时已年逾不惑，在流亡异国他乡期间屡遭其弟晋惠公夷吾及惠公太子晋怀公圉的追杀而能侥幸逃脱，并最终登上晋国的君位，绝不是偶然机遇的巧合。其必然性就在于他深厚的家国情怀赢得了晋国的民心和随从的拥戴。"鬓虽残，心未死。"作为时刻准备登上晋国权力中心的决策者，重耳虽身在国外，却时刻关注国内形势变化，体察民情世态，并通过各种渠道把自己的政见告知国人。在晋国政局混乱动荡的情况下，重耳遥控的舆论导向，逐渐深化了晋人对其治国能力的认识。与此同时重耳也不放过流亡列国期间的观察与思考，借鉴他国的治理经验，完善自己的治国理念，同时展示出恭顺待人的君子品质与睦邻友好的对外诚信。国内外形势的发展趋势，已经使重耳赢得了晋国民心与列国诸侯的信任与尊重。这时候年届花甲、政治经验十分丰富老到的重耳回国即位便瓜熟蒂落，水到渠成。

随着剧情的深入发展，观众也越来越明白：抓住历史机遇，凝聚民心共识，为民富国强而殚精竭虑、呕心沥血的精神，才是《重耳传奇》的点睛之笔。这样的故事结构摒弃了权谋较量和把奇迹归于巧合的无奈，既照亮了历史变革的底蕴，又为我们今天的现实提供了宝贵的启示。

重耳执政后，对内修明政治，任贤用能，发展经济，崇俭省用，强军经武，整顿朝纲，使晋国在短期内实现了由乱到治的局面。对外联合友邦，睦邻诸侯，瞅准机会，先发制人。"识时务者为俊杰。"城濮一战大胜楚国之后，重耳抓住天下惧晋的势头，高举"尊王"旗帜，与主要诸侯国在践土会盟，挟天子以令诸侯，顺理成章地登上了霸主宝座。

"历史剧的灵魂，历史美学的制高点，是对历史精神的发现，是对历史与现实的内在精神的联系与打通。"我以为李准先生的这个看法是深思熟虑的。《重耳传奇》抓住史实主体钩沉探微，又运用合情合理的艺术虚构还原历史风貌和历史人物的时代脉动，发现人性细节有深度，展现文化品位质感强，具有大事可信的纪实性和情节细腻的感染力。虽然在整体故事结构中没有完全套用"大事不虚，小事不拘"的重大历史题材剧的创作原则，但也没有让艺术想象的"风筝"断线失控，其叙事方式的张力和人物活动的拓展，都没有偏离观众健康的审美情趣。全剧折射出的民族文化之根的强大凝聚力和民族尊严的强大感召力，是对历史虚无主义和民族虚无主义的有力抨击。

语言是人类声音遗存的符号，是连接历史、现实与未来三者的内在纽带，是反映生活积累和艺术功力的外壳。历史文化的内涵和人性觉醒的深度，都是通过语言表达的。《重耳传奇》的人物语言没有走文白交错的路子，着重于人物的个性化特色，公说公话，婆说婆话，没有生搬硬套的做作。其效果不但强化了人物的艺术张力，也缩短了观众与历史人物之间的时空距离，把历史的往日与现实的今日融为一体。

《重耳传奇》的文化内涵之所以丰富，还在于作品借助唇亡齿寒、割股啖君、秦晋之好、退避三舍等脍炙人口的成语典故，为人物形象和剧情发展推波助澜，让观众在典藏的哲理中受到优秀文化传统的熏陶。对介子推这样一个割股啖君的历史人物，在重耳上位之后急流勇退，远离庙堂，不为功名利禄所惑的忠义气节，作品给予了浓墨重彩的讴歌。对重耳寻访义士，火烧绵山，改绵山为介山，建介子推祠庙，立寒食节以纪念忠烈的做法给予了充分肯定。这样安排剧情的发展，既还原了历史事件的积极意义，满足了观众审美的人性向往，也同改革开放以来，有些人在权力寻租中卖官鬻爵、贪腐无度的丑恶现象形成强烈的对比，为反腐倡廉提供了来自历史深处的正能量。

毋庸置疑，再伟大的人物也要食人间烟火，也有七情六欲，也有爱恨情仇，作为封建诸侯的重耳更不会例外。但是过多地为香艳秀色所缠绵，必然会淡化乃至消弭重耳的报国初心。在我看来这方面的戏份还有压缩的空间。还有，重耳与夷吾在公室继位问题上的礼让，看似为重耳的仁义加分，实则有悖常理，而且也与史实不符。这些瑕不掩瑜的情节如果加以商榷推敲，也许会进一步增强该剧的历史厚重感和文化的品位度。《重耳传奇》堪称一部不忘初心的励志史诗。这部作品告诉我们，初心是什么。初心就是信仰，就是理想，就是方向，就是动力，就是须臾不可忘记的根本。对于一个国家、一个民族的生存和发展，不忘初心从来都是前进的灵魂支撑和精神动力。因此，重耳不忘家国情怀的初心是值得盛情礼赞的，是值得艺术张扬的，相信《重耳传奇》的播出，会让正在为实现中国梦而发奋图强的华夏子孙从中受益。

2017 年 2 月 28 日

后　记

人生苦短　军旅当歌

1962 年 6 月 28 日，我被西安市灞桥区兵役局抽去填写报名参军青年的登记表。之后踏入军门，入列军旅。

2013 年 6 月 29 日，我接到退休命令，解甲归庶，在夕阳余晖中抖落征尘，开始了日享三餐，夜享一眠。

白驹过隙，沧海桑田。蓦然回首，我的军旅生涯竟然长达 51 年。

51 年！岁月剥蚀，目浊耳残。青春远逝，不舍暑寒。夙兴夜寐，追溯渊源。格致论道，灯火阑珊。

51 年前，我从时光渡口，扎进绿色的大海。奋力挥臂，逐梦向前。几番呛水，不敢偷懒，在规定的泳道上游向彼岸。

51 个春秋，我游完属于自己的赛道，拨开水下缠绕的羁绊，没有在浊流中沦陷。虽说成绩平平，不敢有沾，却经历了沧桑巨变，见证了绿色长城力挽狂澜。

老子出关，著道德五千；绿色长城，筑忠肝义胆。绿色长城无坚不摧，绿色长城冰心如盘。它是中华的定海神针，它是民族的钢铁护栏，它是防止强盗觊觎共和国的血肉篱藩。

绿色长城日对虎啸，绿色长城夜闻啼猿。它捍卫疆土不容侵犯，呵护褓褓摇篮，让百花四季绚丽璀璨。

无论大海，无论空天，无论陆边，只要狼烟升起，绿色长城都会挺起胸膛，横槊相向，让敌寇在风声鹤唳中逃窜。这是历史的烙印，这是艰难险阻的考验。

绿色长城牢记初心，坚决粉碎招降纳叛。有人企图篡党夺权，被它洞穿其奸，在土崩瓦解中魂飞魄散。有人污染英烈模范，被它揭开面具，现出民族败类的原形，像丧家犬一样狼狈逃窜。

潮落潮涨，云舒云卷。有人在海中呛水，有人在海中溺亡，有人爬到岸上还在哮喘。

哀囹圄何其长兮，叹岁月何其短。悔不该贪得无厌，悔不该权色交易，悔不该鬻爵卖官。结帮老乡抢官，要挟老将换官，怂恿老娘要官，终究成为天下笑谈。

历史是无声的达人，它明辨是非，识破忠奸，让两面人露出丑恶嘴脸。不要怨地，不要忧天。只要不忘初心，即使你被摁入水中，呛得口吐白沫，正义也会使你有惊无险。

夕阳绚丽，暮色灿烂。绿色长城在自我净化中铸牢军魂，在吐故纳新中正本清源，在清除垃圾中淬火重塑，锤炼出永不变色的忠心赤胆。

强军人敢开顶风船，强军船冲破惊涛骇浪，闯过暗礁险滩，向着既定目标一往无前！

边角动地，旌旗招展。固若金汤的绿色长城，是熊罴望而生畏的壁垒，是虎豹不敢逾越的天堑。

猛士挽弓射天狼，蛟龙镇海吞巨澜。胜利，是绿色长城的唯一选择；生命，是绿色长城的花环。为了胜利，甘愿奉献生命，绿色长城无悔无怨！

岁冷松筠皆有节，春暄桃李本无言。莫羡赵钱孙李朝日好，莫炫周吴郑王秋月圆。善恶自有天知道，是非曲直岂能瞒？

不横比，不竖攀，以书作伴，与人为善，静听生命告罄的管弦，在炉火中化为一缕青烟！

回眸来路，星光点点。谢意难尽，诉诸毫端：长眠昆仑的英烈，解甲归田的战友，情谊持久的婵娟，陶醉文墨的雅士，痴心于我的三代家眷，仍然是余生行舟的风帆！

作为这部散文集的作者，能在踏入杖朝之寿的门槛时，看到多年心血凝成的铅字即将付梓，我由衷地感谢四川新华出版发行集团党委书记、董事长，新华文轩党委书记、董事长罗勇先生；感谢四川人民出版社社长黄立新先生；感谢社长助理石龙先生和责任编辑邹近先生。

我是一个退休的年迈军人，不会汉语拼音，不会电脑打字。在右耳失聪、右眼几近失明的情况下，集子中的每个字都是一笔一画用手指写出来的，其中的苦衷只有自己知道。

历史是民族的记忆，文字是语言的表达方式。不忘初心，方得始终。把我经历的蕴含着历史自信和文化自信的人和事，用文字表达出来，是《解甲楼回眸》的初心。

感谢四川人民出版社对我不忘初心的理解和支持；感谢我的妻子孙兰和子女的支持；感谢干休所领导和工作人员的支持。

屈全绳

2023 年 3 月 8 日

图书在版编目（CIP）数据

解甲楼回眸 / 屈全绳著. -- 成都 : 四川人民出版社, 2023.4

ISBN 978-7-220-13190-5

Ⅰ. ①解… Ⅱ. ①屈… Ⅲ. ①散文集—中国—当代 Ⅳ. ①I267

中国国家版本馆CIP数据核字（2023）第052228号

JIEJIA LOU HUIMOU

解 甲 楼 回 眸

屈全绳　著

出 版 人	黄立新
策划统筹	石　龙
责任编辑	邹　近
版式设计	张迪茗
封面设计	李其飞　李星瑶
责任校对	舒晓利
责任印制	周　奇
出版发行	四川人民出版社（成都三色路238号）
网　　址	http://www.scpph.com
E-mail	scrmcbs@sina.com
新浪微博	@四川人民出版社
微信公众号	四川人民出版社
发行部业务电话	（028）86361653　86361656
防盗版举报电话	（028）86361653
照　　排	四川胜翔数码印务设计有限公司
印　　刷	四川机投印务有限公司
成品尺寸	146mm×210mm
印　　张	14
字　　数	286千
版　　次	2023年4月第1版
印　　次	2023年4月第1次印刷
书　　号	ISBN 978-7-220-13190-5
定　　价	79.00元